PANINI BOOKS

DIE OFFIZIELLEN ROMANE ZUM KOSTENLOSEN AUGMENTED-REALITY-ABENTEUER SUMERLAND

Sumerland Band 1: Prinzessin Serisada
ISBN 978-3-8332-3355-5

Sumerland Band 2: Prinz Zazamael
ISBN 978-3-8332-3370-8

Weitere Infos zum Game unter:
www.endederwelt.de

Weitere Infos und Titel unter:
www.paninicomics.de

SUMERLAND

BAND 1:

PRINZESSIN SERISADA

Roman
von Johannes Ulbricht

PANINI BOOKS

Bibliografische Information der Deutschen Nationalbibliothek
Die Deutsche Nationalbibliothek verzeichnet diese Publikation in der Deutschen Nationalbibliografie; detaillierte bibliografische Daten sind im Internet über http://dnb.d-nb.de abrufbar.

Dieses Buch wurde auf chlorfreiem, umweltfreundlich hergestelltem Papier gedruckt.

FSC
www.fsc.org
MIX
Papier aus verantwortungsvollen Quellen
FSC® C014496

Johannes Ulbricht: Sumerland Band 1: Prinzessin Serisada

Erschienen bei Panini Verlags GmbH, Rotebühlstraße 87, 70178 Stuttgart.

Geschäftsführer: Hermann Paul
Head of Editorial: Jo Löffler
Head of Marketing: Holger Wiest (E-Mail: marketing@panini.de)
Presse & PR: Steffen Volkmer

Umschlaggestaltung: tab indivisuell, Stuttgart
Satz und E-Book: Greiner & Reichel, Köln
Druck: GGP Media GmbH, Pößneck
Printed in Germany

YDSUMR001

ISBN 978-3-8332-3355-5
1. Auflage, August 2016

Auch als E-Book erhältlich:
ISBN 978-3-8332-3392-0

Findet uns im Netz:

www.paninicomics.de
PaniniComicsDE

Für Carola, Inga, Jo, Jost, Peter, Jörg und Xu,
Florian, Tobias und Heiko, Karsten, Yvonne, Arno,
Lasse, die Gruppe QNTAL und die anderen,
die dieses Spiel frühzeitig ernst genommen haben –
wegen Euch ist es nun Realität.

1

In den abendlichen Straßen der Innenstadt habe ich Deine Gestalt vor etwa zwei Stunden zum ersten Mal gesehen, seit Jahren. Du folgst mir, mal ferner, mal näher, das Gesicht meist gesenkt oder halb abgewandt. Nur ganz selten schickst Du einen blassen Blick in meine Richtung. Du bist noch immer gekleidet wie damals an unserem letzten gemeinsamen Tag, in einer Mode, die nun längst Zeitgeschichte ist. Ich habe versucht, Dich abzuschütteln. Ich bin bei Rot über die Ampeln von Hauptverkehrsstraßen gerannt. Ich habe mich im Gedränge von Läden und Kaufhäusern versteckt. Nichts hat geholfen, ich werde Dich nicht los. Jetzt sehe ich Deine Gestalt auf der anderen Seite des Platzes. Du scheinst zu warten. Du wirfst einen Schatten im Licht der Straßenlaternen und bist auch kein bisschen durchsichtig. Du bist also zurückgekehrt, Andi, mein Intimfeind und mein einziger Zuhörer. Der finale Kampf zwischen uns hat damit begonnen.

Ich fühle den nassen, rauen Beton des Brunnenrands unter meinem Rock. Unbeachtet sitze ich inmitten der Menschen. Ihre Gesichter wirken im Kunstlicht wie Masken. Es sind wütende oder müde Masken, die vorbeihasten, in alle Richtungen. Und sie entschwinden im Dunkel der abendlichen Fußgängerzone. Die Welt ist voller Verlierer – aber es gibt auch die, die das Geheimnis kennen. Sie haben sich von den Sachzwängen befreit. Alles ist ein freies Spiel für sie. Sie leben unter uns. Sie sehen die geheime Wahrheit hinter dem Schein der Zivilisation.

Andi, wir beide kennen das Geheimnis ebenfalls. Du ganz, ich leider nur halb. Auch ich gehöre – leider nur halb – zu denen, die Einblick in das haben, was hinter den Kulissen verborgen liegt.

Ich erkenne, dass mein Betonbrunnen in Wahrheit nicht in einer Fußgängerzone steht, sondern auf einem abschüssigen Balkon aus rostigen Eisenplatten. Der Balkon hat kein Geländer. Die vorbeieilenden Passanten tragen in Wahrheit keine Bürokleidung, Regenmäntel und -schirme, sondern bonbonbunte Fantasieuniformen, graues Sacktuch oder auch Bahnen von Metallfolie, die sie um den nackten Leib geschlungen haben. Ihre matten Blicke wirken wie hypnotisiert. Ihre Füße schlurfen auf unsichtbaren Bahnen, ziellos und zielstrebig wie Insekten tasten sie sich in ihrer Trance voran. Sie sind gefangen in einem künstlich erzeugten Tagtraum. Und dieser Tagtraum heißt: unsere Wirklichkeit.

Mir wird kalt. Ich stehe auf und gehe fort vom Brunnen, hin zu einem – ebenfalls geländerlosen – Steg aus Planken und Bohlen, der am Rand des Abgrunds zu einem matt erleuchteten Betonschacht führt.

In der Kunstwelt unserer Realität ist dieser Betonschacht der Eingang eines Supermarkts. Ich brauche noch etwas zum Abendessen.

Als ich den Supermarkt auf dem gleichen Weg verlasse und mich mit der Einkaufstüte im Arm über die nassen Bohlen zurück zum Brunnen taste, sehe ich jenseits des Abgrunds die Fenster und Laternen, Lagerfeuer und Neonreklamen, fackeltragenden Menschen, Fahrzeugscheinwerfer und mit Lampions behängten Lasttiere auf der anderen Seite des

Stadtkegels. Das Lichtermeer ist in Bewegung und füllt das gesamte Sichtfeld aus. Schade, dass die meisten Menschen – blind für die Wirklichkeit, wie sie nun einmal sind – diesen spektakulären Anblick direkt vor ihrer Nase Zeit ihres Lebens nicht wahrnehmen. Die irrationale Begeisterung für – vergleichsweise mickrige – Wolkenkratzer-Skylines beweist aber, dass tief in ihrem Unterbewusstsein doch der Schatten einer Erinnerung an die Realität schlummern muss. Wir befinden uns hier auf der Innenseite des Turmkegels der einzigen Stadt der Menschheit, Waylhaghiri, die Universelle, die Hochgebaute. Mehrere hundert Meter unter mir erahne ich den glatten Silberspiegel des Innensees. Nichts, was dort hineinstürzt, kehrt je zurück.

Die untersten Stockwerke des Stadtkegels sind rückständig und armselig, aber nach oben hin wird er immer moderner und kultivierter. Ich bin ziemlich weit oben. Es geht mir gut. Ich bin attraktiv und jung – ich gehöre jedenfalls klar zur Gruppe der jungen Leute. Ich verdiene mit einem kreativen Job eine Menge Geld. Und was weit mehr ist: Ich bin eine der Eingeweihten. Ich bin eine von denen, die die Gesetze der Welt gestalten, anstatt sie zu befolgen. Ich bin eine der Wenigen, die die Zivilisation formen. Denn ich kenne – leider nur teilweise – das Geheimnis der Macht. Damit fasziniere ich die Männer. Sie verlieben sich in mich. Wenn ich es will. Damit fasziniere ich genauso auch Menschenmassen. Sie kaufen und sie empfinden, was ich ihnen vorgebe. In mir ist ein reiner Kern der Stärke. Er ist nicht von dieser Welt.

Es wird immer kälter. Der Regen schlägt mir ins Gesicht. Ich will nach Hause.

In der S-Bahn sitzt Du mir schräg gegenüber und schaust mich – wie fast immer – nicht an. Der Zug ist vollgestopft und miefig. Aber durch das gekippte Fenster erreicht mich ein Hauch kühler Nachtluft, in dem ich einen scharf-animalischen Unterton riechen kann. Hinter den nassen Scheiben gleiten dunkle Baumkronen vorbei und ich erkenne die Landschaft des Sumerlands, so heißt die Wildnis, die Waylhaghiri umgibt. Dort draußen gibt es wilde Tiere. Wilde Wesen.

Ich muss aussteigen. Ich mag den Weg durch die Dunkelheit zum Apartment nicht.

So, Andi, willkommen in meinem gemütlichen Apartment. Sieh Dich in Ruhe um – wir befinden uns auf der – stets unordentlichen – Bühne meines Künstlerlebens. Ich bin sicher, dass Du den besonderen Stil nicht übersiehst, mit dem ich diese Räume ausstaffiert habe. Das war Arbeit. Wie Du siehst, ist die hintere Raumhälfte durch ein Holzpodest erhöht, da oben ist die Sofaecke. Genau – die Treppe führt hinauf. Im Halbdunkeln erahnst Du besondere Dinge. Sogar meine alte Puppe aus der Kinderzeit hält uns vom Regal aus die ewig junge Maske ihres Gesichts entgegen.

Andi, mein einziger Zuhörer: Warum erzähle ich Dir das alles? Nun, vielleicht will ich mich damit rechtfertigen – obwohl ich das überhaupt nicht nötig habe. Vielleicht tue ich es auch nur aus alter Gewohnheit, weil wir uns so gut kennen. All die Jahre habe ich versucht, Dich abzuschütteln, denn Du bringst mir Unglück. Lange Zeit – jahrelang – hatte ich Ruhe vor Dir, und ich hoffte, es wäre für immer. Aber nun bist Du plötzlich wieder aufgetaucht. Du hast Dich in der Fußgängerzone an mich geheftet und folgst mir nun auf Schritt und Tritt. Du vergiftest mein Blut mit dem faunischen Rausch des Sumerlands. Dabei war ich bereits kurz vor dem Ziel. Ich war erfolgreich. Ich hatte Rechte. Früher einmal. Und auf dem Höhepunkt dieser goldenen, fast schon übermenschlich sorglosen Zeit kam es in einer stürmischen Nacht in der Bretagne sogar dazu, dass ich –

leider nur halb – in das Geheimnis eingeweiht wurde. Dann hast Du von mir Besitz ergriffen und seitdem geht es abwärts mit mir.

Und das ist der eigentliche Grund, weshalb ich Dir das alles erzähle: Ich kann Dich nur loswerden, indem ich mich mit Dir auseinandersetze. Dann werden wir beide sehen, wer von uns die Oberhand behält. Der finale Kampf zwischen uns hat begonnen, und ich schätze, es wird ein langer Kampf werden.

Inzwischen bin ich fast fertig mit dem Abendessen. Tiramisu salbt meine Seele mit weicher dunkler Sahnigkeit. Ich erkenne darin die delikaten Versuchungen des waylhaghirischen Basars der tausend und abertausend Güter. Schokolade ist für uns Frauen wie geliebt werden. Das ist eine gefährliche Illusion, denn Schokolade macht dick und unattraktiv. Oft fühlt sich leider das gut an, was zerstört. Gewalt und Bezauberung sind untrennbar verwoben, seit Dein Fluch über mich gekommen ist. Ich persönlich habe nun mal eine Liebe zu Süßigkeiten. Süßigkeiten sind eins meiner beiden einzigen Laster. Ich habe heute Abend bestimmt zwei Kilo zugenommen. Hat sich dieser Exzess gelohnt? Außer dem Gefühl der Plumpheit ist das Essen vorbei, als wär's nie da gewesen, sodass man genauso gut noch mal von vorn anfangen kann. Etwas Unersättliches nagt in mir.

Ich zünde mir eine Zigarette an, lasse mich zurückfallen und blase den Rauch in Richtung Zimmerdecke. Neben Süßigkeiten sind Zigaretten mein zweites einziges Laster. In gewisser Weise gleichen sich beide Laster sogar gegenseitig aus, denn Rauchen macht bekanntlich schlank.

Andi, erinnere Dich: Vor fünfzehn Jahren war das Rauchen noch schick, damals, als wir mittendrin waren in einer Gemeinschaft und mittendrin im Karussell des lebendigen Lebens. Jetzt stehe ich am Rand und werde immer weiter nach außen gedrückt. Aber damals war die Welt jeden Tag wie neu und im Radio hörte man ein ums andre Mal Lieder, die es nie zuvor gegeben hatte. Und Leute, die man lange kannte, konnten überraschende Dinge sagen und tun. Ich konnte mich damals sogar selbst überraschen. Ich wusste noch nicht, was in mir steckte. In meinem Herzen war grenzenloses Neuland, das die Jungen erkundeten, die mich liebten. Aber mit der Liebe ist es wie mit dem Essen: Es wirkt nichts nach, wenn sie vorbei ist, sodass man genauso gut noch mal von vorn anfangen kann. Etwas Unersättliches nagt in mir.

In meinem Kopf oder in der Luft um mich rauscht es. Die Tür zur Ferne der unbegrenzten Möglichkeiten ist wieder offen wie damals in der goldenen Zeit. Ich spüre gute sinnliche Dinge. Ich lächle ins Halbdunkel. Ich habe nach wie vor meine besonderen Fähigkeiten, sei gefasst auf Überraschungen! Du weißt ja, ich kenne ein fantastisches Reich, in dem immer Sommer ist. Ein goldenes Gestade an einem endlosen Ozean, ein ewiges Land, umweht vom Sommerwind, der Düfte und Nachrichten von den fernsten Orten herträgt. Jedes Blatt, jeder Grashalm lebt und atmet, nichts ist banal oder bedeutungslos. Alles, was ich will, ist, was Du willst, ist möglich.

Und doch drehe ich mich unbehaglich auf die Seite und lasse den Arm wie verrenkt auf den – viel zu staubigen – Holzboden hängen. Ich kann's nicht verdrängen: Die Sache hat einen Haken, da gibt es dieses alte Problem. Und auf einmal nehme ich die Stille wahr, die in meinem Apartment lastet und mich gemahnt, dass Du stumm bei mir bist, mir zuhörst, wartest – worauf?

Andi, wir wissen beide, was Du getan hast und was ich getan habe. Und wir wissen beide, wer schuld war. Warum bist Du noch immer an meiner Seite und warum verlangt die Maske Deines toten Gesichts von mir eine Rechtfertigung nach der anderen? Lass mich doch endlich in Frieden. Wir haben uns einmal geliebt, hast Du das vergessen? Quäl mich bitte nicht weiter, nach all den Jahren. Und nimm bitte schön die Hände weg.

Meine Bitten lassen Dich unbewegt. Dein starrer Blick glotzt wie gekocht. Da ist ein blassgrüner Hauch von Algen auf Deinen Wangen und da sind auch Wasserpflanzen in Deinem Haar.

Der finale Kampf zwischen uns hat begonnen, aber warum stürzt Du Dich nicht auf mich, sondern wartest stumm ab – worauf?

Andi. Das zurechtgestutzte Heckenlabyrinth in dem weiten Barockpark, wo wir uns trafen und Verstecken spielten, als wären wir Kinder. Die ausladende Schlossanlage im Hintergrund mit ihren blitzenden Fensterreihen. Das emporgeschleuderte Wasser der Springbrunnen glitzerte im Sonnenlicht.

Und wenn man auf dem knirschenden Kiesweg weiterging, kam man an die Wiese am Hang, Teil eines englischen Gartens. Efeubewachsene Eichen und Buchen spendeten Schatten am Rand, wo hochaufgeschossene Kräuter wucherten. Unten war der breite, träge Fluss.

Ich bin offenbar aufgestanden und wieder runtergegangen, denn ich stehe jetzt am Fenster und sehe hinab auf den Vorplatz der Wohnanlage. Der Regen wird stärker. Das fallende Wasser glitzert im Licht der einen Laterne. Auf dem Asphalt liegt eine Schicht von nassem Laub. Ich wende mich ab. Ich will heute nichts mehr sehen. Ich will nichts mehr fühlen. Ich gehe jetzt schlafen.

2

Ich öffne meine Augen dem blassen Vormittagslicht. Es regnet noch immer. Heute ist Samstag. Übermorgen beginnt die nächste Arbeitswoche, und ich hoffe, ich werde sie überstehen. Die meisten Kollegen reden nicht mehr mit mir und geben Informationen nicht an mich weiter. Die Feindseligkeit ist nicht mein einziges Problem – ich habe auch noch den Rückstand abzuarbeiten.

Vom ersten Atemzug des neuen Tages an sehe ich Dich, wie Du in gerader Körperhaltung auf einem Stuhl an meinem runden Esstisch sitzt, Andi, aber Du bleibst weiterhin stumm. Welches Geräusch hat mich also geweckt? Draußen vor dem Haus höre ich eine Autotür, dann Schritte, jetzt sind sie etwas lauter im Treppenhaus. Da geht ein attraktiver Mann, den ich ganz zufällig kennenlerne. Ich beherrsche die Verführungskünste der sumerländischen Frauen und Mädchen.

Das Sumerland selbst ist ein wildes Reich, mit dem ich nicht sympathisiere. Aber es wird kolonialisiert. Der attraktive Prinz Zazamael, Herrscher von Waylhaghiri, bringt den Wilden Manieren bei. Ich habe mir schon vieles von ihm abgeschaut.

Ja, ich habe schon vieles durch meine Einblicke in die Wahrheit hinter dem Schein unserer Zivilisation gelernt, auch das: Ich öffne die Wohnungstür einen Spaltbreit und lächle hinaus. Ich lasse ihn spüren, dass meine Wohnung hinter der fast geschlossenen Tür Geheimnisse birgt. Meinen Körper verstecke ich hinter der Tür, sodass er nicht sehen kann, was ich anhabe. Nur die eine Hand lege ich auffällig um die Türkante herum. Und meine Hand beugt sich auf diese Art, wie es die lilienweißen Hände der Mädchen des Sumerlands tun. Die Mädchen des Sumerlands tragen Seerosen im Haar.

Seerosen und Kirschblütenzweige. Im Vergleich dazu sind die metallischen und mineralischen Schmuckstücke der irdischen Frauen nur ein Abklatsch. Sie sind nichts als ein hilfloser Versuch, die Vergänglichkeit der menschlichen Schönheit zu kompensieren.

Ich locke ihn hinein in mein Reich.

Wie ich Dich – wenn auch höchst unfreiwillig – hierher gelockt habe, Andi, meine alte Liebe, meinen Intimfeind.

Genug von Dir. Wir reden lieber von dem fremden schönen Mann. Drinnen erkennt er sofort, dass hier jemand mit Stil wohnt. Ihm fällt auf, dass auf dem Tisch am Eingang Schmuck und getrocknete Blütenblätter achtlos hingeworfen sind aus dem Schwung des Lebens. Diese Raffinesse verdanke ich meiner Insiderquelle, den sumerländischen Einrichtungstipps. Er wird so vieles sehen hier bei mir.

Hier drin bin ich am stärksten. Übermorgen muss ich wieder ins Büro. Wo ich es mit aller Anstrengung schaffen muss, mich dem Mobbing zu widersetzen und den Rückstand abzubauen, der sich aufgetürmt hat.

Die Männerschritte sind verklungen. Ich seufze resigniert und zünde mir die erste Zigarette an. Bei Tageslicht sieht man leider doch deutlich die Unordnung und den Schmutz. Das schmutzige Geschirr auf dem Esstisch ist mir unangenehm. Aber wenigstens meine Bettnische ist gemütlich wie eh und je. Wie eine Kinderzimmerhöhle liegt sie unter dem Holzpodest, auf dem die Sofaecke steht. Ich mag gar nicht aufstehen.

Andi. Dein starrer Blick haftet auf mir. Du wartest vermutlich darauf, dass ich die Kontrolle verliere. Du wartest vermutlich darauf, dass die sumerländische Wildheit aus mir hervorbricht und die mühsam kultivierte Fassade waylhaghirischer Zivilisation zum Einsturz bringt. Aber ich werde Dir diesen Gefallen nicht tun. Ich werde nicht alles aufs Spiel setzen, was ich mir mühsam aufgebaut habe. Oder hast Du mich schon dazu gebracht, mich zu vergessen? Ich meine eigentlich fast absolut sicher: Nein.

Mein matter Geist lässt sich treiben, zu fernen Orten. Ich könnte jetzt ebenso gut woanders sein, zum Beispiel an einem hellen, weißen, leeren Strand, wo das Sonnenlicht grell ist, geradezu hart. Links und rechts hört man meilenweit das Tosen der Brandung. Eine fantastisch gezackte Muschelschale liegt auf dem Sand. Man sieht ihr an, dass sie nicht aus einem irdischen Ozean kommt, sondern aus einer wilden Welt, der eigentlichen Realität. Es ist die Schale einer echten Monstermuschel. Darüber ist der Himmel unendlich weit mit seinem grandiosen grundlosen Blau. Dieser Ort ist weniger schön als leer, leer, leer.

Ebbe und Flut. Glitzerndes Sonnenlicht auf den flutenden Wellen, die an den weißen Strand krachen. Mir ist etwas schwindelig. Alles dreht sich, strudelt, wogt.

Aus Hinterkopf und Rückenmark überkommt mich der Zauber des Sumerlands, halb Wirklichkeit und halb Tagtraum, in halb geistesabwesenden Momenten zwischendurch. Ja, mein weißer, leerer Strand. Die letzte Sehnsucht. An diesen Strand lasse ich mich sehr gern führen. Diesmal ist dort überraschenderweise nicht Tag, sondern Nacht.

Auch nicht schlecht. Ein schöner heller Vollmond zeigt sich hoch am Himmel.

Es ist eine sommerlich warme Nacht. Es ist gerade Ebbe. Die Wellen haben ihre Wucht verloren. Sie murmeln noch schläfrig. Blütendüfte wehen vom Landesinneren herüber. Hinter dem weißen Strand gibt es das unerforschte Hinterland. Dort warten Wiesen und Wälder auf den Fuß des Entdeckers. Rotwild bricht durchs federnde Unterholz, hält inne, um Birkenlaub zu äsen. Die grazilen Tierkörper spiegeln sich im Mondlicht im Wasser eines Bachs. Dann schreckt sie ein Geräusch auf – eine Männerstimme, ein ferner Schrei – und sie jagen davon.

*

Samael Xionbarg sah im Dunkel der Sommernacht einen phosphoreszierenden Schmetterling gaukeln und überlegte scharf, ob er ihm folgen sollte. Jede Entscheidung in diesem trügerischen Land konnte eine Entscheidung über Leben und Tod sein. Seine Leute – ein Trupp erstklassiger Krieger und Kriegerinnen – vertrauten auf ihn, dass er sie wohlbehalten zum Heerlager zurückbrachte.

Als Offizier im Range eines Operative Managers der prinzlichen Garde von Waylhaghiri wusste Samael Xionbarg um den Wert des Vertrauens bei einer gefährlichen Mission. Kein Soldatenstiefel Waylhaghiris hatte je die Blütenkelche auf dieser Wiese geknickt. Sie waren tiefer als je zuvor in das Innere des Sumerlands eingedrungen. So zauberhaft dieses Land wirkte, so hinterhältig war es. Samael Xionbarg erinnerte sich an seinen Ausbilder von der Militärakademie, der von einer ungefährlicheren Mission nicht zurückgekommen war. Sollte er dem leuchtenden Schmetterling nun folgen oder nicht? Samael Xionbarg war nach langem Beobachten zu der persönlichen Überzeugung gelangt, dass jedes unscheinbare Ding im Sumerland eine tiefere Bedeutung barg. Das Leuchten des Schmetterlings schien ihm wie Mondschein auf einem Ozean. Es konnte also sein, dass der Schmetterling sie zu der Meeresküste führen würde, die sie schon seit Sonnenuntergang vergeblich suchten.

Es konnte sein, musste aber nicht. Nichts war, was es schien. Hinter jedem Baum, hinter jeder Hauswand, hinter jedem der gottverdammten Kinderspielzeuge konnte sich ein tödlicher Hinterhalt verbergen. Xionbarg hasste diesen trügerischen Schein aus ganzem Herzen – ein furchtbarer, aber ehrlicher Feind, ein Bär mit weit aufgerissenem Rachen wäre ihm lieber gewesen. Er hatte seine Rittertugenden immer wieder bewiesen im geradlinigen Kampf. Aber dieser Gegner zeigte sich nicht. Er mied die offene Schlacht.

Ihr Auftrag war, die Meeresküste zu erreichen und ein Stück lang abzuschreiten. Dann ging es zurück ins Heerlager. Wenn der Schmetterling sie tatsächlich zum Meer führte, war es bald geschafft. Diese Hoffnung gab für Xionbarg den Ausschlag. Er folgte dem fahlen Lichtfleck des gaukelnden Schmetterlings, der ihn über die Wiese und danach durch ein Birkenwäldchen führte. Dabei behielt Samael Xionbarg die Hand am Schwertknauf. Bloß keinen Fehler machen kurz vor dem Ziel! Wenn sie den Ozean heute Nacht fanden, würde ihr Trupp morgen früh zur Okkupationsarmee des Prinzen von Waylhaghiri stoßen. Dann konnte er seine schwere Uniform ablegen. Als Allererstes würde er ein heißes Bad nehmen. Danach würde er sich rasieren. Und dann lange schlafen.

Hinter dem Birkenwäldchen war eine hügelige Wiese. Die Hügelkuppe glich – wie zum Hohn – einer Meereswoge. Und dort oben hing reglos ein Piratenschiff. Die Totenkopffahne flatterte am Mast vor dem bleichen Mond, aber es war ein witzig-rundlicher Totenkopf mit dem Grinsen einer Kinderbuchfigur. Das Sumerland war übersät mit verlassenen Spielgeräten und Spielsachen. Samael Xionbarg und seine Männer durchsuchten das Spielzeugschiff, aber sie fanden nur das Übliche – Holzschwerter, Stofftiere – einen Tiger und ein Zebra –, eine Knallerbsen-Kanone. Der Schmetterling hatte sie in die Irre geführt.

Da wurde sich Samael Xionbarg bewusst, dass er das Meer rauschen hörte, schon die ganze Zeit. Er war so auf das Spielzeugschiff konzentriert gewesen, dass er das Geräusch ausgeblendet hatte. Das Geräusch kam von jenseits der Wiese.

Und dort, hinter einer Dünenkette, fanden sie es, das grenzenlose, das mondbeschienene Meer.

Die Kriegerinnen und Krieger schritten schweigend den Strand entlang, in einer langen Reihe. Es war Ebbe. Die Wellen leckten matt am Sand. Draußen in der Ferne sah man kein anderes Ufer. Samael Xionbarg roch den charakteristischen Geruch, Salz und Algen. Sein schwerer Stiefel trat auf eine große, merkwürdig gezackte Muschelschale. Samael Xionbarg wusste, dass die Disziplin seiner Leute erstklassig war. Aber trotzdem drehte er sich alle paar Minuten um, um seinen kleinen Trupp auf Vollständigkeit zu überprüfen. Das Sumerland war berüchtigt für seinen willensbrechenden Zauber, der schon manchen Kämpfer verleitet hatte, sich von einer Sekunde auf die andere zu vergessen und sich Entartungen hinzugeben. Oder einfach nur rumzualbern. Was bezauberte, konnte todbringend sein.

„Chef, da ist wieder so was …“ Mit gerunzelter Stirn wies sein Assistant Manager, ein grobschlächtiger Kerl mit Backenbart, auf eine Stelle weiter vorn am Strand. Samael Xionbarg kniff die Augen zusammen. Tatsächlich – dort flackerte ein blasses Licht. Mehr war von hier nicht zu sehen, weil diese Stelle in einer tief eingeschnittenen Bucht hinter einer schilfbewachsenen Düne lag. Der Nachtwind wisperte und wehte feine Sandschleier den Dünenhang hinab, er beugte das raschelnde Schilf. Mit energischen Schritten umrundete Xionbarg die Düne. Nun sah er im Mondlicht direkt am Wasser zwei Liegestühle aus Holz und Leinen, dazwischen ein ovales Silbertablett mit einem flackernden Windlicht, zwei benutzten Weingläsern und einer – leeren – Rotweinflasche. Es sah ganz danach aus, als wäre gerade eben noch jemand hier gewesen, aber nur der Nachtwind fegte Sandschleier über den verlassenen Strand. Links sah Samael Xionbarg den dunklen Sand. Auch rechts war nichts und niemand, so weit das Auge reichte.

So ging es ihnen seit dem Beginn ihrer Erkundungsmission – verlassene Häuser mit offenen Fenstern, drinnen verlassene Kaminfeuer, deren Asche noch warm war, mitten auf den Straßen verlassene Autos und Fahrräder, abseits der Straßen verlassene Baumhäuser und Klettergerüste und Wiesen voller Spielzeugsoldaten. Einmal hatten sie einen Wald gefunden, in dem von jedem geeigneten Ast eine Schaukel baumelte. Es wirkte so, als würden sich die Bewohner des Sumerlands in Luft auflösen, sobald Samael Xionbarg mit seinem Trupp auftauchte.

Samael Xionbarg gefiel das überhaupt nicht und er verfluchte sich im Stillen, dass er nur wegen der Aussicht auf die langersehnte Beförderung zum Junior Partner den Vertrag für diese gefährliche Mission unterzeichnet hatte. Wenn sie erst wohlbehalten im Heerlager des Prinzen angekommen waren, würde er sich grandios besaufen, obwohl er normalerweise kein Freund von Exzessen war, sondern die Disziplin hochhielt. Er starrte neidisch die leere Weinflasche auf dem Silbertablett an.

Ein Käuzchen schrie in der Ferne und ein anderer Nachtvogel antwortete. Die Wellen murmelten schläfrig. Verführerische Blütendüfte wehten aus dem Landesinneren herüber, aus dem unerforschten Hinterland.

Samael Xionbarg wandte sich jäh vom Meer ab und stieg langsamen Schritts auf die nächste Düne, um einen Ausblick auf die Landschaft dahinter zu erhalten. Seine schweren Stiefel fanden im lockeren Sand nur mühsam Halt. Als er schließlich oben angekommen war, erblickte er dahinter weite Wiesen und Wälder, die sich ahnungsvoll im Silberlicht des Mondes ausbreiteten, und noch weiter in der Ferne die hohe Turmspirale seiner Stadt, der Stadt Waylhaghiri. Wie jeder Bewohner Waylhaghiris empfand auch Xionbarg gemischte Gefühle für seine Heimat. Jetzt, bei Vollmond sah diese gewagte technisch-architektonische Konstruktion so großartig und schrecklich zugleich aus, dass Samael Xionbarg unwillkürlich einen halblauten Schrei ausstieß. Er fuhr herum zu seinen Soldatinnen und Soldaten unten am Strand – er konnte ihre Gesichter nicht erkennen, aber er war sich sicher, dass ihnen sein spontaner Gefühlsausbruch missfiel, vielleicht sogar unheimlich war.

Hinter einem nahen Waldsaum hörte er das Geräusch flüchtenden Wilds – er hatte mit seinem Schrei Tiere aufgeschreckt. Das Käuzchen schrie wieder, noch einmal, schon wieder, immer wieder. Und auch der andere Nachtvogel meldete sich zu Wort auf eine penetrante Weise, die kaum Zufall sein konnte.

Etwas stimmte nicht. Aber Samael Xionbarg wurde abgelenkt durch den Anblick der Stadt Waylhaghiri. Er hatte seine Heimatstadt noch niemals von außen gesehen. Die Bürger dieser Stadt verließen sie nur in Ausnahmefällen. Waylhaghiri entsprach dem klassischen Bild des Turmbaus zu Babel – ein schneckenhausförmiger Zylinder, der sich nach oben hin verjüngte. Die kilometerbreite Basis bestand aus archaischen Mauerbögen, Felsbrocken und Tonziegeln, die so verwittert waren, dass sie fast wie ein natürlicher Berg wirkten. Aber selbst aus dieser Ferne war zu erkennen, dass die oberen Teile des monumentalen Gebäudes technisch und stilistisch um Jahrhunderte neuer waren als die Fundamente. Von der Basis bis zur unvollständigen Spitze beschrieb diese gewaltige Stadt die Geschichte ihrer eigenen zivilisatorischen Entwicklung. Und ganz oben am Sendemast auf der Spitze waren selbst jetzt in tiefster Nacht Bautrupps am Werk – es ging immer weiter voran. Hochmoderne Kräne schwenkten mannsdicke Eisenträger, man sah kleine Lichtlein von Schweißgeräten, Flutlichtscheinwerfern, Lagerfeuern. Samael Xionbarg liebte diese Stadt nicht unbedingt. Aber er war stolz auf ihre Ambition, ihre Disziplin, die hehre und fortschrittsgläubige Vision, die dahinterstand.

Er drehte sich nach seinen Soldaten um. Niemand war mehr zu sehen. Nicht einmal der Assistant Manager. Er hatte angenommen, dass sie ihm folgen würden. Aber das war nicht der Fall.

Erschreckt und zornig stieß er einen halblauten Fluch aus und rannte den Dünenhang hinab, zurück zum Meer, um nach dem Rechten zu sehen. In seinen schweren Stiefeln rutschte er aus und schlitterte ein paar Meter hilflos den Sand hinunter, bevor er sich wieder aufrappeln konnte.

Dann entdeckte Samael Xionbarg seine Leute. Sie hatten

ihre Kleider abgeworfen und badeten nackt im Meer, alle miteinander. Sie lachten und spritzten sich gegenseitig nass. Ihre Stimmen vermischten sich mit den Vogelrufen, die immer zahlreicher wurden, und da waren auf einmal auch noch ganz viele weitere Tierstimmen, die in Samael Xionbargs Ohren zu einem Mehrklang anschwollen.

Ihm war längst klar, dass etwas ganz und gar nicht stimmte.

Der Blick hinter die Kulissen kostet viel Kraft – ich bin erschöpft. Ich verliere den Einblick in die tiefere Wirklichkeit und finde mich wieder gefangen in den groben Farben und Mauerkulissen unserer Scheinwelt. Schlagartig füllt Stille den Raum. Aber war da nicht eben noch etwas Sand auf dem Teppichboden? War da nicht sogar eine Muschelschale? Mein Fuß schien mir darin fast auszurutschen. Ich fange mich aber sofort.

Schade. Ich habe diesmal nichts Nützliches gelernt. Sumerland lässt mich schutzlos. Es versagt mir seine Macht.

Doch halt, Andi, horch! Konzentriere Dich auf die Stille, dann merkst Du: Es ist keine echte Stille. Tatsächlich ist jeder einzelne Moment überfrachtet mit einem Gemisch von Geräuschen. Da sind Autos in der Ferne. Da ist ein Flugzeug hoch über dem Haus im windigen Himmel. Eine Wasserleitung rauscht in der Wand. Der Wecker tickt unten in meiner Schlafhöhle. Gleichmäßig wandernde Schritte sind in einer fernen Wohnung über mir zu vernehmen. Das sind wahrscheinlich die Schritte des unbekannten Manns von vorhin.

Da sind viele Leute hinter den Wänden und Decken. Wie in jedem Hotel, jedem Büro, warum blenden wir diese hautnahen Fremden aus unserem Bewusstsein aus, als wäre das Leben in einem Bienenstock unser Normalzustand? Wer das Geheimnis kennt, weiß die Antwort: Weil wir in Wahrheit im Bienenstock von Waylhaghiri umherschlurfen, unser Leben lang.

Die Fremden sind nur Meter entfernt, aber ich weiß nichts von ihnen und vor allem wissen sie rein gar nichts von mir. Machen wir beide uns nichts vor, Andi: Es gibt über mich auch nichts Bemerkenswertes zu wissen – obwohl das Potenzial ja da wäre, aber es verkommt eben ungenutzt. Ich bin inzwischen in einem Alter, in dem man als Frau die Aufmerksamkeit nur noch mühsam auf sich zieht. Einige Türen im Leben sind zugefallen oder jedenfalls kurz davor.

Ich sehe zu, dass ich auf die Beine komme, an die frische Luft komme, raus aus der schmuddeligen Wohnung.

Später: Ich habe einen langen Spaziergang über die Wiese hinten bei den Hochhäusern gemacht. Manchmal überlege ich, ob ich einen Hund kaufen soll, so als Gesellschaft. Und als Schutz gegen Einbrecher. Aber meine Arbeitszeiten sind zu unregelmäßig – ich hätte nicht die Zeit, ihn zu versorgen und auszuführen.

Aber nett wäre das schon, so ein Hund.

Unwichtig, aber beim Spaziergang eben musste ich wieder an diese Nacht in der Bretagne denken. Ich musste an die graue Gischt unter den stürmischen Wolken denken, an den Nazibunker am Strand. In dieser Nacht wurde ich in das Geheimnis eingeweiht. Das war die Geburt der Sehnsucht und der Verlust der Unschuld.

Was mag jetzt im Sumerland los sein? Vielleicht kann ich

dort etwas aufschnappen, das mir hilft. Ich bräuchte Schutz vor dem Mobbing. Und etwas Stärkung, um den Rückstand abzutragen.

Ein irrer Vogel flatterte im Tiefflug durch Samael Xionbargs Blickfeld. Der Vogel war viel zu nah – etwas stimmte ganz und gar nicht.

Und dann stürzten sie sich die Dünen hinunter.

Samael Xionbarg sah Hirschgeweihe, Federmasken, Tierklauen, halb nackte biegsame Körper und geschwungene Klingen wie lange Fingernägel an Händen, die mit weißer Schminke bemalt waren. Es war ihm egal, ob seine Feinde nun tierhaft geschminkte Wildmenschen oder nichtmenschliche Tierwesen waren. Er zog jedenfalls sein Schwert und stieß es einem von ihnen in die Seite – das Wesen stieß einen lang gezogenen schmachtenden Schrei aus und wich gekrümmt zurück.

Aber da waren noch mehr. Viel mehr.

Panik stieg in Samael Xionbarg auf und lähmte ihn. Es war weniger die Angst vor seinem bevorstehenden Tod als vielmehr die Angst vor dem Wahnsinn, den diese aufgeladene Situation mit sich trug. Der Kontrollverlust. Aber er würde nicht schwach werden. Er würde nicht verzweifeln, bis zur letzten Sekunde nicht. Er war und blieb ein Sohn Waylhaghiris. Samael Xionbarg drosch erfolgreich mit seinem kurzen, geraden Schwert auf den Schädel eines dieser Menschen oder Wesen ein, sodass es jammernd zusammenbrach.

Er würde sterben. Aber er würde nicht von seinen Gefühlen überwältigt werden. Er würde nicht klein beigeben.

Da spürte er die langen Klingen-Fingernägel eines dieser Wesen, wie sie spielerisch über seinen Rücken kratzten. Er erkannte die Wärme seines eigenen Blutes, das seinen Rücken hinunterfloss, und sah ein, dass die Selbstdisziplin keinen Sinn mehr hatte. Sein Schrei hallte hinauf zum unberührt kühlen Vollmond.

Ich kann mich nicht länger in der Realität halten und falle zurück. Schade. Schon wieder nichts Nützliches, oder? Sumerland lässt mich diesmal tatsächlich allein. Nichts als Dunkelheit und Gewalt, was soll ich damit anfangen. Kein starker Gedanke, kein Trick der Manipulation war diesmal für mich dabei. Oder war das ein Omen? Wenn ja, was will es mir sagen?

Spät am Abend: Wenn Du mir schon ständig zuhörst, Andi, dann sage ich Dir: Du wirst mit ansehen müssen, wie ich meine Probleme eins nach dem anderen lösen werde. Ab jetzt wird gekämpft wie ein Krieger. Ich werde es denen bei der Arbeit zeigen. Ich werde ab jetzt regelmäßig Sport treiben. Dadurch bekomme ich meinen eigentlichen Körper zurück, der drahtig ist und jünger. Dann werden die Männer mich wieder bemerken. Und wenn mein Gesicht magerer ist, wird es ausdrucksvoller, wie sich das für eine Künstlerin gehört. Du wirst Dich noch wundern, was in mir steckt.

3

Sonntagmorgen. Viel zu früh weckt mich das Telefon. Es ist meine Schwester Sigrid. Wir hatten kaum Kontakt in den letzten Jahren. Sigrid hatte einen Autounfall. Sie liegt im Krankenhaus. Ihre Stimme klingt kraftlos. Es wäre aber nichts Gefährliches, sagt sie. Es wäre bloß ein komplizierter Bruch. Es wird noch wochenlang, vielleicht sogar monatelang dauern, bis sie wieder rauskann.

Sie ruft mich an wegen ihrer Tochter.

Ihre Tochter Susanne ist vorläufig bei ihrer besten Freundin untergebracht, auf einem Bauernhof, draußen auf dem Land. Sigrid will, dass ich morgen nach dem Mädchen sehe. Sie macht sich Sorgen um das Kind. Diese Susanne soll schwierig sein. In letzter Zeit wäre sie komisch und unzugänglich geworden, sagt Sigrid. Sigrid versteht nicht, was mit ihrer Tochter passiert ist, und sie befürchtet, dass der Unfall ihrer Mutter das Kind nun völlig aus dem Gleichgewicht bringt.

Es ist ärgerlich, dass ich durch diese Verpflichtung den freien Tag verliere. Aber was will ich machen? Sigrid ist nun einmal meine Schwester.

Später, unterwegs: Hier draußen auf dem Land ist es anders, als ich erwartet hatte. Es ist angenehmer. Ich fühle mich befreit. Es ist kalt und sonnig. An vielen Bäumen sieht man noch buntes Herbstlaub. Der Himmel ist klar und grenzenlos.

In der Stille träume ich von schlichten Dingen, die mich nicht weiterbringen und die mit mir nichts zu tun haben, wie zum Beispiel von Sommerwolken.

Ich könnte gar nicht sagen, wann ich zuletzt aus der Stadt rausgekommen bin.

Ich sitze an einer Bushaltestelle im Nirgendwo und warte auf den Anschlussbus, nachdem ich schon den halben Vormittag von Dorf zu Dorf geschaukelt bin. Ein Großstadtkind wie ich hat kein eigenes Auto. Deshalb muss ich den Bus nehmen. Das macht aber nichts.

Ich hatte sie vergessen, die weitläufige, natürliche Welt auf dem Land. Sie erinnert mich an meine Kindheit. Der ferne Waldsaum wirkt so geheimnisvoll wie damals. Man entdeckt feine Details, wohin man schaut. Alles um mich ist selbstverständlich wohlproportioniert. Hier bin ich nun wieder. Ich atme durch und lausche auf einen rauen Vogelruf. Ein Schwarm Zugvögel zieht in geordneter V-Formation über mich hinweg.

Auf einer Weide in der Ferne sehe ich ein Pferd toben. Es ist groß und wild, weiß. Es ist voll zielloser Kraft. Das Pferd jagt auf der Weide hin und her. Wahrscheinlich ist es noch ungezähmt. Deshalb ist es allein auf der Weide.

Hier draußen sehe ich hinter den Kulissen unserer Wirklichkeit nicht die Stadt Waylhaghiri, sondern die umgebende Wildnis, das Sumerland. In dem hellen Laub einer Birke erkenne ich den feenhaften Palast von Serisada, tief im Herzen des Sumerlands.

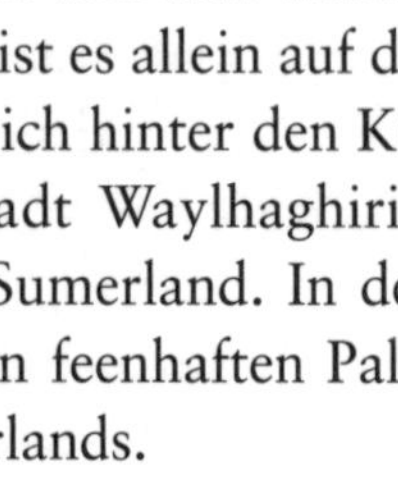

Serisada, die Prinzessin des Sumerlands und dessen Alleinherrscherin hatte struppiges Haar, denn einen Friseur gab es in ihrem Palast nicht. Sie band es meist mit einem Kopftuch zurück. So behinderte es sie nicht beim Spielen. Ihre Haut blieb blass, obwohl sie viel draußen war. Sie lief am liebsten barfuß herum. Sie wusste ihr eigenes Alter selbst nicht genau, aber sie fand, ihr Spiegelbild wirkte schon seit Jahrzehnten und Jahrhunderten wie ungefähr dreizehn Jahre alt. Seit unvordenklichen Zeiten lebte sie allein mit der Dienerschar in den Palastanlagen auf der heiligen Insel im heiligen See im verborgenen Herzen des Sumerlands. Nur selten nahm ein Bote den Weg hierher auf sich und brachte eine Neuigkeit. Ihr Palast war zu abgelegen.

Aber Serisada entging dennoch nichts, was in ihrem Reich vorging. Die Prinzessin hatte eine übersinnlich gut entwickelte Nase. Die Gerüche in der sommerlichen Luft kündeten ihr von dem, was geschah. Schließlich war sie die Alleinherrscherin ihres Landes und musste von daher Bescheid wissen.

Sie roch die Weite der sumerländischen Horizonte.

Sie roch hoch oben, in der kalten Luftschicht direkt unter den Wolken, die Kühle der Gletscher des sumerländischen Hochgebirges, außerdem bittere Bergkräuter und Tannenharz. Die kalte Luftschicht mischte sich mit einer wärmeren Luftschicht aus der Küstenregion, die das Jod und Salz des Ozeans brachte. Und von dieser Seite brach noch eine weitere Luftströmung herein, ein warmer Wind aus einer Region rauschender Wälder und hügeliger Wiesen mit Blüten- und Heudüften.

Sie roch, wie ein Adler schrie, einsam hoch über dem Gebirge. Und sie roch gleichzeitig, wie sich ein Eichhörnchenjunges bei diesem Schrei ängstlich in den Kobel kuschelte.

Sie roch, wie sich die Blüten auf einer Wiese nach einem Regenschauer wieder öffneten.

Trotz dieser Wohlgerüche bedauerte Serisada, dass man den Geruchssinn nicht einfach abstellen konnte, wie man die Augen schloss. In letzter Zeit gab es Gestank von Qualm und Tod. Die Feinde aus Waylhaghiri waren in ihr Land eingedrungen.

Wieder sagte sie sich: Sie war in ihrem Palast sicher auf immer und ewig. Das Tal mit dem heiligen See war umgeben von einem Labyrinth aus Stadttrümmern, die wirkten wie Kulissen aus einer anderen Welt. Kein Feind hatte jemals den Weg durch dieses fragmentarische Labyrinth hindurch gefunden.

Serisada blickte hinab auf ihr Spiegelbild in der regungslosen Oberfläche des heiligen Sees. Hinter ihrem dunklen Haargestrüpp sah sie die Sommerwolken über den Himmel ziehen. Das Bild war so klar wie in einem Stahlspiegel – kein Blatt, kein Staubkorn trieb auf der Oberfläche.

Serisada kauerte auf einer Granittreppe, die in unzählbar vielen Stufen und Terrassen vom äußersten Säulengang des Palastes hinunter zum See führte. Auf der Treppe waren Orangen- und Lorbeerbäume in eisernen Blumenkübeln aufgereiht. Bei genauerem Hinsehen waren sie in kleinen Grüppchen von der Anzahl und dem Abstand zueinander so willkürlich angeordnet, dass die Gesamtheit wie ein Code wirkte, der eine geheime Botschaft transportiert.

Tatsächlich gab es im Palast und auch sonst auf der Insel bedeutungsschwangere Chiffren, Geheimmechanismen und mysteriöse Zeichen. Schatten von Säulen fielen zu bestimmten Tageszeiten auf Kerben in der Wand. Steinfiguren deuteten mit dem Finger auf andere Figuren, die wiederum auf eine Stelle in einem Ölgemälde deuteten, wo ein Miniaturschloss auf den fehlenden Schlüssel wartete. Verborgene

Schalter ließen ganz woanders Schubfächer aufspringen. Ein Sortiment von bunten Spielbällen wies Unterschiede im Gewicht jedes einzelnen der gleich großen Bälle auf, die einen Code enthalten konnten.

Früher hatte Serisada enorme Anstrengungen darauf verwandt, wenigstens ein einziges dieser Rätsel zu lösen. Sie hoffte damals, es wäre vielleicht eine Botschaft von ihren Eltern darin verborgen. Nach Jahrhunderten vergeblicher Mühe waren noch immer alle Rätsel ungelöst und die Prinzessin war zu dem Schluss gelangt, dass diese Rätsel überhaupt keinen Sinn hatten, sondern bloß zur Dekoration dienten. Oder reine Wichtigtuerei waren. Vielleicht hatten sie auch den Zweck, den Palast und seinen Luxus weniger banal erscheinen zu lassen. Vielleicht hatten die Erbauer des Palastes diese Rätselhaftigkeit einfach nur modisch schick gefunden. Wie auch immer – Serisada war nun schon seit Jahrhunderten davon gelangweilt und genervt. Neben der kauernden Prinzessin stand eine Eulenstatue aus blauem Glas auf einem Podest. Die Eulenstatue wies mit dem Flügel bedeutungsvoll auf den heiligen See hinaus und starrte in Richtung von – ja, was denn nun? – am anderen Ufer. Schon wieder so ein Rätseldings. Serisada gab der Glaseule einen absichtsvollen Kick mit dem Ellbogen. Die Statuette zerbrach splitternd auf der steinernen Terrasse. Einige Splitter fielen ins Wasser, das sich glatt über ihnen schloss.

Niemand außer Serisada hatte das Klirren gehört.

Serisada wandte sich von ihrem Spiegelbild ab und ging quer durch eine Säulenhalle auf die andere Seite des Palastes, wo es einen Pinienhain gab. Die Palastanlagen gingen zwanglos in die Parks und Gärten über, die den Rest der Insel ausmachten. Ein paar naturbelassene Winkel und sogar Zonen scheinbarer Wildnis gab es hier auch, aber die waren nur das Ergebnis verfeinerter gärtnerischer Planung.

Serisada kannte auch nach all den Jahrzehnten und Jahrhunderten längst noch nicht jeden Ort auf der Insel. Immer wieder erlebte sie Überraschungen, wenn sich mit einem Mal eine bislang unbekannte Zone auftat, ein neuer Gebäudetrakt, ein Innenhof oder ein Park. Die Palastanlagen waren offen und verspielt, dabei gleichzeitig auf eine hinterhältige Weise labyrinthisch. Allerorts entdeckte man diese unnötigen Rätsel – Scheintore, Treppen, die in Sackgassen endeten, illusionäre Gänge, die nur auf eine Wand aufgemalt waren, Zen-Gärten, auf die man zwar hinabsehen, die man aber mangels Zugangstor nicht betreten konnte. Oder gab es doch einen Zugang? Manchmal fand man ihn erfahrungsgemäß hinter einer Tür, an der man jahrelang achtlos vorbeigegangen war.

Es erleichterte die Orientierung nicht, dass drinnen und draußen ineinander übergingen. Auf den gemähten Parkwiesen standen Möbelgarnituren wie in einem Zimmer. Auf den Möbeln konnte man wunderbar herumhüpfen, bis sie auseinanderbrachen. Und drinnen gab es Pflanzen, lebende Tiere und fließendes Wasser – Kanäle durchzogen die Gänge und Säle, Wasserfälle stürzten Wände und Treppen hinab und flossen als dünne Schicht über die Wandspiegel und die bunten Glasdächer und -fenster, sodass sich das Sonnenlicht dahinter flimmernd brach wie lebendiges Feuer. Wenn man einen Stein oder ein anderes Ding in das Glas warf, floss das Wasser durch das Loch, das auf diese Weise entstand.

Alles hier schien mehrfach nebeneinandergebaut worden zu sein – viel öfter, als man es brauchte, sodass es nach einem optischen Trick aussah, einem versteckten Spiegel. Die Erbauer dieses Palasts waren offensichtlich so reich und so mächtig, dass sie es nicht für nötig befanden, dies konzentriert an einer bestimmten Stelle zur Schau zu stellen, sondern ihre Schätze willkürlich verstreuten. Wo eine gewaltige Marmortreppe vollauf für die Repräsentation genügt hätte, gab es gleich fünf davon nebeneinander. Und hinter der nächsten Ecke dann noch einmal fünfzehn, hinter der nächsten Ecke waren dann dreißig. Der Weg zur nächsten Ecke war der Prinzessin zu weit, deshalb sah sie nicht nach, ob es dahinter noch mehr Treppen gab. Und wo war jetzt die erste Treppe, aus deren Tür Serisada nach draußen getreten war? Sie fand sie rasch wieder. Sie kannte sich nach all den Jahren, Jahrzehnten und Jahrhunderten doch recht gut im Palast aus.

In den letzten Jahrzehnten kümmerte Serisada sich nicht mehr darum, den Palast in Ordnung zu halten. Sie hatte den Wunsch, diesen Ort lieber entscheidend zu verändern.

Allerdings zweifelte sie, ob ein einzelnes Mädchen – selbst eine Prinzessin wie sie – überhaupt genug Zeit in ihrem – scheinbar ja unendlichen – Leben hatte, um eine echte Veränderung zu bewirken. Sie hob einen herumliegenden Tennisball auf – wann hatte sie den dort liegen gelassen? – und warf mit Wucht ein Glasmosaik ein, das einen Druidenfuß und Tierkreissymbole zeigte. Auch dieses Klirren erfüllte sie mit Befriedigung, obwohl absolut niemand sich an dem Vandalismus störte. Serisada runzelte die Stirn. Sie war sich eigentlich sicher, dass der Tennisball nur von ihr selbst stammte. Mit Absicht hinterließ sie überall ihre Spuren. Die Diener durften nicht hinter ihr herräumen. Serisada mochte die Saftgläser, Pizzateller, Kleidungsstücke und natürlich all die Spielsachen, die sie dann Jahre später in einem Saal oder auf einem Balkon wiederfand und dadurch an einen früheren Tag und seine Spiele erinnert wurde. Wenn sie solche Spuren von sich selbst fand, fühlte sie sich weniger allein.

Nun entdeckte sie auf der Marmortreppe ihren alten Tennisschläger. Er war der Beweis, dass der Tennisball tatsächlich von ihr stammte.

Aber heute war kein Tag zum Spielen: In der übernatürlich feinen Prinzessinnennase hing penetrant der Gestank von Blut und Tod neben den sommerlichen Düften.

Serisada ahnte schon, worum es ging, als ihre uralte Dienerin plötzlich in der Tür stand, zum ersten Mal seit vielen Jahren. Es verschlug Serisada erst einmal die Sprache, denn: Wie weiß war das Haar der Frau geworden. Wie viel kleiner war sie jetzt im Vergleich zu früher, kleiner als Serisada, richtiggehend zusammengeschrumpelt. Diese Frau hatte von ihrer Jugend bis ins Pensionsalter im Palast gedient. Serisada hatte noch ihr Gesicht im Mädchenalter vor Augen. Die Prinzessin war damals wie heute ungefähr dreizehn Jahre alt. Und hatte es vor dieser Dienerin nicht unzählige andere Dienerinnen gegeben, die im Lauf der Zeit gealtert und schließlich zu Greisinnen geworden waren, bis sie durch die nächste Generation von Dienerinnen ersetzt worden waren? Serisada konnte sich nicht mehr klar erinnern. Es war zu lange her.

„Ich muss euch sprechen, mein Kind!“

Serisada stützte und geleitete die alte Frau in eine Seitenkammer. Die Dienerin erzählte der Prinzessin, dass es schon wieder Tote gegeben hatte im Krieg zwischen Sumerland und Waylhaghiri. Serisada wollte von diesen Dingen nichts wissen, sondern lieber wieder spielen gehen. Sie sprang deshalb auf und rannte zur Tür. Aber ihre alte Dienerin hielt sie mit ihrem Krallengriff am Arm fest und beruhigte sie: „Ihr seid hier auf der Königsinsel sicher, mein Kind. Es hat hier noch niemals eine Gefahr für euer zartes Haupt gegeben und es wird auch niemals eine Gefahr geben. Kein Feind kann die fragmentarische Stadt durchdringen.“ Die Dienerin lockerte ihren Griff, ließ ihre Herrin aber nicht los.

Der Prinzessin fiel auf, wie schön die Seitenkammer war, in der sie beide saßen. Fließendes Wasser rann über einen brennenden Kristalllüster und sammelte sich darunter in einem Glasbecken. Das Wasser und das Licht webten ein unstetes Muster auf die Zimmerwände. Möglicherweise war sie hier auf der Insel tatsächlich absolut sicher, und das hieß: Unbegrenzt Zeit haben, sodass sie niemals auf die Uhr sehen musste.

Das hieß: Genug Zeit haben, um alle Kunst, die es im Palast gab, zu entdecken. Aber war damit alles gut? Wenn draußen in der Welt das Leid und das Töten weiterging?

„Also was willst du von mir?"

Die alte Dienerin rückte zögerlich mit ihrem Anliegen heraus: „Kind, ihr müsst eurem Volk helfen. Viele sterben. Jeden Tag."

Serisada warf abwehrend die freie Hand in die Luft. „Ach. Und wenn schon. Wir sind die Natur. Wir sind unverletzlich. Wir sind der gegenwärtige Moment und als solcher ewig, während das Reich des Feindes in einer Zukunft liegt, die so niemals kommen wird, und in einer Vergangenheit, die so niemals war. Jeder Schmerz ist nur von kurzer Dauer. Reiß eine Blume aus und es wachsen tausend neue nach. Es ist genug Zeit da auf der Welt für uns alle zum Leben, wir müssen uns nicht darum streiten. Kein dauerhafter Schaden kann geschehen. Es ist kein Unglück vorstellbar, das nicht schon bald wieder vergessen wäre." Serisada versuchte den Arm frei zu bekommen, an dem die Dienerin sie noch immer mit ihren mageren Greisenklauen festhielt. Niemand anders hätte so etwas gewagt. Und jetzt widersprach die alte Frau ihrer Prinzessin auch noch: „Ja, junge Herrscherin. Ja. Philosophisch gesehen mögt ihr recht haben. Aber ihr wisst genau: Sie leiden in Wahrheit doch. Ihr könnt den Schmerz riechen, ihr könnt den Krieg riechen, ihr könnt das vergossene Blut riechen. Und es sind keine Blumen. Es sind eure Untertanen."

Serisada sah kalt und zornig auf die alte Frau hinunter, um sie daran zu erinnern, wie gefährlich es war, die Herrscherin des Sumerlands herauszufordern. Aber die Greisin beachtete es nicht. Sie war alt. Sie hatte nichts mehr zu verlieren. „Die Narren aus der Stadt merken nicht, welchen Schaden sie anrichten. Ihr jähzorniger Herrscher hat befohlen, der Natur wehzutun. Und nun fällen sie Bäume, zerstören Ameisenhaufen, bringen Tiere um." „Das ist wirklich bedauerlich. Aber ihr wisst, dass ich mich nicht um jedes Einzelschicksal kümmern kann. Und für das Land insgesamt ist es objektiv gesehen am besten, wenn man den Dingen ihren Lauf lässt. Verletzungen und sogar der Tod gehören zur Natur dazu. Unser Land ist stark. Seine Magie ist intakt. Die Feinde aus der Turmstadt verrennen sich blindwütig."

Die Greisin antwortete nicht. Doch der Griff der alten Frau war wie ein Schraubstock. Die Prinzessin riss sich gewaltsam los, rieb das schmerzende Handgelenk und fragte distanziert: „Und was soll ich deiner Meinung nach damit zu schaffen haben?" Doch die Dienerin sah nur zu ihr auf, ohne ein Wort. Da schrie Serisada ihr ins Gesicht: „Sprich es aus – was willst du von mir?" Die Dienerin antwortete nicht direkt, sondern sagte wie zu sich selbst. „DANN TUT EBEN DER NATUR WEH, hat deren Prinz gesagt. Seine Soldaten sehen sich selbst als unschuldige Opfer, weil jede Nacht weitere von ihnen getötet werden. Das Leid, das sie zufügen, bemerken sie nicht einmal." Serisada hielt sich mit beiden Händen die Ohren zu. „Und wenn schon. Und wenn schon – bring ein Lebewesen um und es wachsen neue nach. Wie die Blumen auf der Wiese. Kein Schmerz ist dauerhaft. Und warum sagst du nicht endlich, was du von mir willst?" Aber die alte Frau sah ihr weiter einfach ins Gesicht. „ICH GEHE DORT NICHT HIN!", brüllte Serisada und stampfte mit dem Fuß auf.

„Doch – das müsst ihr. Bitte, mein Kleines. Bitte, Hoheit. Für euer Land, für euer Volk, für die Unglücklichen dort drinnen im Turmkessel. Ihr müsst bitte in die Turmstadt gehen, nach Waylhaghiri, gut verkleidet natürlich, um dort die Revolution zu entfachen. Nur so findet dieser Wahnsinn ein Ende." Da begann Serisada zu weinen. „Spinnst du – soll ich dich in den heiligen See werfen lassen – oder rausschmeißen? Das ist viel zu gefährlich." Die Dienerin tupfte ihr mit ihrer Schürze das Gesicht ab. Serisada ließ es geschehen und atmete durch.

Dann riss sie sich wieder zusammen, nahm eine königliche Haltung an und erklärte ruhig ihr abschließendes Urteil: „Ich habe entschieden, nicht zu gehen. Geh doch selbst, wenn du willst. Ich will hier in Frieden leben und weiterspielen. Ich mag den Blick dieses Prinzen nicht. Er will mir nichts Gutes." Da sah die alte Dienerin mit einem Mal welk aus wie eine verdorrte Pflanze. „Ihr habt ja recht, meine kleine Prinzessin. Aber jemand muss es doch tun. Jemand muss die Revolution entfachen. Und es ist vielleicht gar nicht schlecht für euch, wenn ihr einmal unter Leute kommt. In Waylhaghiri gibt es rauschende Feste, da ist immer was los. Feiert mit den Bürgern von Waylhaghiri, das tut euch gut!" „Ach – dieser Traum von der Revolution ist doch nur ein Mythos. Das haben schon viele versucht und sie sind niemals zurückgekehrt. Warum denn gerade ich? Ich will mich fernhalten von diesem verrückten Prinzen. Das ist keine Aufgabe für eine Prinzessin. Und diese Partys in Waylhaghiri, mit denen du mich ködern willst, mögen zwar glanzvoll sein, aber bestimmt nicht gesund."

Die Dienerin hob ihre Arme und nahm den Kopf ihrer Herrscherin zwischen beide Hände. Da kicherte Serisada schrill. „Eine Revolution entfachen – das kann doch keine Aufgabe für eine Prinzessin sein, ist doch logisch!" Sie lachte gleich noch mal, aber es half nichts, die Dienerin blieb ernst und ruhig. „Nur ihr könnt es, Hoheit. Ihr könnt nicht durch den Glamour Waylhaghiris manipuliert werden, denn ihr tragt das Geheimnis aller Manipulation in Euch. Die ultimative Droge. Ja, der Prinz Zazamael sucht sie Tag und Nacht. Er sucht euch Tag und Nacht. Und wenn er bekommt, was er will, ist alles verloren für unsere Sache. Übrigens ist dieser Prinz ein durchaus hübscher Bursche, sagt man." Die Greisin kicherte meckernd und wollte noch etwas hinzufügen, aber Serisada fiel ihr rasch ins Wort. „Genau. Gerade deshalb kann ich nicht gehen. Es ist höchst verantwortungslos, dass du mich mit dem Glamour dieser Sündenstadt ködern willst. Das ist eine unwiderstehliche Versuchung. Dort trifft man andere Leute. Man hat Spaß. Man wird weltgewandt." Anstatt zu antworten, wandte sich die alte Dienerin ab und schlurfte in Richtung Tür. Erst im letzten Moment rief Serisada ihr hinterher: „Ich gehe nach Waylhaghiri. Dieser Prinz wird mich schon nicht zu fassen kriegen. Und wenn doch, trete ich ihn an seine empfindlichste Stelle. Aber ich gehe erst übermorgen. Morgen packe ich meine Sachen. Du wirst sehen: Wenn ich zurückkomme, kenne ich alle Tricks der Großstadt." Da drehte sich die alte Frau noch einmal um und ein Lachen blitzte in ihrem verschrumpelten Gesicht.

Serisada packte also ihre Sachen und sagte allen ihren Dienern und Lieblingsspielsachen Lebewohl. Letztlich hatte es ja doch in der Luft gelegen, dass es so weit kommen würde, sodass gewisse Vorbereitungen bereits getroffen worden waren. Serisada bekam einen gefälschten Pass und eine dazugehörige falsche Identität, die sie schon längst in allen ihren Details auswendig gelernt hatte, damit sie diese Rolle rund um die Uhr leben konnte. Sie bekam die Namen von einer Kontaktperson des sumerländischen Geheimdienstes in der Stadt, der dort eine Garküche betrieb – das war ihr erster Ansprechpartner. Er sollte in einer Markthalle zu finden sein, dem „Basar der tausend und abertausend Güter". Sie bekam Geheimpläne der Kanalisation und der Katakomben von Waylhaghiri, der prinzlichen Gemächer und anderer strategisch wichtiger Orte. Sie bekam eine starke Taschenlampe, damit sie vom Stadtturm aus nachts Blinksignale in Richtung Palast morsen konnte. Und zur Selbstverteidigung wollten die Leute vom Geheimdienst ihr einen Stift mit eingebauter Schusswaffe andrehen, aber das schien der Prinzessin zu kindisch.

Gab es noch etwas, das sie mitnehmen sollte? Da fiel Serisada ein Schmuckstück ein, dass sie schon seit ihrer frühen Kindheit in ihrer Nachttischschublade verwahrte. An einer fein gearbeiteten Silberkette – konnten Menschenhände so feine Kettenglieder schmieden? – hing eine Libelle. Es war ein echtes Insekt in lebendig bunten Farben, das wohl mit einer hauchdünnen Schicht aus Glas oder Kristall überzogen war, jedenfalls fühlte es sich hart, kühl und glatt an. Die Libelle saß auf einem Birkenblatt, das ebenfalls echt aussah, aber auch für alle Ewigkeit in einer hauchdünnen Schicht von Glas oder Kristall eingeschlossen war.

Serisada besaß dieses Schmuckstück schon, seit sie sich erinnern konnte. Möglicherweise hatte ihre Mutter es ihr einmal geschenkt, als sie noch ganz klein gewesen war. Sie nahm diesen besonderen Gegenstand mit nach Waylhaghiri als Erinnerung an das Sumerland und an ihre wahre Identität. Weil sie eine hochgeschlossene Bluse trug, würde niemand in der Stadt dieses Schmuckstück an ihrem Hals entdecken.

Serisada war erleichtert, dass der Entschluss nun gefasst war und sie wieder im Reinen mit sich selbst war. Die uneingestandene Notwendigkeit, nach Waylhaghiri zu gehen, hatte ihr in letzter Zeit viele schlaflose Nächte bereitet.

Jetzt, wo sie aus freien Stücken den Entschluss gefasst hatte, auf die Quelle der Gefahr zuzugehen, war sie mit einem Mal frei von Angst. Insgeheim freute sie sich auf die Trichterstadt. Im frühen Morgengrauen schulterte sie ihren kleinen Rucksack, ruderte über den heiligen See und kletterte den steilen Abhang des Tals empor. Oben angekommen sah sie vor sich die fragmentarische Stadt. Was für ein Ort, kaum zu beschreiben, wie Trümmer von Illusionen, die aus einer anderen Welt herübergeweht waren. Serisada wusste aber, dass die Stadtfragmente ihr nichts tun konnten, denn mit ihrer guten Nase konnte sie sich mühelos orientieren. Sie ging geradewegs los in Richtung des Stadtturms, der am Horizont wie ein Berg aufragte. Bald hatte sie die Stadtfragmente hinter sich gelassen und war mitten in der freien Natur. Sie kam gut voran. Dabei sang und hüpfte sie. Der Turm vor ihr wurde mit jedem Schritt ein klitzekleines Stück größer. Der unbekannte Weg fühlte sich gut an unter ihren nackten Fußsohlen, denn er führte sie zu anderen Leuten.

Abends, auf der Rückfahrt: Ich bin der einzige Passagier in diesem Bus. Die Landschaft draußen liegt in Dunkelheit. Nur ab und zu sieht man ein Fensterlicht vorbeiziehen.

Der Besuch bei diesem Mädchen namens Susanne war – wie erwartet – verschwendete Zeit. Sie ist nichts als eine zwölfjährige Göre, besserwisserisch und egoistisch. Aber sie hat etwas Sonderbares an sich. Sie beobachtet einen unentwegt auf geradezu freche Weise mit ihren klaren Augen.

Man fragt sich, was sie von einem denkt. Susanne wirkt so, als habe sie unglaubliche Dinge gesehen mit diesen Augen. Aber was soll sie schon gesehen haben, sie ist ja erst ein junges Mädchen. Sie ist viel zu selbstbewusst. Zum Abschied sagte sie: „Du siehst müde aus! Mach dir weniger Sorgen, dann kannst du besser schlafen!“ Dass man mir den Stress und mein geheimes Problem, die Schlaflosigkeit, tatsächlich so ansieht!

Leider ist da nichts zu machen – in nächster Zeit werde ich wohl öfter raus zu Susanne fahren müssen. Das bin ich Sigrid schuldig. So ist das nun einmal mit verwandtschaftlichen Verpflichtungen.

21

Mein Schreibtisch ist penibel aufgeräumt. Er ist aus Glas, futuristisch wie alles im Büro. Und, Andi, nur wir beide kennen das Geheimnis der zweitobersten Schreibtischschublade. Sie lässt sich kaum noch öffnen und schließen. Sie quillt über von Papier, meiner unerledigten Arbeit, dem Rückstau.

Lange dauert es nicht mehr, bis das mit einem Krach auffliegt.

Der Rückstau ist nur entstanden, weil ich den Garten im Blick habe. Mein Schreibtisch steht am Rand des Großraumbüros, direkt vor der Fensterfront. Dahinter sehe ich die bepflanzte Dachterrasse des Nachbargebäudes, die wie ein Zen-Garten gestaltet ist. Da sind Flächen aus weißem Kies. Da sind knorrige Bäume in Tonkübeln. Sogar eine Art Wiese aus Moos und Heidekräutern gibt es. Es ist kein Ort zum Betreten. Ich habe dort noch nie einen Menschen gesehen.

Ich sehne mich nach diesem Garten, wie ich mich nach der Natur des Sumerlands sehne. Ich möchte bestimmte Pflanzen gut kennen und ihre Wandlung im Lauf der Jahreszeiten mitverfolgen. Wie ich als Kind bestimmte Bäume gut kannte, die ich mir durch Hinaufklettern erobert hatte. Ich fühlte mich ihnen so nah wie Spielgefährten.

Eine Pflanze kann man trotz ihrer Detailliertheit und Komplexität mit einem Blick verstehen, weil sie einfach natürlich ist. Im Kern ist sie aus dem gleichen Stoff wie unser eigenes Inneres.

Wie das Sumerland ist der Garten doppelbödig und gefährlich. Er wird mich meinen Job kosten. Dabei sieht er rein und friedlich aus in seiner Unerreichbarkeit. Nie werde ich wissen, ob sich der Kies kühl oder warm anfühlt.

Eine graue Papiertüte wird von der Straße hoch geweht. Sie segelt matt hinein in den Garten. Sie legt sich zögernd auf den Kies, am Fuß eines Tonkübels mit einem Baum drin.

Ist die Papiertüte eine Spur von etwas, das hinter der Scheinwelt unseres Alltags geschieht? Eine Halb-Eingeweihte wie ich findet überall Spuren der Realität. Ich muss nur bei Google einen waylhaghirischen Namen eingeben, wie zum Beispiel „Samael Xionbarg“. Schon finde ich Treffer und habe den Beweis, dass Waylhaghiri und Sumerland keine Einbildung von mir sind.

Die Nacht lag noch über dem verödeten Schlachtfeld. Aber die Morgendämmerung stellte sich ein. Das Meer rauschte wieder lauter. Die Flut stieg den Strand hinauf, auf dem die gefallenen Krieger aus Waylhaghiri lagen. Die Wellen überspülten die Scherben einer fantastisch gezackten Muschelschale, die ein schwerer Soldatenstiefel zertreten hatte. Die Wellen wuschen die Fußspuren der Krieger fort. Aber die Wellen würden die Leiche von Samael Xionbarg nicht erreichen, denn sie lag weiter oben zwischen den Dünen. Sein kurzes Schwert steckte neben ihm im Sand.

Noch immer tobte ein Katz-und-Maus-Spiel, denn einzelne Krieger hatten bis jetzt überlebt. Sie verbargen sich zwischen den Dünen vor dem animalischen Feind, der sie suchte und fand.

So, genug – zurück in den Berufsalltag. Die Tüte hat offenbar nichts weiter zu bedeuten.

Leider ist das nächtliche Schlachtfeld des Sumerlands nicht so fern, wie es wünschenswert wäre. In meinem Rücken spüre ich Blicke und ich ahne: Dort drängen sich meine Gegner.

Die Krieger aus dem Trupp von Samael Xionbarg sterben. Ich höre ihr Röcheln zwischen dem Klappern der Tastaturen und den sonstigen Bürogeräuschen.

Das nächtliche Schlachtfeld ist eine Kriegszone, die Orte wie Hotels, Flughäfen und Bürogebäude wie dieses hier miteinander verbindet. Das nächtliche Schlachtfeld ist gut organisiert, digital vernetzt. Dennoch ist es voll Waffengeklirr, Keuchen und dem Dunst von Schweiß und dampfenden Eingeweiden.

Finanzkrisen und Firmenübernahmen erschüttern den Grund, auf dem man steht. Man kann trotz Beachtung aller Kleidungsregeln und Benimmregeln einen Dolch in den Rücken gestoßen bekommen. Wer Gefühle kontrolliert und ausnutzt, besteht. Zwecklügner überleben.

Das nächtliche Schlachtfeld reicht trotz seiner Modernität nahtlos zurück bis zu den Söldnerheeren des Dreißigjährigen Kriegs. Tilly, mit der roten Hahnenfeder am Hut, und Wallenstein. Das Kriegshandwerk. Man erkennt es auf den Bildern von Hieronymus Bosch. Man kann es zurückverfolgen bis zu den Söldnerheeren der römischen Imperatoren. Es reicht noch weiter zurück bis zu den Faustkeilen der Steinzeit, den allerersten Werkzeugen der Menschheit, die vor allem eins waren: Mordwaffen.

Die Waffen sind moderner geworden. Aber die Spielregeln des Kriegs bleiben gleich. Kaum ist Gras über die stahldurchsiebten Mondlandschaften des Ersten Weltkriegs gewachsen, da erledigen Söldner-Konzerne wie Blackwater das gleiche alte Geschäft.

Ich drehe mich um und sehe ein normales Büro. Micha, ein Kollege aus der Marktforschung, lächelt mir zu. So ist das jedes Mal. Die Zwecklügner, die mir im Nacken sitzen, wahren den Schein. Aber sobald ich mich abwende, robben sie heran. Sie wollen meinen Skalp.

Da sehe ich doch lieber hinaus auf meinen Zen-Garten. Die Papiertüte auf dem Kies krümmt und bläht ihren luftgefüllten Leib wie ein gestrandeter Wal. Ein Windstoß lässt die Zweige der knorrigen Bäume zittern. Die Tüte zittert mit. Sie purzelt mit Drehungen ein Stück weiter. Aber sie fliegt nicht mehr. Ist sie nass geworden? Nasses Papier klebt. Es fliegt nicht.

Eben passiert:

Plötzlich merkte ich, dass jemand direkt hinter meinem Rücken stand.

Aber als ich mich umdrehte, war es nur Micha aus der Marktforschung. Er fragte mich, ob ich noch Anmerkungen zu seinem Bericht hätte. Oder ob ich den freigeben würde. Ich hatte keine Ahnung, wovon Micha sprach. Vermutlich liegt sein Bericht in meiner zweitobersten Schublade. Schon längst hätte ich ihn wohl kommentieren müssen.

Ich sagte, dass ich seinen Bericht wunderbar fände und keine Anmerkungen hätte. Er meinte, dass er den Bericht noch mit mir durchsprechen wolle, bevor er nachher das Meeting mit der Planungsrunde hat. Ich nickte mechanisch. Er setzte sich schwerfällig und wichtigtuerisch zu mir an den Schreibtisch.

Ihm fiel dann ein, dass er die Anlage mit den Statistiken holen wollte, die wir brauchen würden, wenn wir seinen Bericht durchsprechen.

Micha will gleich wiederkommen.

Er darf nicht merken, dass ich seinen Bericht nicht kenne. Ich will meinen Job nicht verlieren. Mein Job passt gut zu mir, ich mache die kreative Entwicklung von Werbekampagnen auf strategischer Ebene. Darin bin ich anerkanntermaßen hochbegabt. Ich weiß um die Magie, mit der man Menschen von etwas Beliebigem fasziniert. Die Masse braucht emotionale Impulse, um zu Käufen motiviert zu werden. Ich kann ihr die Gefühle geben, die ihr fehlen. Ich kann sie dazu bringen, dass sie Unwichtiges mit Wichtigem verwechseln und Bier für Männlichkeit halten, Turnschuhe für Sportlichkeit, Joghurts für Schlankheit. Das liegt an dem geheimen Wissen, das ich damals in der Nacht meiner Einweihung in der Bretagne erlangt habe. Und das seitdem durch meine Einblicke in die Realität hinter den Kulissen laufend aktualisiert wird. Dieses Wissen macht mich einsam.

Mit meiner besonderen Faszination auf Männer ist das ähnlich.

Ich warte auf Micha.

Unten im Zen-Garten landet jetzt ein weißer Vogel mit krummem Schnabel – eine Möwe? – auf dem Rand des Tontopfs. Er hüpft ungeschickt hinunter in den Kies und beäugt die Tüte, kritisch, mit schräg gestelltem Kopf.

Micha kommt nicht zurück.

Ist es riskant, wenn ich noch einmal kurz hinter die Kulissen sehe?

Vielleicht erfahre ich diesmal etwas, das mich für die Besprechung mit ihm stärkt. Die Sonne spiegelt auf einer Fensterfront draußen und ich erkenne darin das Glitzern zweier Ritterrüstungen im Morgenlicht.

Die Feuerglut des Sonnenaufgangs gleißte auf den Rüstungen der beiden gepanzerten Ritter, als sie die Leichen ihrer Kameraden entdeckten. Wenige Meter vor Xionbargs leblosem Körper brachten sie mühsam die aufbegehrenden Schlachtrosse zum Stehen. Sie stiegen schwerfällig ab. Erst als sie ganz nah waren, flog eine Seemöwe mit blutrotem Schnabel von Xionbargs Kopf auf. Einer der Ritter kniete mühselig nieder und hob mit seinem Panzerhandschuh das Kinn von Xionbarg an – der Leiche stand nackte Angst im zerhackten Gesicht. Der Panzerritter ließ den Toten mit einer Geste voll Mitleid und leiser Verachtung zurücksinken – der Ritter wusste, dass er selbst ebenfalls fallen konnte. Er war auch jederzeit dazu bereit. Aber er würde dabei souverän bleiben. So viel wusste er jetzt schon. Er war ein biomechanisch aufgerüsteter Ritter der sieben Hochtugenden von Waylhaghiri und in seinem Herzen nistete keine Schwäche.

„Sind sie alle tot, der ganze Trupp?“

Der andere Panzerritter schüttelte langsam den behelmten Kopf.

„Etwa die Hälfte fehlt. Keine Ahnung, wo sie sind. Vom Meer fortgespült? Und wieder keine Spur vom Feind."

„Wir werden ihrer habhaft werden. Die Macht unseres stahlharten Willens wird sie zerschmettern."

Wie üblich sprachen sie danach auf ihrem Ritt zurück zum Heerestross kein weiteres Wort mehr miteinander.

Der Himmel war bereits tiefblau. Es würde wieder ein heißer Tag werden. Aber noch glitzerte der letzte Morgentau wie Perlen im Schilf auf den Dünen.

Als ihre Rosse die letzte Düne erklommen hatten, erblickten die Ritter dahinter den Zug der waylhaghirischen Okkupationsarmee, der sich wie ein Lindwurm durch die sommerliche Landschaft wand. Obwohl das Management bemüht war, den administrativen Overhead der Militäraktion so klein wie möglich zu halten (die Softkosten sollten keinesfalls mehr als 20 % betragen, folgte dem eigentlichen Herr ein schier endloser Kriegstross von Marketendern, Sanitätern, mobilen Schenken und Bordellen, Spielhallen, Fachanwälten für Delikts- und Beuterecht, Versicherungsmaklern und anderem Begleitpersonal.

Nach ihrem Schweigen gab es nun zwischen den an sich wortkargen Rittern einen kurzen, aber lebhaften Streit, wer von beiden dem Prinzen Zazamael die unangenehme Botschaft überbringen sollte, dass es auch diese Nacht wieder einen Angriff gegeben hatte. Schon wieder Tote. Ihr Herrscher würde nicht erfreut sein. Das ahnten sie.

Schließlich einigten sie sich darauf, gemeinsam vor den Prinzen hinzutreten.

Aha, die Okkupationsarmee von Prinz Zazamael hat also bereits weite Teile des Sumerlands erobert. Möglicherweise ist es diese gewaltsame Entwicklung, die Dich heraufbeschworen und – leider – an meine Seite gebracht hat, Andi. Du sitzt gerade im Wartebereich für Besucher am Eingang des Großraumbüros und verhältst Dich so unauffällig, dass ich nicht sicher bin, ob meine Kollegen Dich sehen können oder nicht. Es kann kaum Zufall sein, dass Du gerade dann auftauchst, wenn die Machtverhältnisse zwischen den beiden verfeindeten Königreichen Waylhaghiri und Sumerland aus dem Gleichgewicht geraten. Nähern sich da Schritte hinter mir? Ich rufe meine Sinne zurück aus der eigentlichen Wirklichkeit und konzentriere mich auf das Büro, das mich – scheinbar – umgibt. Aber ich muss sagen, diesmal hat sich mein Ausflug ins Sumerland gelohnt. Ich spüre in meinen Adern die Entschlossenheit der Panzerritter. „Die Macht unseres stahlharten Willens wird sie zerschmettern." – was für ein cooler Satz. Mein Wille ist auch stahlhart, du wirst sehen, Micha.

Nein, da sind doch keine Schritte. Wo bleibt Micha denn? Ich kann nur abwarten.

Meine Vorgesetzten bei der Arbeit sollten erkennen, wie wertvoll ich bin. Ich bin gestählt durch die Macht von Waylhaghiri. Ich bin Zwecklügnerin durch und durch. Aber die objektive Leistung zählt in unserer Berufswelt ja nicht. Ein schwer greifbares Geflecht von Neid, Intrigen und Verleumdungen ist um mich hochgeschossen. Sogar meine alte „Freundin" Kerstin, die ich in ihrer ersten Zeit beschützt und quasi ausgebildet habe, wird arrogant. Sie ist distanziert, als ob sie mich überholt hätte. Dabei will sie doch nur Geld und Karriere machen, was unedel und banal ist, während es bei mir mittelbar darum geht, Liebe zu machen – also um nichts weniger, als am Leben teilzunehmen und zu tun, wozu ich geboren wurde.

Und ich werde diese Liebe am Ende doch noch wahr werden lassen. Dafür nehme ich mir die Kraft, die ich brauche, selbst wenn ich sie eigentlich gar nicht habe. Und ich wachse über mich selbst hinaus.

Der Vogel zerpickt die Tüte. Da war wohl etwas Essbares drin. Heißes Fett, das das Papier durchtränkt hat, oder ein paar Kuchenkrümel.

Was ist mit Micha los? Aber wenigstens gewinne ich so Zeit – soll ich das Gutachten aus der zweitobersten Schublade kramen und überfliegen, um mich auf das Gespräch vorzubereiten? Aber das ist zu gefährlich. Micha könnte im falschen Moment kommen und das Geheimnis meiner Schublade entdecken. Sie lässt sich nur noch mühsam schließen.

Ich schaue deshalb lieber kurz nach, wie es denn nun weitergeht. Im Sumerland. Das Gestell meines Schreibtischs ist aus gebürstetem Stahl. Ich erkenne darin das futuristische Design des Reisethrons des Herrschers von Waylhaghiri.

Prinz Zazamael brütete auf seinem gut haushohen Reisethron und blickte ohne besonderes Interesse hinab auf die beiden knienden Panzerritter. Die drei Männer waren allein in der gewaltigen Wölbung des Thronzelts, denn der Prinz brauchte keine Leibwachen. Die schwarze Seide der Zeltwand war dünn. Sie hob und senkte sich bei jedem Luftzug, sie wölbte sich bei der kleinsten Geste. Als der Prinz die

Ritter mit einer beiläufigen Handbewegung entließ, konnte er sogar von seiner Höhe aus erkennen, wie beide aufatmeten. Er las an ihrer Haltung und ihren Gesichtszügen ab, dass sie befürchtet hatten, er würde sie als die Überbringer der schlechten Nachricht köpfen oder foltern lassen oder so etwas in der Art. Denn Prinz Zazamael vermochte die Gefühle seiner Untertanen stets zu durchschauen. Er konnte die Gefühle der Menschen in seiner Stadt auch beliebig umformen. Der Herrscher von Waylhaghiri war ein perfekter Zwecklügner. Die beiden Panzerritter hatten fast schon den Ausgang erreicht und beschleunigten unmerklich ihren Schritt. Ein sadistischer Impuls ließ Zazamael schwanken, ob er sie zurückrufen sollte. Er hatte Lust, ihre Ängste einfach mal wahr werden zu lassen. Aber andererseits – was scherten sie ihn.

Es hätte ihm auch nicht weitergeholfen, seine Verärgerung über den Angriff an ihnen auszulassen.

Was half schon wirklich? Er fühlte sich einsam, enttäuscht und verraten, aber von wem? Oder war er beleidigt, weil die beiden Ritter ihm solche Grausamkeiten zutrauten? In seinem Mund trug er einen bitteren Geschmack und in seinem Herzen herrschte die ungestillte Gier nach dem Geheimnis, das er finden musste. Ja. Das Geheimnis des Sumerlands. Das brauchte er. Deswegen war er in dieses wilde Land gekommen, mit seiner Armee. Und inzwischen kam der Rachedurst hinzu wegen der nächtlichen Angriffe, dieser ständigen beleidigenden Nadelstiche. Seine langen Fingernägel trommelten ein Stakkato auf dem gebürsteten Edelstahl der Armlehne seines Throns.

Obwohl der Prinz für sein kaum jugendliches, eher noch kindliches Alter ausgesprochen kräftig war, hatte seine Erscheinung etwas Feminines. Seine Haut war blass. Sein dunkles Haar war voll und lockig. Seine großen dunklen

Augen wirkten enttäuscht oder traurig. Sein Blick hatte etwas Irritierendes – man kam erst nicht drauf, woran es lag, bis man entdeckte, dass er leicht schielte. Er sprach leise, denn es war für ihn seit jeher selbstverständlich, dass jedermann in Hörweite auf seine Worte lauschte. So kannten ihn seine Untertanen seit Jahren, Jahrzehnten und Jahrhunderten, denn der Prinz alterte nicht.

Die Okkupationsarmee versuchte auf Geheiß des Prinzen immer wieder, ein Exempel zu statuieren an dem unsichtbaren Feind, der sie belauerte und aus dem Hinterhalt angriff. Aber kein Feind war auszumachen in der sommerlichen Natur. Sosehr sie auch suchten. Das mussten sie täglich immer wieder von Neuem dem Prinzen berichten, der wütend brüllte: „DANN TUT EBEN DER NATUR WEH!“ Um nichts falsch zu machen, reichte das Topmanagement des Heeres den sinnlosen Befehl wörtlich an die mittlere Managementebene weiter und diese wieder an ihre Untergebenen, bis er schließlich bei den einfachen Kriegerinnen und Kriegen angelangt war. Und weil niemand mehr unter ihnen war und sie den Befehl deshalb nicht weiterreichen konnten, führten sie ihn in ihrer Hilflosigkeit wortwörtlich aus: Die Soldaten fällten einen ganzen Hain von Rotbuchen, wobei sie jeden Stamm auf einer anderen Höhe über dem Boden im schrägen Winkel umsägten. Auf einen der Stümpfe nagelten sie ein lebendes Eichhörnchen. Bei anderer Gelegenheit trieben sie einen rostigen Nagel durch ein fein gesprenkeltes Vogelei, dass der gelbe Dotter herauslief. Sie köpften Singvögel, sie rissen duftende Blütenzweige ab. Sie erschlugen eine kräftige Wasserratte mit borstigem Fell und schlauem Blick und hängten das tote Tier über einem Fußweg auf. Sie legten einen Rinderschädel auf einen Ameisenhaufen und kippen darüber ätzenden Essig, der alles umherwuselnde Leben verheerte.

Es blieb bei diesen grausamen, aber hilflosen Drohungen, die im Ergebnis eher wie surrealistische Kunstwerke wirkten oder wie die allgegenwärtigen Spielsachen. Sie fügten sich wunderbar ein in die sommerliche Landschaft, die unbeeindruckt blieb.

Am achten Tag nach dem Tod von Samael Xionbarg entdeckte einer der Kundschafter der Okkupationsarmee eine hauchdünne Rauchfahne. Der Rauch stieg aus einem Tal auf, das abseits der Marschroute des Heeres inmitten der Wälder lag. Endlich ein Lebenszeichen, der Feind war unvorsichtig geworden.

„Unser stahlharter Wille wird sie zerschmettern."

Prinz Zazamael sammelte einen handverlesenen Trupp und wollte sich aufmachen, um Rache zu üben. Doch der altgediente Senior Strategic Security Advisor wagte es, seinen Ärmel zu packen: „Im Namen eurer Stadt und der großen Fusion, die ohne euch nicht durchgeführt werden kann – bleibt vorsichtig, Prinz. Bedenkt, wir wissen nicht, wie viele es sind." Aber Zazamael schüttelte freundlich und gleichgültig den lockigen Kopf. „Nein, alter Mann. Sie kämpfen tagsüber nicht. Nur nachts. Sie kämpfen immer nur nachts." Der Senior Strategic Security Advisor wiegte sein graues Haupt. „Aber Prinz – wenn ihr sie angreift, werden sie sich zweifellos verteidigen. Übereilt nichts. Bleibt im Heerlager."

Aber da waren der Prinz und seine ausgewählten Krieger und Kriegerinnen schon fortgaloppiert.

Kaum hatten sie das Wäldchen erreicht, fanden sie einen Pfad, der zum Tal führte, aus dem der Rauch aufgestiegen war. Sie donnerten ihn voll Rachedurst entlang. Im Wald fanden sie Baumhäuser mit Strickleitern und Hängematten, wie von Kindern zusammengezimmert. Diese Spielgeräte waren zweifellos nicht die Quelle der Rauchfahne.

Tatsächlich – durch die Bäume konnten sie bereits die ersten Häuserwände des versteckten Dorfs weiß schimmern sehen. Es wirkte überraschend modern, wie ein Feriendorf. Die geräumigen Holzbungalows ähnelten einander mit ihren überdachten Terrassen und breiten Panoramafenstern. Als hätte sie derselbe Architekt entworfen. Wilde lebten hier jedenfalls nicht. Die Invasoren hatten auf ihrem bisherigen Weg durch das Sumerland festgestellt, dass der Lebensstandard der Bewohner des Sumerlands dem in Waylhaghiri in etwa ebenbürtig war.

Auf ein Handzeichen des Prinzen saßen die Soldaten und Soldatinnen ab. Sie ließen ihre Pferde zurück. Schleichend umrundeten sie die kleine Siedlung, um von einer überraschenden Seite aus anzugreifen. Noch hatte sie niemand entdeckt, es herrschte – außer ihren gepressten Atemzügen und den gewöhnlichen Naturgeräuschen – Stille. Überhaupt kein Leben regte sich in der Siedlung, die von der bevorstehenden Attacke allem Anschein nach nichts ahnte. Die Soldatinnen und Soldaten zogen ihre Klingen, doch Prinz Zazamael hob die Hand und flüsterte: „Wir schleichen uns erst einmal in eins ihrer Häuser – ich will einen von ihnen lebend. Er wird mir alles verraten." Geduckt näherten sie sich dem nächstgelegenen Bungalow, die Waffen fest umklammert. Der Waldboden war an dieser Stelle übersät mit Spielzeugrittern, zwei aufeinanderprallende Heere in Schlachtformation. Die Krieger trampelten die Figürchen achtlos nieder, denn solche Spielsachen waren ja im Sumerland allgegenwärtig. Die Holzterrasse des Wohnhauses war mit weißen Blütenblättern drapiert, die von einem nahen Apfelbaum herübergeweht waren. Die Terrassentür stand halb offen. Der Prinz sprang mit einer raubtierhaften Drehbewegung als Erster durch die Türöffnung, seine Leute folgten. Ihre Augen brauchten anderthalb Sekunden, um sich auf das schattige Zimmer einzustellen. Es war verlassen. Die Schienen einer Modelleisenbahn bildeten ein komplexes Muster und tatsächlich – eine Dampflok mit zwei Anhängern schnurrte immer wieder im Kreis. Das Zimmer hatte einen Marmorkamin mit einem Ledersofa davor. Die Asche im Kamin war warm, Reste einer erlöschenden Glut qualmten noch. Die Soldatinnen und Soldaten stellten schnell fest, dass der ganze Bungalow menschenleer war. Und als sie durch die Vordertür hinaus auf den zentralen Dorfplatz stürmten, stellte sich ihnen nichts anderes entgegen als absolute Stille. Das ganze Dorf war leer. Wieder entwischt – Zazamael biss sich vor Wut und Enttäuschung in die Fingerknöchel.

Aber verbarg sich nicht doch irgendwo jemand? Bei ihrer erfolglosen Suche nach versteckten Feinden rissen die Soldaten und Soldatinnen die Kleidung von Männern, Frauen und Kindern aus den Schlafzimmerschränken, sie fegten mit ihren langen Klingen Vasen und Geschirr von Tischen und Regalen, sie schlitzten Bettdecken und Stofftiere auf, sodass die Federn umherflogen, sie zertrampelten Spielsachen auf dem Fußboden der Kinderzimmer, sie fegten teure Schminksachen von den Waschbecken in den Badezimmern. Sie schmissen eine Staffelei um, die Ölfarbe auf der Leinwand war noch frisch und klebrig. Sie hackten mit ihren Waffen auf ein Klavier ein. Der Lärm war grausam. Das Instrument stieß geradezu Todesschreie aus.

Währenddessen wurden sie das Gefühl nie los, beobachtet zu werden.

In einer Schreibtischschublade fand der Prinz zwischen unlesbaren handschriftlichen Notizen eine Landkarte. Beinahe hätte er sie zerknüllt und auf den Boden geschleudert, aber da hielt seine Hand inne. Diese Karte schien ihm etwas Besonderes zu sein. Dem ersten Eindruck nach war das gesamte Sumerland darauf erfasst. Zazamael steckte sie in die Reverstasche seiner Uniform. Später würde er sich genauer damit beschäftigen.

Einer der Exploration Assistant Manager befühlte noch einmal die warme Asche im ersten Bungalow und meldete sich mit einem Handzeichen zu Wort: „Mein Prinz …“ Zazamael wischte ihn beiseite, aber der Exploration Assistant Manager blieb beharrlich. „Mein Prinz, hört doch, dieses Feuer hier war viel zu klein. Davon kann die Rauchsäule nicht gekommen sein, die wir gesehen haben.“ Zazamael winkte entnervt ab. „Quatsch. Nirgendwo sonst haben wir Spuren eines frischen Feuers gefunden.“ Der Scout nickte beflissen. „Genau – ihr bringt es auf den Punkt, meine prinzliche Hoheit – da muss also noch ein weiteres Versteck sein.“ Zazamael seufzte und rang sich Geduld ab. Er und seine Männer und Frauen warteten missmutig, während der Exploration Assistant Manager akribisch das gesamte Dorf durchsuchte. Alle waren überrascht, als der Scout am Ende tatsächlich etwas fand, nämlich einen gut getarnten Trampelpfad, der noch tiefer in den Wald hineinführte. Der Prinz und seine Leute schöpften neue Hoffnung, die ihnen zustehende Rache doch noch zu nehmen. Im Gänsemarsch schlichen sie den Pfad entlang, der ohne erkennbaren Sinn richtungslos im Zickzack verlief.

Am Ende des Pfads entdeckten sie zu ihrer Verblüffung ein weiteres Dorf. Hier herrschte dieselbe Stille. Es war ebenfalls verlassen. Aber dieses Dorf bestand nur aus erbärmlichen Lehmbauten, die Hütten waren mit einfachen Farbzeichnungen bedeckt. Und auf der festgetrampelten Erde in der Dorfmitte standen Totempfähle von Götzen, die grausam und lächerlich zugleich aussahen. Es gab auch primitive Spielsachen – Puppen aus Knochen und Steinmurmeln, die mit Gräsern und Blüten gefärbt waren. Dieser niedrige Zivilisationsstand war erschreckend. Das war allerhöchstens ein Dorf von Wilden oder vielleicht sogar nur von Steinzeitmenschen.

Der Scout stürmte vor – er hatte mitten auf dem Platz die erkaltende Asche der zentralen Feuerstelle entdeckt. Ganz klar, da war der Rauch hergekommen, den sie vom Heereszug aus bemerkt hatten. Trampelspuren ließen darauf schließen, dass der ganze Stamm tatsächlich um das Feuer und die Totempfähle herumtanzte. Prinz Zazamael spürte Ekel in seiner Kehle bei dem Gedanken daran, dass Kinder über den gestampften Lehmboden der Hütten krabbelten, mitten in diesem Dreck aufwuchsen. Da entdeckte er in der Asche etwas Weißes und Rundes – einen Totenschädel. War das der Schädel von einem von Samael Xionbargs fehlenden Leuten? Zazamael stieß den Knochen mit der Spitze seiner Klinge an und stellte erleichtert fest, dass es doch nur ein Katzenschädel war. Zazamael fand es jedenfalls widerwärtig, dass sich das Steinzeitmenschentum hinter der zivilisierten Fassade des Sumerlands verbarg. Er hasste alles Doppelbödige und ekelte sich vor dem nahtlosen Übergang ins Animalische. Aber wie hing die Bungalowsiedlung mit diesem Steinzeitdorf hier zusammen? Wer benutzte den Trampelpfad?

In Ermangelung eines greifbaren Feindes verwüsteten die Soldatinnen und Soldaten des Prinzen auch hier alles. Sie zerschlugen klobige Tonkrüge. Sie rissen die Strohdächer der Lehmhütten ein. Sie zerschlitzten die Tierfelle auf den Schlafstätten. Da entdeckte der Exploration Assistant Manager wieder etwas: An einer versteckten Stelle führte ein weiterer Pfad noch tiefer in den Wald. Diesmal war er so wenig ausgetreten, dass er eher einer bloßen Tierspur glich. Nach kurzem Zögern machten sich die Soldatinnen und Soldaten wieder auf. Vielleicht würden sie ihren Feind zu guter

Letzt doch noch erwischen. Am Ende eines mühseligen Wegs fanden sie eine Art Tiernest oder Tierlager. Jedenfalls konnte es kaum das Lager von Menschen sein, nicht einmal von Steinzeitmenschen, denn so primitive Menschen konnte der Prinz sich nicht einmal in seinen Albträumen vorstellen. Es gab hier keinerlei Werkzeuge oder andere Gegenstände. Und es gab nicht einmal ein richtiges Dach über dem Kopf, nur ein paar aneinandergelehnte Zweige, die vielleicht den heftigsten Regen etwas abhalten mochten. Eine festgetrampelte, vielleicht auch gefegte Stelle, auf der Tiere sich zusammenrollen mochten. Darauf lagen ein paar Haare und Federn. Ein Baumstamm war auf geringer Höhe glänzend glatt gescheuert, als hätte jemand oder etwas hier sein Fell gerieben. Ein scharfer, aber klarer Geruch hing in der Luft. Animalisch. Waren da eben glänzende Raubtieraugen im Gebüsch zu sehen gewesen? Eine halbe Sekunde lang, nur aus den Augenwinkeln? Prinz Zazamael brüllte: „Kommt raus! Zeigt euch! Ich! Habe! Keine Angst! Vor euch!“ Seine Worte verhallten ohne Reaktion. Beinahe hätte er ein wortloses Wutgeheul ausgestoßen, aber er biss sich auf die Lippen und schwieg. Gegenüber seinen Leuten würde er keine Unbeherrschtheit zeigen. Er konnte ihre Moral stärken, indem er seine eigenen Gefühle im Griff behielt.

Der Scout winkte sie herüber – er hatte noch einen weiteren Pfad entdeckt, aber dieser war so klein, dass er für einen aufrecht gehenden Menschen unpassierbar war. Eigentlich war es gar kein Pfad. Es war nur eine bruchstückhafte Tierspur, die sich unter tief hängenden Ästen hindurchwand und noch tiefer in den Wald hineinführte. Prinz Zazamael schüttelte den Kopf: „Sinnlos. Sie sind uns diesmal entwischt. Wir werden ihrer noch habhaft werden. Unser stahlharter Wille wird sie zerschmettern.“ Seine Leute nickten erleichtert. Sie waren froh, dass es zurück zum Heer ging. Bis sie wieder bei ihren Pferden angekommen waren, sprach keiner von ihnen ein Wort.

Ich bin völlig ausgelaugt, wie blutleer. Wie lange habe ich ins Sumerland gesehen? Jedenfalls zu lange. Ich war wie hypnotisiert. Mein Einblick in die geheime Realität macht süchtig. Es zieht mich rein. Leider sehe ich dort nur Prinz Zazamael und nicht Prinzessin Serisada. Ich vermute, das liegt daran, dass sie sich auf ihrem Weg nach Waylhaghiri gut tarnt.

Jedenfalls ist es kein Zufall, dass Du, Andi, gerade in diesen Tagen auftauchst, wo die jahrhundertealte Machtbalance zwischen den beiden Königreichen aus dem Gleichgewicht gerät. Die entscheidende Schlacht zwischen beiden Reichen wird auch unser beider entscheidende Schlacht werden, schätze ich.

Micha kam dann endlich. Lang und breit sprach er mit mir seinen Bericht durch. Männer hören sich gern selbst reden. Ich verstand kein Wort. Aber ich nickte kompetent. Und vor allem: Ich durchbohrte ihn mit dem dunklen Blick von Prinz Zazamael. Der Blick, den ich mir eben – gerade noch rechtzeitig – in der geheimen Realität abgeschaut hatte. Dieser hypnotische Blick beeindruckte ihn. Er hinderte ihn daran, Fragen zu stellen. Manchmal hilft mir mein Einblick hinter die Scheinwelt unseres Alltags eben doch.

Micha erzählte mir, dass sein Bericht das große Thema bei der nächsten zentralen Planungsrunde sein wird. Er fragte mich, wo ich meine Kopie von dem Bericht habe. Ich schwindelte, dass ich seinen Bericht übers Wochenende mit nach Hause genommen hätte. Ich würde ja so viel arbeiten. Mein dunkler Blick hielt ihn davon ab, an meinen Worten zu zweifeln. Er war sichtlich zufrieden, dass ich seinen Bericht so ernst nahm.

Ich muss den Bericht jetzt sofort aus der zweitobersten Schublade holen, um mir eine Ahnung zu verschaffen, worum es dabei geht.

Der Vogel unten im Zen-Garten hat die Tüte mit seinem Schnabel in Fetzen gerissen. Er hat etwas gefunden, worum er sich kümmert, mit gesenktem Kopf. Etwas, das er hinter den Blumenkübel zerrt, wo ich ihn nicht mehr sehen kann.

Komm, Andi, lass uns doch noch einmal ins Sumerland schauen, bevor ich dann endlich diesen verdammten Bericht lese. Nur ganz kurz. Lass uns erst noch ein bisschen Spaß haben. So viel Zeit wird noch sein – es ist äußerst unwahrscheinlich, dass gerade dieser letzte kleine Ausflug verhindert, dass ich es schaffe, meinen Rückstand bei der Arbeit aufzuholen.

Prinz Zazamael saß in der Abenddämmerung allein vor seinem Feldherrnzelt zu Tisch. Seine Köche und Vorkoster hatten – wie stets – eine verschwenderische Fülle von unterschiedlichsten Gerichten vor ihm aufgebaut. Da waren alle Arten von frischem Obst, das es im Sumerland stets reichlich gab. Im Tod vereint lag auf einer Silberplatte ein gebratenes Entenpärchen – viel zu viel für einen einzelnen Mann, aber der Koch war sich nicht sicher gewesen, ob nun die Entendame oder der Erpel eher den Geschmack des Prinzen treffen würde. Und andere Speisen waren auch da, aber nichts davon konnte die eigentliche Gier des Prinzen befriedigen. All dieses Essen beschäftigte nur seine rastlosen Finger und Zähne vorübergehend, lenkte vielleicht ab, half aber in Wahrheit nicht. Zazamael spürte: Er brauchte das Geheimnis des Sumerlands, den wilden Wein. Der wilde Wein war entscheidend für Waylhaghiri, dessen Fortschritt und Errettung, für die große Fusion. Der Prinz brauchte diese sagenumwobene Essenz aber auch für sich selbst. Nichts anderes würde ihn befriedigen und erlösen können. Und siehe da, es schmeckte gut, wie eine Mischung aus Kirschkuchen, Pudding, Ananas, Gänsebraten, Sahnebonbons und Butterkuchen. Aber leider – es war nur Einbildung gewesen und der Mund des Prinzen blieb staubtrocken und voll von einem bitteren, enttäuschten Geschmack. Er löffelte geistesabwesend eine Schüssel Tiramisu und blickte dabei hinaus in die geheimnisvolle Abenddämmerung des Sumerlands. Er fühlte sich beobachtet. Er grübelte wieder einmal, was wohl die Lösung des Rätsels sein mochte, das dieses mysteriöse Getränk ihm aufgab. Aber wieder einmal drehten sich seine Gedanken nur auf Irrwegen im Kreis. Weshalb konnten sie den wilden Wein in keinem der verlassenen Häuser finden? Warum trafen sie in diesem Land keinen einzigen Menschen und fühlten sich doch niemals unbeobachtet?

Prinz Zazamael starrte auf den bläulichen Waldsaum vor ihm und wusste keine Antwort.

Da keuchte ein Bote heran und kündete, dass der Herrscher bitte ohne jeden Aufschub nach Waylhaghiri kommen sollte. Der Prinz lehnte ab, er wollte bei seinem Heer bleiben. Aber der Bote insistierte. „Der geheime Rat der Wirtschaftsweisen erbittet durch seinen Diener und sein einziges

Sprachrohr Azethot dringlichst euer unverzügliches Kommen. Es gibt ein akutes Problem bei der großen Fusion."

Ein Problem bei der großen Fusion war ernst zu nehmen. Und eine Bitte des Rats der Wirtschaftsweisen schlug man selbst als Prinz von Waylhaghiri nicht ohne triftigen Grund ab. Das galt selbst dann, wenn diese Bitte – wie stets – durch den Mund dieses Azethots ausgesprochen wurde, ein exzentrischer Kerl, den der Prinz schon mehrmals fast um einen Kopf kürzer gemacht hätte.

Prinz Zazamael schickte einen letzten Blick zu dem geheimnisvollen Waldsaum und stand auf. Dabei sagte er halblaut ins Leere: „Warum verbirgst du dich vor mir, Serisada?" Er sagte es überdeutlich, ohne zu einer bestimmten Stelle hin zu sprechen. So, wie man mit einem versteckten Beobachter oder einem heraufbeschworenen Geist zu sprechen versucht. Er fühlte sich vom Waldsaum aus beobachtet. Aber natürlich bekam er keine Antwort. Achselzuckend ging er zu seinem Hubschrauber, der mit wohltuendem Lärm startete, um ihn direkt in seine Stadt zu bringen.

Andi, warum richten wir uns an Orten, die wir nur flüchtig bewohnen – wie Hotelzimmer oder Büroschreibtische von Jobs, die nicht dauerhaft sind –, so ein, als würden wir auf ewig an diesen Orten bleiben? Warum werden uns solche flüchtigen Orte bereits nach wenigen Stunden so selbstverständlich, dass wir uns nicht vorstellen können, sie jemals aufzugeben? Sind wir im Herzen Nomaden? Wer – wie ich –

das Geheimnis kennt, weiß die Antwort: Weil wir unser Leben lang heimatlos durch den Turmkegel von Waylhaghiri ziehen, den Instruktionen des geheimen Rats folgend.

So, und jetzt lese ich diesen gottverdammten Bericht. Wenn ich diesen Schreibtisch hier demnächst räumen muss, soll es jedenfalls nicht an mir selbst liegen. Wenn ich bei der Arbeit scheitere, wäre das Schlimmste dabei, dass ich dadurch für die Männer endgültig unattraktiv werde. Männer mögen clevere, erfolgreiche Frauen. Dummchen haben kein Flair. Wenn bei Frauen der Körper altert, muss der Geist faszinieren. Ohne einen qualifizierten Beruf fehlen die Kontakte und Gesprächsthemen, um gute Männer kennenzulernen. Paarung ist ökonomisch-biologische Auslese. Auch das ist eine der brutal-naturwissenschaftlichen Spielregeln auf dem nächtlichen Schlachtfeld. Ein Sachzwang. Ich darf mir nicht einbilden, dass das Schicksal gerade für mich eine Ausnahme macht.

Die Reste der Tüte – nur noch Papierfetzen –, sie zittern im Wind und werden fortgeweht. Sie werden am Rand des Gartens gegen die Hauswand gedrückt.

Diese Hauswand gehört zu einem besonders hohen Bürogebäude, jedenfalls das höchste Gebäude weit und breit. Unsere Stadt hat keine echten Wolkenkratzer. Ich habe mal gehört, dass es dort oben auf dem Dach eine Aussichtsterrasse gibt, und wollte da schon immer mal hin. Aber irgendwie habe ich nie die Zeit dafür gefunden, wie es einem ja oft geht mit Dingen, die man jederzeit ohne Weiteres machen kann.

Eben hat Rainer angerufen, schon wieder. Er ist ganz nett, etwas unbeholfen. Formal gesehen ist er sogar mein unmittelbarer Vorgesetzter. Er will mich in die zentrale Planungsrunde mit dazuholen. Das wäre ein Aufstieg und würde dringend benötigtes Prestige und Kontakte bringen, aber im Moment fühle ich mich all den wichtigen Leuten nicht gewachsen. Ich vertröste ihn deshalb.

Ich muss den einen Mann finden, die große Liebe. Es ist ja nun nicht so, dass ich die Liebe in meinem Leben komplett verpasst hätte. Ganz im Gegenteil, ich war sogar an der Schwelle zu einer intensiven und magischen Liebe, wie sie nur wenige Menschen jemals erleben. Und ich habe dann selbst alles im letzten Moment kaputtgemacht, was umso schmerzhafter ist. Der beste und faszinierendste Mann, den ich je kennengelernt habe, warst Du, Andi. Als wir uns kennenlernten, war ich noch ein naives Mädchen und hätte mir nicht im Traum vorstellen können, dass es so etwas wie die Geheimgesellschaft wirklich gibt. Du hast mir die Augen geöffnet. Tja, und dieses Glück habe ich dann selbst zerstört, als es zu heiß wurde. Aber genug davon. Ich habe mir geschworen, niemals wieder daran zurückzudenken.

Der Vogel ist längst weggeflogen.

5

Andi, wir beide sind wieder allein miteinander. Eben sah ich noch den Mantelrücken des anderen Mannes. Nun hat sich die Tür hinter ihm geschlossen.

Sein Teller steht noch auf der gegenüberliegenden Seite des Tisches. Daneben steht sein halb leeres Weinglas.

Ich sitze als letzter Gast in einem teuren Restaurant in der Innenstadt. Ein Problem bei der Arbeit habe ich soeben gelöst: Ab jetzt wird es niemand wagen, mich zu mobben.

Nun muss ich noch den Rückstau abbauen, dann ist mein Job gesichert.

Es ist lang nach Mitternacht. Die Müdigkeit staut sich wie eine Fäulnis unter meiner attraktiven Haut an. Aber was ist die Müdigkeit schon gegen das elektrische Gold des Triumphs, das durch meine Adern fließt?

Gib es zu: Du willst wissen, wie ich die intrigante Meute besiegt habe, Andi?

Nun.

Ich lange hinüber zu seinem Weinglas. Ich trinke seinen Rest aus. In der elektrisch bunten Euphorie meines Triumphs fühle ich mich geborgen wie ein Fisch im Wasser. Ich bin hautnah dran an Waylhaghiris Glanz und Gloria. Ich liebe es. Mein Atem ist heiß vom Wein. Und meine Körperhaltung ist stolz, so ganz anders als bei der Arbeit.

Mein weinschwerer Blick durchdringt die Fassade des Restaurants und verliert sich in der Wirklichkeit dahinter. Der Salzstreuer auf meinem Tisch sieht aus wie der Turmkegel von Waylhaghiri, aus großer Ferne gesehen.

Von seinem zugigen Sitz neben dem Hubschrauberpiloten aus sah Prinz Zazamael den Turmkegel von Waylhaghiri herannahen. Noch vor wenigen Minuten war seine Stadt nicht mehr gewesen als eine kleine, einsame Insel im blaugrünen Ozean des abendlichen Sumerlands. Nun ragte der Stadtkegel wie ein Berg über dem Hubschrauber auf. Vor der tief stehenden Sonne warf er lange Schatten.

Sie befanden sich bereits im Landeanflug. Dort war sie wieder, seine Heimat – mehr noch – sein Heim, seine Burg. Diese Stadt war sein Privatbesitz. Sie war von seiner Persönlichkeit durchdrungen wie ein privates Zimmer. Und er war stolz auf sie, wie er stolz auf sich selbst war – Waylhaghiri, die Ewige, die Hochgebaute, die Universelle, die Stadt der unbegrenzten Möglichkeiten.

Zazamael wies den Piloten aus einer Laune heraus an, aufzusteigen. Sie schossen aus der Schattenzone ins goldene Abendlicht empor. Das Vibrieren des knatternden Hubschraubermotors schüttelte die beiden Insassen durch. Nun sah der Prinz seine Heimat mit ihren Fenstern und Straßen und Plätzen und Treppen und anderen Details aus der Höhe. Ihm ging das Herz auf – ja, seine Stadt war beeindruckend. Wie wenig ernst waren die Wilden vom Sumerland im Vergleich doch zu nehmen, wie einfach gestrickt waren sie. Er verstand nicht mehr, weshalb ihn ihre nächtlichen Angriffe verunsichert hatten. Das waren doch bloß Nadelstiche. Durch seinen Ausflug ins Sumerland wurde ihm wieder bewusst, was er davor bei seinem jahre- und jahrhundertelangen Leben innerhalb der Mauern dieser Stadt längst vergessen hatte, wie man Selbstverständliches nun einmal vergisst: Ihm allein gehörte diese einzige Stadt auf der Welt, ihre ambitionierte Zivilisation, ihre Sprache, ihre Kunst und Wissenschaft, was alle ihre Bürger von morgens bis abends im Kopf hatten. Er stand in dieser Stadt wahrhaft über Gut und Böse, denn ihm gehörte alles Gute und auch alles Böse dort drinnen.

Der Turmring von Waylhaghiri hatte an der Basis einen Durchmesser von einigen Kilometern und verjüngte sich nach oben hin. In seinem Inneren war ein runder See eingeschlossen, dessen Flüssigkeit tief unten im Trichterschacht in ewigem Schatten lag und silbrig, schwer und glatt wirkte – eher wie Quecksilber als wie Wasser. Diesen Anblick hatte der Prinz noch nie gemocht. In all den Jahrhunderten, in denen er das kontinuierliche Wachstum des Turmkegels miterlebt und gesteuert hatte, war ihm der Innensee stets unsympathisch geblieben. Er heftete seinen Blick lieber fest auf die oberen Stockwerke des Stadtkegels, nach oben hin wurde die Stadt immer moderner und reicher. Die obere Hälfte war durchaus ansehnlich und fortschrittlich. Die Spitze war sogar grandios. Fast perfekt. Aber die Slumregionen der Basis waren nicht dazu da, um genau besehen zu werden. Der Blick glitt über sie hinweg, ohne sie zu bemerken, und wenn er doch einmal auf ihnen haften blieb, erwiesen sie sich als abgenutzt, schäbig und banal. Ihre Bewohner scheiterten im tristen Alltag, das ließ sich nicht verbergen. Die niedrigen Ebenen wirkten so düster, dass der Prinz insgeheim vermutete, dass ihre Bewohner einst einen Fehler gemacht hatten. Vielleicht hatten ihre Vorfahren einst ein Verbrechen begangen, von dem die sündenfernen Etagen darüber mit aller Kraft futuristischer Architektur fortstrebten. Zazamael konnte sich gut vorstellen, dass es wohl ein Verbrechen oder ein Versagen gewesen sein musste, über das man niemals sprach oder schrieb, das aber dennoch von Generation zu Generation wortlos überliefert wurde. Es wurde wortlos überliefert durch Gefühlsausbrüche, die die Kinder bei ihren Eltern beobachteten: beiläufige Gesten und Blicke, Wut bei Stress, im Schlaf gemurmelte Silben …

Die deprimierenden Gedanken kamen dem Prinzen beim Anblick der unteren Ebenen, und doch konnte er sich bei jeder dieser niederen Zivilisationsschichten noch gut daran erinnern, wie er selbst sie früher einmal als das Neuste vom Neusten und als Vorbild für alle anderen gepriesen hatte, als sie noch die oberste Etage gewesen war, die Spitze des Stadtturms. Einst hatte all seine Hoffnung gerade auf jeder dieser tieferen Etagen geruht.

Da sah der Prinz zufällig, wie ein armseliger Holzbalkon unten in den Slums abbrach und hinab in den Innensee kippte – die silbrige Oberfläche schloss sich augenblicklich mit perfekter Glätte über den Trümmern, als hätte es sie niemals gegeben. Kein einziges Brett blieb treibend zurück.

Der Prinz schaute schnell weg und seine Augen fanden an besseren Orten Zuflucht. Er stellte sich vor, er würde die Schönheiten der Stadt einer gewissen unsichtbaren Begleiterin zeigen. Drüben gleißten im Abendschein die hartkantigen alabasterweißen Konturen des Tempels der sieben Hochtugenden, umgeben vom Grün der hängenden Gärten. „Serisada, siehst du den Tempel, ich habe einmal eine Woche lang gefastet. Es ist schon Jahrhunderte her, aber ich werde diese Woche nie vergessen. Der ernste Blick der Statuen hat mich bezaubert und die klare, kühle Stille und der Weihrauchgeruch im Tempelinneren. Dieser Ort ist der einzige abgelegene Ort im Lärm und Gedränge."

Weiter hinten sah man die Hallen des Basars der tausend und abertausend Güter mit dem geschwungenen bunten Glasdach.

Abseits vom eigentlichen Stadtberg gab es den dünnen Turm, der nur durch eine metallene Hängebrücke ohne Geländer mit dem Rest verbunden war.

Ein Stück weiter war der Zentralbahnhof, den man aus ästhetischen und nicht aus pragmatischen Gründen gebaut hatte – schließlich gab es außer Waylhaghiri keinen anderen zivilisierten Ort auf der Welt, zu dem ein Zug sinnvollerweise hätte fahren können.

Ein paar Etagen darüber war der modernere Hubschrauberflughafen mit seinen Landebalkonen. Auf einen Fingertipp des Prinzen hin steuerten sie nun darauf zu.

Die Balkone wurden größer. Sie verschwanden unter dem Hubschrauber. Mit einem Ruck setzte das Fluggefährt auf. Prinz Zazamael stieg mit raschem Schwung aus. Es war ein gutes Gefühl, als seine Füße den besonderen Boden seiner Stadt wiedererkannten. Hier in seiner Burg hatte er den sicheren Schritt und die sicheren Handbewegungen von jemand, der bei sich zu Hause ist, wo allein seine Gesetze gelten und wo er jedes Detail kennt und mühelos versteht. Er hatte die Sicherheit von jemand, der immer im Recht ist.

Andi, Du selbst isst ja seit Jahren nichts mehr, aber sag mir – warum sind die Speisen in Restaurants so kompliziert? Als ob die Köche beteuern wollten, wie groß die Mühe ist, die sie sich bei der Zusammenstellung der Speisekarte gegeben haben. Wer – wie ich – das Geheimnis kennt, weiß die Antwort: Weil in Waylhaghiri jede Mahlzeit ein soziales Ritual zur Erzeugung von Wohlstand und Glamour ist.

Auf meinem Teller ist verschmierter Mango-Chutney-Steckrüben-Sud und eine kandierte Orangenscheibe mit einem Rand aus Salzkristallen. Ich erinnere mich kaum noch, wie das Essen geschmeckt hat. Es ist vorbei, als wär's nie da gewesen. Etwas Unersättliches nagt in mir. Wenigstens ist die Rechnung schon gezahlt. Mein Verehrer hat mich eingeladen.

Du willst wissen, wer er ist? Na? Bist Du eifersüchtig, Andi?

Es ist Rainer. Nur deshalb hat er mir bei der Arbeit hinterhertelefoniert. Nur deshalb will er mich in die zentrale Planungsrunde holen. Und er ist eigentlich gar nicht schlecht – er verdient viel Geld, er sieht gut aus, ein sensibler Typ. So sensibel, dass ich nie bemerkt habe, dass er in mich verliebt ist.

Ich lache los. Ich muss husten. Ich bin ja betrunken. Zum Glück bin ich der letzte Gast – niemand außer dem Kellner bekommt es mit. Wie schüchtern er mir vorhin „seine Liebe gestanden" hat! Er hat so viel geredet und erklärt, dass mein Essen dabei kalt geworden ist. Schade, denn ich hatte bereits vom ersten Satz an verstanden. Es war zwangsläufig, dass er sich in mich verlieben muss. Ich manipuliere Menschen, indem ich sie in einen Wahn versetze. Ich habe das ja zu meinem Beruf gemacht. Deshalb war mir klar, dass ich auf ihn unnahbar wirke und so, als wäre ich etwas Besonderes.

Klar, er kann nicht erkennen, was bei mir nur Möchtegern und Stückwerk ist; er sieht nicht meine Gier, meine Not, meine unbefriedigte Eitelkeit. Er sieht mich aus der Ferne, und wie bei fernen Dingen stets überlagert seine Fantasie das Wenige, was an mir tatsächlich dran ist, und glorifiziert mich. Er denkt, dass ich über den Dingen stehe, weil ich nie auf ihn geachtet habe.

Jetzt kommt es darauf an, diesen Eindruck bei ihm zu erhalten. Dafür muss ich fernbleiben und ihn ständig fordern. Wenn er mich je im Alltag kennenlernen würde, würde sein Traumbild von mir zusammenbrechen. Faszination und Vertrauen sind Gegensätze. Ich kann mich aber beherrschen und zeige ihm nicht mein wahres Gesicht. Ich habe mich im Gegenteil noch zusätzlich interessant gemacht und angedeutet, dass ich mich beruflich verändern will. Ich lasse ihn zappeln mit der Angst, dass ich demnächst verschwinde. So habe ich das Mysterium um meine Person dezent ausgebaut. Denn immerhin, er ist mächtig in unserer Firma. Mit ihm wird mich niemand mehr mobben, und außerdem: Wenigstens passiert etwas. Es gibt mir neuen Schwung, dass ich in irgendeinem Mann starke Gefühle auslöse.

Auch wenn Rainer glaubt, dass seine Gefühle für mich etwas Persönliches und Einzigartiges wären, stimmt das nicht. Andi, wir beide wissen: Seine Gefühle sind das naturwissenschaftlich zwangsläufige Ergebnis meiner Macht. Sie sind durch die Logik des Zwecklügnertums beliebig gestaltbar. Sie können nichts an meiner Einsamkeit ändern. Sie sind nichts als ein äußerlicher Indikator des wogenden Auf und Ab auf dem nächtlichen Schlachtfeld.

Der Kellner im Hintergrund sieht ungeduldig zu mir herüber. Er will Feierabend machen. Aber bei der hohen Rechnung ist für mich noch ein Abstecher ins Sumerland drin. Es tut mir wirklich leid. Im goldenen Spiegel an der stuckverzierten Wand erkenne ich einen ganz bestimmten Festsaal, der in Waylhaghiri vorwiegend für offizielle Empfänge genutzt wird.

Der Begrüßungsempfang für den Prinzen war anlässlich des Feldzugs in einen Festsaal auf der Außenseite des Turmrings verlegt worden. Das war etwas Besonderes. Normalerweise galt die Innenseite als die bessere Lage. Aber dem Eventdesigner schien die Außenseite mit ihrem weiten Blick auf die sumerländische Parklandschaft passender, wo doch von dem Krieg und seinem baldigen guten Ausgang alles für die Stadt und ihre Bürger abhing.

Der Saal befand sich für einen offiziellen Festsaal ziemlich tief unten im Turm. Es war ein traditioneller Raum aus einer längst vergangenen Entwicklungsepoche von Waylhaghiri, der aber gut in Schuss gehalten wurde. Denn er war das einzige Relikt eines Baustils, der ansonsten einer Katastrophe zum Opfer gefallen war, als – wieder einmal – bei der großen Fusion etwas schiefgelaufen war. Die Decke war hoch. Die cremefarbenen Wände waren mit Spiegeln und Stuck verziert, in den immer wieder die Symbole der sieben Hochtugenden eingearbeitet waren. Der Raum hätte auf einen irdischen Betrachter gewirkt wie der Festsaal eines Grand Hotels in den Alpen des 19. Jahrhunderts – auch wenn kein Bürger Waylhaghiris einen derartigen Vergleich anstellen konnte, denn von der Erde oder vom 19. Jahrhundert hatte hier noch niemand etwas gehört. Der Eventdesigner bedauerte, dass keine anderen Zeugnisse dieses malerischen Stils erhalten geblieben waren. Flügeltüren öffneten sich auf eine Terrasse, die – wie alle Treppen und Balkone in Waylhaghiri – kein Geländer hatte. Diese Erfindung war unbekannt.

Auch sonst hatte die Architektur in Waylhaghiri ihre Eigentümlichkeiten: Auf der Außen- und Innenseite des Stadtturms sah man kaum Fenster, dafür Galerien, Freitreppen, Balkone, offene Zimmerfluchten, in die man hineinsehen konnte wie in ein vielgeschossiges Labyrinth oder einen Insektenbau. Es gab in dieser Stadt nur wenig abgeteilte Zimmer und – abgesehen von den prinzlichen Gemächern – überhaupt keine Privatwohnungen. Jedenfalls keine, die mehr als bloße Kulissen waren, durch die jederzeit eine fremde Menschenmenge stürmen konnte. Alle Bewohner zogen ihr Leben lang in der Stadt umher, von einem Ort zum andern, wie der geheime Rat, der ihre Geschicke lenkte, es vorsah. Wie hypnotisiert waren ihre Sinne gefangen in einem engen Käfig von Begierden, Zielen, Ängsten, die ihnen keinen Raum ließen, um die weite Welt mit all ihren Möglichkeiten um sie herum wahrzunehmen. So steuerte der Rat sie.

Eine weitere architektonische Besonderheit war die Beschaffenheit der Fußböden. Aber darüber sprach man nicht.

Zwischen den teilweise schon berauschten Partygästen krabbelten und tobten Kinder jeden Alters. Das war normal: In dieser Stadt gab es keine Unterscheidung zwischen Erwachsenen und Kindern, wie es auch keine Unterscheidung zwischen Beruf und Freizeit gab.

Wenn man sich in die Nähe des geländerlosen Terrassenrands wagte, sah man die Parklandschaft des Sumerlands, die sich im Dämmerlicht der blauen Stunde bis zum Horizont erstreckte. Wälder, Hügel und Wiesen. Tief unter ihnen äste ein Rudel Hirsche und trabte gemächlich weiter, von einem beliebigen Ort zum nächsten ebenso beliebigen Ort, wie sie das ihr Leben lang taten. Die Stille draußen stand in scharfem Kontrast zum Partylärm drinnen. Das Sumerland war wunderschön. Aber die Bürger Waylhaghiris fühlten sich beim Anblick der weiten Landschaft verloren. Sie mochten die Aura von Zeitlosigkeit nicht, die über dem Sumerland lag. Diese Landschaft wirkte so, als würde sich niemals etwas verändern, als wäre der gegenwärtige Moment für alle Ewigkeit eingefroren worden wie ein Insekt in Bernstein. Das gab den Stadtbürgern das Gefühl, unbedeutend zu sein. Deshalb war die Innenseite des Turmrings allgemein beliebter.

Nachdem die offiziellen Ansprachen vorbei waren, griff der Eventdesigner zum Mikrofon: „Liebe Gäste – nun lassen Sie uns entspannt auf die Innenseite hinübergehen. Dort wartet ein interaktives Tanzbuffet mit exklusiven kreativen Inhalten auf uns. Und ich verspreche uns nicht zu viel, wenn ich meiner Hoffnung Ausdruck verleihe, dass seine prinzliche Hoheit in eigener Person unter uns weilen könnte." Der kurze Fußweg hob die allgemeine Stimmung. Waylhaghiri war nicht so bedrückend zeitlos wie das Sumerland, hier gab es eine Vergangenheit und eine Zukunft und deshalb gab es Chancen und Risiken. Hier drin ging etwas voran. Auf der Innenseite konnte man über den silbrigen See hinweg das Leben auf den Balkonen und Treppen auf der anderen Seite beobachten, man konnte in die offenen Zimmerfluchten gegenüber hineinsehen. Die meisten Bewohner Waylhaghiris hatten zu diesem Zweck stets Operngläser dabei.

So auch heute. Einer der Partygäste, ein backenbärtiger Mann in oranger Fantasieuniform, entdeckte auf der anderen Seite einen Bekannten. Er sprang auf einen Stuhl und winkte mit aller Kraft. Als das nicht reichte, stieg er auf einen Tisch und hüpfte dort auf und ab. Das fiel selbst bei einem Galaempfang nicht weiter auf – es galt als schick, ständig mit der anderen Turmseite in Kontakt zu treten. Das zeigte, dass man gut vernetzt war. Manche Kleidungsstücke – wie zum Beispiel die gängigen hohen Zylinderhüte und Dreispitze in leuchtend bunten Farben – dienten nur dazu, die eigene Erkennbarkeit aus der Ferne zu erleichtern.

Der Eventdesigner beobachtete mit professioneller Wachsamkeit, wie die Party im geplanten Tempo zwangloser und exzessiver wurde. Er war so weit zufrieden. Mit einer knappen Handbewegung dämpfte er die Beleuchtung genau um den richtigen Tick und steigerte gleichzeitig die Musiklautstärke einen halben Tick. Der Großteil der Gäste tanzte inzwischen. Je nach Mut und Berauschungsgrad wagten sie sich dabei dicht an den Abgrund auf der Trichterinnenseite, um so von der anderen Seite besser gesehen zu werden.

Prinz Zazamael saß etwas abseits. Er ließ wohlgefällig den Blick über die bunte Menge schweifen. Wenn die Wilden aus dem Sumerland sehen könnten, wie aufregend das Leben in Waylhaghiri war! Wenn sie wüssten, was sie verpassten, würden sie freiwillig an die Stadtmauern – Tore gab es keine – klopfen, um aufgenommen zu werden. Er sprach ins Leere: „Serisada, schon bald werden wir beide hier tanzen." Er sagte es ziemlich laut. Aber der Lärm verschluckte seine Worte. Niemand fragte sich, wer diese Serisada war.

Der Prinz tanzte heute Abend nicht. Er hätte sich sogar in seine Gemächer begeben, wenn ihn die Gebote der Höflichkeit nicht zurückgehalten hätten. Seine Schlafstörungen machten ihm zu schaffen. Aber das galt nicht als Entschuldigung für einen frühen Aufbruch. Dasselbe Problem hatten fast alle Bürger dieser Stadt. Zum Teil lag seine Müdigkeit auch an den körperlichen Strapazen des Feldzugs. Draußen gab es so viel Luft nach allen Seiten hin und nur wenige Lungen, die sie atmeten.

Der Eventdesigner beugte sich vor, um von seinem Platz im Hintergrund an der Körperhaltung des Prinzen abzulesen, ob dieser zufrieden war oder nicht. Er runzelte die Stirn und legte die Hand auf den Regler, um die Lautstärke doch wieder etwas herunterzufahren. Es sollte noch Raum für weitere Steigerungen bleiben, wenn gleich die eigentliche Show begann. Diese Party war nicht bloß ein gesellschaftliches Ereignis, sondern mehr: Sie war eins der Rituale, die in der postindustriellen Ökonomie von Waylhaghiri den Wohlstand und den Glamour der Stadt erzeugten. Wenn jeder Anwesende seine Rolle ausfüllte und die Party ein Erfolg wurde, wurde Wohlstand erzeugt, an dem alle Mitwirkenden partizipierten – für sie ging es dann in der Hierarchie des Turmkegels ein Stück nach oben. Das galt auch für ihn selbst, davon lebte er. Die Beförderung zum Senior Event Manager Executive & Strategic Planning war in Reichweite. Und bei einem Misserfolg drohte umgekehrt ein Abstieg in Richtung der Turmbasis, in Richtung der Slums. Aber selbst in diesem Fall würde am nächsten Tag eine neue Chance kommen, sich den Wiederaufstieg zu erarbeiten. Solange man noch nicht am Boden beim silbrigen See angekommen war, hieß es jeden Morgen wieder: neues Spiel, neues Glück. Wo auch immer man aufwachte, um sich seinen Weg durch den Tag zu suchen.

Der Eventdesigner dämpfte das Licht dreieinhalb Ticks weiter. Erwartungsvolles Gemurmel breitete sich im Festsaal aus. Gleichzeitig begann die Leinwand im Hintergrund matt zu leuchten. Sie war so gewaltig, dass man das Geschehen auf ihr auch von der anderen Seite des Turmrings aus erkennen konnte, als jetzt der Film zu laufen begann. Es war kein normaler Film, denn teilweise fand das Handlungsgeschehen nicht auf der Leinwand statt, sondern im Raum selbst. Einige Akteure waren reale Schauspieler mitten zwischen den übrigen Anwesenden. Auch manche Requisiten der Handlung waren dreidimensional-real. Zudem wurde das Leinwandgeschehen durch virtuelle Zusatzinhalte ergänzt, die das Publikum über die weitverbreiteten Virtual-Reality-Brillen parallel zur physischen Realität sehen konnte.

Der Film zeigte in zeichentrickhaft vereinfachter Weise den Feldzug Waylhaghiris gegen das Sumerland, die Heldentaten des Prinzen Zazamael als comicartige Figur und den Sieg, der allen Bürgern der Stadt Reichtum brachte und die große Fusion endlich gelingen ließ.

Die Partygäste kannten diese Art von Events, die als Grundpfeiler der waylhaghirischen Gefühlsökonomie verbreitet waren. Sie nahmen ihre Rolle als Statisten in dem interaktiven Geschehen mit professioneller Begeisterung ein. Alles klappte wie am Schnürchen. Der Eventdesigner sah wachsam und zufrieden zu und ließ über seine VR-Brille parallel eine vorläufige Kalkulation seines Profits einblenden. Die Zahlen sahen gut aus. Er würde sich endlich das Mischpult plus Lichtanlage leisten können, Handwerkszeug, das seine berufliche Existenz absichern würde – jedenfalls für eine gewisse Zeit. Und es gab noch die Chance auf mehr: Ein nicht unwesentlicher Teil der Einnahmen würde dadurch erzielt werden, dass die virtuellen Gegenstände an die Partygäste verkauft wurden, die diesen unkörperlichen Besitz als Spekulationsobjekt zum Weiterverkauf mit Wertsteigerung verwenden konnten. Die Partygäste konnten durch ihre optimale Mitwirkung bei der Show dazu beitragen, dass diese Wertsteigerung maximiert wurde. Und alle glaubten daran: Wenn der Sieg im Feldzug erst einmal auf der Leinwand durchgespielt worden war, würde die Wirklichkeit bald folgen.

So funktionierte die fortgeschrittene Ökonomie von Waylhaghiri, die die primitiven Stadien des Industriezeitalters oder des Informationszeitalters längst hinter sich gelassen hatte: Keiner der Einwohner hatte eine feste Wohnung, aber in der Regel wurde jedem abends ein Platz zum Schlafen zugewiesen, meist sogar ein Bett. Dafür sorgte der geheime Rat der Stadt. Die Wirtschaftsweisen koordinierten mithilfe einer zentralen Datenbank ohne Befehl und Zwang, aber mit Sachzwängen und positiven Anreizen von Geld, Status und Glamour den Weg, den die Bürger durch den Tag nahmen. Jeder Bürger führte tagtäglich gemeinsam mit anderen Bürgern Rituale durch, die gelangen oder auch nicht. Reale und virtuelle Quests waren zu absolvieren, Achievements zu erreichen. Virale Marketingkampagnen waren durchzuführen. Die Grenzen zwischen Künstlern und Publikum, zwischen Designern und Konsumenten waren fließend. Und vom Erfolg bei diesen spannenden Herausforderungen hing es ab, ob es für die Bürger am Ende des Tages aufwärts oder abwärts ging in der Turmhierarchie. Der geheime Rat wusste und sah so ziemlich alles, was in Waylhaghiri geschah. Er brauchte keine Gesetze und keine Befehle, um zu herrschen. Denn rein zufällig gab es stets unleugbare Sachzwänge, die genau das als einzig praktikabel erscheinen ließen, was für den herrschenden Rat und seine treuen Diener nützlich war. Und rein zufällig ergab es sich stets quasi von allein, dass diejenigen zu Wohlstand und Ruhm kamen, die das taten, was für den herrschenden Rat nützlich war.

Von seinem Platz im Hintergrund aus registrierte der Eventdesigner in der Menge der Tanzenden mit einem Mal eine asynchrone Bewegung. Sie war abstoßend wie ein Veitstanz.

War das bloß Ungeschick, fehlende Begeisterung oder tatsächlich eine absichtliche Störung? Er runzelte die Stirn und legte die Hand auf den Alarmknopf, der unauffällig in das Mischpult integriert war. Er war sich noch nicht hundertprozentig sicher, dass es hier ein echtes Problem gab. Er zwang sich zur Ruhe.

Der Eventdesigner war gleichzeitig auch Informant der

Waylhaghirischen Geheimpolizei für Informationsreinhaltung. So entspannt er sich auch gab – in diesen Tagen war das wichtigste Gebot für ihn Wachsamkeit rund um die Uhr. Es war ein offenes Geheimnis, dass es Probleme bei der großen Fusion gab. Das bedeutete Lebensgefahr für alle. Terroristen waren am Werk gewesen und konnten jederzeit erneut zuschlagen. Es gab Gerüchte, dass der Feind verkleidet in die Stadtmauern eingedrungen war. War das Ritual der Party durch einen Saboteur verunreinigt worden? Wenn ja, war das schlimm: Sollte das glückbringende mediale Probespiel des großen militärischen Siegs über das Sumerland viral verseucht worden sein, konnte das die Okkupationsarmee draußen in Gefahr bringen. Und noch schlimmer: Wenn ein Virus tatsächlich das Ritual infiziert hatte, konnten jetzt alle Anwesenden hier im Raum miteinander in akuter Lebensgefahr schweben, also auch der junge Herrscher höchstselbst. Aber andererseits konnte es ebenso fatal sein, wenn der Eventdesigner frühzeitig falschen Alarm schlug. Dann würde die Geheimpolizei für Informationsreinhaltung anrücken. Die Chancen standen dann nicht schlecht, dass die Geheimpolizei sicherheitshalber alle Anwesenden – Erwachsene und Kinder gleichermaßen – eliminieren würde, ihn selbst inbegriffen, um hundertprozentige ästhetische Hygiene herzustellen.

Der Eventdesigner wartete deshalb weiter ab. Er beobachtete scharf jede außerplanmäßige Veränderung im Raum. Angespannt zog er die Luft zwischen seinen Zähnen ein.

Andi, Du hast die unerfreuliche Parallele zwischen dem Sumerland und meinem Leben natürlich nicht übersehen: So, wie das waylhaghirische Fest vom Veitstanz, einem Virus oder einem terroristischen Anschlag verunreinigt werden kann, besteht die Gefahr, dass Du – Andi – meine Gedanken und Gefühle verunreinigst, ja vergiftest. Machen wir uns nichts vor: Du willst mir längst nichts Gutes mehr. Hast Du mich bereits Deinem Einfluss unterworfen? Ich horche in mich hinein und meine eigentlich:

Nein.

Ich kann nichts Destruktives in mir entdecken.

Ich habe mich und mein Leben im Griff. Rainers Verliebtheit löst bei mir keinen Gefühlsrausch aus. Ich bin nicht so naiv, seine Verliebtheit als persönliches Kompliment zu nehmen. Sie wird nicht durch mein natürliches Ich ausgelöst. Das ist bekanntermaßen ziemlich unspektakulär. Es ist in Not. Es ist abhängig von ernst zu nehmender Liebe, die jetzt wie stets fehlt. Nein, diese Verliebtheit habe ich ausgelöst durch Anwendung des geheimen Wissens, in das ich in der Nacht am Strand der Bretagne eingeweiht wurde. Und das seitdem durch meinen Einblick ins Sumerland regelmäßige Updates erhält.

Mir steht jede Minute der Nacht, in der ich eingeweiht wurde, noch deutlich vor Augen. Diese alte Erinnerung ist intensiver als all die dumpfen Stunden, die ich an meinem drögen Arbeitsplatz oder in der Einsamkeit meines Apartments totschlage.

Ich spüre noch den Sturmwind in meinem Gesicht, den Sturmwind, der an meinen Kleidern und Haaren zerrt. Der Nachthimmel voll jagender Wolkenfetzen, das Tosen und der Geruch des nahen Meeres, Salz und Algen – sie sind so präsent wie der Tisch, an dem ich sitze. Erinnerst Du Dich an unsere Nacht, Andi?

Niemals wieder war ich so wach und so lebendig wie in dieser Nacht. Niemals wieder war ich so dicht an der Schwelle zu etwas Großem.

Es war reiner Zufall, dass ich diese Clique damals an der Uni kennengelernt habe. Von Anfang an spürte ich, dass sie außergewöhnlich war. Aber erst in der Nacht in der Bretagne erfuhr ich die Wahrheit. Ich hätte anfangs nie darauf gehofft, dass ich je in ihr Geheimnis eingeweiht würde. Dass ich doch erfuhr, was ich nun eben weiß, habe ich allein Dir zu verdanken. Von daher stehe ich tief in Deiner Schuld, das ist leider nicht zu ändern. Dem Vertrauen, das Du damit in mich gesetzt hast, habe ich mich nicht würdig erwiesen. Im Gegenteil.

Ich zünde mir am Kerzenleuchter auf dem Tisch eine Zigarette an. Ich spüre die wohlvertraute sanfte Betäubung, ich koste den Geschmack meines alten Lasters. Es ist der Geschmack der großen weiten Traumwelt der Werbung. Es ist der Geschmack des Zwecklügnertums. Es ist der Geschmack Waylhaghiris. Dein Fluch ist über mich und mein Leben gekommen und seitdem sind Gut und Böse untrennbar vermischt. Was sich gut anfühlt, ist ungesund. Was schön ist, tut weh. Was ich liebe, verletzt mich. Jedes Talent und jeder Gewinn korrumpiert.

Ich verstehe nicht mehr, wie ich zu dem Entschluss gekommen war, gesund zu leben. Das ist doch mühselig und spießig. Und Mühsal wird in unserer Gesellschaft nicht belohnt, sondern Dreistigkeit.

Der dreiste Kellner im Hintergrund fängt an, mit Blicken zu drängen. Lange kann ich meinen Platz hier nicht mehr halten. Als Frau hat man in einem Restaurant sowieso wenig Rechte, wenn man allein ist. Das gilt erst recht, wenn man der letzte Gast in tiefer Nacht ist.

Andi, ich weiß ja, es ist spät. Ich weiß, ich muss nach

Hause, aber komm, lass uns wenigstens noch ein paar Minuten ins Sumerland schauen. Morgen bei der Arbeit bin ich sowieso übermüdet. Ich will davor wenigstens noch etwas Spaß haben. Und vielleicht kann ich erfahren, ob Prinzessin Serisada bereits in Waylhaghiri angekommen ist. Ich hoffe, es geht ihr so weit gut.

Der Eventdesigner war fast hundertprozentig sicher, dass doch alles in Ordnung sein musste. Es gab keine asynchronen Bewegungen mehr in der tanzenden Menge, keinen beunruhigend irren Veitstanz, soweit er im Dunkeln erkennen konnte. Es war längst tiefe Nacht. Am kleinen Himmelsstück über dem Stadttrichter sah man den Mond und einige Sterne. Und an der gegenüberliegenden Seite des Stadttrichters erblickte man zahllose Lichter, einige still, die meisten wandernd. Waylhaghiri schlief nie. Auch die Kinder spielten noch und tanzten, denn in dieser freien Stadt durften alle Kinder unbegrenzt lang aufbleiben. Der Eventdesigner empfing die erste Prognosehochrechnung der Party. Die geballte Aufmerksamkeit, die auf den Event fokussiert war, war beispiellos. Das lag natürlich an der persönlichen Anwesenheit des Prinzen. Der Eventdesigner konnte sich diesen Erfolg nicht als Eigenleistung anrechnen. Aber letztlich zählte das zahlenmäßige Resultat. Alle Mitwirkenden würden heute Nacht in Betten von erstklassiger Qualität schlafen und morgen früh warteten dann mindestens eine Etage weiter oben Herausforderungen in völlig neuer Qualität auf sie.

Der einzige Wermutstropfen waren die Nachrichten von der Okkupationsarmee draußen im Sumerland. Vor wenigen Minuten hatte ein Bote sie überbracht: Die nächtlichen Angriffe der wilden Wesen waren heute Nacht besonders heftig gewesen. Sie hatten über vierzig Todesopfer gefordert. Fast schien es, als ob die Wilden spürten, dass der Prinz seine Armee verlassen hatte. Aber das änderte nichts am Erfolg der Party, die nun schon im Ausklingen war. Die zufriedenen Gäste verabschiedeten sich einer nach dem anderen. Der Eventdesigner streckte sich und gähnte dezent. Er freute sich auf seinen verdienten Schlaf.

Andi, mein Intimfeind, Du lümmelst auf Deinem Stuhl am Nachbartisch, halb abgewandt, aber möglicherweise beobachtest Du mich über einen der Wandspiegel. Geduldig tastest Du nach der empfindlichsten Schwachstelle an mir. Du wirst mir höchst schmerzhaften Schaden zufügen. Dabei bin ich doch gerade auf dem besten Weg, mich aufzurappeln und meinen Berufsalltag zurückzuerobern. Ich muss Dich abschütteln, bevor Du mich wieder hinabreißt. Wie kriege ich Dich zu fassen?

Hier im Restaurant ist nichts Schwaches, nichts Düsteres, nichts Billiges. Alles ist lückenlos ästhetisch perfekt – die Samtvorhänge, die großen Spiegel, die Statuen.

Allem Anschein nach bin ich hier drin hundertprozentig sicher vor Dir, geborgen in der ästhetisch perfekten Traumwelt der Werbung. Ich sehe keine Ritze, durch die die Albtraumwelt des nächtlichen Schlachtfelds eindringt oder einsickert. Nein, nichts hier drin ist alltäglich-nichtssagend oder deprimierend schäbig. Die weißen Tischdecken sind makellos. Auf dem hellen Marmorfußboden ist kein Dreck. Am Stuck der hohen Decke gibt es keine Spinnwebe.

Ich drücke meine Zigarette aus ... Da fällt mir der Aschenbecher auf mit seinen allzu vielen Kippen und der nachtschwarzen Asche und einem verkohlten Stück Papier, das der nervöse Rainer dort hineingestopft hat. Sehe ich ein Stück des finsteren Schlachtfelds, ein Stück der schäbigen Slums Waylhaghiris, Frust, Chaos und Verfall?

Da verlor ein kleines Kind, das inmitten der tanzenden Menge spielte, seinen Ball. Die bunte Kugel rollte in Richtung des Abgrunds, in Richtung des silbrigen Innensees, denn sämtliche Fußböden in Waylhaghiri waren abschüssig. Sie waren mehr oder weniger stark in Richtung Innenseite geneigt. Das Kind rannte hinterher, fast hatte es den Ball eingeholt, da stolperte es, stürzte nach vorn ...

Der bunte Ball flog über die Kante und fiel sich drehend lange Zeit hinab in die Flüssigkeit. Die silbrige Oberfläche schloss sich glatt über ihm.

Der Eventdesigner brach die Musik ab. Alle miteinander hörten sie jetzt das Weinen und Schreien des Kindes, das nicht hinuntergestürzt war. Seine Mutter lief zu ihm und trug es lächelnd mit tränenüberströmtem Gesicht zurück. „Schade, dass der Ball weg ist. Er war noch neu, ein Geburtstagsgeschenk. Aber so lernt der Kleine wenigstens, auf seine Spielsachen aufzupassen.“ Alle nickten eifrig, lächelten, strichen dem Kleinen über das wirre Haar.

Über die eigentliche Gefahr sprach keiner, denn das wäre ein Verstoß gegen die Konventionen gewesen.

Nein, ich kann Rainer nicht ernst nehmen, obwohl er beruflich so erfolgreich ist. Er macht es mir leicht, ihn zu beherrschen, weil er nur an sich selbst und seine Ängste und Träume denkt. Bei allem, was ich sage und tue, fragt er sich nur, was das über meine Meinung über ihn aussagt. Er ist gefangen im Wahn seiner Verliebtheit, wie die Bürger Waylhaghiris im Wahn ihrer Trance gefangen sind. Es ist gerade seine Verliebtheit, die ihm den Blick auf mein eigentliches Ich versperrt. Er unterwirft sich meinem Urteil, sodass ich jeden Respekt vor ihm verlieren muss.

Er ist berechenbar. Deshalb werde ich Rainer für meine Zwecke nutzen.

Ich muss nach Hause, um noch ein paar Stunden zu schlafen.

Ich mag diese nächtlichen S-Bahnen nicht.

6

Nur eine Bewegung, und ich könnte auf dem Wecker nachsehen, wie viel Zeit mir noch bleibt bis zum Morgen.

Aber ich bewege mich lieber nicht, Andi. Ich möchte nicht im Dunkel gegen Deinen kalten Körper stoßen, den ich neben mir erahne.

Mit Mühe habe ich den Rückstau bei der Arbeit schon zum Teil abgebaut. Ich muss einschlafen, um morgen fit zu sein und den Rest zu schaffen. Gibt es einen Weg, Schlaf für Geld zu kaufen oder sonst wie zu erzwingen? Nein. Man bleibt seiner divenhaften Willkür ausgeliefert.

Wenn der Rückstau abgebaut ist, habe ich im Job wieder festen Boden unter den Füßen. Dann muss alles anders werden. Dann muss eine bessere Zeit kommen, in der Schlaf selbstverständlich ist. Es muss eine bessere Zeit kommen, in der ich normal lebe wie als Kind, ohne an einem Zuviel oder Zuwenig zugrunde zu gehen. Ich brauche dringend eine neue Zeit ohne dickmachende Süßigkeiten, ohne Zigaretten, Alkohol, Ehrgeiz, ohne zu viel Arbeit, ohne zu viel Mediengeklingel in den Sinnen, ohne zu wenig Geld, ohne zu wenig Liebe, zu wenig Anerkennung, zu wenig Zeit, zu wenig natürliches Sonnenlicht und zu wenig Luft zum Atmen.

Lach nicht, Andi. Du machst mich damit wach. Im Schutz der Dunkelheit spottet es sich leicht, Du Feigling!

Um ruhig zu werden, denke ich an das Schönste, was ich kenne. Ich denke an die goldene Zeit. Damals war ich nicht einsam wie heute Nacht. Im Gegenteil. Wir hatten Spaß. Erinnere Dich, Andi. Wir hatten sogar mehr als Spaß: Wir standen im Mittelpunkt unserer selbst gemachten Welt. Was kann es Besseres geben? Wir hatten eine gemeinsame Vision.

Ich erinnere mich, wie wir in einer Gruppe nachts über eine taubedeckte Wiese gingen. Wir lachten über einen Witz. Unsere Stimmen vermischten sich. Jemand berührte mich beiläufig am Arm, ohne dass es etwas zu bedeuten hatte.

Ich widerstehe dem Impuls, mich auf die Seite zu drehen. Alle paar Minuten überkommt mich ein zwanghaftes Bedürfnis, meine Körperhaltung zu verändern. Das mache ich aus dem genannten Grund nicht. Aber immer wieder erliege ich der Illusion, dass ich in einer anderen Lage – die ich mir als absolut friedvoll und endgültig vorstelle – Ruhe finden kann. Und meine Körperhaltung wird unangenehmer, bis sie fast wehtut.

Diese Ruhelosigkeit ist wie die Gier nach mehr Geld, Alkohol, Zigaretten, Süßigkeiten, neuen Kleidern und Möbeln, nach einem neuen Mann. Man kann nicht ohne das leben, was man nicht hat. Und wenn man es bekommt, wird es banal. Und man will etwas anderes, ohne das man angeblich nicht leben kann.

Bist Du das, mein Intimfeind? Setzt Du mir das in den Kopf?

Damals in der goldenen Zeit verschwendeten wir keinen Gedanken an Kleidung, Autos, Karriere, all das Zeug, das einem fehlen kann. Andi, Du hast einmal gesagt: „Fast alles, was die Leute – jenseits der elementaren körperlichen Bedürfnisse – in unserer Gesellschaft begehren oder was sie zu verlieren fürchten, wurde genau zu diesem Zweck von Marketingleuten und Designern erfunden. Sieh Dir ein teures und ein billiges Auto an. Die Rohstoffe sind gleich. Die Technologie und der Fertigungsprozess sind gleich. Wo also ist der Unterschied? Das ist wie bei Handys – man kann für viel Geld nicht mehr kaufen als für einen normalen Preis. Autos oder Handys – in fünf Jahren sind die Dinger veraltet und wertlos. In fünfzehn Jahren sind sie Oldtimer, Sammlerstücke, teuer." Wir lachten. Uns verband die Sorglosigkeit der Eingeweihten.

Ich: nur halb. Die Clique akzeptierte mich wegen Dir so weit als Mitläuferin. Aber es war klar, dass sie etwas wussten, wonach ich nicht fragen durfte. Auch nach unserer Nacht in der Bretagne bin ich nur eine Halbeingeweihte geblieben.

Da rauscht ein aufgedrehter Wasserhahn in einer Nachbarwohnung. Vielleicht ist es die Wohnung, in der der fremde Mann wohnt. Der Staub der selbstvergessenen Schläfrigkeit hat sich unbemerkt hinter meinen Augen angesammelt. Nun fällt er jäh ab. Habe ich geschlafen? Ich weiß es nicht. Aber da ist das Echo eines Traums vom Sumerland. Da gab es bis eben im Takt meiner langsamen Atemzüge idyllisch gezupfte Saiten. Sie sind bereits halb vergessen. Eine goldene Küste ruht in einem endlosen Ozean, umweht vom ewigen Sommerwind, der Düfte und Nachrichten aus dem Landesinneren herträgt. Jemand hat mich einmal vor langer Zeit beiläufig am Arm berührt, ohne dass es damals etwas zu bedeuten hatte. Als wir nachts in einer Gruppe über eine taubedeckte Wiese gingen und unsere lachenden Stimmen sich vermischten.

Prinz Zazamael zog sich nach der Willkommensfeier in seine Gemächer zurück. Dort, weit oben im Turmring, fand er keinen Schlaf. Nachdem er die letzten Nächte draußen beim Heer im Sumerland verbracht hatte, störte ihn nun der Baustellenlärm über ihm, und aus der Stadt hörte er jähe Rufe voll Lust und Zorn, Fragmente von Werbemelodien und vorbeisausende Fluggeräte. Dumpfe Stimmen hielten Zwiesprache unter dem Fußboden. Wandernde Scheinwerferkegel und stoisch blinkende Leuchtreklamen reizten seine Augen durch die geschlossenen Lider hindurch. Waylhaghiri schlief nie. Außerdem kreisten die Gedanken des jungen Herrschers um das Problem, das es bei der großen Fusion gab. Es war ein ernst zu nehmendes Problem, sonst hätte man ihn nicht mit dieser Dringlichkeit von seinem Feldzug weggeholt. Das Gelingen der großen Fusion war entscheidend für seine persönliche Zukunft, für die Zukunft seiner Stadt, für alles, was er besaß. Es entsprach nicht seinem Naturell, sich tatenlos im Bett zu wälzen. Rasch zog er seine Uniform an und ließ den Berater und das einzige Sprachrohr der Wirtschaftsweisen, den exzentrischen Azethot, herbeirufen. Als Azethot sich mit der gebotenen Ehrerbietung vor seinem Herrscher verneigte und in weitem Schwung den gefederten Schlapphut schwenkte, musterte Zazamael mit zusammengekniffenen Augen seine stutzerhafte Aufmachung. Sein Spitzbart, sein Radmantel, seine Stulpenstiefel – all das hatte dem Prinzen noch nie gefallen. Aber der Rat war mächtig. Zazamael hielt es für klüger, zu akzeptieren, dass die Wirtschaftsweisen sich diesen sonderbaren Gesellen als ihren einzigen Boten gegenüber der Außenwelt ausgesucht hatten. Zum dumpfen Klang der nächtlichen Hammerschläge der Turmspitzen-Baustelle stiegen die beiden hinab zur untersten und rückständigsten Ebene der Stadt.

Mehrfach wurden Zazamael und Azethot auf der halbdunklen Wendeltreppe, die so breit und überfüllt wie eine Hauptstraße war, von ordinären Passanten angerempelt. Einmal streifte ein Ochsenkarren die Uniform des Prinzen und verdreckte sie. Der Wagenlenker starrte ihnen gleichgültig ins Gesicht. Die Bewohner der tieferen Ebenen rechneten nicht im Traum damit, ihren Herrscher leibhaftig vor sich zu haben. Nur vereinzelte Passanten erkannten den Prinzen und pressten sich in ehrfürchtigem Entsetzen gegen die Wand. Einmal wurde er auch von einer zitternden Stimme um ein Autogramm gebeten. Aber er schob den Bittsteller beiseite. Die Tonziegel der Treppenstufen und Wände wurden immer abgenutzter. Oben hatte es noch elektrisches Licht gegeben, nun brannten hier unten auf der Treppe rußige Ölfunzeln und Pechfackeln.

Der Prinz merkte plötzlich, dass er seit unbestimmter Zeit ein Brummen im Ohr hatte, das so tief war, dass sein Bewusstsein es ausgeblendet hatte. Das waren die Fusionsmaschinen. In den Slums – dicht über dem silbrigen Spiegel des Innensees – liefen die Arbeiten auch in der Nacht auf Hochtouren. Der Prinz empfand Angst und Neugier – der silbrige See war die geheime Energiequelle der Stadt, ihre Hoffnung, aber auch ihre Nemesis. In einer früheren Ära von Waylhaghiris Geschichte hatte er den See bei einem gescheiterten Fusionsversuch schon einmal aus nächster Nähe gesehen, aber das war eine Ewigkeit her. Er konnte sich kaum erinnern. Er wollte es auch nicht.

Als er durch das Halbdunkel in die Richtung schritt, in der er den Innensee vermutete, meinte er dessen Nähe zu spüren wie die Nähe zu einem warmen Feuer oder zu etwas Elektrischem, das die Härchen aufrichten lässt. Er sah in der Erinnerung Dinge und Menschen vor sich, die alle unter der glatten Oberfläche verschwunden waren. „Immer wieder – warum passiert es immer wieder?“, murmelte der Prinz.

Die Schäbigkeit der Slums berührte den Prinzen peinlich wie ein dreckiges Stück eigener Wäsche. Er bemühte sich um ein stoisches Gesicht und sah lediglich aus den Augenwinkeln, dass diese Slums heidnisch waren, altrömisch und meilenweit entfernt von frischer Luft und Sonnenlicht. In seiner Nase setzte sich ein beharrlicher Gestank von Fackelruß, Tierurin, ranzigem Fett und Kochwäsche fest. Gläser klirrten in einer Schenke, eine trunkene Frauenstimme lachte grell auf. Einen Häuserblock weiter belauerte eine Schar blasser Straßenjungen den Prinzen und seinen Begleiter. Einer von ihnen warf in gespieltem Ungeschick eine faule Kartoffel in eine Spülwasserpfütze dicht vor ihren Stiefeln, dass es spritzte. Dann stob die Jungenbande auf und davon, als erwarte sie vom Prinzen eine brutale Rache. Eine Greisin schimpfte hinter einem Kellerfenster mit einem kleinen Kind, das erst leise weinte, dann laut brüllte. Der Prinz ertrug insgeheim die Armut und Tumbheit dieser Gegend. Er hatte jahrzehntelang erfolgreich verdrängt, dass es innerhalb der Stadtmauern solch erbärmliche Winkel überhaupt gab. Wenn er eines Tages die Prinzessin Serisada als seine Braut nach Waylhaghiri führen würde, würde er sicherstellen, dass ihr dieser Anblick niemals zu Gesicht kam.

Die Gässchen waren labyrinthisch gewunden. Selbst der Prinz fand trotz seiner Kenntnis der Stadt nicht sogleich den Weg zu dem Ort, an dem die große Fusion stattfand. Ein unbeholfener Plebejer wies ihnen auf Azethots Frage hin wortlos mit zitterndem Finger einen offensichtlich falschen Weg, das Gesicht schüchtern abgewandt. Aber der abschüssige Fußboden verriet beiden Wanderern die Richtung zum inneren Trichterrand. Und wie ein Nachtfalter vom Schein einer Kerze angezogen wird, wurde der Prinz instinktiv angezogen vom silbrigen See und seiner Macht.

Der Prinz sagte beschwörend zu Azethot, als müsse er

sich entschuldigen: „Bald ist Schluss mit dem Elend. Die große Fusion wird die Armen erheben." Er war mit der Wirkung seiner Worte nicht zufrieden und setzte wütend hinzu: „Schau nicht so skeptisch. Man darf nicht an die Gefahr dabei denken, sondern nur an die Chance. Nur so kommt man voran auf der Straße des Fortschritts. So, wie ein Seiltänzer nur an das Ende des Seils denken darf, aber nicht an den Abgrund unter ihm. Keine Bedenkenkrämerei, kapiert?"

Azethot nickte geistesabwesend.

In einer Hausruine verbrannten ein paar Kinder einen Haufen Müll, dessen Gestank die Nase des Prinzen erneut beleidigte.

Das schwere Brummen der Fusionsmaschinen hatte unbemerkt ein tosendes Ausmaß erreicht. Es gemahnte den Prinzen an die bisherigen Versuche. Zahllose Fusionsversuche, die in mancherlei Hinsicht geglückt waren, die auch eine Menge an Erfahrungsgewinn gebracht hatten. Aber der eigentliche Erfolg stand selbst nach Jahrzehnten – ach, nach Jahrhunderten! – Arbeit noch aus. Es war wie verhext. Etwas ging jedes Mal schief. Die Gesellschaft von Waylhaghiri war eine Maschine, die auf das eine Ziel der Fusion hinarbeitete. Das Herz jedes Bürgers pumpte sein Blut letztlich für diesen einen Zweck. Die Zivilisation von Waylhaghiri mit ihrer Kunst und Kultur war nur ein Kraftwerk, das sich in immer neuen Anläufen selbst verheizte, um den Strom zum eigenen Betrieb zu erzeugen. Um sich selbst in etwas Edleres und Fortschrittlicheres zu verwandeln. Aber reichte die eigene Brennsubstanz für die Verwandlung zum Phönix? Oder fehlte eine Zutat, die das notwendige Mehr an Brennstoff gab? Prinz Zazamael ahnte, dass die eigene Substanz seiner Stadt wohl nicht reichen mochte. Allein schaffte er es nicht. Er brauchte etwas von außen, den wilden Wein, das

Geheimnis des Sumerlands. Deshalb führte er den Okkupationskrieg. Der wilde Wein hatte die Kraft eines Perpetuum mobile, er ermöglichte es, trunken vom eigenen Blut zu werden und niemals verkatert aus dem Rausch zu erwachen.

Prinz Zazamael leckte sich die trockenen Lippen.

Der Prinz entwarf als oberster Designokrat im Lauf der Jahrzehnte und Jahrhunderte am Reißbrett immer wieder neue gesellschaftliche Visionen. Ach, dachte der Prinz, als er weiter auf den Silberspiegel zuschritt und als das Brummen der Maschinen seinen Schädel so füllte, dass es eins mit seinen Gedanken wurde, ach, jedermann sah die tragische Geschichte des Strebens und Scheiterns seiner Stadt ja beim ersten Blick auf den Stadtkegel. Es war an Peinlichkeit kaum zu überbieten. Wenn man die Ebenen des Stadtturms von Waylhaghiri von unten nach oben betrachtete, konnte man die historische Entwicklung all seiner Visionen beobachten, die eine nach der anderen im letzten Moment gescheitert waren und – nach einer Phase der Agonie – Platz gemacht hatten für die nächste kühne Vision, den nächsten Fusionsversuch. Die Bürger dieser Stadt hatten im Lauf der Jahrhunderte schon so viele seiner Träume geträumt, auf so viele Ziele hingearbeitet und sie jedes Mal sogar fast erreicht – bis die perfekte Ästhetik im letzten Moment wieder zusammenstürzte, bis das Imperium zerfiel, bis der große Krieg in Verwüstung endete, bis die Dotcom-Blase platzte, die Börse kollabierte und das Silber alles überfloss. Das blieb jedes Mal am Ende übrig: Glattes, spiegelndes Silber … „Seht, Hoheit, es läuft bereits!“ Azethot holte den Prinzen aus seinen Gedanken zurück in die Gegenwart. Und tatsächlich – sie waren angekommen.

Der Prinz und sein Begleiter standen am inneren Trichterrand. Das Brummen der Maschinen war jetzt so laut, dass es mit ihren Körpern eins war und diese vibrieren ließ. Direkt vor ihren Stiefelspitzen glomm aschfahl der Innensee. Aber dieses Glimmen war für den Prinzen ein Leuchten der Hoffnung. Der Silberspiegel war vielversprechend, elegant, perfekt wie der Lack eines neuen Autos. Die qualifiziertesten Wissenschaftler Waylhaghiris waren konzentriert am Messen und Steuern und beratschlagten leise.

Der Prinz gab sich ihnen zu erkennen. Ein Raunen ging durch ihre Reihen ob dieses Besuchs. Sie verbargen ihr Unbehagen, während der junge Herrscher sie nach den kleinsten Einzelheiten fragte. Er wollte herausfinden, wo das Problem seine Wurzel hatte. Wo war die Schwachstelle? Auf seine Frage, weshalb sie sich ausgerechnet dieses rückständige Drecksloch als Schauplatz für die große Fusion ausgesucht hatten, trat ein junger Typ mit schwarzer Sonnenbrille aus dem Halbdunkel: „Die Slums sind einfach hip. Lebendiges Dynamit! Wisst ihr, Hoheit – Innovation entsteht gerade da, wo der Status quo unerträglich wird." Und er wälzte einen Kaugummi zwischen den Zähnen. Zazamael sah es ihm nach – die Marketingwissenschaftler waren eben so. In der fortschrittlichen Zivilisation der Trichterstadt waren Geisteswissenschaften und Naturwissenschaften längst eins geworden, sodass die Fusionsforscher eher wie Werber wirkten als wie Ingenieure. Bei früheren Fusionsversuchen hatten sie den obersten Bereich der Stadt als Ausgangspunkt gewählt. Womöglich war das der Fehler gewesen? Diesmal nahmen sie die unterste Ebene. War sie der richtige Ausgangspunkt für den Wandel zu einer besseren Zukunft?

„Wie lange seid Ihr schon dabei?", fragte der Prinz. „Hoheit, die Vorarbeiten laufen seit etwa drei Jahren. Seitdem laden wir die Slums mit Geld und positiver Energie für den Sprung in die neue Welt auf." „Ihr habt die Slums aufgeladen?" Dem Wissenschaftler war trotz seiner Sonnenbrille die Irritation anzusehen, dass sein Herrscher so wenig über das Projekt wusste. „Nun, Hoheit – zuerst haben PR-Strategen oben in der Stadt eine Mode initiiert, wodurch die Slums in den besten Kreisen schick wurden. Sie galten, gerade weil sie so verwahrlost sind, bei Insidern als geheimer Hort der Kreativität. Sie waren etwas Abenteuerliches. Höhere Söhne und Töchter veranstalteten Untergrundpartys in den Katakomben. Sie hielten Zechgelage in den Tavernen ab." „Und hat das etwas gebracht?" Der Wissenschaftler wälzte abwägend seinen Kaugummi. „Nun, Hoheit, in gewisser Weise Ja. Nach und nach verbreitete sich die Mode. Die Slums gewannen allgemein an Ansehen. Es galt auch bei der Mittelschicht als schick, ein Wochenendhaus hier unten zu haben, mit einem Innenhof, einem sogenannten „Atrium". Die Grundstückspreise stiegen. Und bei gesellschaftlichen Anlässen trat man häufiger in eine Toga gehüllt auf oder zumindest mit einem Lorbeerkranz auf dem Kopf. Und es wurde üblich, den Begriff „Atrium" auch für ein Penthouse oben in der Stadt zu verwenden." „Pah. Was habt Ihr damit erreicht. Moden sind flüchtig. Sie schaffen keine dauerhaften Werte." „Vollkommen richtig, Hoheit. Es war ja nur der erste Schritt. Als zweiten Schritt mussten wir das Selbstverständnis der Slums verändern. Wir mussten ihnen den Stolz auf die eigene Identität zurückgeben. Diese Ebene der Stadt musste sich auf ihre ursprüngliche Vision zurückbesinnen, als sie noch die Spitze des Turmkegels war – auf die Vision der klassisch-abendländischen Antike. Theaterstücke und Dichterlesungen wurden veranstaltet. Der Wein in den Tavernen wurde nicht mehr mit Wasser gepanscht. Er wurde aber weiterhin mit Harz versetzt, weil das eine lokaltypische Besonderheit war. Die Bürger der Slums fügen sich ein in das Bild, das unsere Tourismusexperten von ihnen zeichnen. Und es geht voran. Die Fusion kommt ins Rollen." „Soso. Was heißt das denn konkret in Zahlen –?", bohrte der Prinz nach. Der Wissenschaftler fiel ihm mit seiner raschen Antwort ins Wort: „Vierundzwanzig Prozent Steigerung bei den Reallöhnen in den ersten drei Jahren. Ist das konkret genug? Da die Löhne hier unten niedrig waren, sorgte schon der kleinste Wohlstandsgewinn für ein prozentuales Wachstum, das weiter oben neidisches Aufsehen erregte. Die Slums hießen nun nicht mehr Slums, sondern die klassisch-römische Zone. Das Leben in diesem Teil der Stadt war ein komplex choreografiertes gesellschaftliches Ritual, das Wohlstand und Glamour produzierte. Alle strengten sich an und niemand fiel aus der ihm zugedachten Rolle. Nur in manchen abgelegenen Seitenstraßen blieben die Slums so wie früher, dreckig und rückständig."

„Durch diese Seitenstraßen sind wir hergekommen. Ich nehme mit Erleichterung zur Kenntnis, dass es nicht überall so aussieht. Also hat euer Plan geklappt?", fragte der Prinz lauernd. Wo steckte das Problem, weswegen man ihn herbeordert hatte?

„Aber selbstverständlich, Hoheit. Unsere Designer haben den Bewohnern der Slums nahegelegt, ihrer Vorliebe für fett gebratenes Hammelfleisch zu entsagen und sich stattdessen an gesündere Kost – Weintrauben, Oliven und Meeresfrüchte – zu halten. Dadurch wurden sie schlanker. Sie sahen jetzt aus wie die klassischen Statuen, die unsere Designer auf den Straßen aufstellen ließen. Ein schnuckeliges Amphitheater ist letzte Woche eingeweiht worden. Schade, dass Ihr an der Premiere draußen bei den Wilden im Sumerland weiltet. Aber beehrt das Amphitheater doch mit einem Besuch, das wäre eine wertvolle Starthilfe."

Der Wissenschaftler deutete auf einen Toga-umhüllten Bürger, der sich über den Trichterrand beugte, und flüsterte hastig: „Schaut, Hoheit. Die neu gewonnene Energie der römischen Zone kommuniziert in elektrischer Spannung mit dem Innensee. Wenn sich die Bürger über den Silberspiegel beugen, um ihre schlanke Figur zu bewundern, entdecken sie bei ihrem Spiegelbild Dinge, die noch nicht real sind, aber aus einer besseren Zukunft kommen. Die Frauen haben im Spiegelbild Schmuck am Körper, die Männer Armbanduhren oder Autoschlüssel. Und wisst Ihr, was?" Er grinste unverschämt, Zazamael erwiderte starr seinen Sonnenbrillenblick, aber der Wissenschaftler ließ sich nicht einschüchtern, denn jetzt kam der Clou: „Es hat sich schon herumgesprochen, dass man diese Kostbarkeiten mit einer Handbewegung vom Silberspiegel abpflücken kann. Hoheit! Dass man sie real in der Hand halten und zu Hause in seinen Schrank legen kann. Dass man sie weiterverschenken und weiterverkaufen kann. Der Wohlstand breitet sich nun unaufhaltsam in der klassisch-römischen Zone aus. Wie ein Buschfeuer, Hoheit. Der Prozess der großen Fusion ist längst selbsttragend und wird von Minute zu Minute schneller. Er verselbstständigt sich. Realität und eure ästhetische Vision, mein Herrscher, werden durchmischt zu einer untrennbaren Emulsion." Der Wissenschaftler spie dem Prinz vor Begeisterung seinen Kaugummi vor die Stiefelspitzen.

„Alles läuft also. Wie konntet ihr mich dann von meinem Feldzug fortholen?" Der Wissenschaftler stockte und kramte im Kopf nach Worten. Bei einem schlagfertigen Typ wie ihm wirkte das beunruhigend. Er bemühte sich, seine Antwort so zu formulieren, dass ein Laie wie der Prinz den Haken an der Sache verstand. „Nun, Hoheit, man könnte sagen, es funktioniert zu gut. Die Geschwindigkeit der großen Fusion nimmt zu, wie gesagt. Von dem Wohlstand gehen Sachzwänge aus, die die Menschen zu Getriebenen machen. Sie kommen kaum noch hinterher."

Der Prinz zeigte dem Wissenschaftler mit einem Blick,

aufgeladen mit verständnisloser Wut, dass ihm diese Erklärung keineswegs genügte.

„Hoheit. Es ist eigentlich einfach: Die Kettenreaktion der Fusion beschleunigt sich unaufhaltsam. Inzwischen sind die Bewohner der klassisch-römischen Zone unter ständigem Druck, die neuen Statussymbole und Errungenschaften stets rechtzeitig vom Spiegelbild des Innensees abzupflücken. Denn wenn die Realität und das Spiegelbild im Innensee zu weit auseinanderklaffen, dann kollabiert die Fusion."
„Und was tut Ihr dagegen, verdammt?" Der Wissenschaftler rückte die Sonnenbrille zurecht und legte die Finger ums Kinn. „Nun, unsere Fusionstechniker suchen Tag und Nacht nach einer Lösung. Sie probieren jedes denkbare Verfahren aus, um die Kettenreaktion zu stoppen oder wenigstens zu verlangsamen. Aber da ist allem Anschein nach kaum etwas zu machen. Schon längst sind die Bewohner der klassisch-römischen Zone Getriebene, die sich abmühen, die Vorgaben des silbernen Spiegelbilds rechtzeitig in ihre Realität umzusetzen. Gehen wir etwas dichter ran, Hoheit."

Der Prinz ließ sich von dem Wissenschaftler an der Kante des Trichterrands entlangführen, während Azethot zurückblieb und gelangweilt durch die Schatten bummelte. Zazamael und der Wissenschaftler umrundeten haushohe Maschinen, in denen blaue Blitze sprühten. Schemenhafte Männer fuhrwerkten in der Dunkelheit herum. Dann kamen sie an eine Stelle, an der zahlreiche Bürger der Slums – der Prinz konnte sich noch nicht recht daran gewöhnen, dass sie jetzt klassisch-römische Zone hießen – über den Kantenrand gebeugt standen oder auf allen vieren knieten und – es war tatsächlich wahr – Dinge vom Spiegelbild des Silbersees pflückten. „Was willst du denn, du Bedenkenträger …" sagte der Prinz „… es läuft doch. Sie werden reich. In meiner Stadt ist es wie im Paradies!" Tatsächlich pflückte einer der Bürger, der platt auf dem Bauch am Kantenrand lag, einen Hausschlüssel von der Oberfläche und schrie begeistert auf. Der Wissenschaftler stöhnte dumpf. „Sicher, mein Herrscher, Ihr habt natürlich völlig recht. Diese Dinge sind wertvoll. Und auch wunderschön. Kein Zweifel. Schließlich beruht alles auf eurer höchstpersönlichen Vision. Aber seht, mein Prinz, keins dieser Dinge steht für sich allein. Jedes ist nur brauchbar mit anderen Dingen, sodass alle ständig etwas Neues vom Silberspiegel pflücken müssen, was wiederum das Bedürfnis nach weiteren neuen Dingen schafft. Sie werden niemals fertig. Seht doch einfach selbst." Der Wissenschaftler trat dicht neben den Bürger, der platt auf dem Bauch lag und nun, kaum hatte er den Hausschlüssel eingesackt, mit rudernden Armen weiterfischte. Der Prinz trat hinzu und blickte zusammen mit dem Wissenschaftler über den liegenden Bürger hinweg auf das Spiegelbild im Innensee. Da sahen sie – dunkel – ihre beiden Spiegelbilder – der Wissenschaftler trug noch immer die Sonnenbrille – und im Vordergrund das froschartig verzerrte Gesicht des platt daliegenden Manns, dessen gespreizte Arme nach Dingen griffen, die ein Hauseigentümer dringend benötigte und die es im Spiegelbild seines Hauses längst gab: Ein Zierteich für das Atrium, passende Möbel, eine Alarmanlage, ein neues Pflaster mit Mosaik für den Eingangsbereich und bald auch ein neues Tonziegeldach. Wenn der Bürger eins von diesen Dingen erhaschte, erschien es real an dem Haus im Hintergrund, das sich im Silber spiegelte, offenbar seinem eigenen.

So rollte die Lawine aus Bedürfnissen und Folgebedürfnissen immer schneller.

Der Bürger reckte sich noch einmal weit hinaus über den Silberspiegel, um eine Statue für das Atrium zu erhaschen. Da rutschte er ab, kippte nach vorn und verschwand mit einem klagenden Schrei unter der silbernen Wasseroberfläche, die sich glatt über ihm schloss, als hätte es ihn niemals gegeben. Der Schrei hallte über die Oberfläche des Silbersees und echote durch die Gassen der Slums.

Mit anderthalb Herzschlägen Verzögerung begriff Zazamael, dass dieser Schrei ein Todesschrei gewesen war.

Und einen weiteren halben Herzschlag später begann die Katastrophe.

Durch den Tod war die heile Welt zerstört worden. Die Diskrepanz zwischen der Realität und dem Spiegelbild im Innensee war zu groß. Die Hoffnung auf die Zukunft war nicht mehr tragfähig genug, um die Risse in der Gegenwart zu kitten und die Kluft zwischen Soll und Ist zu überbrücken. Die Fusion geriet außer Kontrolle. All die Statussymbole, die die Bürger der klassisch-römischen Zone sich von dem Spiegelbild abgepflückt hatten, verwandelten sich im gleichen Augenblick zurück in silberne Kugeln, die wie Quecksilber umherrollten. Sie rollten auch aufwärts, manchmal sogar an Wänden und Decken entlang. Und sie tropften von dort auf hinterhältige Weise herunter.

„Was ist das? Was sollen wir jetzt tun?" Doch Zazamael bekam keine Antwort. Er sah genauer hin und erkannte: Der Wissenschaftler stand hinter seiner coolen Sonnenbrille bibbernd da, stocksteif, unter Schock. Der Prinz war allein auf sich gestellt. Er rannte zurück zu Azethot, der schon nach ihm Ausschau hielt. „Prinz, endlich. Kommt mit. Der Tod breitet sich aus. Wir müssen hier raus. Kommt. Rasch."

Manche Slumbewohner suchten Schutz in ihren Häusern, aber vergebens. Die silbernen Kugeln kullerten über die Zuschauerränge des schnuckeligen Amphitheaters, sie rollten durch die Gassen, sie fanden ihren Weg in jede Wohnung, drangen überall ein, sickerten durch die kleinsten Ritzen. Sie überzogen alle Dinge, mit denen sie in Berührung kamen, mit einem silbernen Film, und was darunter lebendig war, erstarb. Anscheinend zersetzte die silberne Substanz alle Materie, die sie bedeckte. Denn die Dinge unter der Silberschicht verloren ihre Konturen, verschwanden dann ganz.

Im Mondlicht glänzte das Silber, als komme es von einem anderen fernen Planeten, wo es nichts Menschliches gab.

Ein lautloser, sauberer Tod holte die unglücklichen Bürger dieser Ebene ein.

Der Prinz und Azethot arbeiteten sich brutal und zielstrebig durch die panische Menge. Azethot wusste von einer nahen Lagerhalle, in der es einen Lastenaufzug gab. Mit dem konnten sie – vorausgesetzt, alles klappte – auf die nächsthöhere Ebene fliehen. Als sie das Tor der Lagerhalle aufrissen, versperrte ein dicklicher Mann ihnen den Weg. Er sah lächerlich aus in seiner zu engen Strickjacke. Aber er fuchtelte, wenn auch ziellos, mit einem, wenn auch kurzen, Schwert direkt vor ihren Nasen herum. „Fort mit euch, erst einmal! Später bleibt bestimmt noch Zeit für euch. Dieser Aufzug ist jetzt für mich. Meine Frau. Und meine Kinder. Sie werden gleich kommen. Zuerst bringen wir uns in Sicherheit." Azethot hob eine Augenbraue und flüsterte: „Prinz, dieser Aufzug fährt ausgesprochen langsam. Die Zeit wird nicht reichen. Das Silber breitet sich allzu rasch aus. Wer weiß schon, wo sich die Familie dieses Plebejers herumtreibt." Doch der dicke Mann hielt sein Schwert fest in der schweißnassen Hand und wirkte so planlos, dass ihm alles zuzutrauen war. Der Prinz und Azethot waren unbewaffnet. Zazamael machte einen energischen Schritt nach vorn, lächelte gewinnend und flüsterte seinem Begleiter zu: „Lasst mich nur machen. Wenn er mich sieht, wird die Ehrfurcht ihm gebieten, uns vorzulassen. Vielleicht können wir uns sogar mit ihm arrangieren – und wir quetschen uns alle gemeinsam in den Aufzug." Doch Azethot hielt ihn an der Schulter zurück und zischte: „Denkt an euren Executive Fusion Manager Uriel, der vor fast genau zweihundert Jahren von einer verzweifelten Menge gelyncht wurde. Vergesst nicht: Ihr selbst habt die Fusion initiiert. Wenn er euch erkennt, wird er die Schuld bei euch suchen. Lasst das lieber mich machen, Prinz." Azethot trat kumpelhaft auf den dicklichen Mann zu und legte ihm locker die Hand auf den Rücken. Er vermittelte ihm mit ein paar Worten und Gesten, dass es das Coolste überhaupt wäre, wenn er sich nicht weiter um diesen blöden Lastenaufzug kümmern würde. Stattdessen könnte er ja erst einmal nach seiner Familie sehen und mit ihnen ein Honigeis essen gehen. Wie cool wäre es, wenn die ganze Familie jetzt mitten in all dem Chaos in einer Taverne sitzen würde in der sicheren Gewissheit, dass es bis zum Lastenaufzug nicht weit war. Und wie würde seine Frau ihn dann wegen seiner starken Nerven bewundern. Sie würde in ihm den jungen Mann mit den wild-verrückten Ideen wiedererkennen, in den sie sich einst verliebt hatte. Der dicke Mann zupfte erst unsicher seine Strickjacke zurecht, aber dann setzte sich die Zwecklüge Azethots in seinem Kopf fest. So herrschte der geheime Rat der Wirtschaftsweisen über seine Untertanen. Der Mann steckte mit einer unbeholfenen, fast schüchternen Geste sein kurzes Schwert weg und trat unschlüssig beiseite. Sein Gefühl sagte ihm, dass unnötige Panik nur schlecht sei in dieser Situation und: Die Kinohelden auf der Leinwand kümmerten sich schließlich auch niemals um blöde Lastenaufzüge und gingen am Ende stets als Sieger aus allen Gefahren hervor. Er grinste cool und breit und schlenderte davon, um seine Familie zum Honigeis einzuladen.

Prinz Zazamael sah den Mann in den sicheren Tod gehen. Er wollte ihm eine Warnung hinterherrufen, ihn von seiner selbstmörderischen Idee abbringen. Aber dann blieb der Prinz doch stumm. Was für einen Unterschied machte dieser eine Mann mit seiner Familie schon? Heute waren Tausende gestorben. Zazamael wusste: Er war schuld. Wieder einmal. Er hatte versagt. Wieder einmal.

Der Prinz und Azethot fuhren mit dem Aufzug nach oben. Sie sahen einander dabei nicht an, sondern auf Wände und Decken, wie man es in engen Aufzügen eben so machte. Die Fahrt dauerte schier endlos und Zazamael sagte sich in dieser Zeit immer wieder, dass sie es keinesfalls geschafft hätten, wenn sie den Plebejer vorgelassen hätten. Oben gab der Prinz unverzüglich den Befehl, die Schleusen zu den Slums hermetisch abzuriegeln, damit das Silber nicht empordringen konnte. Ein weiterer Befehl von ihm: Niemand durfte die Slums respektive die klassisch-römische Zone – mehr erwähnen. Der Name musste aus der zentralen Datenbank der Stadt getilgt werden. Erst recht durfte keine Zeitung und kein Fernsehkanal über das Unglück berichten. Es gab in dieser Stadt nun eine Ebene weniger – wie ein langsam sinkendes Schiff war alles in ihr tiefer gerutscht. Oder der Silberspiegel war angestiegen, ganz wie man wollte. Der Prinz fragte sich: Ernährte sich das Silber von den Dingen, die es auflöste? Trotz jahrhundertelanger Forschungen gab diese geheimnisvolle Substanz noch immer Rätsel auf. Alles, was Zazamael wusste, war, dass wieder einmal die Stunde null gekommen war. Wieder einmal war nun die Zeit für einen Neubeginn. Die Stadt musste sich selbst und ihre Zukunftsvision neu erfinden wie ein alternder Sünder oder Süchtiger, der beschließt, ein neues Leben anzufangen.

Der Prinz zuckte die Achseln und schob die Gewissensbisse beiseite. Er machte sich auf den Weg zu seinen Gemächern. Nun hatte er Feierabend. Die Rennerei hatte ihn müde gemacht. Er war sich sicher, dass er – endlich – sofort einschlafen und dann lange und tief durchschlafen würde. Das wurde auch Zeit.

Am Horizont sah man durch die Panoramafenster der hoheitlichen Gemächer bereits die blasse Morgendämmerung über dem Sumerland anbrechen. Er murmelte schläfrig: „Nächstes Mal, Serisada. Du wirst sehen. Wir geben nicht auf. Und eines Tages werden wir es schaffen."

Als der Prinz kurz vor dem Einschlafen den langen Tag Revue passieren ließ, entschied er, zukünftig stets eine Waffe bei sich zu führen, wohin er auch ging.

Unbemerkt hat mich der Schlaf überkommen. Aber jetzt bin ich wieder hellwach. Meine Schlafhöhle ist zu heiß. Meine Gedanken kreisen ruhelos um die Arbeit. Ich kann nicht abschalten. Werde ich es schaffen, den Rückstau abzubauen, oder fliege ich doch noch raus?

Das hängt davon ab, ob mein Projekt Erfolg hat: Unser Kunde aus der Zigarettenbranche nimmt den gängigen Weg über Kultursponsoring, um Werberestriktionen zu umgehen. Er baut Newcomer-Bands auf. Die promoten Zigaretten in den Liedtexten – wozu sie nicht aufgefordert werden.

Ich habe ihm eine ideale Band gebaut: Glaubwürdig, unkommerziell. Mit einem rockigen Lebensgefühl nach dem Motto „alles, was zählt, ist die Gegenwart – denk nicht zu viel nach", das zum Zigarettenthema passt.

Es läuft vielversprechend an. Hier sind wir auf eine Goldader gestoßen. Die werden wir methodisch ausschöpfen. Wir gründen einen eigenen Musikverlag und ein eigenes Plattenlabel und ziehen ein Sortiment von Bands in allen Stilrichtungen hoch.

Da wir unser Geld nicht über Plattenverkäufe verdienen müssen, sondern gesponsert werden, können wir es uns leisten, unkommerzieller und wagemutiger zu sein als die etablierten Plattenfirmen. Das macht unsere Bands glaubwürdig. Den Leuten hängt der allgegenwärtige Kommerz zum Hals raus.

Im nächsten Schritt weiten wir das Ganze auf Romane, Filme und Computerspiele aus. Und wir stellen unser Modell anderen Kunden vor, die auch mit Werberestriktionen kämpfen. Wir sind in Kontakt mit Kunden aus der Pharmabranche und der Finanzbranche. Und da gibt es auch noch die größenmäßig unterschätzte Glücksspielbranche.

Das ist mein Job: Ich denke Dinge konsequent zu Ende. Ich schöpfe Steigerungspotenziale aus. Gib mir einen innovativen Künstler und ich mache einen Trend daraus. Alles Neue, was sich zeigt, vermehre ich und steigere es, bis es zu einem Wahn mit Alleingeltungsanspruch wird. Der kippt dann jedes Mal wieder in die Übersättigung. Dann muss ich mir wieder etwas Neues suchen, womit ich arbeiten kann.

Ich teste immer wieder aus, wie viel Geld sich in einer Zwecklüge unterbringen lässt, bis sie überladen ist und zusammenbricht. Sobald die Blase platzt, muss ich eine neue Zwecklüge aufbauen.

Und – Andi – wenn Du mich fragst, warum ich trotz der schlechten Bezahlung darum kämpfe, meinen Job zu behalten: Ich bin eben Künstlerin. Diese Werbekampagnen sind meine Art, mit meinem Publikum zu kommunizieren. Und vor allem auch mich dem einen Mann zu zeigen, der mich finden und lieben wird.

Die Reichweite meiner Werbekampagnen übersteigt die eines Bestsellerromans um ein Vielfaches. Der Mann muss dadurch auf mich aufmerksam werden. Wenn ich diese Kampagnen nicht machen könnte, wäre ich stumm. Ein stummer Teil der Masse. Ich wäre dazu verdammt, übersehen zu werden.

Zwecklügner wie ich sind keine bösen Menschen. Das Zwecklügnertum ist unsere einzige verbliebene Waffe gegen die allgegenwärtige Bedrohung: Übersehen zu werden, nicht gebraucht zu werden. Die Räder der Gesellschaft sind automatisiert und drehen sich ohne unser Zutun. Dagegen wehren wir uns, indem wir Aufmerksamkeit für Dinge wecken, die keine Aufmerksamkeit verdienen.

Von Sumerland aus sah man fast nichts von der Katastrophe, die sich in dieser Nacht in Waylhaghiri abspielte. Nur ein aufmerksamer Beobachter hätte registriert, dass sämtliche Lichter der untersten Etage des Stadttrichters auf einen Schlag erloschen.

Es gab aufmerksame Beobachter im Dunkel, aber sie waren mit anderen Dingen beschäftigt.

Der Mond, noch immer ziemlich voll, stand auch in dieser Nacht über der meerumtosten Küste. Und noch immer tobte der Guerillakrieg. Die Soldaten der Okkupationsarmee wurden lautlos aus dem Hinterhalt angegriffen. Nach wie vor gelang es dem Heer des Prinzen nicht, auch nur einen einzigen der sumerländischen Feinde zu fassen zu bekommen – sei es lebend oder tot.

Bei Sonnenaufgang geriet das waylhaghirische Heerlager in Aufruhr. Die Feinde hatten im Dunkel der Nacht eine Zeltwand aufgeschlitzt. Alle darin Schlafenden waren mit sauberen Schnitten durch die Kehle hingemetzelt worden. Als ein Panzerritter – Mal Malachim hieß er und er führte in Abwesenheit des Prinzen das Kommando – der Spur der Feinde bei ihrem Rückzug folgte, entdeckte er: Die Krieger des Sumerlands waren auch in das prinzliche Proviantzelt eingedrungen und hatten dort – ziemlich ungeschickt – einen Bastkorb mit frischen Äpfeln aufgebrochen. Wollten sie das Obst vergiften? Woher wussten sie, dass es für den Prinzen höchstselbst bestimmt war? Mal Malachim rief einen Kameraden herbei, um einen Zeugen zu haben. Als der zweite Ritter – Zol Malachim war sein Name – den Bastkorb untersuchte, stellte er fest, dass die Feinde schlicht und einfach der Versuchung des frischen Obstes erlegen waren. Sie hatten den größten Teil davon aufgegessen bis auf ein paar Äpfel, die faule Stellen hatten. Wie konnte dieser gefährliche Feind so naiv und unbeherrscht sein? „Was sind das für Wesen? Das können keine Menschen sein." Zol Malachim nickte. „Kein Mensch ist so verschlagen. Und gleichzeitig so naschhaft. Höchstens ein Kind – aber Kinder töten nicht, es müssen Feenwesen sein. Oder Geister." Mal Malachim starrte auf einen Apfelbutzen am Boden. „Erst wenn wir ihre Beschaffenheit verstehen, können wir sie wirksam bekämpfen. Wer also ist unser Feind?" Aber Zol Malachim schwieg, denn er wusste keine Antwort.

Mal Malachim legte am nächsten Abend eine Auswahl an Verlockungen aus: Obst, Bier und Wein, Bonbons und andere Süßigkeiten. Zol Malachim lachte. „Willst du sie bewirten?" Aber Mal Malachim blieb ernst. „Ich will herausfinden, was sie mögen. Ich will wissen, wo ihre Schwachstellen sind." Und so experimentierte er mit dem Geschmack der Feinde. Bald zeigten sich Gesetzmäßigkeiten. Alkohol wurde verschmäht. Obst wurde bei den ersten zwei oder drei Versuchen gegessen, danach aber schlagartig überhaupt nicht mehr ohne ersichtlichen Grund. Bei Süßigkeiten schien das Aussehen für den Feind interessanter zu sein als der Geschmack. Das glitzernde Stanniol der Bonbonhüllen verschwand. Die ausgepackten Bonbons wurden gruppiert zu farblich geordneten Häufchen. Gelegentlich wurde auch das eine oder andere Bonbon angeleckt oder angebissen. Mal Malachim war sich sicher, dass er schon bald eine Versuchung finden würde, der die Wilden nicht widerstehen konnten. Wie Fliegen würden sie ihm auf den Leim gehen. Doch Zol Malachim war gegen die Fallenstellerei: „Wir sind Ritter – wir führen den direkten, den ehrlichen Kampf." „Quatsch. Deine Meinung verstößt gegen die offizielle dogmatische Interpretation der Hochtugend des gesunden Geschäftssinns. Das ist die zweitwichtigste der sieben Hochtugenden." Mal Malachim legte in der nächsten Nacht metallisch glitzerndes Zuckerwerk bereit, das mit einem Schlafgift präpariert war. Tatsächlich schluckte der Feind den Köder. Am Morgen war das Zuckerwerk verschwunden. Schleifspuren ließen darauf schließen, dass das Schlafgift bei wenigstens einem Feind gewirkt hatte. Seine Gefährten hatten ihn noch fortschaffen können – die Wilden achteten darauf, dass dem Okkupationsheer niemals ein Krieger des Sumerlands in die Hände fiel. Welches Geheimnis wollten sie bewahren?

Zol Malachim warnte: „Bald kommt der Prinz aus der Stadt zurück. Er wird nicht erfreut sein über deine Fallenstellerei. So ein verschlagenes Vorgehen passt vielleicht zum Feind, aber nicht zu uns." Mal Malachim ließ sich jedoch nicht beeindrucken. In den nächsten Nächten versuchte er es erneut mit Süßigkeiten und anderen Lebensmitteln, aber die wurden nun überhaupt nicht mehr angerührt. Die Wilden hatten aus den Erfahrungen mit dem Schlafgift gelernt. Aber Mal Malachim entdeckte rein zufällig, dass es außer

Lebensmitteln auch andere Versuchungen für den Feind gab. Eines Nachts hatten sie eine Kiste mit Glasperlen aus dem Schneiderzelt geschleift und durchwühlt, um den wertlosen Tand der Größe und Farbe nach zu sortieren. Das war ein derart sonderbares Verhalten, dass Mal Malachim sich fragte, ob der Feind überhaupt von dieser Welt war oder ob es nicht eher Feen oder Kobolde waren? Nach wie vor töteten die Feinde jede Nacht Krieger der Okkupationsarmee. Davon hielt sie – leider – weder ihr Interesse an Glasperlen noch ihr Interesse an Süßigkeiten ab.

Zol Malachim warnte noch einmal: „Der Prinz wurde in Waylhaghiri aufgehalten. Es gab dort offenbar ein Unglück. Genaueres weiß man nicht. Morgen kehrt er zurück ins Heerlager. Du hast nichts vorzuweisen, was du mit deiner Fallenstellerei erreicht hast.“ Mal Malachim antwortete nicht. Er hatte die Theorie, dass die wilden Krieger Kinder waren oder zumindest Kindern sehr ähnlich. Dafür sprachen die Spielgeräte und Spielsachen, die im Sumerland allgegenwärtig waren. Der Ritter entwickelte einen Kampfroboter, der eine echt tötende Rakete aus seinem Arm abschießen konnte. Und ein Plüsch-Jasminpferdchen mit betäubend giftigem Geruch. Und eine Art Barbiepuppe mit einem coolen, frechen Lächeln, das ein rasiermesserscharfes Gebiss dahinter verbarg. Diese mechanische Falle schnappte zu, als ein Wilder nachts mit der Puppe spielte. Im Mund der Puppe blieb ein abgebissener Finger zurück. Der Finger wurde mit sämtlichen Eiswürfeln aus der prinzlichen Reisecocktailbar gekühlt und eilends nach Waylhaghiri geflogen. Dort wurde er im Labor analysiert. Vielleicht war er etwas zu behaart, ansonsten aber der DNA nach ein menschlicher Finger. Er konnte mit einiger Fantasie aber auch der Finger eines Tiermenschen sein, eines Fauns. Paarten sich im Sumerland Menschen und Tiere? Prinz Zazamael bejubelte den Erfolg, aber er fluchte, als er erfuhr, dass seine Krieger den früheren Besitzer des Fingers nicht einmal zu Gesicht bekommen hatten. Wenn sie nur einen einzigen sumerländischen Krieger lebend fingen, würde der Prinz das Geheimnis des wilden Weins schon aus ihm herausholen. Der wilde Wein – der Prinz schluckte trocken. Nachdem die Stadt die Katastrophe bei der Fusion so weit verarbeitet hatte, konnte er seinen Feldzug wieder aufnehmen. Er würde dem Sumerland seinen Schatz entreißen. Befriedigt murmelte er: „Serisada, siehst du, mit unserem Heer ist nicht zu spaßen." Ja, sie hatte ihn unterschätzt. Aber er würde ihr vergeben, sobald der Krieg erst einmal gewonnen war.

Jeder Gedanke an die unerreichbare Serisada war wie ein Dorn in seinem Fleisch, der ihn schmerzhaft die eigene Lebendigkeit spüren ließ.

Mal Malachim – der zum Director of Marketing and Sales im Range eines Feldmarschalls befördert wurde – perfektionierte seine Fallenstrategie weiter.

Siehst Du, Andi, es ist schon fast eine Woche später und ich bin noch nicht entlassen worden. Der Rückstau ist weg. Eben habe ich das letzte Blatt Papier aus der zweitobersten Schublade genommen. Ich bin in Sicherheit.

Die Leute bei der Arbeit sind wieder freundlicher geworden. Rainer unterstützt mich dezent – mit ihm bin ich inzwischen richtig zusammen und habe ihn im Griff. Sogar Kerstin ist freundschaftlich wie früher, sodass ich mir nicht sicher sein kann, ob ich mir ihre Arroganz und ihre latent drohende Haltung nicht nur eingebildet habe. Das Einzige, was mir Sorgen macht, ist Prinzessin Serisada. Ist ihr etwas zugestoßen? Ich habe schon lange keine Spur mehr von ihr entdecken können.

7

Noch stehen wir beide vor dem Spiegel der Toilette, aber Rainer wartet draußen im wogenden Saal. Ich packe den Lidschatten weg und schreite zurück an seine Seite. Andi, Du wirst Verständnis dafür haben, dass ich meine neue Rolle ausfüllen muss.

Das fällt mir nicht schwer. Alles an mir ist stark und cool wie Zazamael. Alles an mir ist raffiniert und durchtrieben wie Waylhaghiri. Die Banner der Okkupationsarmee wehen in meinem Rücken.

Meine Körperhaltung ist aufrecht. Meine Stimme ist leise, aber unüberhörbar. Wie der Prinz bin ich in Schwarz gekleidet.

Die Tussen im Saal betatschen meinen Körper mit ihren Augen, wenn Rainer mich als seine Lebensgefährtin und zukünftige Ehefrau (sic!) vorstellt.

Mein Statusgewinn weckt Missgunst. Bin ich sein Betthäschen? Nein. Ich bin souverän. Ich bin kein Betthäschen.

Bin ich zu alt? Auch nein. Mein Körper ist schlank und wirkt recht jung, obwohl er natürlich nur die Ruine meiner eigentlichen Gestalt ist, die ein perfekter Frauenkörper war. Das näher rückende Alter hat mich in eine welkende Hülle gesperrt, mit der ich mich nicht identifiziere. Aber ich tue, was ich kann. Ich esse keine Süßigkeiten mehr.

Nicht nur bei der Ernährung bin ich ein Freund von Perfektion. Mein Apartment ist nicht mehr schmuddelig. Ich dulde keinen Staub, keine Unordnung.

Mit Rainer auf meiner Seite war es ein Kinderspiel, meinen alten Status bei der Arbeit zurückzuerobern. Rainer will mich immer mehr vereinnahmen und beginnt zu nerven – jetzt will er sogar, dass wir zusammenziehen! Kerstin habe ich öde Routinearbeit aufs Auge gedrückt. Sie beherrscht sich nach außen hin, aber ich spüre die Wut, die in ihr gärt. Gut so! Ich kenne diese Wut von früher, sie ist nichts als Schwäche. Ich sah vorhin in der Planungsrunde, wie sie etwas Böses sagen wollte, um mich zu verunsichern. Ihre Augen waren dunkel wie das nächtliche Schlachtfeld. Aber ich stellte sie mit einem schlagfertigen Witz ruhig. Kerstin soll leiden. So, wie ich gelitten habe, als ich den Rückstau abtragen musste. Sie soll wie ich um ihren Job zittern.

Vorhin hatte ich noch ein allerletztes Mal einen schwachen Moment, als ich in der Aufregung die Mousse au Chocolat in mich hineinlöffelte, während ich gleichzeitig eine Zigarette rauchte. Die Umstehenden schauten irritiert, aber ich ließ mich durch diesen Fehler nicht aus der Ruhe bringen.

Prinz Zazamaels Ohren erkundeten bereits die Geräusche der Wildnis, während die Nebel des Schlafs noch sein Gehirn umfingen. Nahe und ferne Vogelstimmen antworteten einander in dem unerforschten Herz der Natur. Ein Vogel lockte einen Vogel, der einem dritten Vogel antwortete. Dahinter war gegenwärtig das Rauschen der Wälder.

Der Prinz lag auf seinem harten Feldbett. Es war schmal, aber besser als sein seidenes Prunkbett in den hoheitlichen Gemächern.

Das blasse Dämmerlicht des allerersten Morgens erhellte die Leinwand seines Armeezelts und ließ die Konturen im Inneren allmählich schärfer vor seine Augen treten.

Bei allem Enthusiasmus für seine Stadt war der Prinz – was ihn selbst überraschte – froh, wieder im Heerlager zu sein. Hier draußen spürte er Serisadas Haut, hörte er ihre Stimme. Das glich es mehr als aus, nur langweiligen flachen Erdboden unter den Füßen zu haben – er verachtete diese Richtungslosigkeit ohne oben und unten.

Erst jetzt wurde ihm bewusst, wie gut ihm der Schlaf getan hatte, dessen Fragmente von ihm abfielen.

Der Prinz erinnerte sich an den aktuellen Status des Krieges.

Er vergegenwärtigte sich seinen heutigen Tagesplan. Mit einem Ruck setzte er sich auf und griff in die Reverstasche seiner Uniform, die auf der Schneiderpuppe neben dem Bett hing. Dort fühlten seine Finger die Karte, die er im Dorf der Wilden gefunden hatte.

Zazamael runzelte die Stirn beim Betrachten der Küsten und Flussläufe. Konnte die Karte der Schlüssel zum Geheimnis des Sumerlands sein? Wenn dieser Mal Malachim, übrigens ein fähiger Mann – sollte man ihn nochmals befördern oder warten? Warten ... Zu viel Anerkennung auf einmal verdarb den Respekt. Wenn also dieser Mal Malachim endlich einen lebenden Wilden fing, konnte man ihn zu dieser Karte befragen. Aber es war noch keiner gefangen worden. Der Prinz rieb sich die Stirn und versuchte einmal mehr, den Plan zu verstehen, dessen Farben im zunehmenden

Morgenlicht kontrastreicher wurden. Das Dunkelgrün der Waldgebiete hob sich auf dem Papier inzwischen von dem Lindgrün der Grasländer ab. Einerseits schien dieser Plan eine Landkarte des Sumerlands zu sein, gleichzeitig aber auch die Konstruktionsskizze einer Maschine. Die Halbinsel links oben war wie die Blaupause eines Treibrads mit Pleuelstange. Das Gebirge in der Mitte war wie eine Reihe von Zylinderköpfen. Und das Flussdelta war wie ein Keilriemen. Was bedeutete das? War das Sumerland nichts als eine Maschine, so ähnlich wie Waylhaghiri nichts war als eine Maschine zur Erreichung der großen Fusion? Dagegen sprach, dass das Sumerland mit seiner ungenutzten Natur und seinen verstreuten Ferienhäuschen und all den Spielsachen und Spielplatzgeräten so ziellos wirkte wie die Richtungslosigkeit seines flachen Bodens. Aber war das nur Tarnung? In den Küchenzeilen der Cafés waren möglicherweise die Schalttafeln geheimer Kommandozentralen verborgen. Alleinstehende Bäume konnten getarnte Funkmaste sein. Das Summen der Bienen auf den Wiesen konnte den Zweck haben, das Summen unterirdischer Transformatoren zu übertönen. Wenn das so war: Was konnte der Zweck sein?

Wenn das Sumerland eine getarnte Maschine war, war ihr Zweck die Produktion des wilden Weins.

Er erhob sich und schritt zum Zelteingang, um die Natur draußen mit den Skizzen auf dem Plan zu vergleichen. Seine bloßen Fußsohlen genossen das taunasse Gras. Konnte er die geschwungene Linie des Waldsaums auf dem Plan wiedererkennen? Nein. Also wo auf dem Plan war sein Standpunkt? Und woran lag es, dass die Sumerländer – wie ihre Behausungen und ihre Spielgeräte zeigten – einfach im Hier und Jetzt lebten, ohne ständig etwas Neues zu brauchen, einen neuen Kick, eine neue Herausforderung, eine revolutionäre Mode, mehr Fortschritt? Warum wurde es den Sumerländern nicht langweilig? Deshalb, weil der Stillstand nur Tarnung war, während im Verborgenen etwas geschah?

Ein Bote in prachtvoller Livree stolzierte vom Hubschrauberlandefeld herbei und störte den Prinzen bei seinen Betrachtungen. Diese besondere Livree war denjenigen vorbehalten, die vom einzigen direkten Boten des geheimen Rats der Wirtschaftsweisen höchstselbst, dem exzentrischen Azethot, als Unterbevollmächtigte zur Weiterleitung der Botschaften des Rats eingesetzt wurden. Sie wurden in Waylhaghiri „Unterboten" genannt.

Missbilligend erkannte der Prinz, dass der Unterbote bereits in wenigen Augenblicken bei ihm sein würde. Es gab kein Entkommen. Ein neuer Arbeitstag des Feldzugs begann.

Andauernd sind Rainer und ich eingeladen zu Feiern und Empfängen. Abends bin ich fast nie mehr allein zu Hause. Ich bin Deiner latent bedrohlichen Gegenwart nicht mehr ausgeliefert. Als Rainers Begleiterin lädt man mich ein zu Konzerten, auf denen ich die Kunstfertigkeit der waylhaghirischen Eventdesigner in der Musik erkenne.

Damit hast Du nicht gerechnet, Andi: Ich habe unsere dunkle Vergangenheit hinter mir gelassen. Ich habe ein neues Leben begonnen, auf das Du keinen Einfluss nehmen kannst. Mit der dunklen Macht Waylhaghiris ist es mir ein Leichtes, meine Umwelt zu bezaubern und ihr Respekt einzuflößen. Ich weiß, wie man mit Menschen umgeht.

Mach Dir keine Hoffnungen, dass ich den Fehler begehe,

mich darauf zu beschränken, Rainers Lebensgefährtin zu sein. Jeder soll sehen, dass ich von ihm unabhängig bin, vor allem er selbst. Ich gebe mein Bestes in der Arbeit. Ich lasse nicht nach, nur weil ich es mir leisten kann.

Rainer braucht jemanden, der ihm so eine ästhetische Richtung im Leben vorgibt. Er braucht jemand, der ihn fordert. Er ist sehr tüchtig. Aber das Ziel seiner Tüchtigkeit kann er sich nicht selbst setzen. Und ich habe ein Ziel für ihn, denn ich kenne den Glanz Waylhaghiris. Den waylhaghirischen Traum leben wir rund um die Uhr. In diesem Traum ist kein Platz für Dich vorgesehen, mein alter Intimfeind. Du musst leider draußen bleiben.

Ich habe es geschafft. Körperlich bist Du noch anwesend, Andi, aber Du kannst mir nichts anhaben. Also verzieh Dich und mach die Tür hinter Dir zu. Und komm bloß nicht auf die Idee, an der Tür zu kratzen.

Der Unterbote baute sich vor Prinz Zazamael auf – der noch seinen rotgoldenen Samtpyjama trug – und salutierte – spöttisch? Na, zumindest einen Tick weniger unterwürfig, als es Unterboten üblicherweise taten. Der Prinz erkannte an seiner prachtvollen Livree, dass er ein Unterbote der obersten Kategorie war, also direkt aus dem Munde Azethots den Willen des geheimen Rats der Wirtschaftsweisen vernommen hatte. Der Rat legte dem Prinzen nahe, sofort zurück in die Stadt zu kommen und sich ab jetzt auf die große Fusion zu konzentrieren. Der letzte Versuch war nur einen Schritt weit vom Erfolg entfernt gewesen. Und man hatte wiederum aus der Katastrophe gelernt. Der Rat war deshalb überzeugt, dass der nächste Fusionsversuch gelingen würde. Der Rat verlangte, dass der Prinz alle Energien auf dieses Ziel konzentrierte. Der Rat bezweifelte, dass der Mythos des wilden Weins einen wahren Kern hatte. Der Rat bezweifelte hingegen nicht, dass die Anwesenheit des Prinzen den Ausschlag bei der großen Fusion geben würde. Zazamael sollte zusammen mit dem Kurier zurück nach Waylhaghiri fliegen, in wenigen Minuten.

Zazamael war sicher, dass der Rat seine Fähigkeiten überschätzte. Allein auf sich gestellt konnte er die große Fusion nie und nimmer herbeiführen. Er brauchte etwas von außen, eine helfende Hand. Er brauchte den wilden Wein.

Zazamael nahm die Botschaft mit undurchdringlicher Miene entgegen und schickte den Kurier mit einer abschätzigen Handbewegung fort. Er knurrte dabei etwas von „ankleiden". Er fand, dass der Kurier einen Sekundenbruchteil zu lang zögerte, bevor er sich abwandte und das Zelt verließ. Der Prinz lauschte auf die sich entfernenden Stiefeltritte. Aber das hohe Gras dämpfte sie, sodass der Prinz nicht ausschließen konnte, dass der Unterbote ihn jenseits der dünnen Zeltwand belauschte.

Zazamael blieben nur Sekunden, um eine Entscheidung zu fällen.

Rein äußerlich gesehen war der Prinz in einer Position, in der ihn niemand unter Druck setzen konnte. Er war Herrscher von Waylhaghiri mit gottähnlichem Status bei seinen Untertanen. Seine Okkupationsarmee hatte bereits weite Territorien des Sumerlands unter ihre Kontrolle gebracht. Aber insgeheim wusste der Prinz, dass seine Position schwächer war. Der geheime Rat der Wirtschaftsweisen befahl ihm durch seine Marionette Azethot mittels künstlich geschaffener Sachzwänge eher, als ihm zu gehorchen. Wenn der Prinz erst einmal zurück in der Stadt war, war er nichts als ein Spielzeug des Rats. Dann war die Chance vertan, das Entscheidende zu tun: den wilden Wein zu finden.

Vor diesem Hintergrund blieb Zazamael nur eine Möglichkeit. Er setzte alles auf diese eine Karte. Es war ein waghalsiger Plan. Er zog seine Uniform an und verließ das Zelt in betont stolzer Haltung.

Ich sitze an meinem runden Frühstückstisch. Ich bin längst zu spät dran, um noch rechtzeitig ins Büro zu kommen. Das macht nichts. Ich habe soeben beschlossen, heute nicht zur Arbeit zu gehen.

Ich kann es mir leisten, und zwar nicht nur wegen Rainer, sondern auch wegen meines eigenen Erfolgs. Ich will heute einmal meiner perfekten Rolle entkommen, die mir keine Luft zum Atmen lässt. Sie hängt wie ein Mühlstein um meinen Hals. Sie zieht mich in die Tiefe, wie Waylhaghiri alles und jeden in die Tiefe des Innensees zieht. Ich will Rainer heute nicht sehen. Ich will einen Tag lang frei sein von seinen erdrückenden Erwartungen an mich, von seinen übergroßen Gefühlen.

Große Gefühle – ich begeistere sie alle, Rainer, die Kollegen, die Kunden, die Konsumenten. Aber weil ich das Handwerk des Zwecklügnertums professionell betreibe, bleibt mir selbst kein Raum mehr für eigene Gefühle.

Ich reiße die Fenster auf. Licht, frische Luft! Ich will Sauberkeit und Klarheit. Ich räume ruhelos Dinge hin und her. Ich wandere selbstvergessen in der Wohnung umher. Ich verliere die Kontrolle über mich und meine geistesabwesenden Handlungen.

Andi – bist Du das, der mich unter seiner Kontrolle hat? Bist Du eingedrungen in mein neues Leben, um alles kaputtzumachen?

Schon vorhin unter der Dusche war ich in Gedanken woanders. Ich kann mich kaum daran erinnern – wie hat sich das Wasser angefühlt? Ich weiß es nicht mehr – der blasse Schatten einer Erinnerung kann genauso gut auch Einbildung sein. Ich weiß nur noch, mir fiel nach dem Duschen auf, dass meine Zehennägel wieder zu lang sind. Die muss ich schneiden. Denn eigentlich sind meine Zehen eine schöne Stelle an mir, die leider ungesehen bleibt. Es ist noch keinem Mann aufgefallen, dass ich Prinzessinnenzehen habe.

Wieder habe ich etwas in den Händen, diesmal ist es ein Schlüsselanhänger in Form einer Maske aus Tropenholz. Den hat mir jemand mal von einer Reise mitgebracht. Jeder Mensch besitzt mehr Dinge, als er überblicken kann. Und ab und zu kommt so ein halb entschwundenes Ding zurück zu einem aus dem Schlick der eigenen Vergangenheit, aus dem vergessenen Reich jenseits des eigenen Bewusstseins.

Warum verbringen wir so viel Zeit damit, verloren gegangene Dinge zu suchen, und empfinden dabei Schmerzen, die schlimmer sind als körperlicher Schmerz? Wer – wie ich – das Geheimnis kennt, weiß: Weil wir in Waylhaghiri umherirren und die Kulissen und Requisiten, die uns der Rat in die Hand gibt, unsere einzige Leitschnur und Identität sind. Deshalb werden wir irre, wenn wir diese Requisiten verlieren.

Jetzt rauche ich beim Umherwandern in der Wohnung fast pausenlos, sodass absehbar ist, dass ich meine Tagesration von zehn Zigaretten heute sprengen werde. Und übel ist mir. Aber ich mag meine Zigaretten. Was angenehm ist, kann tödlich sein, Dein Fluch. Wenn ich ehrlich bin: Auch bei meinen Zigaretten weiß ich nicht, was ich dabei erlebe, sie zu rauchen. Weil ich regelmäßig rauche, ist dieses Erlebnis alltäglich und banal, kaum zu greifen. Ich weiß nur, was man beim Rauchen laut den Medien erleben soll: sanfte Betäubung, Geschmack der großen weiten Welt, Geschmack der nicht spießigen Sünde. Aber wie ist das Rauchen wirklich? Ich weiß es nicht, nach all den Jahren. Mein Bewusstsein war immer woanders.

Zigaretten stehen für Coolsein. Ja, so funktioniert das: Man beherrscht Leute, indem man ihnen Fantasiebilder in den Kopf setzt, was sie angeblich erleben.

Ich stehe am Fenster und blicke auf den vormittagsleeren Asphalt und das nasse Laub unten auf dem Vorplatz der Wohnanlage. Dahinter erstrecken sich vormittäglich stille Vorstadtstraßen, durch die meinetwegen Dämonen irren mögen, Dschinn, wie Wirbelstürme, grenzenlos frei und ungebunden.

Ich will ausbrechen an einen unbekannten Ort, wo mich niemand kennt und wo es fremde Männer gibt.

Als Zazamael vor sein Zelt trat, stand er direkt – sozusagen Nasenspitze an Nasenspitze – vor dem Unterboten. Der öffnete den Mund, aber Zazamael schob ihn beiseite und eilte zum Paradeplatz im Zentrum des Heerlagers. Dort ließ er den Herold das Trompetensignal blasen. Seine Elitekrieger kamen herbeigestürmt. Sie reihten sich in einer Reihe auf. Der Prinz blickte in ihre harten Gesichter und erhob seine Stimme, die jedermann kannte, aus dem Fernsehen und auch live:

„Männer und Frauen. Wir dringen jetzt in das Herz des Sumerlands vor. Zur Rettung unserer Stadt müssen wir den Schatz des Sumerlands, den wilden Wein, finden. Diese Suche ist so gefährlich, dass ich niemanden von Euch zwingen werde, daran teilzunehmen. Nur Freiwillige werden mich begleiten."

Er ließ seine Worte wirken. Ein jüngerer Elitekrieger meldete sich schüchtern zu Wort und Zazamael nickte ihm ermutigend zu. „Hoheit, es ist selbstverständlich: Wir alle sind bereit, für den Prinzen und unsere Stadt zu sterben. Weshalb sollte einer von uns zögern, wenn die Lebensgefahr alles ist, was wir fürchten müssen?" Zazamael senkte seinen Blick. „Offen gesprochen: Wer mir hier und heute folgt, verlässt unsere Zivilisation. Wir werden allein mit uns selbst in der Wildnis sein. Niemand wird uns dort zusehen außer der Natur. Nur wir selbst werden in der Stunde unseres Todes beurteilen können, ob wir unsere Sache gut gemacht haben. Und danach werden unsere Knochen unter irgendeinem Baum zerfallen, in irgendeinem Ameisenhaufen. Es gibt keinen Ruhm für uns, keinen Status, keine Zugehörigkeit zu einer Elite. So einsam werden wir dort draußen in der Wildnis sein. Wollt Ihr mir trotzdem folgen?" Ein Raunen ging durch die Reihe der Krieger und Kriegerinnen. Der Prinz rief mit lauter Stimme: „Wollt Ihr immer noch alle mitkommen?" Das war ein dramaturgischer Fehler, denn jetzt machte sich eine Unschlüssigkeit unter den Elitekriegern breit. Den Heldentod zu sterben, war eine Selbstverständlichkeit. Aber schrecklich war die Vorstellung, dass man dabei einsam war, dass nur man selbst entscheiden konnte, ob man überhaupt ein echter Held gewesen war oder nicht.

Vom Rand des Platzes meldete sich der Unterbote des Rats mit freundlicher Gelassenheit zu Wort: „Ich bin ein direkter Abgesandter des Boten des Rats der Wirtschaftsweisen, der unserem geliebten Prinzen in allen Fragen der ökonomischen Vernunft rein assistierend zur Seite steht. Auch wenn es mir selbstverständlich nicht zusteht, die Geistesblitze unseres geliebten Prinzen zu hinterfragen, möchte ich darauf hinweisen, dass der Rat gewisse Bedenken gegen diesen Plan geäußert hat, natürlich nur aus ökonomischer Sicht. Dieser sogenannte „wilde Wein“ ist ein Mythos, dessen Relevanz für die Zukunft unserer geliebten Stadt wissenschaftlich unbewiesen ist. Wer ihm nachjagt, jagt mit einer gewissen Wahrscheinlichkeit einem Hirngespinst nach. Falls einzelne Krieger oder Kriegerinnen deshalb vom großzügigen Angebot unseres Prinzen Gebrauch machen und ihr Leben lieber für den Schutz unserer Stadt aufsparen, wäre dies aus Sicht des Rats nicht unwillkommen.“ Unruhe durchlief die Reihen der Krieger. Verhaltenes Stimmengewirr breitete sich aus.

Prinz Zazamael brüllte nach Ruhe. Aber die Krieger redeten weiter. Er brüllte noch einmal. Es gelang ihm nur unter Kraftaufbietung, ihre Aufmerksamkeit zurückzugewinnen. Es war Zeit, einen der manipulativen Tricks einzusetzen, auf die sich die Macht des Herrscherhauses von Waylhaghiri – dessen einziger dynastischer Spross er seit jeher war – schon seit Jahrhunderten stützte. Er meinte beiläufig: „Wir sind unter uns. Ihr seid ausnahmslos Elitekrieger. Keine gewöhnlichen Leute hören zu. Wisst Ihr, vorgestern Abend saß ich mit einigen Ratsmitgliedern zusammen. Wir tranken ein Glas Sherry und sahen vom Turmkegel aus zum Heerlager hinüber und besprachen meinen Plan, auf die Suche nach dem wilden Wein zu gehen. Und da sagte einer der weisesten und ältesten Ökonomen im Rat – ich schätze ihn sehr, er ist ein alter Freund von mir –, dass ich meine Begleiter auf diesem Weg sorgfältig auswählen soll. Es dürften nur die Besten der Besten mitkommen. Und als ich ihn fragte, wie ich die Besten der Besten auswählen sollte, obwohl ich ja nicht jeden Einzelnen von Euch persönlich kennen kann, nickte der alte Mann langsam, sah mich unter seinen buschigen weißen Augenbrauen durchdringend an und meinte leichthin: ‚Lass sie selbst wählen zwischen uns und Dir.' Mehr sagte er nicht. Ja, und das tun wir jetzt – er – der Prinz wies auf den Unterboten, der erstarrte – und ich."

Zwei Herzschläge lang herrschte Stille. Der Prinz sah, dass der Unterbote den Mund öffnete, und fügte rasch mit donnernder Stimme hinzu: „Also, wer kommt mit?" Jubel, Lachen erklang, die Männer und Frauen warfen ihre Helme in die Luft. Alle waren dabei. „Nichts anders habe ich von Euch erwartet!", brüllte der Prinz und ließ die Pferde satteln. Zazamael beobachtete aus den Augenwinkeln: Der Unterbote drängte sich wild entschlossen durch die Menge zum Hubschrauberlandefeld. Er sah wütend drein.

Der Prinz schrie es heraus, da das Donnern der Hufe seine Worte für die Kriegerschar in seinem Rücken verschluckte: „Serisada, ich komme zu dir! Jetzt!"

Ich stehe vom Frühstückstisch auf und ziehe meine neue schwarze Jacke an, im japanischen Design, cool.

Andi, ist es ein Verbrechen, wenn ich für einen einzigen Tag aus meiner Rolle ausbreche, wie Prinz Zazamael aus seiner Herrscherrolle ausbricht, auf seiner eigenmächtigen Suche nach dem wilden Wein? Ich bin zu Rainer spöttisch und vulgär, weil ich längst nicht mehr liebestauglich bin. Er lässt sich das auch noch bieten. Wenn er mich nur stoppen würde, ihm wehzutun! Aber er lässt sich alles gefallen, denn Liebe und Machtausübung sind untrennbar miteinander verwoben, seit Dein Fluch über mein armes Leben gekommen ist. Und der Schmerz und die Erniedrigung finden seitdem kein Ende mehr.

Einmal im Leben gab es für mich die große Liebe. Seitdem finde ich normale Männer wie Rainer lächerlich. Ich erzeuge bei ihnen planvoll einen Wahn, mich zu lieben. Natürlich heißt das, es ist ausgeschlossen, dass einer von ihnen jemals von sich aus auf die Idee kommt, an meinem wahren Ich etwas Liebenswertes zu entdecken. Das Geheimnis des Zwecklügnertums, das ich von Dir gelernt habe, macht mich faszinierend und einsam. So stehe ich noch immer unter Deinem Einfluss.

Ich ziehe die Wohnungstür hinter mir zu – ein dumpfer Schlag – und gehe hinaus auf die Straße.

Der Prinz von Waylhaghiri und seine Kriegerinnen und Krieger ritten in die Wildnis des Sumerlands.

Die Karte führte den Trupp an einen abgelegenen Ort: Inmitten wogender Weizenfelder lag eine Hochhaussiedlung wie eine Insel aus Beton in einem pflanzlichen Ozean. Auch diese Siedlung war völlig verlassen, aber erst seit Kurzem. Surrealistisch. Auf dem zentralen Platz plätscherte noch der Springbrunnen, in dem Pappbecher und Plastiktüten trieben. Wenn man die Läden um den Platz herum betrat, beispielsweise die Bäckerei, lagen frische Waren – duftende Brötchen und Brotlaibe – in den Regalen. Wieder draußen auf dem Platz betrachtete der Prinz ruhig die breiten Fensterfronten und war sich dabei eigentlich fast sicher, dass er und seine Gefolgsleute allein an diesem Ort waren. Er hatte ein ziemlich sicheres Gefühl, dass niemand von einem der vielen Fenster aus zu ihnen herabsah. Niemand.

Auf der Karte identifizierte der Prinz die Blaupause einer Struktur unterhalb des Platzes. Er wies seine Männer an, einen auffällig großen Gullydeckel hochzustemmen. Und tatsächlich – darunter war eine stählerne Leiter, die den Prinzen hinab zu einem verborgenen Miniatur-Güterbahnhof führte. Zazamael sah im kalten Schein von Neonröhren kleine unbemannte Lokomotiven, die Güterloren auf unterirdischen Gleisen zu unbekannten Zielen zogen. An seiner Theorie von der geheimen Maschine war also etwas dran. Aber war der Zweck dieser Fabrikationsanlagen wirklich die Produktion des wilden Weins? Wein stellte man ja nicht in Fabriken her, normalerweise. Die Tunnel waren für sie zu eng, um ihnen unterirdisch zu folgen. Aber der Schienenverlauf war auf dem Plan eingezeichnet, sodass sie oberirdisch den Gleisen bis zum nächsten Bahnhof folgen konnten.

Der Prinz wollte seinem Pferd die Sporen geben, aber es kam zu einer Verzögerung: Einer seiner Leute hatte sich vom Trupp entfernt, um einen Laden zu durchsuchen. Er war seitdem verschwunden. Die Krieger wollten ihren Kameraden suchen oder zumindest auf ihn warten, da er in Not sein konnte. Aber der Prinz winkte ab: Hier war alles verlassen, kein Feind in Sicht. Dieser Mann würde den Rückweg zum Heerlager schon allein finden. Als Begleiter des Prinzen taugte er wegen seiner Eigenmächtigkeit ohnehin nicht.

Sie ritten also erneut los.

Meine Schritte hallten im kühlen, leeren Treppenhaus. Kein schöner Mann ist in Sicht. Überhaupt ist die Wohnanlage heute wie ausgestorben, auch der Vorplatz mit dem einen Baum, dessen Zweige im Wind schwanken.

Vier Tagesritte später ritten der Prinz und sein Trupp durch eine einsame Landschaft. Von allen Seiten waren sie von hellem Birkenwald umgeben. Es gab in diesem Wald Lichtungen, die mit Farnen, Moos und weichem Gras bewachsen waren. Auffällig waren die allgegenwärtigen Maiglöckchen, deren schweren Duft sie selbst von ihren Pferderücken aus wahrnahmen. Überall war Wasser – murmelnde Bäche kreuzten ihren Weg. Stets befanden sich Seen und Tümpel in der Nähe.

In dieser Gegend gab es keine Spielsachen oder Spielgeräte. Aber gestern waren sie durch einen Tannenwald gekommen, in dem überall Bälle lagen. Es hatte dort Lederfußbälle und kleine bunte Gummibälle gegeben, nagelneue Bälle und bemooste, halb vermoderte.

Hier draußen fanden sie fast gar keine Anzeichen von Zivilisation mehr. Aus unerfindlichen Gründen hatten die Sumerländer diese reizvolle Landschaft kaum besiedelt. Jenseits dieses Waldes sollte laut der Karte der Bahnhof sein, das Ziel der unterirdischen Güterzüge, die unterhalb der Hufe ihrer Pferde rollten.

Ein leises, zunächst richtungsloses Geräusch umgab sie und wurde lauter. Die Stille des Waldes wurde von näher kommendem Motorenlärm unterbrochen. Er machte die Pferde scheu. Am Himmel erschienen vier Hubschrauber aus Waylhaghiri. An der Unterseite eines jeden Hubschraubers dräute scharlachrot eines der sieben Symbole der Hochtugenden. Die Symbole – mahnend und respektheischend – waren deutlich zu erkennen, so niedrig flogen die Hubschrauber.

„Runter von den Pferden. Versteckt Euch im Unterholz. Duckt Euch. Und haltet die Zügel fest." Alle im Trupp gehorchten dem jungen Herrscher und verharrten, bis die Hubschrauber ihre Suche aufgaben und abdrehten. Aber der Prinz las in den Gesichtern seiner Leute, wie unwohl ihnen dabei war, sich vor ihren eigenen Kameraden zu verstecken. Schweigend ritt der Trupp weiter. Doch immer mehr Geflüster breitete sich im Rücken des Prinzen aus, das dieser scheinbar überhörte, während er insgeheim scharf auf jeden Wortfetzen lauschte. Er hielt sich gerade und entspannt auf seinem Pferd und schnappte auf: Was, wenn Waylhaghiri Hilfe brauchte und deshalb die Hubschrauber geschickt hatte? Warum waren es gleich vier auf einmal? Und was, wenn der Rat in seiner Weisheit neue Erkenntnisse über den wilden Wein gewonnen hatte, die ihre Mission obsolet machten? Man hätte doch wenigstens hören sollen, weshalb die Hubschrauber geschickt worden waren. Da lag zu Hause mit Sicherheit etwas im Argen.

Am späten Nachmittag feilte der Prinz im Kopf noch an einer flammenden Rede, mit der er die Loyalität seiner Soldaten und Soldatinnen zurückgewinnen wollte. Aber gegen Abend verfestigte sich sein Eindruck, dass es dafür zu spät war. Die drohende Rebellion lag wie Gestank in der Luft und war für seinen Machtinstinkt überdeutlich. Nach dem Abendessen ließ er den ganzen Trupp antreten. Trocken teilte er ihnen mit: „Sprechen wir aus, was wir längst wissen. Es sind Zweifler unter uns – Bedenkenträger und Hochverräter. Das kann ich nicht dulden. Sie gefährden mich, meine Mission und meine Stadt. Ich habe deshalb den Entschluss gefasst, nur noch mit einer Handvoll der besten Krieger und Kriegerinnen weiterzuziehen, die ich persönlich auswähle. Ab mit dem Rest von euch, zurück ins Heerlager!"

Damit kam Zazamael der Rebellion zuvor. Er zeigte mit dem Finger auf diejenigen Männer und Frauen, die ihn weiterhin begleiten durften. Eine auserwählte Frau – eine ruhigblütige Attentäterin – nahm die Ehre mit scheinbarer Gleichgültigkeit hin. Ein anderer Auserwählter riss sich hingegen jubelnd den Hörnerhelm vom wirren Haar und warf ihn in die Luft. Es waren nur zehn Männer und Frauen, die Zazamael begleiten würden. Sie blickten stolz in die Runde und musterten sich gegenseitig mit neuem Respekt, aber auch mit ersten Anzeichen eines Konkurrenzkampfes um die Gunst des Prinzen. Der Rest der Soldaten schwieg betroffen, da er so brüsk zurückgeschickt wurde, und zweifelte wiederum, ob sie nicht doch besser loyal zum Prinzen gehalten hätten. Das hob wiederum die Stimmung unter den zehn erwählten Gefolgsleuten des Prinzen.

Die elf Reiter lösten sich am nächsten Morgen vom Trupp und ritten weiter. Eine so kleine Schar würde sich besser vor Beobachtern aus der Luft verbergen können.

Prinz Zazamael machte sich nicht die Mühe, die Namen seiner zehn Gefolgsleute auswendig zu lernen. In den kommenden Tagen und Wochen würde er jeden einzelnen von ihnen genau kennenlernen.

Andi, warum hat jeder waylhaghirische Hubschrauber das Symbol einer anderen Hochtugend auf der Unterseite? Das ist so ähnlich wie die ICE-Züge und Lufthansa-Flugzeuge, die nach Städten benannt werden. Aber es gibt bestimmt mehr als nur sieben Hubschrauber in Waylhaghiri. Ich sitze in einem Café. Vielleicht lerne ich zufällig jemand kennen. Deshalb gehen Leute schließlich in Cafés.

In einem Café muss man etwas bestellen. Ich lege die Hand um mein kühles Glas französisches Mineralwasser, ohne Kohlensäure. Warum fühlen wir uns in Cafés, auf Partys oder sonst in der Öffentlichkeit nackt, wenn wir kein Essen in der Hand halten und auch kein Glas, keine Zigarette, wenn wir nichts verbrauchen und kein Bedürfnis befriedigen? Ich kenne das Geheimnis. Ich weiß: In Waylhaghiri muss man ständig Rituale zur Erzeugung von Wohlstand und Glamour durchführen. Essen und Trinken ist so ein Ritual.

Und noch eine Frage: Warum trinken wir Mineralwasser, das von fernen Orten herangeschafft wird, in Tankern, über

Ozeane hinweg, die gleichfalls aus Wasser sind? Obwohl wir Leitungswasser haben, das genauso schmeckt, sogar gesünder ist, fast kostenlos, allgegenwärtig und dennoch missachtet wird? Ich kenne das Geheimnis. Ich weiß: Der Wert eines Gegenstands liegt nicht in seinem materiellen Nutzwert, sondern in seinem Wert als soziales Zeichen, denn so funktioniert die waylhaghirische Ökonomie.

Alle Tische im Café sind besetzt. Draußen vor der Tür ist es auch voll, Leute eilen vorbei, Schritte und Stimmen hallen im Einkaufszentrum.

Ich bin erschöpft von meiner Einkaufstour. Damit der Panzer meiner Ästhetik nicht den kleinsten Haarriss aufweist und Du, Andi, Dich nicht hineindrängen kannst, habe ich kompromisslos alles gekauft, was noch in meiner Wohnung fehlen könnte. Neue Dinge direkt aus der glamourösen Traumwelt der Werbung – ich lasse sie mir nach Hause liefern, denn zum Tragen sind sie zu schwer. Hinter diesen Dingen erkenne ich den Basar der tausend und abertausend Güter.

Wenn man eine perfekte Wohnung hat, hat man eine solide Ausgangsbasis für inneren Frieden. In den Feinheiten der Inneneinrichtung verbirgt sich Stilgefühl, Tiefe, geronnene Lebenszeit. Daran erkennt man heutzutage echte Luxusartikel: Um sie wertschätzen zu können, braucht man mehr Zeit, als der normale Käufer hat. Mir kommt es so vor, als wollten die Käufer in Wahrheit nur diese zusätzliche Zeit, die in der Tiefe der Produkte versteckt ist. Der minimale Unterschied zwischen zwölfjährigem und fünfzehnjährigem Whisky, zwischen handgeschneiderten Hemden und Hemden von der Stange – das Begehrenswerte daran ist allein der freie Kopf, den man braucht, um auf solche Kleinigkeiten zu achten. Leider fällt einem dann ja doch immer wieder eine Kleinigkeit auf, die noch fehlt. Wer einmal mit Sammeln begonnen hat, möge nicht auf Erlösung hoffen, denn es ist noch kein Sammler je fertig geworden. Die Macht Waylhaghiris basiert auf der Illusion von angeblicher Zeit, angeblicher Tiefe, angeblichen starken Gefühlen, die es irgendwo in der Zukunft oder der Vergangenheit geben soll. Waylhaghiri baut potemkinsche Dörfer außerhalb der Gegenwart. Sie locken uns in ihr scheinbares Leben, wo es aber in Wahrheit tot ist, fort von der Gegenwart, wo die Musik spielt und unser Herz schlägt.

Kein schöner Mann ist in Sicht. Schade.

Ich nutze die Gelegenheit und rufe dieses Mädchen Susanne vom Handy aus an. Meine Schwester Sigrid hat mich gebeten, das ab und zu zu machen. Und wenn man mich telefonieren sieht, sitze ich nicht so dumm rum.

Ein langes Telefonat später: Mit diesem Mädchen stimmt etwas nicht. Es redet wie ein Erwachsener, sogar wie ein alter Mensch. Susanne macht auf mich den Eindruck, als hätte sie etwas Unglaubliches erlebt, das sie von Grund auf verändert hat, sodass sie gar kein richtiges Kind mehr ist. Sie ist viel zu ernst. Und viel zu bestimmt in ihrer Art.

Susanne hat etwas an sich, das mich dazu bringt, mich ihr anzuvertrauen. Ich erzählte ihr von Rainer. Dass ich nun eigentlich einen Traummann habe, aber in Wahrheit doch nicht glücklich mit ihm bin. Da meinte sie schroff: „Wenn Leute vom Unglück verfolgt werden, liegt das oft daran, dass sie zwei einander widersprechende Dinge gleichzeitig wollen. Du wirst schon seit vielen Jahren vom Unglück verfolgt. Also frag dich, ob du zwei einander widersprechende Dinge gleichzeitig willst und deshalb mit jedem Schritt in Richtung auf das eine Ziel einen Schritt vom anderen Ziel fortgehst. Du willst die Gefühle anderer Leute beherrschen. Und gleichzeitig willst du selbst freie Gefühle haben. Widerspricht das einander?“

Susanne hat recht. Ich kann nicht gleichzeitig die Gefühle meiner Umwelt berechnend steuern und ehrliche, spontane Gefühle haben. Ich ahne es schon: Ich muss mit Rainer Schluss machen. Nur so kann ich die große Liebe finden, nach der ich mich sehne. Auch wenn es schmerzhaft wird. Ach, warum sind Liebe und Machtausübung nur untrennbar miteinander verwoben, seit Du den Fluch über mich gebracht hast?

Was ist mit diesem Kind los? Am liebsten hätte ich sie danach gefragt, aber ich traue mich nicht.

Ich durchdringe mit meinem Blick unsere Scheinwelt und sehe Zazamael bei seinem Ausbruchsversuch zu, der ja meinem in gewisser Weise ähnelt. Auf den Kellner wirkt das, als würde ich cool in die Luft starren.

In der Abenddämmerung entdeckten der Prinz und seine Begleiter ein Haus. Es musste seit Jahren leer stehen. Das Steinfundament der Eingangstreppe war von den Wurzeln hüfthoher Birkenschösslinge entzweigesprengt. Es war nicht erkennbar, welchem Zweck das Haus einmal gedient hatte mit seiner lang gestreckten hallenartigen Form. Trotz seiner Größe hatte es nur ein einziges Fenster. Als sie vorsichtig das Innere betraten, gab es dort keinerlei Zwischenwände, sondern nur einen langen Raum. Er war leer. Deshalb war die Falltür im hinteren Bereich auffällig. Bemerkenswert war auch, dass das Haus neben einem Fluss lag, ein Steinfundament hatte und unterkellert war. Auch der Keller bestand wiederum nur aus einem einzigen lang gestreckten Raum mit niedriger Decke. Er verlor sich im Halbdunkel und war ebenfalls leer. Die schmale Luke im Kellerdach war die einzige Verbindung zur Außenwelt.

„Weshalb hat jemand sich die Mühe gemacht, mitten im Wald einen steinernen Keller auszuheben?"

„Ich schätze, man hat hier früher verderbliche Waren gelagert." Tatsächlich – es lag wohl am nahen Fluss, dass der Keller auffällig kühl war.

Sie beschlossen, in der Halle zu übernachten. Furian, einer der Begleiter des Prinzen und ein etwas zu ehrgeiziger junger Mann, meldete sich freiwillig zur Nachtwache. Aber der Prinz brummte müde eine ablehnende Antwort. Nach dem mehrtägigen Ritt durch unwegsames Gelände war es Zeit, dass er seinen Leuten etwas Schlaf gönnte.

Die elf Männer und Frauen wechselten während des spartanischen Abendessens kaum ein Wort, aber der Prinz spürte mit seinem feinen Machtinstinkt einen Teamgeist zwischen ihnen. Sie fühlten sich als die Elite des Heeres, gemeinsam mit ihrem Prinzen auf einem Weg, den noch niemand zuvor beschritten hatte, auf der Suche nach dem Heilmittel für ihre Stadt.

„Warum machen wir uns eigentlich die Mühe, mit dem Pferd das ganze Land zu durchqueren, und nehmen nicht einfach einen Hubschrauber?"

Samurim fragte das gähnend, ein grauhaariger Mann mit einer weißen Narbe quer über dem Gesicht.

Der Prinz wollte antworten, aber Othelion kam ihm zuvor. „Der Rat will, dass die Krieger beritten sind und nicht motorisiert. Das ist heldenhafter. Und es sieht auch besser aus in Nachrichtensendungen. Mit dem Hubschrauber würden wir zwar an unserem Ziel ankommen, aber ohne die Entfernung dorthin wirklich zurückgelegt zu haben. Der Weg zu

Pferd ist gefühlsökonomisch gradliniger und vernünftiger."
Wie alles in Waylhaghiri war auch der Krieg nichts anderes als ein gesellschaftliches Ritual zur Erzeugung von Wohlstand und Glamour. Ein Ritual mit strengen ästhetischen Gesetzen. Ein Pferd war für einen Krieger dieser Stadt genauso sinnlos und unverzichtbar wie ein Schlips für einen Geschäftsmann.

In schwarzer Nacht fand sich Zazamael hellwach. Überlaut hörte er seinen Atem. In der Halle war es stockfinster, das war er nicht gewohnt. Das Rechteck des einzigen Fensters befand sich am anderen Ende des Raums. In seinem dünnwandigen Zelt im Heerlager oder erst recht unter freiem Himmel gab es stets einen Rest von Licht. Und in seiner Stadt wurde es sowieso niemals dunkel, auch nicht in den prinzlichen Gemächern. Jetzt sah Zazamael zum ersten Mal im Leben nicht einmal die Hand vor Augen. Etwas stimmte ganz und gar nicht. Mit einem unterdrückten Fluch kramte er seine Taschenlampe hervor und ließ den weißen Lichtkegel umherkreisen. Seine Männer erwachten polternd und schnaufend und griffen nach ihren Waffen. Sie machten ebenfalls Licht und sprangen auf, obwohl es dafür keinen erkennbaren Grund gab.

Alle waren sie auf den Beinen bis auf Othelion, der regungslos liegen blieb.

Als sie seine sonderbar verrutschten Gesichtszüge mit ihren Taschenlampen anstrahlten, erkannten sie den Grund.

Jemand hatte ihm die Kehle durchgeschnitten.

Vor wenigen Minuten musste es passiert sein. Das warme Blut durchtränkte seinen Schlafsack und sammelte sich in einer Lache auf dem Steinfußboden.

Ihr Gefährte war mit einem Schlag zu einem leblosen Ding geworden. Im Moment seines Todes hatte er nicht den kleinsten Laut von sich gegeben, ebenso wenig wie der rätselhafte Attentäter, der nur um Sekundenbruchteile nach draußen entkommen sein konnte.

Der Mörder ist wie Du, mein Intimfeind. Du schlägst auch aus der Dunkelheit außerhalb meines Bewusstseins zu, wenn ich es am wenigsten erwarte. Nun wird es Zeit für mich, das Café wieder zu verlassen. Ich habe niemanden kennengelernt. Mein Ausbruch in die Freiheit nähert sich seinem Ende. Morgen bin ich zurück im Büro, gefangen in meiner perfekten Rolle. Wie soll es weitergehen mit mir? Ich brauche eine grundlegende Veränderung. Alle Dinge, die ich heute gekauft habe, reichen nicht als Trost, nicht einmal für eine Woche.

Ich habe Angst davor, dass Rainer mir mit seinen starken Gefühlen viel zu dicht auf die Pelle rückt. Ich habe Angst vor der Lüge, die ich mit ihm lebe. Und ich habe Angst davor, diese Lüge zu beenden und mit ihm Schluss zu machen. Aber da müssen wir wohl durch.

Ich schließe die Augen und lausche auf die Geräusche der Menschen um mich herum im Café und draußen im Einkaufszentrum. Ein Dickicht von Geräuschen. Sie sind emsig dabei, Geld auszugeben und Geld zu verdienen. Geld zirkuliert, ruhelos, nur dazu ist es gut. Ich erkenne dahinter den vielstimmig-ruhelosen Lärm der wirren Menge, die in Waylhaghiri umherwandert. Wir alle streben danach, Reichtum anzuhäufen. Aber wenn wir älter werden, erfahren wir, dass dieser Reichtum nicht in die Gegenwart passt. Es ist nicht genug Zeit da.

Habe ich wirklich alles gekauft? Nichts vergessen? Meine Wohnung muss absolut perfekt sein. Wenn die große weite Traumwelt der Werbung nicht hermetisch rein und geschlossen ist, ist sie nicht von Dauer. Denn sie ist nicht natürlich, sondern künstlich. Und die Zeit trägt alle künstlichen Dinge ab, sobald ihre Vollkommenheit erst einmal den ersten Riss zeigt. Sie lässt am Ende nur die ziellos wuchernde Natur übrig bleiben. So, wie die Birkenschösslinge die Eingangstreppe des Todeshauses gesprengt haben.

Ich muss wieder an dieses Mädchen Susanne denken. Was ist bloß mit ihr passiert, dass sie so geworden ist? Sie übt keine Macht aus und ist von nichts abhängig. Sie begehrt nichts. Und sie bewertet mich nicht danach, ob ich ästhetisch perfekt bin oder beruflich erfolgreich. Sie ist der einzige Mensch, den ich mit meiner Zwecklügnerkunst nicht beeindrucken kann. Kann ich sie nicht einfach anrufen und fragen, was mit ihr los ist? Wie sie so sonderbar geworden ist?

Ich schaue in die Wirklichkeit hinter den Kulissen, schaue Zazamael und seinen Leuten zu, bis endlich der Kellner kommt und ich zahlen kann.

Der Meuchelmörder war entkommen. Die Krieger waren eher schuldbewusst als panisch, denn wie konnte sie – die Elite des Heeres – jemand so austricksen? Und was, wenn der Mörder anstatt Othelion den Prinzen als Opfer gewählt hätte? Vermutlich war das Überleben des Herrschers von

Waylhaghiri nur einer Verwechslung zu verdanken. Denn weshalb sollte der Feind es gerade auf Othelion abgesehen haben? Die Männer und Frauen registrierten erleichtert, dass Zazamael ruhig blieb und allem Anschein nach auch unbesorgt. Er ordnete an, dass sie den Rest der Nacht sicherheitshalber unten im Keller verbringen sollten. Dort hatten sie einen geschlossenen Raum.

Da die Krieger erschöpft und an den Anblick des Todes gewöhnt waren, schliefen einige von ihnen trotz der Aufregung ein, während der Rest des Trupps schweigend den Morgen erwartete.

Es war kalt und feucht hier unten. Die Stunden zogen sich schier endlos hin. Plötzlich gab es ein Klirren von splitterndem Glas. Die einzige Lichtquelle, die Taschenlampe des Prinzen, die in der Mitte der Gruppe auf dem Steinboden gelegen hatte, war erloschen.

Zazamael wusste sofort, dass er in Lebensgefahr war. Sein Blick richtete sich auf die Deckenluke, denn der Feind konnte nur von dort kommen. Aber die Luke war nach wie vor geschlossen. Es herrschte absolute Finsternis. Er wich in lautlosen Schritten zurück, bis er die Kälte der Steinwand in seinem Rücken spürte. Das Wichtigste war, dass der Attentäter seine Position im Raum nicht erahnen durfte. Er duckte sich und zog geräuschlos das Dolchmesser, das er seit seinem Ausflug in die römischen Slums stets bei sich trug. In einiger Entfernung hörte er seine Männer lärmen und fluchen, aber es gab – noch – keinen Kampf.

Dann ging das Licht wieder an.

Furian war es, der seine Taschenlampe herausgekramt hatte. Zazamaels Krieger standen sämtlich jeweils für sich in geduckter Haltung im Raum herum. Es war keine Spur von einem Feind zu sehen. Doch da lag ein Körper auf dem Boden. Rafasal war es diesmal. Der Prinz stürzte mit einem raubtierhaften Sprung auf ihn zu. Aber es hatte keine Eile mehr.

Auch ihm war die Kehle durchgeschnitten worden. Zazamael registrierte entgeistert, dass der Mörder die Kaltblütigkeit besessen hatte, vor der Flucht seine Klinge am Mantel des Toten sauber zu wischen. Rafasals Gesicht war in einem lächerlichen Ausdruck totaler Verblüffung eingefroren. Im Lichtkegel der Taschenlampe sah Zazamael, dass das viele, das fürchterlich viele Blut in der Kälte dampfte. Er wandte sich ab und betrachtete die Reste seiner Taschenlampe genauer. Sie war durch einen gezielten Schlag aus kurzer Distanz ausgelöscht worden. Aber warum hatte der Attentäter dann nicht einfach den Prinzen selbst angegriffen? Er hatte ja reichlich Gelegenheit dazu gehabt. „Wie kann der Mörder eingedrungen sein? Die Falltür war die ganze Zeit zu." Furian zuckte fahrig die Achseln. „Keine Ahnung, Hoheit. Es muss hier einen Geheimgang oder ein Geheimversteck geben." „Sucht die Wände und den Fußboden ab. Millimeter für Millimeter." „Hoheit, lasst uns lieber ein paar Meilen weit fortreiten, draußen ist es schon hell genug, hier drinnen sind wir nicht sicher." „Mir egal. Ich will wissen, wie der Mörder eingedrungen ist. Macht alle eure Lampen an. Es kann nicht hell genug sein. Und öffnet die Deckenluke. Wir reiten erst weiter, wenn wir die Lösung dieses Rätsels gefunden haben."

Die Männer und Frauen suchten den halben Tag lang. Aber sie erfuhren auf diese Weise nur eins: Es gab keinen Geheimgang in diesem Keller, kein Geheimversteck, überhaupt gar nichts. Der Mörder besaß allem Anschein nach übernatürliche Kräfte. Er war wie ein Geist unsichtbar in ihre Mitte vorgedrungen. Die Situation war ausnahmslos allen unheimlich.

Ratlos machten sie sich wieder auf den Weg und trieben

ihre Pferde an, denn eine weitere Nacht wollten sie auf keinen Fall in der Nähe dieses Ortes verbringen.

Ich nehme allen Mut zusammen und wähle Susannes Nummer. Sie geht schon nach dem zweiten Klingeln ran. Ich frage direkt: „Wie bist du so seltsam geworden? Was um Gottes willen hast du erlebt?“

Sie zögert. Wir schweigen. Dann sagt sie: „Ich habe alles erfunden. Ich meine: ALLES. Deine eigene Geschichte auch. Sumerland und Waylhaghiri. Alles ist nur mein Spiel. Das war etwa vor einem Jahr. Es begann an einem heißen Sommernachmittag.“ Ich lache laut. „So ein Quatsch. Meine Geschichte begann schon vor vielen Jahren. Damals gab es dich noch gar nicht, Kleine.“ „Deine Vergangenheit habe ich miterfunden. Es gibt sie erst, seit es mein Spiel gibt. Hör zu!“

Und damit beginnt nun die eigentliche Geschichte, die Geschichte, wie Susanne auszog, die Welt zu erobern. Was bei einem jungen Mädchen nach einem ziemlich vermessenen Plan klingt, aber in diesem besonderen Fall keineswegs chancenlos war.

Die Erwachsenen erzählten einem ständig, wie die Welt angeblich funktionierte. Sie wurden nicht müde, zu erklären, was man angeblich alles tun musste, damit die Erdkugel nicht aus ihrer planetarischen Bahn flog und in den Weiten des Weltalls abhandenkam. Aber damit wollten sie einen nur dazu bringen, dass man genau das tat, was für sie nützlich und angenehm war.

Der endgültige Beweis dafür war, als Susannes Mutter behauptete, die Bonbons im Fach unter dem Kühlschrank würden scheußlich schmecken. Als das den erhofften Zweck nicht erfüllte, behauptete sie, dass die – übrig gebliebenen – Bonbons angeblich „giftig für Kinder" seien, aber das war genauso falsch. Das merkte man schon an der Reihenfolge beider Behauptungen. Seitdem verließ sich Susanne auf ihre eigenen Sinne und ihren eigenen Verstand. Jeden Tag entdeckte sie unbekannte Dinge.

Alles war neu, denn soweit Susanne sich erinnern konnte, hatte sie keine eigene Vergangenheit. Sie war zu jung.

Das machte nichts. Susanne hatte beobachtet, dass viele Erwachsene ihre Sinne und ihren Verstand mit zunehmendem Alter verschlossen. Ihre Gefühle kreisten nur noch um altbekannte Muster von Freund und Feind, Gut und Böse, die es angeblich jenseits der Gegenwart irgendwo draußen in der Welt geben sollte, obwohl jeder handfeste Beweis dafür fehlte. Ihre verschlossenen Sinne ließen diese Erwachsenen krank und stumpf werden, sie schmorten im eigenen Saft, im eigenen Gift. Sie haderten Tag und Nacht stumm mit sich oder brannten vor Ehrgeiz, Gier oder Zorn oder trieften vor Kummer und vor Selbstmitleid. Sie meinten, alles zu kennen und zu verstehen und doch nichts daran ändern zu können. In Wahrheit kannten und verstanden sie überhaupt nichts, nicht einmal, dass die Welt in Wahrheit nicht so war wie das starre Bild, das sie sich von ihr machten, sondern weit, widersprüchlich und wundersam.

Der beste Schutz gegen diese Krankheit der Erwachsenen war – fand Susanne –, die Fenster der Sinne zu öffnen und Ausschau nach Überraschungen und unverhofften Gelegenheiten zu halten.

Susanne hielt in ihren Fäusten zwei Kreidestücke. Die presste sie zusammen. Sie erwartete, aus dem Löwenzahnstängel dazwischen ein paar Tropfen des milchigen Safts herauszuquetschen. Aber der Stängel war lasch vom fehlenden Regen und ohne Flüssigkeit. Schon wieder eine kleine Überraschung. So heiß war es in diesem Sommer, obwohl es noch früh im Jahr war.

Susanne saß mit ihrer Freundin Christine im Schatten eines parkenden Autos auf dem warmen Asphalt. Sie lehnte sich lieber nicht dagegen. Auch wenn Autos eher Maschinen als Lebewesen waren, waren sie nicht ganz tot. Eins hatte einmal ein fürchterliches Geheul von sich gegeben, nur weil Susanne darübergeklettert war. Man musste bei Autos damit rechnen, dass sie jederzeit aus ihrer Starre erwachten.

Es war still. Nach allen Seiten gab es nichts als leere Vorstadtstraßen, durch die Dämonen irren mochten, wer wusste das schon, Dschinn, wie Wirbelstürme. Hier hatten die Erwachsenen eine Siedlung aus dem Nichts gestampft. Manche der Häuser waren noch nicht fertig, sondern Baustellen.

Susanne ahnte, dass es hinter der Siedlung wohl Wiesen und auch einen bedeutenden Wald gab, aber der Weg dorthin war nicht ohne Weiteres zu finden. Das machte nichts. Sie hatte keine Eile. Sie würde nach und nach alles erforschen. Vielleicht war es eine gute Idee, eine Karte zu malen. Ihre Mutter war erst vor kurzer Zeit hierhergezogen. Alles in dieser Gegend wirkte noch fremd – wie an einem

Urlaubsort. Die Geräusche und Gerüche waren bemerkenswert. Susanne tastete mit den Händen nach weiteren Löwenzahnstängeln zwischen den Bordsteinritzen. Sie hatte das sichere Gefühl, dass bald etwas Außergewöhnliches geschehen würde oder dass ihr etwas Großartiges einfallen würde. Etwas würde geschehen, das sie älter und mächtiger machte.

Susanne suchte im Laub der Baumwipfel und im Hitzeflimmern über dem Asphalt nach ersten Anzeichen der Veränderung. Noch war nichts zu erkennen.

Sie wischte ihre Finger sorgfältig an ihrer Jeans ab, denn der milchige Löwenzahnsaft war giftig, das hatte sie in der Schule gelernt – und glaubte es auch, denn es war nicht alles falsch, was die Erwachsenen sagten, so einfach war es leider nicht.

Susanne sah unauffällig aus. Wie Mädchen in ihren ersten Schuljahren eben so sind. Sie hatte ein klares, ernsthaftes Gesicht – nicht besonders hübsch – und halblange Haare. Ihre ausgeblichenen Jeans waren auf Knielänge abgeschnitten. Am linken Handgelenk trug sie die Armbanduhr, die sie zu Weihnachten geschenkt bekommen hatte, und ein hellblaues Plastikarmband aus einem Überraschungsei. Ihre großen Füße steckten in klobigen Turnschuhen.

Sie und ihre Freundin Christine hatten drüben auf den Asphalt mit Kreide den runden See gemalt und in der Mitte die Insel mit dem Palast. Der Kreide hatten sie die besondere Kraft der giftigen Löwenzahnmilch verliehen. „Chrissie, was meinst du, ist es fertig?“ Die beiden Freundinnen beäugten ihr Werk kritisch. Zentral in der Mitte der Kreuzung lag der blaue See und die Insel. Und darauf der Palast. Drumherum war ein Himmel aus bunten Sternen, Planeten mit Saturnringen, Ufos, Bäumen, Tieren, Blumen und anderen Dingen. Seit diese Symbole auf dem Asphalt prangten, gingen die beiden davon aus, dass sie im Leben vorangekommen waren. So ähnlich, wie ein Erwachsener meint, dass er im Leben vorangekommen ist, wenn er ein Auto gekauft oder einen beruflichen Titel erworben hat. Obwohl schon der nächste Regen die Kreide auf dem Asphalt wieder wegwaschen würde … Aber bis zum nächsten Regen war es ja noch lang hin.

Susanne mochte den sauberen Geruch ihres T-Shirts, ihrer Haut, da sie jetzt den ganzen Tag über draußen spielte. Es war gut, dass es am Wochenende viel Zeit gab. Die Zeit war auf ihrer Seite, sie machte sie reich und frei. Vor ein paar Tagen hatte sie eine Wespe in den Unterarm gestochen. Der Stich hatte zuerst wehgetan. Aber die rote Stelle war jetzt wieder weg und letztlich machte es nichts. Ein Schaden kann im Leben leicht einmal entstehen, aber früher oder später wird er wieder vergessen sein. Ihre Mutter hatte gesagt, dass die Zeit alle Wunden heilt. Und bald würde die Zeit die Veränderung herantragen, die in der Luft lag. Dadurch würde Susanne wachsen, älter werden. Und das hieß: stärker werden.

„Susanne – du musst aufhören, zu erzählen. Meine Handyrechnung!“

„Gut. Den Rest erzähle ich dir demnächst.“

„Wenn du meinst. Aber deine Geschichte ergibt für mich keinen Sinn. Das sind doch bloß alltägliche Kinderspiele. Das erklärt nicht, weshalb du so sonderbar geworden bist. Und was soll das mit Andi und mir zu tun haben?“

„Du wirst schon sehen. Ich rufe dich gleich vom Festnetz aus zurück und erzähle weiter. Das schont deine Handyrechnung. Ich mache mir davor aber erst eine Pizza. Ich habe Hunger.“

„Gut. Bis gleich.“

Um die Zeit bis dahin totzuschlagen, sehe ich hinter den Kulissen nach, was Zazamael treibt. Von Serisada fehlt noch immer jede Spur, aber ich denke mal, sie wird sich zu helfen wissen, wenn sie in Gefahr gerät. Sie ist ja kein normales Kind, sondern eine jahrhundertealte Feenprinzessin.

Die nächsten drei Tage ritten der Prinz und seine Männer und Frauen von Sonnenaufgang bis zur Dämmerung immer geradewegs weiter. Sie sprachen kaum ein Wort. Die Waldlandschaft veränderte sich nur unwesentlich. Lichte Buchen lösten die Birken ab. Die Teiche und Bäche wurden seltener. Es waren weiterhin keine Spielsachen zu sehen und auch keine Spuren der Bewohner des Sumerlands. In der Nacht stellten sie nun zwei Wachen gleichzeitig auf, die sich stets gegenseitig im Auge behielten. Aber es gab keine Anzeichen einer Gefahr. Nicht einmal größere Tiere schienen in diesen Wäldern zu hausen.

Als sie mehrere Tagesritte von dem Haus und seinem Keller entfernt waren, fanden sie ins Leben zurück. Sie redeten wieder, lachten sogar. Sie waren entspannt. Einzig der Prinz blieb schweigsam. Er war öfter auf seine Landkarte konzentriert, die er mit der Umgebung abglich. Zazamael war sich nach wie vor sicher, dass sie sich direkt über der unterirdischen Zugstrecke befanden. Demnach mussten sie bald am Zielbahnhof ankommen.

Als sie an der fraglichen Stelle anlangten, gab es dort nur hohes Gras. Und Bäume. Und blühende Büsche.

Hier war nichts, was einen Bahnhofseingang verbergen konnte. Kein bisschen Zivilisation war zu sehen.

Der Prinz biss sich vor Enttäuschung auf die Lippen – waren sie doch falsch? Wie weit mussten sie zurückreiten? Wie viel Zeit hatten sie mit ihrem Irrweg verloren?

Seinen Kriegern und Kriegerinnen war das erst einmal egal. Sie ließen sich nach dem langen Ritt ziemlich unritterlich einfach ins hohe Gras fallen. Es war nun still um sie. So still, dass Zazamael eine Libelle summen hörte. Mit einem Ruck fuhr er empor und sah gerade noch, wie das stahlblaue Insekt von einem Windstoß auf die Seite geworfen wurde und dann mit hoher Geschwindigkeit in ein Büschel Farnkräuter schoss. So etwas taten Libellen normalerweise nicht. Und wo kam hier ein Windstoß her?

Er sprang auf.

„Was habt ihr, Hoheit?“

„Hier ist etwas. Kommt, helft mir.“

„Wonach sucht ihr, Hoheit?“

Zazamael runzelte die Stirn. „Ich weiß nicht. Noch nicht. Es muss hier einen verborgenen Luftzug geben …“ Der Prinz durchkämmte das Farnkraut und fand einen auszementierten Schacht im Erdboden. Eine steile Eisentreppe führte in die Tiefe. Unten sah man den Schein von blassgrellem Licht, der die Libelle wohl angezogen hatte. „Kommt. Hinunter!“ Vorsichtig stieg der Trupp aus Waylhaghiri die Leiter Sprosse um Sprosse abwärts, Zazamael kletterte vorneweg. Unten fanden sie sich in einem weitläufigen runden Raum wider. Weiße Wände mit viel zu vielen Neonröhren in ungeordneter Gruppierung, die an der Decke brannten – ganze Bündel hingen am selben Fleck, während es an anderen Stellen finster war. In der unregelmäßigen Beleuchtung sahen sie bemerkenswerte Dinge: Auf Arbeitstischen standen Mörser, Briefwaagen, Einweckgläser und Blechdosen mit Zutaten, die allem Anschein nach in abgemessenem Verhältnis durchmischt wurden. Hier und da standen Schneckenhäuser unterschiedlicher Größe aufgereiht wie Reagenzgläser und enthielten Löwenzahnmilch, frische Blattspitzen von Sauerampfer, scharf duftende Brennnesselsäure, Honig von Wildklee. Auf einer Glasschale lagen Schmetterlingsflügel und Spinnweben und auf einer Stahlplatte einzelne Tautropfen. Was machte man aus diesen Dingen? Dem Prinzen war das Destilliergerät aus Kupfer im Hintergrund nicht entgangen. „Das hier muss dein Geheimnis sein, Serisada", murmelte er.

Zweifellos war dieser Ort der gesuchte Bahnhof. Es gab hier unten einen Bahnsteig, auf dessen Gleisen auch eine Güterlore stand. Die Strecke führte von unterhalb der Hochhaussiedlung bis hierher. Und anschließend wurden die durchmischten Zutaten auf einer zweiten – viel kleineren – unterirdischen Eisenbahn zu noch ferneren Orten verschickt.

Diese zweite Eisenbahn war so klein wie eine große Spielzeugeisenbahn. Die Rohre, in denen sie fuhr, wirkten wie Rohrpostleitungen oder Abwasserröhren. Die Route der zweiten Eisenbahn fand der Prinz ebenfalls auf seiner Karte eingezeichnet.

Weiter entdeckten Zazamael und seine Leute aber an diesem Ort nichts, mit dem sie etwas hätten anfangen können. Sie mussten weiterreiten, noch tiefer hinein ins Sumerland, mussten den unterirdischen Schienen der Spielzeugeisenbahn aufs Neue folgen. Aber erst einmal würden sie die Nacht an diesem Ort verbringen.

„Lasst uns oben unter freiem Himmel schlafen, Prinz.

Hier unten ist es zu kühl.“ Samurim machte diesen Vorschlag, aber Zazamael schüttelte den Kopf. „Nein. Wir schlafen hier unten. Vielleicht trifft in der Nacht ein Güterzug ein. Oder es geschieht sonst etwas, das wir verpassen, wenn wir nach oben gehen.“ Seine Männer und Frauen breiteten also ihre Schlafsäcke im runden Raum zur Ruhe aus. Wie jede Nacht saßen sich auch heute zwei Nachtwachen gegenüber, die einander pausenlos im Auge behielten.

Weil es so kühl hier unten war, behielt Zazamael zum Schlafen seine rot-schwarz gewürfelte Lederjacke an. Es war eine auffällige Steppjacke, die er sich von seinem Leibschneider hatte anfertigen lassen. Niemand sonst in Waylhaghiri besaß ein ähnliches Kleidungsstück.

In dieser Nacht schliefen sie ungestört. Kein einziger Laut war zu vernehmen.

Am nächsten Morgen erwachte Xionshargh, der alte Kämpe, als Erster. Er hatte die letzte Nachtwache gehabt, aber sich einen Augenblick des Schlafs gestattet, als es bereits hell zu werden begann und somit keine Gefahr mehr drohte. Als er die Augen aufschlug, sah er etwas, das er die erste halbe Sekunde lang nicht fassen konnte. Dann brüllte er einen markerschütternden Entsetzensschrei, der alle anderen jäh emporfahren ließ. Alle anderen – bis auf eine zusammengesunkene Gestalt, die – wieder einmal – reglos und tot dalag. Das Blut aus der klaffenden Wunde am Hals überströmte seine rot-schwarze königliche Lederjacke.

Mein Handy klingelt. Susanne hat ihre Pizza aufgegessen und ruft mich an, um weiterzuerzählen. Sie erzählt wieder lange. Dabei will ich doch wissen, was mit Zazamael ist.

Susanne entdeckte den fremden Mann schon, als er noch am anderen Ende der Straße war. Sie knuffte Christine unauffällig in die Seite. „Chrissie – schau mal: komischer Typ." Der Mann war näher gekommen. Er stand im prallen Sonnenlicht auf der anderen Straßenseite und beobachtete sie. Susanne fand, dass er einsam aufragte, wie ein Turm in der Wüste. Vielleicht lag das an dem Schatten, den er warf. Der Mann war teuer und geschäftsmännisch gekleidet, was bei der Hitze unangenehm sein musste. Er hatte graue, gut frisierte Haare und einen grauen Bart. Seine Haut war voller Leberflecken. Da er sah, dass die beiden Freundinnen ihn bemerkt hatten, kam er bedächtig auf sie zu. Susanne überlegte rasend schnell, was jetzt zu tun war.

„Hallo, ihr beiden." Er sagte das verlegen.

Als Susanne merkte, dass Christine misstrauisch schwieg, gab sie sich einen Ruck und sagte höflichkeitshalber Guten Tag. Der Mann sagte dann erst mal gar nichts Richtiges, aber er ging auch nicht weg – was wollte er von ihnen? Susanne knuffte Christine nochmals warnend in die Seite. Der Mann merkte nichts, er achtete kaum auf die beiden Mädchen. Er begann zu erzählen und schien dabei eher mit sich selbst zu sprechen. Er erzählte von seiner Tochter, die angeblich nett sei und in dem gleichen Alter wie die beiden

Freundinnen. Sie wohne – so sagte er – in der Nähe, nur ein paar Straßen weiter.

„Ist ihnen nicht zu heiß in dem dunklen Anzug?" Susannes spöttische Frage riss den Mann aus seiner Erzählung. Er antwortete, dass er von der Arbeit komme und dass man im Geschäftsleben eben so gekleidet sein müsse, auch im Sommer. „Warum schaffen dann nicht alle Geschäftsleute gemeinsam die Kleidungsregeln ab und tragen T-Shirts?" Christine kicherte. Susanne ließ dem Mann keine Zeit für eine Antwort, sondern fragte gleich weiter: „Warum haben wir ihre Tochter noch nie draußen beim Spielen gesehen?" Susanne hörte, wie Christine aufatmete, weil sie die Dinge in die Hand nahm.

Der Mann nickte schwer. „Kerstin – so heißt meine Tochter – ist krank. Leider dauerhaft krank. Sie kann nicht draußen spielen, wisst ihr." Das klang – fand Susanne – glaubwürdig, gerade weil es eine außergewöhnliche Geschichte war. Aber Susanne hatte noch nie von einer Krankheit gehört, die nicht früher oder später vorbeiging.

„Und in der Schule? Warum haben wir sie noch niemals in der Schule gesehen? Alle Kinder müssen zur Schule." „Ja ... Weißt du ... Meine Kerstin geht auch zur Schule. Natürlich. Aber sie geht in eine besondere Schule. Weißt du, meine Tochter sitzt im Rollstuhl. Das ist Leuten, die sie nicht kennen, erst einmal unangenehm. Aber sie ist ein lustiges Mädchen. Vielleicht ist sie sogar noch fröhlicher als Kinder, die niemals richtig krank waren. Ich bin sicher, ihr würdet euch gut verstehen."

Susanne hatte keine Angst vor diesem Mann, aber sie wusste nicht, ob sie ihm glauben sollte. War so etwas möglich auf der Welt? Ein Mädchen, das direkt in ihrer Nachbarschaft wohnte, nur ein paar Straßen weiter, und deren Leben so grundverschieden anders war, dass sie niemals auf eigenen Füßen ging, sondern in einem Rollstuhl durch die Gegend fuhr? Und die dabei auch noch fröhlich war? War das Erscheinen dieses Manns ein erstes Zeichen der bevorstehenden Veränderung?

„Kommt doch kurz mit rüber zu uns. Dann könnt ihr meiner Kerstin Guten Tag sagen. Sie würde sich wahnsinnig freuen. Wer weiß, vielleicht werdet ihr drei am Ende noch Freundinnen?"

Susanne versuchte aus den Augenwinkeln zu erkennen, was Christine für ein Gesicht schnitt. Aber Christine wartete ab, was Susanne sagte. Susanne fragte ihn: „Wollen Sie uns vergewaltigen und unsere Leichen in einen Müllsack stecken?" Da schaute der Mann traurig drein. Susanne lachte laut, um zu zeigen, dass es nur ein Witz gewesen war. Und jetzt? Es war schwierig, die Einladung abzulehnen. Und Susanne war verdammt neugierig, wie dieses Mädchen trotz ihres Unglücks so fröhlich sein konnte. Diese Kerstin musste bewunderungswürdig stark sein. „Chrissie, meinst du, wir können Kerstin kurz Hallo sagen? Kommst du mit?"

Zazamael starrte fassungslos auf den toten Samurim, der noch immer seine prinzliche Lederjacke trug. Alle Krieger und Kriegerinnen verharrten mucksmäuschenstill, bis der Prinz stockend erklärte: „In der Morgendämmerung habe ich ihm meine Jacke geliehen. Weil er gefroren hat. Frühmorgens ist es am kältesten. Und ganz klar hat der Mörder …" Xionshargh unterbrach ihn jäh. „Gerade eben hat er noch gelebt, Hoheit! Ich habe vor dem Einschlafen noch gesehen, wie ihr euch über ihn gebeugt und ihm die Jacke umgehängt habt. Er – er hat sich noch bei euch bedankt. Er hat sich dieser Ehre geschämt, er wollte die Jacke zuerst gar nicht annehmen. Und dann – dann meinte ich, ich könnte einschlafen, weil der Morgen ja schon graute." Er sprang auf, raufte sich die grauen Haare und brüllte wie ein Stier. „Ich bin schuld an seinem Tod. Ich. Bin schuld. Jahrzehntelang habe ich mich niemals vom Schlaf überwältigen lassen. Kein einziges Mal, außer heute – ich habe versagt." Es schien, als hoffe er auf Widerspruch. Aber niemand ging auf ihn ein. Dis – mit Garimiral eine der beiden Frauen in der Gruppe – meinte sachlich und düster: „Prinz, ihr habt Glück im Unglück gehabt. Dieses Attentat galt euch allein. Und der Mörder ist zu geschickt, als dass ihr noch ein zweites Mal auf eine Verwechselung hoffen könnt. Ihr steht am Rande des Todes. Also passt auf!" Dis untersuchte mit ein paar raschen Handgriffen den Toten. Sie war ausgebildete Meuchelmörderin und wusste, worauf sie zu achten hatte. „Er muss unmittelbar, nachdem ihr ihm eure Jacke gegeben habt, gestorben sein. Höchstens wenige Minuten später." Sie schauderte, zögerte und sprach es dann doch aus. „Dieser Mörder ist kein gewöhnlicher Mensch."

Susanne spürte, wie Christine sich neben ihr unbehaglich regte. Kein Zweifel – ihre Freundin wollte nicht mit dem fremden Mann mitgehen. Aber Susanne war sich sicher, dass von ihm keine Gefahr ausging. Sigrid – so hieß ihre Mutter – hatte ihr natürlich eingeschärft, dass sie nie mit fremden Männern mitgehen durfte. Und Susanne war ja nicht blöd. Aber der Mann wirkte in seinem Verhalten zu unprofessionell – fast schon hilfsbedürftig. Natürlich wusste man nie. Das Schwierigste im Leben überhaupt war, die Gefahren und die Chancen voneinander zu unterscheiden. Beides war auf riskante Weise miteinander verwoben. Sie forschte in seinem Gesicht unter den sorgfältig frisierten grauen Haaren. Die blassen Augen in seinem leberfleckigen, faltigen Gesicht musterten sie ruhig und direkt. Sie erwiderten ihren Blick, ohne auszuweichen. Er hatte sofort gemerkt, dass sie ihn taxierte. Nein – gefährlich war dieser Mann nicht, aber es gab etwas an ihm, das Susanne nicht gefiel. Sie erinnerte sich daran, wie er vorhin so einsam aufgeragt hatte. Wie ein Turm oder ein Mahnmal auf weitem, ödem Feld.

„Meine Mutter hat gesagt, dass ich nicht mit fremden Männern mitgehen darf." Es fiel ihr leicht, das zu sagen, weil es nur eine Ausrede war. Der Mann suchte verlegen nach einer Antwort und sah noch einsamer aus. Susanne wollte jetzt schnell weg. „Auf Wiedersehen – komm, Chrissie, nimm dein Fahrrad, wir gehen." Christine schien erleichtert und packte rasch den Lenker. Fast hätte sie ihr nagelneues Rad vergessen. Die beiden Freundinnen machten sich davon.

Susanne fragte sich von diesem Tag an bei jedem Haus in ihrer Gegend, ob darin das geheimnisvolle Mädchen Kerstin lebte.

Susanne verabschiedete sich von Christine, die eine andere Straße entlangradelte. Und jetzt? Nach Hause wollte sie nicht bei dem schönen Wetter. Aber außer Christine kannte sie in der neuen Gegend noch keine Kinder zum Spielen.

Ihr fiel nur der Spielwarenladen ein. Es war nicht auszuschließen, dass es dort etwas Besonderes zu sehen gab. Aber man musste aufpassen. Sonst war man sein ganzes Taschengeld los und bekam nichts Brauchbares dafür.

Spielsachen scheinen aus der Ferne immer viel besser zu sein, als sie es tatsächlich waren. Aus der Nähe blieb kaum noch etwas von ihrem Glanz übrig. Hatte man sie erst einmal, wurden sie rasch langweilig. Ein Trick des Spielwarenverkäufers war es, die bunten Pappverpackungen von Spielsachen so zu gestalten, dass die Gedanken unablässig um den Inhalt kreisten. Der Spielwarenverkäufer musste mächtige Hintermänner haben, denn er selbst wirkte zu gelangweilt, um auf solche durchtriebenen Tricks zu kommen.

Susanne beobachtete den Verkäufer, wie er hinter der Kasse saß und stumpfsinnig in seiner Zeitung blätterte. Nein – er wirkte einfach nicht clever genug, um so große Macht auszuüben.

Nur wenn Susanne beide Augen zu ganz schmalen Schlitzen zusammenkniff, die Luft anhielt und bis zweihundert zählte, meinte sie manchmal, eine dunkle Aura um die Gestalt des Spielwarenhändlers herum wabern zu sehen. Das blieb aber das einzige Indiz, dass an ihm etwas Besonderes dran sein konnte.

Nicht nur Susanne selbst war abhängig von dem nie versiegenden Strom an immer neuen Spielsachen, sondern auch alle anderen Kinder. Da musste im Hintergrund eine ganze Bande von Spielwarenhändlern am Werk sein. Hatte dieses geheimnisvolle Mädchen Kerstin auch ständig den Wunsch nach neuen Spielsachen im Kopf? Oder war sie frei davon?

Susanne fragte sich, woher die Spielwarenhändlerbande sie und ihre geheimen Begierden und Schwachstellen so gut kannte. Wie schafften sie es immer wieder, ihr den Wunsch nach neuen Spielsachen ins Herz zu pflanzen?

Susanne verließ ohne Antwort auf diese Frage das Halbdunkel des Spielwarenladens und bummelte nach Hause. Es waren keine weiteren Anzeichen der bevorstehenden Veränderung auszumachen.

Mehr noch als alle Spielsachen begehrte sie das Fahrrad von Christine. Das hatte die vorhin beim Treffen mit dem Mann hinter sich auf den Gehsteig geschmissen, als wäre es überhaupt nicht wichtig. Dabei war man damit frei. Man war damit größer und stärker. Mit so einem Fahrrad konnte man überall hin. An alle Orte der Welt.

8

Ich sitze im Meeting. Um den futuristischen Konferenztisch sind alle versammelt, die mit mir am Zigaretten-Kultursponsoring-Projekt arbeiten. Nur Rainer fehlt. Ich habe Zugriff auf seinen Kalender und den Termin einfach gelöscht. Das ist nicht ungefährlich, aber: Ich will ihn nicht sehen. Nicht, bevor ich die Entscheidung gefällt habe, wie es mit uns weitergeht.

Die Runde diskutiert das Erscheinungsbild des Sängers meiner Rockband. Kerstin will etwas Schlaues sagen. Sie kritisiert, dass der Sänger auf der Bühne ständig eine Zigarette hält, denn – verkündet sie triumphal – kaum noch ein Jugendlicher raucht heutzutage. Aber ich habe die leise, müde Antwort parat: „Mein Sänger hat ein Idol, einen Psychedelic-Rocker der 60er Jahre. Sein Idol ist am Vorabend des Woodstock-Festivals an einer Überdosis Heroin gestorben. Mein Sänger hält sich für seine Reinkarnation. Deshalb raucht er ständig." Und noch leiser und müder erkläre ich: „Es macht unseren Sänger glaubwürdig, wenn er starke Gefühle für einen längst vergessenen Rockstar hat, den die heutigen Fans nicht kennen. Das ist ein potemkinsches Dorf außerhalb der Gegenwart. Das beeindruckt."

Alle in der Runde schweigen beeindruckt – bis auf Kerstin, die nicht lockerlässt. Sie bohrt nach, wie der Kleidungsstil unseres Sängers diesen Psychedelic-Rock-Bezug widerspiegeln soll, ohne dass er dabei wie ein billiger Retro-Abklatsch wirkt. Ich lasse den Blick Zazamaels in der Runde kreisen und kontere: „Ich gebe ihm eine rot-schwarz gesteppte Lederjacke." Und ich lasse die Entwürfe seines Outfits auf den Tisch segeln. Alle sind beeindruckt von der kindlichen und doch tyrannischen Aura meines Sängers.

Ich lehne mich zurück und verschränke die Arme. Keiner kann mir was. 100 % made in Waylhaghiri. Solchen stellt sich keiner in den Weg. Seit das hemmende Unterschichtfett aus den elenden Zeiten abgeschmolzen ist, verkörpert mein Körper die Effizienz eines Autos, das im Werbespot über die Serpentinen einer kargen Gebirgslandschaft gleitet. Es sind fast immer karge Landschaften in der Autowerbung. Nur ausnahmsweise sieht man dort üppiges Grün. Denn im waylhaghirischen Basar der tausend und abertausend Güter werden Autos stets in einem kargen Umfeld angepriesen.

Nun ist es nicht mehr nötig, dem Meeting weiter zu folgen. Mein Blick durchdringt unsere Scheinwelt, um neue Entwicklungen im Krieg zwischen Sumerland und Waylhaghiri mitzubekommen. Ich bin neidisch auf Zazamael. Er ist ausgebrochen. Ich hingegen bleibe gefangen im Gravitationsfeld meiner sozialen Rolle.

Und was ist mit Prinzessin Serisada? Ich habe lange nichts mehr von ihr gesehen. Sie muss längst in Waylhaghiri angekommen sein. Tatsächlich, da ist sie: Serisada irrt gerade durch den Basar der tausend und abertausend Güter. Alles ist dort zeitlos neu, sauber und sonnendurchflutet, und die Hintergründe sind unscharf, voll verwaschener bunter Farben. Hellgrün und Sonnenblumengelb dominieren.

Ein aufgetakelter alter Mann lässt seinen Füller klirrend auf das Glas der Tischplatte fallen und flüstert mir etwas zu. Er ist aus der Abteilung „Rechte und Lizenzen“. Ich höre nicht hin. Ich nicke nur kompetent. Ich will endlich nachsehen, was Serisada in Waylhaghiri macht und ob ihre Verkleidung durchschaut wird. Die Prinzessin war mir entwischt, aber ich finde sie jetzt wieder.

Serisada purzelte durch blendend weiße Flügeltüren – verziert mit goldenen Barockschnörkeln (waren diese Türen tatsächlich aus Lebkuchen gewesen?) – und war gleich mittendrin in der desorientierten Menge, die sich Tag und Nacht mit ziellos zögerlichen Schlurfschritten weiterdrängte. Der Basar der tausend und abertausend Güter war wie ein Dschungel, sodass Serisada sich geradezu heimisch fühlte. Auch hier gab es prächtige Tiere und Pflanzen unter einem bunten Glasdach. Wie zu Hause. Tropische Schmetterlinge gaukelten umher. Auch wie zu Hause. Nur die ständige Musikberieselung nervte. Die Prinzessin nahm sich im Vorbeigehen eine Kirschpraline von einem Silbertablett, packte sie aus ihrer charakteristischen Verpackung und genoss sie. Da sprang von der Seite ein Gnom mit Kochmütze hervor und erschreckte die Prinzessin mit seiner niedlichen Fistelstimme. „O Gott – mein Kind – du hast außerhalb der Mahlzeiten genascht. Jetzt ist dein Essrhythmus aus dem Takt.“ „Das macht mir nichts aus, werter Herr. Machen sie sich um mich bitte keine Sorgen.“ „Ach, Sorgen, Sorgen – du wirst aufgehen wie ein Hefekloß, Mädchen. Hier sind überall Süßigkeiten, deine schöne Figur, deine arme

Figur ..." Der Gnom greinte und rieb sich die Augen. Er zwickte sie prüfend in den Oberarm. „... wenn die Ernährung einmal aus dem Takt geraten ist, findet man das richtige Maß nie wieder, niemals, nie." „Wirklich – kein Grund zur Sorge, werter Herr. Ich habe eigentlich gar nichts dagegen, dick zu werden. In letzter Zeit habe ich nicht viel zu essen bekommen. Ich bin heute den ganzen Tag geklettert. Es war ein langer Aufstieg die Trichterwand empor bis zu diesem Ort hier. Es war anstrengend. Ein paar Süßigkeiten wären nicht schlecht, wo sind sie denn?" Die Fistelstimme des Gnoms greinte in gleichmäßigem Singsang weiter. „O Gott – umso schlimmer. Askese und Völlerei wechseln einander ab. Das ist der Anfang einer Essstörung." Serisada runzelte die Stirn. „Und was soll ich dagegen tun?" „Iss ab jetzt nur noch Knäckebrot mit Frischkäse. Das ist das Affirmativdiätessen. Das Essen im Einklang mit den Diätregeln." „Das mag ich aber nicht." „Na ja, natürlich sollst du dich nicht quälen. Das wäre auch ungesund. In besonderen Momenten kannst du auch mal ein Kontradiätessen essen." „Was ist das nun wieder?" „Ein Kontradiätessen ist ein an sich ungesundes Essen, das aber deine Unzufriedenheit mit der Diät beseitigt und dir dadurch hilft, sie einzuhalten. Die Ausnahme, die die Regel bestätigt. Deshalb sehr gesund – obwohl eigentlich ja ungesund oder gerade deswegen – verstehst du?" „Aha – haben sie zufällig was da von diesem Kontradiätessen?" Serisada war wirklich hungrig. „Hier, bitte. Ich freue mich, dass du so vernünftig bist." Der kleine Mann mit der Kochmütze reichte Serisada eine Tüte Bonbons. „Danke."

Serisada ließ sich mit vollem Mund treiben, neugierig und ziellos, traumverloren wie Alice im Wunderland. Ihre nackten Füße tasteten sich über den abschüssigen Fußboden, der für einen so glamourösen Ort erschreckend dreckig war.

Sie befühlte unauffällig das Libellenschmuckstück an ihrem Hals und hoffte, dass es ihr Glück brachte.

Erst kam die verkleidete Prinzessin durch einen Bereich der kleinen Freuden des Alltags. Hier wurden Süßigkeiten und Snacks feilgeboten. Auf ein Signal wurden um sie herum Kulissenschieber tätig und gestalteten ihre Umgebung blitzschnell um. Sie wirkte nun wie ein Lokal. Mit einem Mal stand sie vor einer urigen Theke aus Holz. Das Lokal sah aus wie an einem Urlaubsort. Hatte die Prinzessin richtig gesehen und die Kulissenschieber waren schockierend armselig gewesen, manche unterernährt, andere ungesund fett? Es war zu rasch gegangen, um sicher zu sein, und wohl auch egal. Es gab Cocktails in Kokosnussschalen, bestehend aus Fruchtsäften, Sahne und Karibik-Rum. Ein Äffchen in einem schrill bunten Hawaiihemd und mit schwarzer Sonnenbrille kletterte die Balken der Holzjalousie hinauf – durch deren Ritzen coole Streifen von Sonnenlicht fielen. Es schaukelte am langsam rotierenden Deckenventilator. Es turnte im vielfältig bestückten Flaschenregal hinter dem bartstoppeligen Barkeeper. Dann schenkte es eine Runde Gläser ein.

„… notwendigerweise ihr Lebensgefährte." Ich schrecke hoch. Jemand beim Meeting hat etwas zu mir gesagt. Mit scharfer Stimme. Muss ich antworten? Bin ich in Gefahr, etwas falsch zu machen?

Ach, was soll ich schon falsch machen. Und selbst wenn,

biege ich es wieder hin. Lasst mich doch in Ruhe, alle miteinander. Meine Gedanken wollen zurück nach Waylhaghiri.

Serisada bekam eine Gänsehaut im Nacken, weil sich ein Blick in ihren Rücken bohrte. Sie sah sich um, aber da war niemand. Doch – da hinten, dieser unauffällige Mann mittleren Alters in einem normalen Mantel mit einer Durchschnittsfrisur und glühenden Augen unter buschigen Augenbrauen. War das ein Agent der waylhaghirischen Informationsreinhaltungspolizei? Ihre Berater im Palast hatten sie vor ihrem Aufbruch gewarnt, dass diese Geheimpolizisten lebensgefährlich waren. Sie zwang sich, ruhig weiterzugehen. Ruhig und unauffällig. Bloß nicht ausrutschen auf dem Gefälle des Bodens. Rasch weiter.

Sie gelangte in einen anderen Bereich des Basars. Wieder stürzen Kulissenschieber herbei und gestalteten die Umgebung im Handumdrehen um. Und erneut waren sie wie vom Erdboden verschluckt. Serisada hatte wieder nicht darauf geachtet, ob die Kulissenschieber tatsächlich so heruntergekommen waren, so halb verhungert, wie es eine Zehntelsekunde lang den Anschein gehabt hatte. Egal. Nun war es ruhiger – esoterisch ruhig. Keine Spur mehr von den Stimmen, die gelacht und durcheinandergeredet hatten. Auch die konstant flotte Musik war verschwunden. War der Mann noch hinter ihr her? Sie meinte, seinen Blick im Rücken zu spüren. Sie riskierte es aber nicht, sich erneut umzudrehen.

Es gab an den Wänden unbehandeltes Holz wie in einer Sauna und graue Schieferplatten. Ein Duft von ätherischen Ölen schwebte in der Luft. Esoterische Dinge wurden feilgeboten: Haarshampoos, die einem innere Kraft und Ruhe gaben. Mit echtem Grünem-Tee-Extrakt. Passend dazu sah man asiatische Papierschirme bedruckt mit kargen Fotos. Die Schönheit japanischer Felsbrocken, in Schwarz-Weiß fotografiert. Serisada entdeckte einen Bildschirm, auf dem eine Informationssendung lief. Darin erklärte eine alterslose Medizinfrau mit stoischer Ruhe, stoischer Freundlichkeit die esoterischen Regeln der käuflichen Dinge. „Sie dürfen das Haarshampoo mit Grünem-Tee-Extrakt keinesfalls bei Vollmond verwenden, beziehungsweise nur dann, wenn Sie davor drei Tage lang gefastet oder zumindest kein Fleisch und keine Milchprodukte zu sich genommen haben." „So ein Quatsch." Serisada hatte alle Bonbons aufgegessen, aber noch immer Hunger. Sie streckte der Frau auf dem Bildschirm die Zunge heraus und war überrascht, als diese reagierte. „Schwester, ihre Zunge ist belegt. Das ist ein Zeichen ungesunder Ernährung. Sie haben es mit dem Kontradiätessen übertrieben. Aber mit unseren biologischen Hefepillen ..." Serisada hörte der Medizinfrau zu und lernte, dass die Waren in Wechselbeziehungen zueinander standen, die man beachten musste. Dieses Geflecht an Regeln nannte man – so verriet die Medizinfrau – die waylhaghirische Vergnügensdisziplin. Die Medizinfrau erzählte immerfort, aber Serisada entfernte sich unauffällig Schritt um Schritt von dem Bildschirm. Sie musste wissen, ob der verdächtige Mann noch hinter ihr her war.

Sie huschte um eine Ecke und setzte sich in der Pose einer Schaufensterpuppe auf einen dekorativen Felsblock. Dabei zog sie eine Trekkingjacke über und eine Fuchspelzmütze tief in ihr Gesicht. Auch hier gab es wieder strenge Regeln der waylhaghirischen Vergnügensdisziplin zu beachten: Zu einer Trekkingjacke durfte man keinen Rock, sondern nur eine Hose – am besten eine Hose aus atmungsaktiver Folie – tragen, sonst war man unprofessionell. Die Regeln der Vergnügensdisziplin waren bei der Outdoorkleidung noch komplexer als bei der esoterischen Körperpflege. Serisada hielt sich aufrecht, als sitze sie auf einer Felsklippe über einem norwegischen Fjord und sehe im blassen Licht der Mitternachtssonne ein Postschiff vorbeifahren. Mit ihrem stoßfesten Profi-Fernglas sah sie dem imaginären Schiff nach und verbarg so klug ihre Gesichtszüge. Die Prinzessin schwitzte in der abgestandenen Luft des Basars, denn sie trug eine atmungsaktive, wasserabweisende Jacke, deren Oberflächenstruktur dem Fell des Polarwolfs nachgebildet war, das einen einzigartigen Trick zur Kälteisolation hatte. Aus den Augenwinkeln sah sie am Fernglas vorbei. Tatsächlich – der Mann mit den buschigen Augenbrauen kam um die Ecke gebogen und hielt suchend inne.

Die Prinzessin ließ das Fernglas lautlos zu Boden gleiten und tauchte ab hinter den dekorativen Granitblock, entschwand unter einen Warentisch und floh geduckt in eine andere Richtung, fort von ihrem Verfolger.

Die Warenwelten um sie wurden hochpreisiger. Es wurde leerer und übersichtlicher, weshalb sie leichter zu entdecken sein würde. Spürte sie wieder den glühenden Blick im Nacken? Serisada kämpfte die Panik nieder und eilte in gebremster Hast weiter. Um sie sah es so ähnlich aus wie auf einem Flughafen. Ein Bereich für Geschäftsleute: Überall war gekrümmter Stahl und Glas. Ein chirurgisches Laboratorium entpuppte sich erst auf den zweiten Blick als edle Küchenzeile. Serisadas staunender Blick blieb auf dem Stahl und Granit haften, sie drehte sich halb um, wurde von einem Entgegenkommenden in grobem Sacktuch angerempelt, der mit seinem Schaftstiefel auf ihren nackten Fuß trampelte. Die Prinzessin stürzte fast auf dem abschüssigen Boden, fing sich dann doch und floh weiter. Sie musste so tun, als sei alles hier selbstverständlich für sie, wenn sie in dieser Stadt nicht auffallen wollte. Nur wenn sie nicht auffiel, konnte sie überleben.

Die Waren in diesem Bereich strebten danach, Reizüberflutung und marktschreierisches Auftreten zu vermeiden. Sie verkörperten Sicherheit und hielten eine gewisse Distanz zum Konsumenten. Sie waren schwer und wertig. Weiße Sportwagen und schwarze Familienkutschen. Graue Armbanduhren aus Titan. Serisada hatte den Eindruck, als sollten diese Dinge das Verrinnen der Zeit verlangsamen und die Konzentration auf das Wesentliche erleichtern. „Interessieren Sie sich für die Uhr, junge Dame?" Ein Verkäufer trat von der Seite her auf sie zu. „Eigentlich muss ich weiter ...", murmelte die Prinzessin, aber der Verkäufer überhörte ihren Einwand geflissentlich. „Diese Uhr ist etwas Besonderes. Sie war ursprünglich ein Heimcomputer, den wir so lange perfektioniert und auf seine essentiellen Funktionen reduziert haben, bis von ihm nur noch eine analoge Armbanduhr übrig geblieben ist. Das ist die Essenz. Sehen Sie her – nicht einmal eine Datumsanzeige hat sie noch." Serisada wusste nicht, was sie antworten sollte. Der Verkäufer nutzte das und setzte hinzu: „Mehr noch – in dieser höchsten Form der Stilisierung ist die Uhr die Ausgangsbasis für eine zukünftige Entwicklung zu extremer Komplexität. Wir werden sie laufend um neue Funktionen ergänzen. Schon bald wird sie als Geldbeutel, Terminplaner und Opernglas gleichzeitig verwendet werden können." Serisada sah ungläubig drein. „Warum macht Ihr die Uhr wieder komplexer, wo Ihr sie doch eben erst auf den funktionellen Kern reduziert habt?" Der Verkäufer lächelte weise. „Das ist der

Zirkel der Warenreinkarnation. Alles muss immer wieder neu erfunden werden, um attraktiv zu bleiben. Alles muss ständig weiterentwickelt werden." „Der Zirkel der wahren Reinkarnation? Ist das Eure Religion?" „Nicht wahre Reinkarnation. Reinkarnation der Waren. Es ist keine Religion, sondern pragmatischer Fortschrittsglaube. Alles muss ständig weiterentwickelt werden, um bemerkenswert zu bleiben. Sonst vergisst man es."

In meiner vergessenen irdischen Gegenwart ist das Meeting längst vorbei. Ich bin nach der Arbeit beim Einkaufen, im Supermarkt. Gleichmäßiges Kunstlicht erleuchtet den weiten Raum voller Regalwände. Ich halte eine kühle, feste Orange in der Hand. Ich sehe mich um – niemand beobachtet mich. Ich hebe sie hoch und schnuppere an ihr. Schnell lege ich sie wieder zurück auf den Orangenberg vor mir. So etwas macht man eigentlich nicht. Aber niemand beobachtet mich oder gibt es hier eine versteckte Kamera? Die Orange duftet schwach nach Chemie – wohl Insektenschutzmittel –, aber auch nach scharfer, frischer Säure und saftiger Frucht.

Da war ein Anruf auf meinem Handy. Ich dachte, es wäre vielleicht Susanne, aber es war nur wieder Rainer. Ich bin nicht rangegangen. Das bin ich nie in den letzten Tagen. Er ruft andauernd an. Ohne Eile – ich bin eben Single – schlendere ich durch den Supermarkt, der kurz vor Ladenschluss ziemlich verlassen ist. Ein öffentlicher Ort. Hier könnte man zufällig wen treffen. Einen schönen Mann. Jedenfalls wird man von vielen anderen Menschen gesehen. Gut so. Und die Lebensmittel von allen fünf Kontinenten in den Regalen geben mir das Gefühl von Zugriff auf jede Ferne, geben mir das Gefühl, überall dabei sein zu können. Weinbergschnecken in Dosen neben mexikanischen Chili-Chips. Ja, das will ich: Alles erleben, frei und reich sein. Ich will überall gleichzeitig dabei sein.

Serisada vergewisserte sich nochmals, dass sie ihren Verfolger abgeschüttelt hat. Sie atmete auf. Sie ordnete ihr wirres Haar und genoss das lebendige Treiben um sie herum. Im Basar der tausend und abertausend Güter war alles Begehrenswerte nur einen Handgriff entfernt. Gleichzeitig fühlte sich Serisada an diesem Ort geschützt wie in einer Höhlenwelt im Körperinneren, der Gebärmutter oder dem Gehirn. Hier waren Durchblutung und Nährstoffversorgung am besten und es war angenehm warm: Körpertemperatur. Sie summte die seichte Hintergrundmusik mit. Serisada gefiel es in Waylhaghiri. Niemals wieder wollte sie zurückkehren in die gewöhnliche Natur des Sumerlands. Die war in ihrer schlichten Unschuld so trist, so naiv, ohne jede Raffinesse. Niemals wieder wollte sie zurückkehren in ihren Palast auf der heiligen Insel, wo sie jahrhundertelang einsam gespielt hatte. Niemand brauchte sie dort. Sie hatte nicht übel Lust, ihren gefährlichen Geheimauftrag einfach zu vergessen. Es war zu mühselig und zu gefährlich, ein Doppelleben als heimliche Revolutionärin zu führen. Sie wollte von nun an einfach nur ein modernes Großstadtmädchen sein. Hier im Herzen der Metropole fühlte sie sich frei und stark.

Mein irdischer Körper ist ganz woanders – auf einem Supermarktparkplatz im winterlichen Dämmerlicht. Ich gehe auf eine Laterne zu. Kalter Sprühregen trifft mein Gesicht. Der Griff der übervollen Plastiktüte schneidet in meine Hand. Sie schlägt mir beim Gehen gegen mein Bein.

Andi, jetzt ist es Nacht. Wir beide sind zu Hause. In der Post war heute ein Brief von Rainer. Sein Name als Absender und mein Name als Adressatin sind handschriftlich von ihm mit Füller geschrieben, ungewöhnlich. Ich lasse den Brief erst einmal ungeöffnet liegen. Unentschlossen daddele ich schon seit Stunden ziellos im Internet rum. Ich mag nicht an Rainer denken. Ich klicke mich durch Kontaktbörsen und Flirtforen, aber das Internet ist wie eine bunte Wand, von der ich immer wieder abpralle wie eine Wespe von der Fensterscheibe. Die Weite des Internets ist die Weite des nächtlichen Schlachtfelds. Auch im Internet ist das Zentrum in weiter Ferne, auf einer Seite, zu der man nicht hinfindet. Und auch im Internet ist es nächtlich dunkel hinter den künstlich bunt leuchtenden Farben der Webseiten.

Zwei Tage später:

Andi, seit ich mit Rainer faktisch Schluss gemacht habe, ist es wichtiger denn je, dass die Wand meiner Perfektion nach außen hin keinen Riss bekommt. Du scharrst und kratzt, mein Intimfeind. Du suchst unablässig nach neuen Angriffsflächen. Mein Zigaretten-Kultursponsoring-Projekt hat sogar noch mehr Erfolg als erhofft. Aber manche Kollegen haben sich gegen mich verschworen. Sie tun so, als sei das nicht mein Erfolg. Es gibt wohl auch Gerüchte, dass Rainer und ich uns zerstritten haben. Kerstin ist befördert worden. Sie behandelt mich von oben herab. Ich bekomme fast nichts mehr zu tun, sitze rum und versuche, beschäftigt zu wirken.

Ob Rainer der Verursacher des Mobbings ist? Das traue ich ihm eigentlich eher nicht zu. Dazu ist er zu gutherzig. Obwohl Männer zu allem fähig sind, wenn man sie in ihrer Ehre kränkt. Es kann auch sein, dass meine Feinde gemerkt haben, dass es zwischen uns aus ist und er mich nicht mehr schützt. Wahrscheinlich ist auch mein Erfolg beim Zigaretten-Kultursponsoring so groß, dass dadurch die Hierarchien gesprengt werden und ich zu einer Gefahr für die werde, die über mir stehen.

Ich putze mein Apartment neuerdings selbst, weil mich das beruhigt. Es ist gerade in diesen Tagen wichtiger denn je, dass die Perfektion keinen Riss bekommt. Mein Intimfeind, Du musst draußen bleiben. Aller Staub und Dreck muss restlos beseitigt werden. Im schwarzgrauen Putzwasser erkenne ich das nächtliche Schlachtfeld wieder. Weg damit! Überall in der Wohnung müssen Artefakte aus buntem Glas und leuchtendem Plastik sein.

Andi, lass uns mal ein Stück vom Wissensschatz der Geheimgesellschaft rekapitulieren, das Du mir einst beigebracht hast: Es gibt ein Naturgesetz der Ästhetik, wonach man die wahre Perfektion niemals erreicht. Diese Gesetzmäßigkeit bezeichnet die Geheimgesellschaft als die heisenbergsche Unschärferelation der Ästhetik. Je näher man der Perfektion kommt, desto störender werden kleine Details, die nicht ins Bild passen. Du kannst überall dieses allgemeine Gesetz beobachten, nur ein Beispiel: Je mehr Zeit und Geld man in sein Auto investiert hat, desto störender ist der Lackkratzer. Das liegt daran, dass das Wissen über das, was stört, auf dem Weg zur Perfektion zunimmt. Kleinigkeiten, die einem Anfänger nie als Fehler aufgefallen wären, sind für den Kenner massive Ausrutscher, die alles kaputtmachen. Und je weiter man den endlosen Weg der Perfektion gegangen ist, desto schwerer wird es, aufzuhören. Denn damit verliert die ganze bisherige Arbeit ihren Sinn. So wird man zum Sklaven, der endlos einer Begierde dient, und man meint dabei auch noch, sich selbst einen Gefallen zu tun. Das eigene Hobby, die eigene Geldgier, das eigene glanzvolle Image können ebensolche Sklavenmeister sein wie ein Unterdrücker von außen.

So, jetzt höre ich auf, mit Dir zu reden. Lass uns lieber wieder nach Serisada schauen. Nicht, dass ihr etwas zustößt. Wir haben ja bereits ihre erste Zeit in Waylhaghiri verpasst. Wie überhaupt ist sie in die Stadt eingedrungen und wie ist sie zum Basar der tausend und abertausend Güter gekommen?

Das erste Wegstück bleibt allein Serisadas Geheimnis. Es ist nicht mehr zu rekonstruieren, wie genau die Prinzessin des Sumerlands ihren Weg ins Innere des Trichterturms von Waylhaghiri gefunden hat. Ein Mädchen wie sie muss Angst gehabt haben, als sie dort ankam und das gewaltige Gebäude über ihr aufragte, einen kilometerlangen Schatten werfend. Die königliche Wanderin muss beim Näherkommen das Gefühl gehabt haben, von zahllosen Augen beobachtet zu werden, aus all den Fenstern und Balkonöffnungen dieses menschlichen Bienenstocks. Serisada konnte schließlich nicht wissen, dass den Bewohnern Waylhaghiris der Anblick der umgebenden Landschaft unangenehm war, weshalb wahrscheinlich überhaupt niemand sie beachtet hatte. Kein Geschichtsbuch weiß zu berichten, wie genau sie in die Stadt eindrang. Möglicherweise war die helfende Hand eines sumerländischen Agenten zur Stelle und hat ihr die Klappe eines mannshohen Abwasserrohrs geöffnet. Vorsichtig hat sie sich dann in dem hallenden Metallschacht vorangetastet. Vielleicht war es aber auch anders gewesen. Keine Überwachungskamera hat sie gefilmt. Gut möglich, dass sie durch eine lange Ritze geschlüpft war, die knorrige Baumwurzeln ins archaische Mauerwerk der Stadtfundamente gesprengt hatten. Dann war sie einem Rinnsal aus Sickerwasser über eine Treppe aus Tonziegeln nach oben gefolgt.

Jedenfalls war sie jetzt drinnen und atmete die aufregende Luft der Großstadt. Ihr übernatürlich guter Geruchssinn funktionierte allerdings nur draußen in ihrem eigenen Reich, nicht innerhalb der Stadtmauern. Sie lehnte an einem Stahlpfeiler, um auf dem geländerlosen Balkon Halt zu finden, und sah der betäubten Menge auf dem Platz unter ihr zu. Der Stahl des Bodens war kalt unter ihren nackten Füßen. Wie diese Leute umherschlurften, wie sie wild gestikulierten. Jeder von ihnen war jeweils völlig unterschiedlich gekleidet. Manche Mädchen und Frauen trugen bunte Perücken oder waren auch glatzköpfig. Jeder hatte hier pausenlos etwas zu tun, es ging andauernd um etwas Großes, jeder lebte seinen Spleen aus. Niemand setzte einem hier Grenzen. Was konnte aus einem schönen Mädchen wie Serisada alles werden an so einem glamourösen Ort! Vielleicht wurde sie sogar ein Star oder ein Model, obwohl sie ja in Wahrheit nur eine einsame, schlichte Feenprinzessin war, die von nichts Ahnung hatte, keine Raffinesse und kein einziges bisschen Durchtriebenheit.

Serisada sah die Städter ruhelos umherschlurfen, als wären sie in Trance. Ihre aufgeregte Buntheit war gleichzeitig monoton und trist. Jeder in dieser Menge war für sich allein, aber doch beschäftigt. Jeder hatte seine theatralische Rolle, befolgte seine Anweisungen, arbeitete seinen Tagesplan ab. Die Bürger sahen aneinander vorbei, dann sprang einer von ihnen plötzlich wie wild auf einen Tisch oder Stuhl und fuchtelte winkend hinüber auf die andere Trichterseite, wo er einen Bekannten entdeckt hatte. Oder vielleicht tat er auch nur so, damit die Umstehenden dachten, er würde dort jemanden kennen. Und manchmal trafen passende Leute aufeinander, begrüßten sich lächelnd und absolvierten dann gemeinsam wie tanzende Bienen ein theatralisches Ritual, erzeugten Wohlstand und Glamour. Rituale mussten zur richtigen Zeit am richtigen Ort absolviert werden, um die Zivilisation am Laufen zu halten. Und man durfte dabei vor allem eins nicht: niemals, niemals aus der Rolle fallen. Und niemand, niemand durfte daran denken oder gar offen aussprechen, was passierte, wenn man aus der Rolle fiel. Dann rutschte man ab und stürzte, durchstieß die spiegelnde Oberfläche des Innensees – und dahinter konnte ja nur der Tod sein. Oder etwas Unvorstellbares, wofür es keinen Namen in der waylhaghirischen Sprache gab.

„Sie haben alle etwas zu tun und sind Teil einer Gemeinschaft, Teil eines großen Projekts. Wie ich sie beneide! Ich dagegen war stets allein. Und sogar in meinem Herrscherpalast hat mich all die Jahrhunderte nie jemand gebraucht. Es gibt in meinem Reich keine wechselnden Moden, keine

Trends, Gags oder Überraschungen. Es gibt in meinem Reich keine Unterhaltung.“ So dachte Serisada, während sie sich vorsichtig ihren Weg über die geländerlose Treppe nach oben ertastete. Ihre Berater im Palast hatten ihr eingeschärft, dass sie erst einmal zum Basar der tausend und abertausend Güter sollte, um dort im Gewühl mögliche Verfolger abzuschütteln. Es war schließlich nicht auszuschließen, dass ihr Eindringen in Waylhaghiri bemerkt worden war.

Anschließend sollte sie vor dem Basar ihren Kontaktmann treffen, der dort eine Garküche betrieb. Der Basar war aber ein ordentliches Stück höher. Das würde ein mühseliger Weg werden.

Rainer ruft nicht mehr an. Seinen Brief habe ich ungeöffnet weggeworfen. Ich habe nicht die Kraft, mit ihm offen darüber zu sprechen, dass es zwischen uns aus ist. Aber er weiß es inzwischen. Und er weiß, dass ich weiß. Dass er es weiß.

Das Telefon klingelt. Ist es Rainer? Nein, es ist Susanne. Sie will mir ihre Geschichte weitererzählen. Wie schön. Ich höre ihr gern zu. Parallel schaue ich nach Serisada, denn ich bin ja multitaskingfähig.

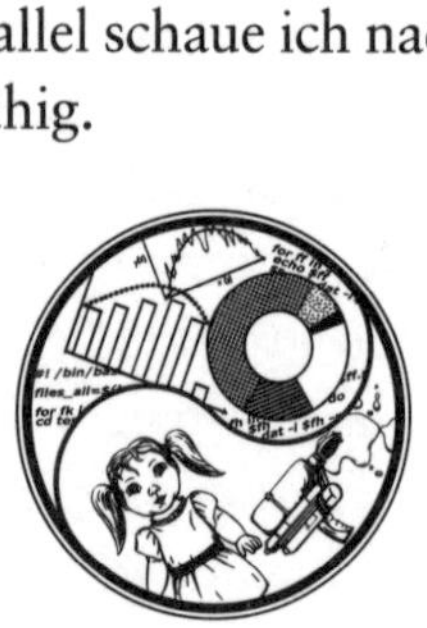

Susanne war in der Schule. Es war die kurze Pause zwischen Deutsch und Mathe. Im Klassenzimmer ging es laut zu. Neben Susanne kauerte ein Junge auf dem Boden. Der Inhalt seines offenen Ranzens lag verteilt auf den graugrünen PVC-Platten – Bücher, Hefte, Stifte. Er sammelte seine Sachen hastig zusammen. Susanne wunderte sich, wie viele Dinge der Junge mit sich herumschleppte. Taten das alle? Susanne stand auf und ließ den Blick über die Pulte schweifen. Es gab Unterschiede. Manche Kinder hatten jedes Heft in einen Schutzumschlag aus Plastik gesteckt. Bei anderen sah man bloß an der Aufschrift vorne auf dem Heftdeckel, für welches Schulfach das Heft bestimmt war – was eigentlich reichte. Manche Kinder hatten Füller und Federmäppchen, die bunt und cool wirkten wie Spielsachen. Bei anderen waren die Schreibgeräte zweckmäßiger und schlichter. Und ein Junge hatte nur einen zerkauten Kugelschreiber wie ein Hundeknochen.

Susanne war neu an dieser Schule. Sie kannte in ihrer Klasse bisher nur Christine. Sie ging zu ihrer Freundin und setzte sich neben sie. Die Lehrerin hatte sie auseinandergesetzt, weil sie getuschelt hatten. Nun konnten sie nur noch in den Pausen über ihr neues Spiel reden. Susanne hatte es sich ausgedacht, aber Christine verstand noch immer nicht alle Regeln. Oder sie wollte sie nicht verstehen. „Also, wir sind beide Prinzessinnen, Zwillingsschwestern?" „Nein, Chrissie. Das geht nicht. Ich habe dir das doch schon erklärt – es kann nur eine von uns Prinzessin sein. Du bist aber meine beste Freundin und die erste Hofdame." „Warum können wir nicht beide Prinzessinnen sein?" „Prinzessinnen sind einsam. Jedes Königreich hat immer nur eine einzige Prinzessin. Das sieht man auch daran, dass sie oben in schmalen Türmen sitzen, wo kein Platz für zwei ist. Und es gibt auch immer nur einen einzigen Thron im Thronsaal.

Das sähe sonst doof aus." Während sie auf Christine einredete, registrierte Susanne, dass die Hefte auf dem Pult ihrer Freundin ausnahmslos einen sauberen Schutzumschlag in der jeweils richtigen Farbe hatten. Christine hatte auch ein rosa Federmäppchen. Es war ungefähr so groß wie ein dickes Buch und hatte zwei Reißverschlüsse.

Hatte Christine diese schicken Schulsachen, weil sie eine brave Schülerin war, oder wirkten umgekehrt diese Dinge auf Christine ein und machten sie zu etwas, das sie ohne diese Gegenstände nicht gewesen wäre?

„Außerdem, Chrissie, außerdem ist es nicht toll, Prinzessin zu sein. Oft ereilt sie ein tragisches Schicksal in bitterer Armut." „Quatsch. Prinzessinnen sind reich. Ich will genauso Prinzessin sein wie du. Und leg meinen Füller sofort wieder hin. Der kleckst, wenn du ihn schüttelst." Susanne hatte ausprobiert, ob etwas von Christines braver Aura auf sie überging, wenn sie ihren Füller in der Hand hielt. „Chrissie! Du kapierst es noch immer nicht. Prinzessinnen werden oft bei der Geburt mit einem Bettlerkind vertauscht. Oder ein böser Tyrann aus dem Nachbarland erobert ihr Königreich. Oder sie müssen sich bei Nacht und Nebel aus dem Schloss schleichen, um in Sacktuch gekleidet unter dem einfachen Volk zu leben." „Ach, Quatsch. Ich will auch eine Krone haben." „Chrissie – Feinde sind in mein Land eingedrungen. Ich musste mich verkleidet aus meinem Palast schleichen, um eine Prophezeiung zu erfüllen. Sogar meine Krone aus Laub habe ich weggeworfen, damit mich niemand erkennt. Wer soll mir helfen, wenn wir beide Prinzessinnen sind?"

Christine zögerte. „Na gut. Wenn du keine Macht und keine Schätze hast, darfst du die einzige Prinzessin sein. Aber ich will wenigstens ein weißes Pferd haben." „Schau mal, Chrissie – da draußen in der Sonne auf dem Pausenhof stehen unsere beiden Pferde. Deins und meins. Nur wir beide können sie sehen. Wenn wir ihnen zuwinken, kommen sie ans Fenster gelaufen."

Susannes Pferd war besonders prächtig, größer als alle anderen Pferde. Es war fast übernatürlich groß. Das war der Ausgleich dafür, dass Christine ihr Fahrrad hatte und Susanne keins. Dieses Fahrrad konnte einen verändern, stärker machen, wie die Schulsachen einen zu einem besseren Schüler machen konnten.

„Darf ich mal dein Federmäppchen sehen?" Christine nickte geistesabwesend, weil sie mit aller Kraft nach den Pferden Ausschau hielt. Susanne stellte fest, dass es in dem Federmäppchen ihrer Freundin Steckfächer für vorgegebene Dinge gab: Buntstifte, Filzstifte, Geodreieck und Lineal, Füller, Tintenkiller, Radiergummi und Spitzer, Bleistift und Ersatzbleistift. Das wirkte auf den ersten Blick zweckmäßig, war es aber in Wahrheit nicht. Warum gab es bitte schön Platz für sechs Ersatzpatronen Tinte, obwohl man an einem Schultag niemals eine ganze Tintenpatrone leer schreiben konnte? Und der Radiergummi roch nach Flieder oder jedenfalls nach Fliederkaugummi.

„Was macht ihr denn da?" Melanie, eins der anderen Mädchen, setzte sich auf das Pult vor die Nasen der beiden Freundinnen. Susanne meinte leichthin: „Das ist ein Geheimnis für Leute, die in unserem geheimen Königreich leben."

„Leute, die in eurem geheimen Königreich leben?" Melanie zögerte zuzugeben, dass sie absolut nicht verstand, wovon die Rede war.

„Melanie – draußen auf dem Pausenhof stehen zwei weiße Pferde. Aber normale Menschen können die nicht sehen. Sondern nur Chrissie und ich. Weil wir in diesem geheimen Königreich leben."

Melanie kniff die Augen zusammen und spähte nach draußen in das Sonnenlicht. Der Asphalt des Pausenhofs flimmerte vor Hitze. Er war leer bis auf eine Coladose.

„Wieso, ich sehe eure beiden Pferde doch auch! Ihre Schweife reichen fast bis zum Boden. Warum haben sie keine Sättel?"

„Da du die Pferde sehen kannst, lebst du auch im geheimen Königreich. Von nun an darfst du mit uns zusammen spielen, Melanie. Unsere Pferde brauchen keine Sättel, weil es besondere Tiere sind, die man ohne Sattel reitet."

Die drei Mädchen gingen zum Fenster, um die drei Pferde zu füttern – es kam auch eins für Melanie angetrabt.

Jetzt, wo die coole Melanie mitspielte, breitete sich das neue Spiel wie ein Lauffeuer unter allen Mädchen der Klasse aus. Sogar ein paar der Jungs machten mit. Sie alle konnten die Pferdeherde sehen. Jeder Zweifel an ihrer Existenz war ausgeschlossen.

Weil kein Platz mehr an den Fenstern des Klassenzimmers war, hielt Susanne sich im Hintergrund. Sie musterte die Pulte mit den Schulsachen darauf. „Der Spielwarenhändler tarnt seine Spielsachen als notwendige und nützliche Dinge. Damit ihm niemand entkommt."

Treppenstufe für Treppenstufe, Leitersprosse für Leitersprosse, Schritt für Schritt suchte sich Serisada den Weg auf der Trichterinnenwand wie ein beharrliches Insekt nach oben, in Richtung des Basars der tausend und abertausend

Güter. Der Wind heulte ihr um die Ohren. Schwindelfrei, wie sie war, ließ sie die Menschenmenge rasch hinter sich und kam in einen Teil der Trichterinnenwand, der so verlassen schien wie eine Felswand im Hochgebirge.

Da kam sie zu einer halbrunden Terrasse oder vielleicht auch einem Platz. Der Ort war jedenfalls voll Schrott und Staub. Von hier aus führten unzählige Pfade unterschiedlichster Breite und Steigung weiter in andere Regionen von Waylhaghiri. Manche dieser Pfade waren durch rostige Eisengitter oder Falltore versperrt.

Welcher Weg war der richtige? Welche Wege waren Sackgassen oder Fallen?

In der Mitte des Platzes erhob sich ein haushoher Stern, der aus rostigen Eisenplatten zusammengeschmiedet war. Sollte das nun ein abstraktes Kunstwerk sein oder war es nur ein tonnenschweres Stück Schrott? Ein Rabe pickte im kalkweißen Staub – da lagen ein paar Knöchelchen – und flog mit langsamen Flügelschlägen erst dann auf, als Serisada ihn fast berühren konnte.

In der Ferne war das Gedränge der Menge auf der anderen Trichterseite zu erahnen. Man hörte ihren Lärm wie ein gleichmäßiges Meeresrauschen.

Trotzdem fühlte sich Serisada an diesem Ort allein.

Oder doch nicht?

Sie spürte beobachtende Blicke auf sich ruhen. Genau gesagt waren es keine Blicke, sondern eine blicklose gespannte Aufmerksamkeit.

Serisada fiel auf, dass die Nachmittagssonne schon tief stand. Der obere Rand des Stadttrichters warf bereits einen langen Schatten, eine schwarze Linie im kalkweißen Staub, die über den weiten Platz wanderte, während die Sonne weiter sank.

Nun erst entdeckte Serisada den Bettler.

Er lag lässig ausgestreckt im Schatten des Eisensterns und grinste sie schmierig an. Sein Gesicht war schmutzig, sein Haar war bleich vom Alter, seine hellen Augen waren blind. Und trotzdem wusste er, an welcher Stelle des Platzes sie stand. Neben ihm entdeckte sie eine leere Tonschale, die allem Anschein nach zur Aufnahme mildtätiger Almosen bestimmt war. Eindeutig war das nicht, denn die Schale war nicht nur leer, sondern sogar mit einer dicken Staubschicht bedeckt.

Es gefiel ihr nicht, dass dieser Bettler seine Zeit mit etwas so Aussichtslosem zubrachte, wie an diesem gottverlassenen Ort auf Almosen zu warten.

Aber er kannte sich hier bestimmt aus.

„Wie komme ich weiter nach oben?" Der Bettler bohrte sich auf unschickliche Weise erst in der Nase, dann im linken Ohr. Er schnippte mit den Fingern das Bohrergebnis ins Nirgendwo, schwieg viel zu lange und antwortete dann schließlich doch: „Kommt ganz darauf an, wo du hinwillst." Lähmendes Schweigen breitete sich aus. Serisada wollte nicht als Erste nachgeben. Es war aber nicht zu übersehen, dass dieser Bettler alle Zeit der Welt hatte.

Der Schatten war weitergewandert. Er bedeckte bereits knapp die Hälfte des Platzes. „Ich will einfach nur weiter nach oben, denke ich mal." Ihre Stimme schwankte bei diesen Worten und der Bettler ächzte missfällig. „Nach oben wollen sie alle. Alle, die nicht oben sind, wollen dorthin. Und was ist dort oben? Was soll da schon sein?" Er hob die Hand in einer theatralischen Geste, ließ sie müde wieder herabfallen. „Nichts, höchstwahrscheinlich. Aber sie sind unruhig. Alle miteinander, das ganze Pack, sie sind unruhig, wollen einfach irgendwie weiter, irgendwie vorankommen, irgendwie weglaufen. Sie sind ruhelos. Darum wollen sie nach oben. Alle miteinander." „Na ja, wissen Sie, mit mir ist es anders. Ich will zum Basar. Dem Basar der tausend und abertausend Güter." Aber der Bettler wiederholte gelangweilt seine Litanei: „Wer nach oben will, ist nicht oben. Wer unbedingt irgendwo ankommen will, bleibt auf ewig ruhelos. Alle haben sie diesen Zwang. Alle miteinander." Er sah sie unverwandt an. Die blinden Augen leuchteten in seinem dreckigen Gesicht, als wären sie der einzige Teil an ihm, der ungenutzt und somit auf ewig wie neu blieb: „Bleib doch ein Weilchen bei mir. Leg dich hin. Komm. Der Staub ist bequem. Es gibt in Wahrheit überhaupt keinen höheren Ort als diesen hier." Serisada atmete tief durch. „Schön. Wenn Sie anschließend auch die Güte haben, mir zu verraten, wie es weiter nach oben geht."

Sie streckte sich neben dem Bettler aus, die Hände unter dem Kopf gefaltet. Der staubige Boden war heiß und knochenhart. Sie stellte fest, dass der Schatten schon wieder weitergewandert war. Bald würde er den gesamten Platz bedecken. Der Gestank des Bettlers wehte von der Seite zu ihr herüber. Sie drehte sich fort. Jetzt konnte sie aus ihrer liegenden Perspektive den Platz in aller Ruhe überblicken. Und so entdeckte sie, was sie vorhin übersehen hatte. Dass nämlich weiter hinten im Schatten zerbrochene Urnen voll gemünztem Gold lagen und andere Schätze, aber auch Haarbüschel, Fetzen von Kleidung, verschrumpelte Häute und Gebeine. Es gab dort eine beachtliche Zahl schwarzer Fliegen, die ob der Hitze still saßen, anstatt umherzuschwirren. Serisada würgte vor erschrockenem Ekel. Der Bettler hörte das und grinste sie an. Da sah sie es: Hinter seinen Lippen verbarg er einen Trichterschlund voller rasiermesserscharfer Zähne, der nichts Menschliches hatte. „Streng dich nicht unnötig an, Mädchen. Du wirst niemals irgendwo ankommen. Niemand wird das. Überlass dich deinem Schicksal, dann findest du Ruhe. Und Frieden." Kein Zweifel: Er würde sie fressen, sobald der Schatten sie erreichte. Bis dahin war aber noch etwas Zeit. Sie lächelte zurück mit ihren weißen Kinderzähnen. „Es macht mir nichts aus, wenn ich nirgendwo ankomme. Wenn es egal ist, ob man oben oder unten ist, kann ich genauso gut auch weitergehen. Jedenfalls ist das weniger langweilig, als hier herumzuliegen. Ich muss gar nicht unbedingt irgendwo ankommen. Gehen ist die beste Art des Stillstands und die beste Art, das eigene Schicksal zu erwarten. Deshalb gehe ich jetzt weiter." Der Bettler schien erstaunlicherweise nicht überrascht von ihrer Antwort. Er lächelte anerkennend mit seinem Monstermaul. „Wir verstehen uns, Kleine. Viel Glück – du wirst es brauchen. Nimm den Weg dort drüben."

Eine Eisenpforte sprang quietschend auf. Der Bettler hatte einen Mechanismus betätigt. Serisada verließ den Bettler ohne Abschiedsgruß und ging langsamen Schritts weiter. Die erste Prüfung hatte sie wohl bestanden.

Hinter der Eisenpforte stieg ein schmaler Pfad stark an. Die Richtung – nach oben – schien zu stimmen. Serisada glaubte, ein grundlegendes Prinzip von Waylhaghiri verstanden zu haben: In dieser Stadt eröffneten sich einem Wege nach oben, wenn man Aufgaben löste oder soziale Rituale erfolgreich absolvierte. Und wenn man versagte, ging es abwärts. Aber es war auf den ersten Blick stets schwer, zu erkennen, ob ein Weg nun aufwärts oder abwärts führte. Diese Stadt war wie ein vertikales Labyrinth. Eine vielversprechende Leiter konnte in einem jähen Sturz enden. Und eine Rutschbahn nach unten konnte unverhofft zu einem Aufzug nach oben werden. Trügerisch. Anstrengend. Und sehr gefährlich.

Serisada fühlte sich schlagartig sehr müde, wie es Kindern ging, wenn etwas Aufregendes vorbei war. Sie fand, dass es Zeit wurde, sich einen Schlafplatz zu suchen. Die Sonne sank. Der Wind heulte ihr wieder um die Ohren. Sie war auf sich allein gestellt. Sie war keine Bürgerin dieser Stadt. Sie war ein Eindringling. Die Herren der Stadt sorgten nicht für sie.

Das Stimmengewirr schwoll zu einem Streit an. Je mehr sich die Kinder über ihre Pferde erzählten, desto schwieriger wurde es, das Geschehene im Kopf zu behalten und miteinander zu vereinbaren. „Ist das Wettrennen schon vorbei?“ „Ich glaube.“ „Und welches Pferd hat gewonnen?“ „Meins.“ „Quatsch – meins!“ Nicht alle Kinder waren Bürger des geheimen Königreichs. Manche waren nur gewöhnliche Kinder, die die Pferde nicht sehen konnten und sich dummes Zeug über sie einbildeten.

„Wir brauchen eine Anführerin, die das Spiel zusammenhält.“ „Das heißt nicht Anführerin, das heißt Prinzessin. Die Prinzessin muss uns sagen, wer recht hat, wenn wir unterschiedliche Dinge sehen.“ „Susanne muss wissen, wer recht hat, sie hat das Pferdespiel erfunden.“ „Christine, du bist ihre beste Freundin – bau ihr einen Thron. Stell ihren Stuhl auf das Pult. Da oben soll sie sitzen, und wenn es zwischen uns Streit gibt, sagt sie uns, wie es wirklich mit den Pferden ist.“ Susanne nahm auf ihrem Thron Platz. Sie machte sich da ganz gut, fand sie.

Die Lehrerin fand das nicht. Sie stand in der Tür des Klassenzimmers. Sie klatschte in die Hände. „Geht alle auf eure Plätze. Und du da – Susanne – runter von da oben.“ Der

Unterricht begann. Die Lehrerin stellte eine schwere Matheaufgabe und pickte sich natürlich die Prinzessin dafür raus. Susanne wusste die Antwort nicht, jedenfalls nicht sofort. Da kam die Lehrerin mit klappernden Absätzen zu ihrem Pult und griff sich ihr Schulheft. „Und dass mir keiner von euch seinen Heftumschlag so beschmiert!“ Sie hielt das Heft hoch in die Luft. Einige Kinder lachten. Susanne hatte auf ihren Umschlag mit Kugelschreiber die Symbole der sieben Hochtugenden gemalt.

In der Nacht schlief Serisada unter alten Zeitungen auf einem schmalen Vorsprung. Vor dem Einschlafen hatte sie das Libellenschmuckstück an ihrem Hals befühlt und an das Sumerland gedacht. Später im Schlaf hatte sie dreimal geträumt, dass sie auf dem abschüssigen Boden hinunterrollte und in den Spiegelsee stürzte. Am nächsten Morgen arbeitete sich Serisada weiter die Trichterwand hoch. Da kam sie auf eine Art Balkon oder – wenn man so wollte – in eine Art Zimmer ohne Dach und Seitenwände, wo drei ältere Geschäftsleute hinter einem einzigen Schreibtisch saßen. Obwohl der Schreibtisch groß war, fanden die drei nur dicht zusammengepfercht dahinter Platz. Vor dem Schreibtisch stand ein einzelner Stuhl aus rohen Holzbrettern. Er sah unbequem aus. Im Übrigen war der Raum ausstaffiert mit Dingen, die an eine Bank oder eine Konzernzentrale erinnerten: ein Aschenbecher, ein Dreiergrüppchen eckiger Luxus-Wartezimmersessel aus Chrom und schwarzem Leder. So weit –

so gut, aber: Da sich dieser Ort dicht unterhalb eines rege belebten Teils der Stadt befand, wurde ständig Müll hierher geweht, Asche von Holzkohlefeuern, Staub und Plastikmüll. Der Unrat hatte sich in dünenähnlichen Verwehungen auf und zwischen dem Büromobiliar angesammelt.

Der mittlere der drei Geschäftsmänner erspähte Serisada und winkte sie heran: „Setzen Sie sich, Fräulein. Entschuldigen Sie die Unordnung. Wir sind noch nicht dazu gekommen, wieder sauber machen zu lassen."

Serisada folgte halb automatisch. Erleichtert ließ sie sich in einen der weichen Ledersessel fallen – sie war erschöpft. Das war ein Fehler, denn sie wirbelte damit eine beißende Staubwolke auf. Der Mann rechts hinter dem Schreibtisch runzelte missbilligend die Stirn: „Nicht dort, junge Dame. Hierher doch, bitte schön." Er deutete mit seinem dürren Zeigefinger auf den Holzstuhl vor dem Schreibtisch. Serisada folgte. Der Ortswechsel war ihr recht, denn erst vom Sessel aus hatte sie entdeckt, dass eine Kolonie Sturmmöwen auf und zwischen den Sesseln ihre Nester gebaut hatte. Als sie sich setzte, sahen der rechte und der mittlere Mann sie erwartungsvoll an. Der Dritte – er saß links – hörte nicht zu, sondern starrte mit wehmütigem Gesichtsausdruck in die Ferne.

Die anderen beiden Männer durchblätterten rasch eine dünne Akte. „Sie wollen also weiter nach oben?" Der mittlere Mann fragte das leichthin, als hätte dies keine besondere Bedeutung. „Ja ..." Serisada wusste nicht, was sie sonst sagen sollte.

Der mittlere Mann unterbrach sie aber zum Glück: „Wollen Sie einen Kaffee, Fräulein?" „Ja, gern. Danke."

Der mittlere Mann reichte ihr eine heiße Tasse und Serisada schlürfte dankbar einen Schluck. Die Tasse war sauber. Der Kaffee war süß und aromatisch. Sie hatte heute noch kein Frühstück gehabt. Es war schon Vormittag, die Sonne stand hoch am Himmel und ein Streifen direkten Sonnenlichts breitete sich über den Balkon aus. Er reichte schon bis zu den Ledersesseln und würde bald den Schreibtisch der drei Männer erreichen. Wegen der Erfahrung mit dem Bettler gestern durchzuckte Serisada die Frage, ob das eine Gefahr bedeutete. Aber ihre Intuition sagte der Prinzessin, dass der Sonnenstand diesmal keine Rolle spielte. Der Mann rechts beugte sich angespannt vor: „Warum sind Sie erst bis hierher gekommen und nicht höher? Mehr als ein paar Höhenmeter waren das ja noch nicht." Der Mann in der Mitte beugte sich beschwichtigend auf die Seite: „Die ersten paar Höhenmeter sind die schwersten. Viele scheitern schon dabei." Er lächelte gewinnend zu Serisada hinüber: „Lassen Sie sich nicht irritieren." Serisada konnte ihre Augen nur schwer von dem Mann links losreißen, der mit seinen wässrigen Augen weiterhin teilnahmslos in die Ferne starrte, als trauere er etwas nach, das er in dem kleinen Stück Himmelsblau verloren hatte, das man hoch oben über dem Trichterrand sehen konnte. Aus dem Nichts überkam die Prinzessin ein irritierender Einfall: Konnte es sein, dass sich die Oberkörper dieser drei Männer unter der Tischplatte zu einem gemeinsamen Drachenkörper mit schuppigem Zackenschwanz vereinigten? Die Begierde war übermächtig, diesen Punkt zu klären. Sie ließ deshalb ihren Kaffeelöffel zu Boden fallen und bückte sich, um ihn aufzuheben und bei dieser Gelegenheit nach dem Rechten zu sehen. Nein. Nur sechs graue Hosenbeine, sechs schwarze Halbschuhe.

Aber dann bemerkte sie die Rostspur auf dem einen Hosenbein, die davon kam, dass dieses Bein schon seit Jahren oder sogar Jahrzehnten bei jedem Wetter direkt neben dem rostigen Metallbein des Schreibtischs ruhte, weil sein Besitzer niemals aufstand.

Normal waren diese Herren also auch nicht.

Serisada ließ sich jedoch nichts anmerken und beantwortete weiter die Fragen der Herren. Es entwickelte sich eine entspannte Plauderei. Am Schluss war die Stimmung so gut, dass sogar der rechte Mann zweimal hart auflachte. Dann wies er ihr zum Abschied den Weg zu einer Treppe, die nach oben führte. „Junge Dame – der Weg steht Ihnen offen." Das sagte er mit einer halb ironischen Großartigkeit. Der mittlere Mann lächelte knapp. „Fräulein, alle Achtung. Sie haben uns wirklich überzeugt. Sie gehören sogar zu der Elite, die den Test fehlerlos bestanden hat. Deshalb will ich Ihnen ein Geheimnis anvertrauen. Diese Treppe ist nicht der beste Weg. Nehmen Sie stattdessen lieber den Schacht dort drüben. Sie dürfen diesen kleinen Wink ruhig als Auszeichnung verstehen. Und behalten Sie es unbedingt für sich." Er wies mit seinem Kugelschreiber auf einen tunnelartigen Schacht, der hinab ins Innere des Stadtkegels führte.

Serisada überlegte kurz, dann nahm sie die Treppe. Wie kam sie darauf? Ganz einfach – man sah der Treppe an, dass sie in die richtige Richtung führte. Und tatsächlich hörte sie in ihrem Rücken, wie der rechte Mann über sie sagte: „Ein nettes Mädel. Lässt sich nicht in die falsche Richtung schicken. Sie orientiert sich selbst. Wollen wir wetten, ob sie durchkommt? Wie viel bieten sie?"

Die Antwort wurde vom heulenden Wind verschluckt, als Serisada höher stieg. Nun war sie wieder allein.

Noch ein Stück, dann erreichte die Prinzessin eine belebte Zone weiter oben. Dort stand sie vor Flügeltüren mit vergoldeten Barockschnörkeln. Ein Pförtner döste in seinem Häuschen, aber als er das Mädchen bemerkte, stürmte er herbei und brüllte: „Sie sind viel zu spät! Rasch, rasch! Die Sonderverkaufsaktion ist schon fast vorbei." Der Pförtner gab Serisada einen Schubs zwischen die Schulterblätter, sodass sie gegen die Flügeltüren flog. Aber sie prallte nicht hart dagegen, denn die Flügeltüren schwangen auf und sie purzelte hindurch.

Und so gelangte die Prinzessin des Sumerlands zum Basar der tausend und abertausend Güter.

„Du kannst nicht einmal diese einfache Matheaufgabe lösen, Susanne! – Möchte ihr jemand helfen?“ Eine Streberin in der ersten Reihe löste die Aufgabe mit monotoner Stimme. „Na also. So geht das! Susanne – pass in Zukunft auf. Streng dich an. Und mal keine Schnörkel auf deinen Heftumschlag.“

Susanne behielt ihr Pferd auf dem Pausenhof im Blick. Dieses Pferd war einzigartig. Susanne ärgerte sich deshalb nicht über die Lehrerin, sondern nickte brav. Sie war eine Prinzessin. Sie stritt sich nicht mit Lehrerinnen aus dem Volk.

9

Es ist noch vor Sonnenaufgang. Seit ich aus meiner Schlafhöhle gestiegen bin, plappert der Fernseher im Hintergrund. Mit ihm fühle ich mich weniger allein. Aber ich achte kaum auf ihn. Es kommen sowieso nur Nachrichten. Die Welt ist im Umbruch. Mehr verstehe ich nicht. Ich interessiere mich nicht für Politik.

Die Kamera schwenkt über einen Strandboulevard in einer Kriegszone. Ich sehe verödete Straßencafés mit ihren Tischchen und Jugendstilstühlen. Eine Palmenallee, die ihren mondänen Zweck verloren hat. Mit den zugenagelten Schaufenstern und den ausgebrannten Autowracks sieht sie nach überhaupt nichts aus. Rein funktional – zwei schnurgerade Reihen von Palmen. Der Lack der Ästhetik ist ab.

Als ich den Blick vom Fernseher abwende, stelle ich fest, dass mein durchgestyltes Apartment auch nicht mehr elegant aussieht. Es sieht tot aus wie ein Grabmal einer vergangenen Kultur, wo die Räucherschale sorgfältig neben den Sarkophag arrangiert wurde, um zu verstauben.

Diese ausstaffierten Räume haben mir noch vor wenigen Tagen viel bedeutet. Sie verkörperten mein starkes Ich. Das ist vorbei.

Hinter der sachlichen Stimme des Nachrichtensprechers hört man Schüsse und Explosionen, aber ein Schweigen der Waffen kündigt sich an. Die Welt hält den Atem an für den Neubeginn.

Und als ich meine Kündigung eingereicht hatte, waren die Heuchler wieder total nett und fragten, wieso ich weggehen würde, wo ich für die Firma doch unersetzlich sei. Aber diese Verlogenheit ist nach den Regeln der Gefühlsökonomie zwangsläufig. Eine Halb-Eingeweihte wie ich darf nichts anderes erwarten. Es gab keine Alternative zur Kündigung. Ohne Rainer hätte ich sowieso keine Zukunft in der Firma gehabt. Das hätten früher oder später auch die anderen gemerkt.

Draußen hinter dem Fenster zeigt sich das blasse Licht des Morgens. Es wird unaufhaltsam heller. Die Details der Welt gewinnen an Plastizität. Sie verfestigen sich mit jeder Viertelstunde.

Kann es sein, dass die Leute in der Arbeit recht haben und dass es keinen vernünftigen Grund für die Kündigung gab? Nein. Ich glaube jedenfalls nicht. Ich meine, ich musste ausbrechen aus meinem verlogenen Leben, das ich täglich wie einen Mühlstein vom Morgen zum Abend schleppte. So konnte es wahrlich nicht mehr weitergehen. Aber wie jeder Mensch bin ich meinen schwankenden Launen und meiner verzerrten Wahrnehmung ausgeliefert.

Schade, dass Susanne nicht anruft. Ich will sie nicht zu häufig anrufen. Sie ist der einzige Mensch, mit dem ich offen sprechen kann. Von ihr kam der Ratschlag, mit Rainer Schluss zu machen, weil er nicht meine große Liebe ist. Ich vertraue darauf, dass sie mir damit geholfen und nicht geschadet hat.

Prinzessin Serisada habe ich wieder eingeholt, aber was macht Prinz Zazamael? Den darf ich auch nicht aus den

Augen verlieren. Es ist nicht einfach, beide Königskinder im Blick zu behalten.

Das einzige Geräusch kam von Xionshargh, der beide lederbehandschuhte Fäuste gegen seinen haarlosen Schädel donnerte. Ansonsten herrschte bleiernes Schweigen, bis der Prinz leise sagte: „Xionshargh. Du machst Samurim damit auch nicht wieder lebendig." „Bei meiner Ehre! Ich habe doch nur einen Moment lang die Augen geschlossen!"

Samurim war kaum das eigentliche Ziel des Mörders gewesen. Würde Zazamael beim nächsten Anschlag wieder Glück haben? Kaum. Der Prinz verstand nicht, wie der Attentäter immer wieder ins Zentrum ihrer Gruppe vordringen konnte, als wäre er ein Geist.

Sie ritten in zügigem Tempo weiter, um die Dunkelheit und Kühle des Kellers hinter sich zu lassen. Die freie Bewegung zu Pferd, das Sonnenlicht und der Wind gaben ihnen das Gefühl von Sicherheit zurück. Als sie durch eine Bachfurt sprengten, lachte Zazamael schallend auf, um die Moral seiner Truppe zu heben. Es klappte einigermaßen.

Wegstunden später lenkte Dis ihr Pferd unauffällig an die Seite des Prinzen und sagte halblaut: „Hoheit, zeigt mir eure Karte. Ich will wissen, wohin unsere Reise geht." Aber der Prinz überhörte diesen Wunsch und gab seinem Pferd die Sporen. Am Ziel der Reise war ein wenig einladendes Symbol auf der Karte eingezeichnet, das sogar die furchtlose Dis unnötig beunruhigt hätte.

In scharfem Ritt folgten sie der unterirdischen Miniatureisenbahn, die auf Zazamaels Karte als gestrichelte Linie markiert war. Zazamael hatte den Eindruck, dass sie sich am Rand einer grenzenlosen Wildnis entlangbewegten. Dis mit ihren wachsamen Augen fand noch ein Stück Zivilisation im hohen Gras. Es war die untere Hälfte einer verrosteten Angelrute.

Am späten Nachmittag trieb Dis ihr Pferd nochmals an Zazamaels Seite und raunte: „Hoheit – es gibt nur eine Erklärung: Es ist ein Verräter unter uns. Kein Fremder kann uns unbemerkt all die Tage folgen. Kein Fremder kann unbemerkt immer wieder in unsere Mitte vordringen.“ Zazamael schüttelte heftig seine dunklen Locken. „Mach dich nicht lächerlich, Dis. Ihr alle habt den Eid geschworen, bei eurem Ritterschlag. Dieser Eid wurde noch niemals gebrochen in der Geschichte Waylhaghiris. Erinnere dich daran, wie dein Herzschlag für immer einen anderen Takt annahm, als du deine persönliche Hochtugend erwählt hast. Erinnere dich an deine biomechanische Transformation. Erinnere dich an den Geruch des Weihrauchs. Erinnere dich an die Feuer auf dem Altar der sieben Hochtugenden. Wie soll jemals ein Ritter diesen Eid brechen?“

Dis schwieg. Aber Zazamael spürte, dass sein Pathos sie nicht überzeugt hatte. Ahnte sie etwas, das ihm selbst verborgen blieb? Er ging die sieben Hochtugenden Waylhaghiris im Kopf durch. War es Zufall, dass jeder seiner sieben überlebenden Gefährten sich eine andere Tugend ausgewählt hatte? Kaum. Das Schicksal musste sich etwas dabei gedacht haben.

Die sieben Hochtugenden, auf denen die Zivilisation der Stadt basierte, waren: gesundes Selbstbewusstsein, gesunder Geschäftssinn, Genussfreude, Kampfeseifer, gesunder Appetit, sportlicher Ehrgeiz und Coolness. Jeder seiner Gefährten stand für eine andere Tugend: Garimiral, die leichtlebige Schönheit und gute Köchin, stand für Genussfreude. Die Meuchelmörderin Dis stand für Kampfeseifer. Azazael mit seinem Hang zu gutem Essen und Alkohol hatte sich den gesunden Appetit als persönliche Tugend erkoren. Der stolze Xionbarg Seth stand für gesundes Selbstbewusstsein, sein bärtiger Bruder Selaim Seth – locker wie er war – stand für Coolness. Der ungestüme Furian stand für den sportlichen Ehrgeiz, denn er konnte es nicht ertragen, wenn jemand anders ihn übertrumpfte. Und der geldgierige Xionshargh stand für den gesunden Geschäftssinn, der ein ethischer Grundpfeiler der Zivilisation von Waylhaghiri war.

Zazamael meinte ausschließen zu können, dass einer von ihnen zum Verräter werden konnte an seiner Tugend, seiner Stadt, seinem Prinzen. Oder gab es eine Tugend, mit der etwas nicht stimmte? Nein, der Prinz hätte nicht sagen können, dass eine der Tugenden anders war als die übrigen, ein Fehler im System gewissermaßen.

Am Nachmittag vernahmen sie ein Dröhnen in der Ferne. Zuerst glaubte der Prinz an eine herannahende Gewitterfront. Aber das Dröhnen wurde rasend schnell lauter – es waren Motoren. Eine Formation der Hubschrauber aus Waylhaghiri suchte den Wald nach ihnen ab. Es waren beunruhigend viele Maschinen. Die Stadt konzentrierte ihre halbe Luftflotte auf diese Operation.

Zazamael befahl, dass sie sich und ihre Pferde im Unterholz verstecken sollten. Sie duckten sich unter dem unnatürlichen Wind der Rotoren und hielten die Pferdehälse fest umklammert, um die Tiere ruhigzuhalten. Zum Glück waren die Tiere hervorragend abgerichtet und konnten unter Kontrolle gehalten werden. Doch die Hubschrauber drehten und drehten nicht ab. Sie mussten einen von ihnen entdeckt haben. Aber nein – doch nicht –, die wilde Vegetation hatte den Prinzen und seine sieben Gefährten gut verborgen. Er empfand Dankbarkeit für die Natur und ihre unsichtbaren Geister. Ebenso rasch, wie es gekommen war, machte das entschwindende Dröhnen der Motoren neuen Raum für die ewig gleichen Naturgeräusche: Insekten, Vögel und das Rascheln des Laubs. Ein Bächlein murmelte, das dem Prinzen vorhin nicht aufgefallen war. Die Krieger und Kriegerinnen sahen ihren Herrscher zweifelnd an. „Wir hätten uns besser zu erkennen gegeben, Hoheit. Man weiß nicht, was passiert ist. Sie wollen uns um jeden Preis finden." Der Prinz zuckte mit den Achseln. „Mich interessiert nur, was am Ende der Eisenbahnlinie ist." Furian schluckte, zögerte, fügte hinzu: „Ich bin sicher, sie haben eine wichtige Nachricht. In der Stadt muss etwas passiert sein. Oder sie wollen uns vor einer Gefahr warnen. Oder sie wissen etwas über den Attentäter." „Mich interessiert keine Nachricht. Und keine Gefahr. Und auch meine Stadt interessiert mich nicht mehr. Damit eins klar ist – es geht nur um Folgendes: den wilden Wein."

Da sah Zazamael das Wasser eines Waldsees durchs Laub schimmern. Eine Pause war das Richtige, um die Stimmung seiner Leute zu heben.

Birken und Trauerweiden hängten ihre Zweige über das Moorwasser, das übervoll bewachsen war mit Seerosen. Einige der Seerosen waren allerdings schon verfault. Als die Krieger und Kriegerinnen ans Ufer traten, scheuchten sie einen Schwarm Wasservögel auf. Mit lauten Flügelschlägen und Schreien verschwanden die Tiere im Himmelsblau. Nun war es still bis auf das Summen der Libellen. Da raschelte etwas – ein Feind? Nein, es war nur eine Wasserschlange, die sich durch das Schilf davonmachte.

Das war die Gelegenheit für eine Abkühlung. Mit einem Mal wurden sie alle miteinander fröhlicher. Jetzt spürten sie die Erleichterung, den düsteren Keller und den Toten weit hinter sich gelassen zu haben. Sie entkleideten sich. Ihre Klingen behielten sie aber umgegürtet, weil es zu gefährlich schien, alle Waffen am Ufer zurückzulassen. Zazamael nahm den kühlen Geruch des Wassers wahr – schwach süßlich und weich. Er sah einen Käfer einen Stängel hinaufkrabbeln und sah weiter zu, wie das Insekt die Flügelklappen entfaltete und fortflog in die blendende Nachtmittagssonne. Wie die Kinder rannten seine Leute ins Wasser, lachten dabei und spritzten sich gegenseitig nass. Endlich konnten sie den Staub des langen Ritts abwaschen.

Garimiral und Dis – die beiden Frauen in der Gruppe – tauchten Selaim Seth unter. Sie kreischten wie Teenager. Der Prinz stoppte sie mit einem barschen Befehl. Furian lachte zu lang und zu laut, als Selaim Seths vollbärtiges, wasserüberströmtes Gesicht prustend auftauchte. Der Prinz sah sich hastig um – war hier ein Feind? Die Stimmen seiner Leute vermischten sich mit den Vogelrufen, die zahlreicher wurden, und da waren auch noch weitere Tierstimmen, die in Zazamaels Ohren zu einem Vielklang anschwollen. Er erfasste intuitiv, dass etwas ganz und gar nicht stimmte.

Jetzt muss ich sehen, wie es mit mir weitergeht. Machen wir uns nichts vor: In der Werbebranche ist es in meinem Alter nicht selbstverständlich, dass man noch einmal den Einstieg findet. Da muss man sich schon einen besonderen Trick einfallen lassen.

Es wäre angenehm und bequem gewesen, mit Rainer zusammen alt zu werden. Ich muss mich selbst mit Gewalt daran erinnern, dass es das Ende meines Traums von der großen Liebe gewesen wäre. Ich bin schon fast vierzig. Mir bleibt keine Zeit mehr für faule Kompromisse.

Ich denke zurück an die goldene Zeit, als es noch jede Menge Chancen für mich gab. Andi, Du hast mir damals Geheimnisse verraten, die nur die vollwertigen Mitglieder der Geheimgesellschaft wissen durften. Gegenüber den anderen Mitgliedern der Clique durfte ich diese Geheimnisse nie erwähnen – ich musste immer so tun, als wüsste ich nicht, dass sie nicht bloß eine Studentenclique, sondern eine jahrhundertealte, weltumspannende Geheimgesellschaft waren.

Als wir zu unserem letzten gemeinsamen Spaziergang aufbrachen, haben wir über Nichtigkeiten geredet, über Details der Filmaufnahmen. Und dann sind wir den Kieswegen unter den schattigen Zweigen durch den Park gefolgt. Mehr oder minder zufällig kamen wir hinunter zum Fluss. Dort meintest Du plötzlich, dass Du schwimmen gehen wolltest. Ich fand das ungewöhnlich. Aber warum nicht – es war einer der heißesten Tage des Sommers. Und wir alle machten in der goldenen Zeit spontane, verrückte Sachen. Ich setzte mich ins hohe Gras und sah Dir zu, wie Du Dich auszogst.

Das kühle Wasser lockerte ihre Muskeln, die vom Ritt verspannt waren. Die Pause war eine Gelegenheit, ihre Sorgen kurz zu vergessen. Aber das erklärte – verdammt noch mal –

nicht die Enthemmtheit, die von den Rittern und Ritterinnen Besitz ergriffen hatte. Etwas stimmte ganz und gar nicht, aber selbst Zazamael war zu euphorisch, um der Sache auf den Grund zu gehen. Seine Leute machten spontan ein Wettschwimmen nach draußen in die Mitte des Waldsees. Er schwamm ihnen hinterher. Zazamaels Gedanken sprangen wild umher, als wäre er berauscht. Einen Moment lang bewunderte er die drahtige Dis vor ihm im Wasser, dann schien es ihm im nächsten Moment, als habe er einen seiner Leute aus den Augen verloren. Wer war es? Egal. Schon im nächsten Moment rasten seine Gedanken unstet weiter, er spannte seinen Körper an, um den Rückstand gegenüber den anderen Schwimmern aufzuholen. Zazamael und Xionshargh waren beide ein Stück hinter die Übrigen zurückgefallen. Zazamael durchzuckte die Frage, ob Xionshargh der Verräter in der Gruppe sein konnte. Immerhin hatte er Wache gehalten, als der letzte Mord geschehen war. Konnte sich Xionsharghs persönliche Tugend – die Tugend des gesunden Geschäftssinns – gegen die Stadt und ihren prinzlichen Herrscher richten? Hatte ihn der Feind mit Geld bestochen? Dann überkam ihn der nächste unstete Impuls und er vergaß Xionshargh und den Schwimmwettbewerb. Auf einmal hatte er Lust, hinab ins kühle Wasser zu tauchen. So tief er konnte. Mit aufgerissenen Augen durchstieß er die Wasseroberfläche. Das dunkle Moorwasser umhüllte ihn. Nach unten hin wurde es rasch kühler und finster. Für einen zeitlosen Moment war er in dieser Tiefe absolut allein mit sich. Er war geborgen wie in einem Traum, wie ein Kind im Mutterleib, in reinem Frieden.

Als seine Lungen zu pochen anfingen, strebte er mit kräftigen Schwimmschlägen wieder nach oben. Der Herrscher von Waylhaghiri tauchte mit einem Prusten auf, Wasser lief ihm aus dem Haar und übers Gesicht, in die Augen. Als er sie öffnete, sah er die anderen draußen in der Seemitte. Wasser war in sein linkes Ohr gelangt. Er war halb taub. Zazamael war hier allein mit Xionshargh, der offenbar auf ihn gewartet hatte und sich auf dem Rücken treiben ließ, beide Arme ausgestreckt, das Gesicht abgewandt, sodass er nur die Rückseite seines Kahlschädels sah. Ein Schwarm winziger Mücken tanzte über ihm im Sonnenlicht.

Dann fiel Zazamael auf, dass das moorige Wasser um Xionshargh herum dunkler war, eine dunkle Wolke.

Zazamael brüllte wie ein Stier. Die anderen fuhren herum und starrten auf Xionsharghs leblose Gestalt, sein Gesicht, das der Prinz nicht sehen konnte. Von ihren fassungslosen Gesichtern las er, dass Xionshargh tot war, noch bevor er später die leblosen Augen des Toten sah, diesen sinnlosen und seelenlosen Gesichtsausdruck, wie ihn Tote haben.

Zazamael riss sich zusammen – er würde nicht zulassen, dass die Panik ihn überwältigte. Die Gefahr war zu akut. „Sofort raus aus dem Wasser! Alle. Der Feind muss unterhalb der Wasseroberfläche verborgen sein.“ Sie erreichten das Ufer unbehelligt – vom Mörder fehlte jede Spur, wieder einmal. Selaim Seth schaffte den Toten fluchend vor Ekel und Entsetzen an Land. Xionshargh war genauso gestorben wie die anderen, durch einen sauberen Schnitt quer durch die Kehle. Seine Tugend – der gesunde Geschäftssinn – hatte ihn nicht beschützt. Aber er war auch nicht der Verräter in der Gruppe gewesen, so viel stand fest.

Ich sah Dich mit kräftigen Stößen hinaus in die träge Flussströmung schwimmen. Ich hörte Deinen ruhigen, selbstbewussten Atem bis zu mir. Ich achtete nicht auf Dich, sondern beobachtete die Insekten, die den Nektar saugten in den Wilddisteln. Der kühle Geruch des Flusswassers – schwach süßlich und weich – war bis zu mir wahrnehmbar. Ein Marienkäfer krabbelte einen Schierlingsstängel hinauf, entfaltete die Flügelklappen und flog fort in die blendende Sonne.

Da hörte ich einen erstickten Schrei oder vielleicht auch nur einen sehr lauten Atemzug aus Deiner Richtung. Ich sah hinüber, etwas unwillig und desinteressiert, weil ich überlegte, ob wir die prachtvollen Disteln für unseren Film verwenden konnten. Ich sah, dass Du Dich auffällig im Wasser bewegtest, fast zappeltest. Ich fragte mich, was Du wieder für einen Quatsch machtest.

Es vergingen kostbare Minuten, bis ich erkannte, dass es kein Quatsch war, sondern Ernst. Du hattest einen Krampf bekommen. Oder einen Herzinfarkt. Etwas in der Art. Du kämpftest draußen im Wasser um Dein Leben.

Nackt und triefend standen sie um den Toten. Keiner hatte eine Erklärung, wie dieser Mord möglich gewesen war. Sie überboten sich mit den wildesten Theorien, aber jede war Blödsinn. Alle redeten sie wild durcheinander, machten ständig neue Vorschläge, was man tun sollte. Aber alle Vorschläge waren Blödsinn. Ihre Hilflosigkeit machte die kaltblütigen Elitekrieger aggressiv, sie brüllten sich gegenseitig an. Und es fehlte nicht viel, dass sie einander offen beschuldigt hätten, der Mörder zu sein. „Furian, wo warst du, als er gestorben ist? Bei uns Schwimmern warst du nicht." „Bist du wahnsinnig, Garimiral? Ich war genau hinter dir." „Das stimmt ...", sagte Selaim Seth knapp und sachlich, „... ich habe ihn hinter dir gesehen." Aber Furian zog seine Klinge und hielt sie Garimiral vors Gesicht. „Bist du wahnsinnig? Wie kannst du so etwas von mir denken. Du weißt, dass ich den Eid geschworen habe. Auf meine persönliche Tugend, den sportlichen Ehrgeiz. So, wie du auf deine jämmerliche Tugend geschworen hast." Zazamael gelang es, seine Leute zu beschwichtigen: „Ihr alle habt den Eid geleistet. Ihr müsst einander vertrauen. Nur so kommen wir hier heil raus." Garimiral entschuldigte sich mit leisen Worten bei Furian, der nicht zuhörte. „Und jetzt – wie weiter?" „Wir reiten los. Weg von hier. Wir müssen vorankommen."

Und so verließen sie auch diesen Ort.

An Deine letzten Minuten denke ich nie wieder zurück, Andi. Es geht keinen Menschen etwas an, was genau da geschehen ist. Nur so viel: Jeder Vorwurf, dass ich nicht mit aller Macht versucht habe, Dir zu helfen, ist Blödsinn.

Warum also sind meine Kleider an diesem Tag trocken geblieben und ich selbst am Ufer?

Erstens: Du warst so stark und mir so weit überlegen – auch körperlich –, dass ich intuitiv überhaupt nicht auf die Idee kam, Dich retten zu können. Ich konnte mir nicht vorstellen, dass es möglich wäre, dass Du in eine Situation kommst, wo Du von jemand wie mir abhängig bist.

Zweitens: Ich bin keine gute Schwimmerin, und was sogar für Dich lebensgefährlich war, wäre für mich der sichere Tod gewesen.

Drittens: Ich habe den Ernst der Situation nicht richtig erkannt und mich die ganze Zeit an den Gedanken geklammert, dass Du vielleicht nur Spaß machtest. Wir machten ja schließlich andauernd verrückte und theatralische Sachen.

Und außerdem gibt es da auch noch weitere gute Gründe.

Es hat mir auch nie jemand einen Vorwurf gemacht. Ganz im Gegenteil – es war für alle offensichtlich, dass es keinen Grund für mich geben konnte, so etwas Furchtbares zu tun. Denn es wussten ja alle in unserer Clique, wie viel ich Dir verdankte.

Deine Leiche haben sie übrigens nie gefunden. Die Strömung in der Mitte des Flusses war stärker, als es vom Ufer aus wirkte. Auch von daher war es vernünftig und richtig, dass ich nicht versucht habe, Dich rauszuholen.

Um diese Gedanken hinter mir zu lassen, rufe ich Susanne an. Ich möchte wissen, wie es mit ihrer Geschichte weitergeht. Allerdings hat Susanne viel zu viel versprochen, als sie behauptet hat, ihre Geschichte hätte etwas mit Sumerland und Waylhaghiri zu tun. Und mit meinem eigenen Leben hat ihre Geschichte natürlich erst recht nichts zu tun – wie sollte sie auch? Das ist unmöglich, denn Susanne kennt meine Vergangenheit nicht und sie kann eigentlich gar nichts wissen vom Geheimnis hinter den Kulissen.

Sie weiß nichts vom Sumerland.

Susanne konnte nicht schlafen. Die Dunkelheit roch nach Fichtenholz oder Leim und nach gestärkter Bettwäsche. Es war der Geruch in einem Pensionszimmer in diesem fernen Reich, dem „Österreich“. Es hieß so, weil sie und ihre Mutter in den Osterferien dorthin fuhren. Und hier war Susanne die Idee gekommen, die sie stärker machen und überhaupt alles verändern würde.

In dieser Nacht war sie aber schwach, da sie krank war.

Susanne schmeckte die eitrige Entzündung hinten im Rachen. Ihre Brust schmerzte, als sie schon wieder husten musste. Winzige Wesen, Bakterien oder Viren, rasten durch ihre Adern. Schwindelig konnte einem von der Geschwindigkeit werden, die sie in ihrem Inneren spürte. Was war, wenn die kleinen Wesen aus der Kurve flogen wie ein Auto bei einem Autounfall? Und was geschah, wenn die Viren oder Bakterien die Kontrolle über ihre eigenen Körperzellen gewannen? Wurde Susannes Körper dann wie eine Festung von den Bakterien erobert und Susanne selbst auf diese Weise zu jemand anders? Die Welt war voll ungeklärter Fragen. Man kannte selbst den eigenen Körper so wenig, als wäre er ein Stück wilder Natur.

Wie konnten die Erwachsenen so abstumpfen, dass sie sich einbildeten, alles um sie herum zu verstehen? Das lag an der falschen Sicherheit, die Spielsachen dadurch vermittelten, dass sie nur einem vorgegebenen Zweck dienten. Deshalb schienen sie leicht verständlich.

Draußen hörte man kein Auto, nur den gleichmäßigen österreichischen Regen. In diesem Reich regnete es andauernd. Dann war da noch das auffällig laute Rauschen des Bachs. Dieser Bach war anders als Bäche zu Hause, voll großer Kiesel, die aus den Bergen heruntergekullert waren.

Da war etwas! Vor dem blassen Fensterrechteck entdeckte sie einen dunklen Fleck wie ein zusammengekauertes Tier.

Mit einem Schlag spürte sie, dass sie nicht allein im Zimmer war. Eine Präsenz beobachtete, belauerte sie.

Das Tier blieb reglos, aber angespannt zum Sprung.

Ich höre gern Susannes Stimme am Telefon, aber ihre Geschichte interessiert mich nicht allzu sehr. Mit mir und meinem Leben hat sie nun einmal nichts zu tun. Das waren falsche Versprechungen, damit ich ihr zuhöre. Deshalb schaue ich parallel nach, wie es mit Zazamael weitergeht.

Zazamael konsultierte während des Ritts regelmäßig seine Karte. Aber er entzog sie dem Blick der neugierigen Dis.

Die Schatten wurden länger. Während der letzten Wegstunde beratschlagte Zazamael mit Dis, wie sie sich gegen den nächsten Angriff wappnen konnten. „Zwei Nachtwachen gleichzeitig reichen nicht. Denn der Mörder wird selbst eine der Nachtwachen sein …“ Damit war ausgesprochen, dass der Mörder einer von ihnen sein musste. „… aber mit drei Nachtwachen zur gleichen Zeit muss jeder von uns die halbe Nacht wach bleiben. Wir bekommen also nur wenig Schlaf.“ Zazamael bot an, bei den Nachtwachen mitzumachen, aber das wehrte Dis ab. Der Eid sah vor, dass die Ritter den Prinzen beschützen sollten, nicht umgekehrt. Zazamael nahm das hin, dann fragte er: „Wer, meinst du, kann es sein?“ „Sicher bin ich mir nur, dass Garimiral es nicht ist. Dieses Mädchen ist zu schwächlich. Azazael? Seine Tugend finde ich merkwürdig: gesunder Appetit – das ist kein moralischer Grundpfeiler unserer Stadt. Und außerdem: gesunder Durst würde besser passen. Ich bin misstrauisch gegen Säufer. Ihr Geist ist nicht gefestigt. Sie sind zu jedem Verrat fähig.“ „Urteile nicht vorschnell, Dis. Du bist Attentäterin, keine Wirtschaftsethikerin. Gesunder Appetit – das ist die konsumorientierte Nachfrage, der Grundpfeiler für das kontinuierliche Wirtschaftswachstum, ohne das unsere Zivilisation kollabieren würde.“

Die Bewaldung lockerte sich auf und machte weiten Hügelketten aus Schiefergeröll Platz, die mit Brombeerranken und Heidekraut überwuchert waren. Das Vorankommen wurde mühselig. Sollte eines der Pferde auf einem lockeren Schieferstein abrutschen und sich den Huf brechen, würde ihr Trupp auch für den restlichen Weg auf Schritttempo verlangsamt. Sie führten ihre Pferde am Zügel. Zikaden lebten im Geröll und zirpten ihr Lied, das so zeitlos und allgegenwärtig war wie das Rauschen eines Ozeans. Wo auch immer sie hier waren, es war jedenfalls nah am Ende der Welt.

Der weite Abendhimmel war von einer bombastischen nordischen Schönheit, aber sie sahen ihn ungern, denn die Sonne sank bereits dem Horizont entgegen.

Dis raunte: „Hoheit, ich glaube, Azazael ist es doch nicht. Ich habe ihn seit unserem Gespräch im Auge behalten, als er vor mir ritt. Sein Körper ist gelöst. Er verbirgt keine innere Anspannung. Ich glaube von der Körpersprache her eher, Furian ist es.“ Sie riet ihm, Furian nicht als Nachtwache aufzustellen, jedenfalls nicht zusammen mit der schwächlichen Garimiral. Zazamael fand es unwahrscheinlich, dass Furian der Mörder war. Furians Tugend war der sportliche Ehrgeiz. Das war klar eine tragende Säule der waylhaghirischen Zivilisation. Was wäre diese Stadt ohne den ständigen Leistungswettbewerb ihrer Bürger? Mit dieser Tugend war nichts faul.

Furian war ein jugendlicher, schwärmerischer und zu impulsiver Ritter. Er war der beste Schwertkämpfer der Gruppe. Wenn bei der Nachtwache etwas Unvorhergesehenes passierte, war es nicht ausgeschlossen, dass er die Nerven verlor. Man musste ihn deshalb mit einem erfahrenen Kämpen einsetzen.

Dis war bei der waylhaghirischen Geheimpolizei für Informationsreinhaltung im Range eines Senior Elimination Managers tätig gewesen. Ihre unauffällige Gestalt verbarg eine der gefährlichsten Meuchelmörderinnen der Stadt – die Sehnigkeit ihres blassen, verbraucht wirkenden Körpers war das einzige Anzeichen ihrer Kampffähigkeiten. Dis und Furian würden sich gut als Nachtwachen ergänzen, aber trotzdem war Zazamael bei der Vorstellung nicht wohl, dass die beiden über den Rest der Gruppe wachten. Dis hatte Furian in Verdacht und damit war der naive Jüngling in potenzieller Lebensgefahr.

Und wenn Zazamael Garimiral und Furian genau entgegen dem Wunsch von Dis zusammen Wache halten ließ? Die beiden mochten einander nicht. Unter Sicherheitsaspekten sprach einiges dafür, Leute gemeinsam Wache halten zu lassen, die sich gegenseitig nicht vertrauten. Aber Garimiral war nicht imstande, einen Krieger wie Furian notfalls in Schach zu halten. Die schöne Garimiral war vor allem wegen ihrer medizinischen Fähigkeiten und ihrer Kochkenntnisse mitgenommen worden. Also würde er noch Dis als dritte Wache dazunehmen. Die zweite Hälfte der Nacht würden Selaim Seth, Xionbarg Seth und Azazael Wache halten.

Sie schlugen das Nachtlager auf der Kuppe eines lang gestreckten Schotterhügels auf, weil man von dort nach allen Seiten freie Sicht hatte. Sterne funkelten am Firmament. Tagsüber war es in den Schotterhügeln heiß, aber nachts sank die Temperatur wie in einer Wüste rapide ab, denn der Schotter speicherte kaum Sonnenwärme.

Selaim Seth versuchte, ein Lagerfeuer mit dem Holz trockener Brombeerranken zu entzünden, aber die dürren Zweige brannten zu schnell weg. Schweigend aßen sie ein karges Mahl. Azazael kramte aus seinem Rucksack eine Whiskyflasche. Dis sagte trocken: „Steck die Flasche weg, Azazael. Nachher hast du Wache und musst fit sein.“ Azazael schnappte böse zurück: „Lass mich in Ruhe. Ich brauche den Whisky, um einschlafen zu können.“ Er lächelte schief in die Runde: „Will jemand einen Schluck? Oder sind wir alle so asketisch wie unsere liebe Dis? Sie hat kein anderes Laster, als ab und zu jemandem die Kehle durchzuschneiden. Kommt, Leute, mein Whisky ist von erstklassiger Qualität aus der Kneipe der Outlaws, unterhalb der offiziellen Zone unserer schönen Stadt.“ Bleiernes Schweigen machte sich breit, bis es Selaim Seth brach: „Männer, lasst uns offen sprechen. Die latenten Verdächtigungen vergiften unsere Gemeinschaft. Wir müssen klären, ob es einen Verräter unter uns gibt. Und wenn ja, wer es sein kann.“ Aber Azazael zuckte resigniert mit den Schultern. „Ich habe – wie wir alle insgeheim – den Tag über an nichts anderes gedacht. Es kann keiner von uns sein. Jeder von uns hat den Eid auf seine persönliche Hochtugend geschworen, am Hochaltar Waylhaghiris. Jeder von uns wurde durch die biomechanische Transformation bis in die innersten Körperzellen mit seiner persönlichen Tugend durchdrungen. Durch seine Tugend wurde er zu etwas anderem, etwas Stärkerem, etwas Besserem. Keiner von uns wird seine Tugend verraten, seine Stadt oder den Prinzen verraten. Es kann also nicht sein." Dis erwiderte trocken: „Und doch gibt es keine andere Möglichkeit. Das wissen wir. Welche Tugend ist also faul?" Niemand sprach daraufhin noch ein Wort.

Zazamael hatte stundenlang nicht einschlafen können, aber offenbar war er – ohne es gemerkt zu haben – dann doch in einen unruhigen Schlaf gesunken. Denn sein Körper fuhr aus der Gelöstheit des Schlafs hoch, als er im Dunkel der Nacht einen noch dunkleren Schemen näher kommen spürte. Er spürte eine körperliche Präsenz dicht vor sich.

War es ein wildes Tier? Ein Berglöwe oder ein Luchs mit blass leuchtenden Augen? Er tastete nach seiner Klinge.

Aber es war nur die liebe Dis, die sich über ihn beugte. In der Kälte der Nacht spürte er die Wärme ihres Atems. Sie ließ sich neben ihm auf seiner Decke nieder. „Hoheit – wir müssen umkehren. Es wird zu gefährlich. Ich habe in all den Jahren bei der geheimen Informationsreinhaltungspolizei genug Erfahrungen mit Mördern und Attentätern gesammelt, um mir sicher zu sein: Unser Feind verfügt über übernatürliche Kräfte. Das ist kein normaler Mensch." „Lass das meine Sorge sein, Dis. Du musst nicht auf mich aufpassen. Ich kann mich selbst schützen." Aber Dis beharrte: „Kehrt um. Bitte. Ich spüre, das ist jetzt die letzte Gelegenheit." „Ach, lass mich schlafen. Du mit deinen Bedenken. Du verstehst nicht, worum es mir bei dieser Mission geht." Fast brutal schob er sie weg von seiner Seite. Und Dis war schlagartig wieder verschwunden.

Später sah er sie wieder auf ihrem Lager sitzen in ihrer reglosen Wachposition. Im Mondlicht wirkte sie wie eine Statue. Einen zeitlosen Augenblick war der Prinz in den romantischen Anblick der mondlichtüberströmten Schotterhügel versunken. Dann flüsterte er: „Serisada – lässt du sie sterben, damit wir beide allein sein können?“ Er bekam keine Antwort als nur den Schrei eines Nachtvogels.

Dann schlief er – ohne es selbst zu merken – wieder ein.

Die zweite Hälfte der Nacht wachten Selaim Seth, Xionbarg Seth und Azazael. Selaim Seth und Xionbarg Seth waren Zwillingsbrüder, Männer mittleren Alters mit lockigem schwarzem Haar, das von den ersten grauen Strähnen durchzogen wurde. Sie sahen sich in Gesicht und Körperbau sehr ähnlich, aber Selaim Seth hatte sich einen gewaltigen Vollbart wachsen lassen während Xionbarg Seth glatt rasiert war. Xionbarg Seths Tugend war das gesunde Selbstbewusstsein, während sich sein Bruder für die Coolness als Tugend entschieden hatte.

Azazael war der Jüngste der Truppe, fast noch ein Teenager. Ein Hüne mit schwerem Körperbau, auffällig platter Nase und kurzen blonden Haaren unter dem Hörnerhelm. Er neigte dazu, ständig zu essen und zu trinken und zu scherzen, und er fühlte sich mit der Schweigsamkeit der beiden Zwillingsbrüder unwohl.

Lebend erblickten sie alle das Licht des neuen Morgens und setzten ihre Reise fort.

Susanne hielt den Atem an. Was war das für ein Tier? Sie erkannte nur einen dunklen Schemen in der Dunkelheit, kleiner als ein Wolf. Gab es Luchse in Österreich? In diesem Reich war alles möglich – im Treppenhaus der Pension hing ein ausgestopfter Kopf von einem „Wolpertinger". Luchse hatten – das wusste Susanne – leuchtende Augen. Sah sie ein Leuchten?

Jetzt musste sie doch husten.

Das Tier reagierte nicht.

Nun erkannte Susanne, dass der Schemen kein Tier war, sondern ihre Sporttasche.

Susanne atmete durch, räkelte sich und überließ sich angenehmeren Gedanken. Sie dachte an die Idee, die ihr gekommen war.

In diesem Urlaub war sie allein und frei. Ihre Tage waren ohne Programm. Sie hatte nach der ersten Bergwanderung durchgesetzt, dass sie zukünftig nicht mehr gehen musste. Ihre Mutter war sogar froh, dass sie eine Zeit für sich sein konnte.

Susanne lief ziellos durch die Gegend. Sie erkundete die Straßen und regennassen Wiesen und Heuschober der Umgebung. Sie spielte ohne Spielsachen – was ihr in den Sinn kam. Und darin lag der Keim der Idee.

Wenn man als Kind mit den Eltern im Urlaub an einen Ort fährt, den man sich nicht ausgesucht hat, ist man frei, denn man ist nicht für das Gelingen des Urlaubs verantwortlich. Man kann die fremde Urlaubswelt unvoreingenommen betrachten. Man muss sie nicht gut finden. Der Urlaub ist kein Projekt, das erfolgreich abgeschlossen werden muss.

Anders empfand das natürlich ihre Mutter: Sie hatte sich Österreich als Urlaubsziel ausgesucht, weil sie hier etwas Bestimmtes erleben wollte. Aufgrund der Prospekte im Reisebüro stellte sie sich Österreich als ein Land der kernigen Naturverbundenheit vor und wollte diesen Traum auf den Bergpfaden nacherleben. Trotz des Dauerregens. Jeden Abend saß ihre Mutter mit anderen Wanderern an der Bar und trank Rotwein und Marillenschnaps, aß hart geräucherten Speck und hörte dem kostümierten Volksmusiker zu, wie er das Hackbrett zupfte. Zum Glück erwartete sie nicht, dass Susanne ihr dabei Gesellschaft leistete.

Susanne hingegen hatte in Österreich keine besondere Vorstellung zum Nacherleben. Sie war frei im Kopf. Nur deshalb war ihr die Idee gekommen. Mit dieser Idee würde sie nicht nur ihr eigenes Leben verändern, sondern auch das Leben der anderen Kinder in der Siedlung.

Die Veränderung war in Gang.

Dabei hatte es vor der Abreise nach Österreich noch so ausgesehen, als wäre ihre Situation festgefahren. Den Palast, den sie zusammen mit ihrer Freundin Christine auf den Straßenasphalt gemalt hatte, hatte der Regen weggewaschen. Die Verheißung von Wachstum lag nicht mehr in der Luft. Susanne fühlte sich in einem Teufelskreis gefangen. „Schuld daran warst du, Spielwarenhändler. Du hast es wochen- und monatelang geschafft, mich abzulenken. Du hast mir ständig Begierden nach irgendwelchen Spielsachen in den Kopf gesetzt. Dadurch habe mich verzettelt. Ich war hin- und hergerissen zwischen Spielsachen, die alle nur eins miteinander gemein hatten: Sie hielten auf den zweiten Blick nie, was sie auf den ersten Blick versprachen."

„Spielwarenhändler – dein letztes Spielzeug, mit dem du mich in den Bann gezogen hast, war die Barbiepuppe. Genau, die – es gibt ja nur eine – mit ihrem waschbaren und föhnbaren Haar."

Susanne hatte noch die stummen Worte der Puppe im Ohr: „Spiel mit mir und ich gebe dir coole Sicherheit." Da hatte die Barbiepuppe recht. Sie war ein Bekenntnis zum Glamour. „Spiel mit mir, das ist fast so, als wärst du selbst schön." „Wie bitte???" Susanne hatte ihren Ohren nicht getraut, aber die Barbiepuppe wiegelte ab. „Ach nichts, schon gut." Die Barbiepuppe war nicht so dumm, wie sie aussah.

„Aber perfekt war auch dieses Spielzeug nicht, Spielwarenhändler. Alle deine Spielsachen haben auf den zweiten Blick eine versteckte Macke oder werden langweilig. Der Nachteil deiner Barbiepuppe war, dass sie zu normal und brav wirkte. Ihr Plastikgesicht ist ausdruckslos. Ihre perfekte Schönheit hat etwas Feiges und Fades."

Susanne streckte einen Fuß unter der Daunendecke hervor, die zu heiß und schwer war.

„Wie immer hast du deinen Fehler rasch bemerkt. Du hast eine zweite Puppe gemacht und den Namen „Bratz Doll" auf ihre Verpackung gedruckt, in wilden, bunten Buchstaben. Deine zweite Puppe ist frecher, lebendiger, emanzipierter. Ich muss zugeben, die „Bratz Doll" hat mehr Persönlichkeit."

Die „Bratz Doll" sagte mit stummen Blicken: „Spiel lieber mit mir, komm, sei flotter. Ich habe den Vorteil der Aufrührerin, der Rebellin."

Susannes Oma hatte ihr zu Ostern zwei rote Zehneuroscheine geschenkt. Zusammen reichten sie genau für eine der beiden Puppen. Und egal, für welche sie sich entschied, sie ahnte schon jetzt: Die gekaufte Puppe würde banal werden. Dann würde Susanne erkennen, dass ihr Gesicht nicht mehr war als ein Klumpen Plastikmasse. Und Susannes Gedanken würden um die andere Puppe kreisen, deren Existenz ein Mysterium blieb, das ihre Fantasie fesselte.

„Spielwarenhändler: Ich kann mich von der Gier, die du in mir entfacht hast, nicht durch einen Kauf befreien. Es wäre deshalb besser, wenn es beide Puppen nicht geben würde. So ist das mit all deinem Plastikkram."

Der Spielwarenhändler hatte zwar den Vorteil, dass er seine Kreationen in buntes Plastik gießen konnte, sodass sie handfester wirkten. Aber das hieß nicht, dass seine Spielsachen besser waren als die, die Susanne sich ausdachte.

„Spielwarenhändler, du willst es nicht hören, aber es ist die Wahrheit: Die natürliche Welt um mich herum ist voller Dinge, mit denen ich spielen kann.“

Aber man fand diese Dinge erst, wenn man die Augen aufmachte. Und das konnte man erst dann, wenn man sich vom Spielwarenhändler keine Begierden in den Kopf pflanzen ließ. Begierden versperrten einem den Blick auf die Schätze und Überraschungen der Welt, die vor der eigenen Nase bereitlagen.

Susannes Augen waren jetzt offen. Die ganze Welt war ihr Königreich. Sie war die Herrscherin. Eine wilde natürliche Welt lag für sie bereit. Sumerland – so nannte sie dieses neu entdeckte Land. Der Name passte – er klang weit. Und er klang nach Natur. Alle anderen Kinder in der Siedlung würde sie dazuholen in ihr Land.

Es war Zeit für die Revolution.

Krieg dem Spielwarenhändler!

Im Laufe des nächsten Tages wurde das Vorankommen noch mühseliger. Die Flanken der Schotterhügel verliefen quer zu ihrer Marschrichtung. Obwohl der Prinz und sein Trupp die Pferde nur noch am Zügel führten, erwies es sich als schwierig, sie unbeschadet über die Abhänge zu leiten. Plötzlich brüllte Furian: „Stopp!“ Alle starrten ihn an – er schwieg, atmete laut und starrte stumm zurück. Das gleißende Sonnenlicht zeichnete seinen harten Schatten auf den Schotter. Endlich brüllte er: „Umkehren! Wir müssen aufhören, dieser Karte nachzulaufen! Das ist doch der helle Wahnsinn ... Glaubt irgendjemand hier im Ernst, dass es Menschen gibt, die eine Spielzeugeisenbahn unter dieser Einöde vergraben? Um Blütenpollen und Tautropfen von einem gottverlassenen Ort zum anderen zu transportieren? Das ist doch Wahnsinn. Alles Wahnsinn." Zazamael fixierte ihn mit seinem leicht schielenden Blick. Endlose Atemzüge lang geschah überhaupt nichts. Dann sanken Furians Schultern herunter. Er wandte den Blick ab und beugte sein Haupt vor seinem Herrscher.

Der Prinz bemerkte kurz: „Die Karte hat bis jetzt gestimmt. Überlass bitte mir, was Wahnsinn ist und was Vernunft in diesem Land, ja?" Furian erwiderte kleinlaut: „Ja, Hoheit. Aber was ist am Ende dieser Eisenbahnlinie? Hoheit, zeigt uns eure Karte!" Genau das vermied Zazamael wohlweislich. Das ungute Symbol am Ende der Eisenbahnlinie auf der Karte hätte seinen Leuten nicht den benötigten Motivationsschub gegeben.

Zazamael machte einige Schritte weiter. Der Schotter knirschte unter seinen Stiefeln und die Pferdehufe klapperten.

Aber Furian war stehen geblieben und ließ nicht locker: „Hoheit, bei allem Respekt – schlagt uns diese eine Bitte nicht ab. Zeigt uns die Karte!"

Als Meister der Manipulation hätte es den Prinzen nur wenige Worte gekostet, um Furians Widerstand zu brechen. Aber dann wäre das latente Misstrauen der Gruppe weiter angewachsen. Verächtlich sagte der Prinz deshalb: „Bitte schön – ich hoffe mal, dass du nichts siehst, was du nicht verkraftest." Und mit einer wegwerfenden Handbewegung hielt er ihm das Papier vor die Nase. Furian starrte mit aufgerissenen Augen auf das Ziel ihrer Reise. Es war ein unguter Fleck wie eine verwaschene Sonne, die weinte oder schrie und dabei die Zunge herausstreckte. Oder vielleicht war es auch ein Loch, das alles ansaugte und verschlang. Jedenfalls sah es danach aus, als hätte ein Wahnsinniger denselben Quadratzentimeter Papier mit zahllosen heftigen Strichen bedeckt. Furian zeigte keine Spur von Angst und auch sonst keine Gefühlsregung, denn der Prinz vermittelte ihm, dass Zazamael selbst den Fleck nicht für schreckenerregend hielt und von Furian kein Erschrecken erwartete. Furian wollte nicht feige sein. Zazamael hatte erreicht, was er wollte. Er packte seine Karte wieder weg und schritt voran, ohne sich umzudrehen. Alle folgten ihm und waren insgeheim froh, dass ihnen bis zum Ziel noch ein Wegstück blieb.

Susanne wälzte sich unter der ungleichmäßig verteilten Last der Daunendecke. Diese Nacht war lang. Sie hustete. Sie befühlte ihre Stirn, um festzustellen, ob das Fieber stieg oder sank. Aber natürlich war ihre Hand genauso heiß wie die Stirn. Wie sollte man also Sicherheit darüber haben, was mit einem selbst los war?

„Spielwarenhändler, wenn du mich sehen kannst, lachst du über mich. Und du hast ja recht: Ich bin selbst schuld."

Die Schwärze vor ihren Augen wirbelte wie das Rollen eines Lachens.

„Lach nicht. Niemand braucht dich noch. Denk an das Glas Cola in der Gaststube." Das Glas Cola hatte sie herbeigedacht, als sie mit ihrer Mutter beim Abendessen saß.

Jedes Detail stellte sie sich minutiös vor:

Wie sich ihre Hand um das kühle, harte Glas schloss.

Das Gewicht, als sie das Glas zum Mund führte. Die prickelnde Kohlensäure und der klebrig-süße Geruch – mit einem ganz leichten Hauch von Spülmittel –, der ihr entgegenschlug.

Die kühle, süße Flüssigkeit, die erst ihre Lippen und Zähne und danach ihr Mundinneres und ihre Zunge berührte.

Das Gefühl, zu schlucken, und der klebrige Nachgeschmack.

Das Gefühl, als sich ihre Finger wieder vom abgestellten Glas lösten, das jetzt etwas leerer und leichter war.

„Du wirst niemandem einreden können, dass meine herbeigedachte Cola weniger wert war als die echte Götterspeise, die es zum Nachtisch gab. Und wenn das sogar für Lebensmittel gilt, gilt es erst recht für deine Spielsachen. Überhaupt – Götterspeise – der schönfärberische Name für dieses grüne Glibberzeug ist mal wieder typisch für dich und deine Manipulationen.“

Susannes Mutter hatte nichts von der unsichtbaren Cola ihrer Tochter mitbekommen. Sie blätterte in ihrem Wanderführer. Aber der rotgesichtige Kellner in seiner Trachtenweste starrte jedes Mal missbilligend zu Susanne hinüber, wenn sie das unsichtbare Colaglas zum Mund führte. Der Kellner war mit hoher Wahrscheinlichkeit ein Verbündeter des Spielwarenhändlers. Er erkannte die Gefahr, dass der Colakonsum einbrechen würde.

Susanne wollte dem Kellner eine flugs herbeigedachte Dämonenarmee auf den Hals hetzen. Leider klappte es nicht. Die Dämonen erschienen zwar in ausreichender Zahl, sie stürzten sich auch auf Susannes Fingerschnippen auf den Kellner, aber ihre Sägeklingen, Krallen und krebsscherenartigen Beißwerkzeuge erstarrten eine Handbreit vor ihm in der Luft. Unversehrt trug er ein Wiener Schnitzel durch den Raum.

Susanne musste ein Gesetz der herbeigedachten Dinge erkennen: Nichts, was sie herbeidachte, würde jemals einen Menschen außer ihr selbst real tangieren. Weder im positiven noch im negativen Sinn. Sie war mit all ihren herbeigedachten Schätzen und Wundern absolut allein. Das galt jedenfalls so lange, wie andere Menschen sich nicht von sich aus auf die herbeigedachten Dinge einließen.

Also war es diesmal leider nichts mit der Dämonenarmee.

Aber schon bald würde Susanne andere Kinder in der Siedlung dazu bringen, sich auf ihr Spiel und auf ihre herbeigedachten Dinge einzulassen.

„Spielwarenhändler, du willst mir bestimmt einreden, dass ich mich in Tagträume flüchte, wenn ich Dinge herbeidenke. Aber das stimmt nicht."

Seit Susanne gelernt hatte, Dinge herbeizudenken, beobachtete sie die Wirklichkeit genauer als vorher. Was man sehr gut an dem Beispiel mit der Cola sehen konnte: Dadurch, dass sie die Cola herbeigedacht hatte, war sie erst aufmerksam dafür geworden, wie eine echte Cola tatsächlich roch und schmeckte. Also, wo war der Haken? Wieso das Gelächter?

Der Prinz und seine Männer stießen ab Mittag auf die ersten Grasflecke und verkrüppelten Bäume zwischen den Hügeln. Das war ein Zeichen, dass die Schotterwüste zu Ende ging. Die Grasflecke wurden dichter, die Bäume nahmen an Zahl und Größe zu. Bald befanden sich die Reiter wieder in einer hügeligen Parklandschaft aus ansprechenden Wiesen und Wäldchen.

Zazamael behielt es für sich: Sie mussten nun die ersten Fangarme oder Sonnenstrahlen dieses Flecks oder schreienden Gesichts auf der Karte erreichen. Doch der Prinz konnte noch nichts Außergewöhnliches bemerken.

Furian ritt – ungeduldig wie er war – mehrere hundert Meter voraus. Die Übrigen hörten seinen Schrei der Verblüffung, konnten aber keine Ursache dafür erkennen. Sie sahen lediglich seine Silhouette vor der Nachmittagssonne, wie sie im Sattel schwankte. Furian hatte sein Pferd so abrupt gezügelt, dass es aufbegehrte. Er bekam sein Tier aber wieder unter Kontrolle. Hastig winkte er die Übrigen herbei, die ihre Pferde anspornten, um kurz darauf vor demselben Anblick zu stehen: Vor ihnen lag ein Tal, in dessen Sohle sich ein Bächlein im Zickzack wand. Zu beiden Seiten des Bachs standen Hunderte von Küchenbesen in Reih und Glied in den Boden gespießt. Die Borsten der Besen wirkten unbenutzt, aber von der Witterung schon leicht mitgenommen. Es sah aus, als würde die Besenarmee schon seit geraumer Zeit ihre sinnlose Wache halten. Oben an den Borsten eines jeden Besen war mit Blumendraht jeweils eine Spiegelscherbe befestigt. „Was soll das?" „Das sieht sinnlos aus – wie ein surrealistisches Kunstwerk." Zazamael verwandte in seiner Ratlosigkeit einige Mühe darauf, die Spiegelscherben an den Besen miteinander zu vergleichen, ob sie zusammenpassten und früher einmal zum selben Spiegel gehört hatten. Aber welche Rolle spielte das? „Das hier scheint mir etwas anderes zu sein als die Spielsachen, die wir zu Beginn unserer Reise überall gefunden haben." Hatte eine Hexe eine anrückende Armee in Besenstiele verwandelt, um ihr

Reich zu verteidigen? Oder hatte ein wahnsinniger Einsiedler sein Revier markiert?

Vorsichtig rückten der Prinz und seine Leute weiter vor.

Susanne musste schon wieder husten. An Schlaf war nicht zu denken. Schuld war nicht der Spielwarenhändler. Allein sie selbst war schuld an ihrer Krankheit, denn sie war einfach zu blöd gewesen.

Susanne war auf ihrem weißen Pferd Altaris über eine regennasse österreichische Heuwiese geritten. Sie hatte dabei laut eins ihrer Lieblingslieder gehört, das sie herbeigedacht hatte. Da hatte es zu regnen begonnen. Einen Moment stoppte die Musik in ihrem Kopf, aber dann zwang sie sich, mit aller Konzentration das Lied fortzusetzen.

Susanne umgab schon wieder das Lachen in der flimmernden Finsternis.

„Sei still! Es war richtig, dass ich das Lied fortgesetzt habe. Eine der wichtigsten Regeln des Herbeidenkens ist nun einmal: Man muss konsequent alle Spiele, die man begonnen hat, zu Ende bringen. Die Regeln, die man selbst aufgestellt hat, muss man einhalten. Wenn man einen Hamburger mit Pommes herbeigedacht hat, musste man ihn bis auf das letzte Stück aufessen. Man darf ihn keinesfalls mittendrin einfach vergessen oder zu einem Vanilleeis werden lassen. Wenn man diese Regel nicht beachtet, verlieren die herbeigedachten Dinge an Intensität. Sie werden beliebig. Wenn man umgekehrt die herbeigedachten Dinge mit voller Konsequenz als verbindlich ansieht und zu Ende bringt, werden sie intensiver."

Nun war das stumme Gelächter in der Dunkelheit verstummt.

„Ich vermute mal, letztlich sind alle Dinge – ob herbeigedacht oder nicht – so real, wie die Energie, die die Menschen darauf aufwenden. Kann es sein, dass die Energie der Menschen unsere einzige Realität ist? Wie auch immer – deshalb habe ich das Lied in voller Lautstärke zu Ende gehört, obwohl der Regen stärker wurde. Na und?"

Susanne hustete schon wieder. Das Fieber war schlimmer geworden. Sie war allein mit ihrem eigenen Körper, der ihr fremd war, weil sie ihn nicht kontrollierte, ja, nicht einmal verstand. Die kleinen Tierchen sausten immer schneller durch ihre Adern und würden bald aus der Kurve fliegen.

Ja, es war allein ihre Schuld gewesen. Susanne hatte auf der doofen österreichischen Heuwiese gestanden, mit ihrer herbeigedachten Musik im Kopf. Und der Regen prasselte mit voller Wucht herab. Ihr machte das aber nichts aus.

Sie war mächtig.

Sie war eine Prinzessin.

Sie dachte sich einen Regenschirm herbei. Jetzt war sie geschützt. Singend bummelte sie weiter. Sie glaubte mit aller Gewalt, dass sie trocken blieb.

Sie sagte sich, dass sie nicht vor Kälte zitterte, aber es klappte schließlich nicht mehr.

Susanne lernte daraus: Sie war nicht allmächtig. Wenn sie etwas herbeidachte, musste es im Einklang mit der Realität sein und nicht im Gegensatz zu ihr. Von jetzt an würde sie durch vorsichtiges Ausprobieren herausfinden, ob herbeigedachte Dinge zur Realität passten oder nicht.

Am nächsten Morgen gab es beim Erwachen eine angenehme Überraschung: Das Fieber hatte sich gelegt.

Der Regen draußen blieb stark und gleichmäßig. Susanne spielte klugerweise diesmal drinnen und entdeckte einen großartigen Raum im Keller der Pension. Es gab dort nämlich ein verlassenes Schwimmbad. Das leere, bläulich beleuchtete Betonbecken war so groß, dass man darin ein paar Schritte hin- und herlaufen konnte. Es hallte wie Altaris Hufgetrappel. Sie spielte, wie sie als Prinzessin des Sumerlands einsam in ihrem riesigen Palast umherwanderte. Der Palast war von Susannes Fieberträumen inspiriert, deswegen so gewaltig, deswegen so verlassen, deswegen so überprächtig.

Sie freute sich, als ihre Mutter wegen des Regens an diesem Tag schon früher von ihrer täglichen Bergwanderung zurückkam. Susanne freute sich, mit ihr beim Abendessen in der Gaststube zu sitzen, ein echtes Glas echten Almdudler zu trinken und über alltägliche Dinge zu reden.

Denn wenn Susanne allein mit sich selbst gelassen wurde, war für ihren Geschmack schon fast zu viel los.

10

Stört Dich der Lärm im Hintergrund, Andi? Dann mache ich den Fernseher etwas leiser. Aber in diesen Tagen ist es besser, ihn rund um die Uhr laufen zu lassen. Die bunten Zappelbilder vertreiben die Stille. Sie füllen mein Apartment mit künstlicher Bewegung. Aber wie das mit künstlichen Dingen eben ist – sie nutzen sich ab. Sie werden monoton. Die Farben werden fadenscheinig. Dahinter ahnen wir beide das Dunkel, das nun einmal die wahre Farbe des Bildschirms ist. Ich glaube längst nicht mehr an die angeblichen Farben.

Zwei Wochen sind seit meiner Kündigung vergangen. Inzwischen bin ich ungepflegt. Das ist egal. Ich bleibe sowieso drinnen.

Ich gehe ins Bad, drehe den Wasserhahn auf und wasche mir die Hände. Dabei hebe ich den Blick nicht empor zum Spiegel. Dort könnte ich unter meinen strubbeligen Haaren etwas Verkommenes, etwas Tierisches sehen.

Aber ich mag das kalte, klare Wasser auf meiner Haut. Ich mag dieses Stück Sauberkeit. Die glitschige Seife duftet nach Salz und Meer, nach den Gestaden des Sumerlands. Sie duftet nach dem weiten Strand dort. Diese Weite gab es auch am Meeresstrand der Bretagne. In der Nacht meiner – halben – Einweihung in die Geheimgesellschaft. Und gleichzeitig duftet die Seife nach der umweltschädlichen Chemie, den Chlorsalzen, mit denen solche Wohlgerüche künstlich erzeugt werden, um den Konsumenten anzusprechen. Die Seife duftet nach Werbung, nach Zwecklügnertum. Ich hasse und ich liebe diesen Duft. Was gut riecht, ist umweltschädlich, seit Dein Fluch über mein Leben gekommen ist.

Andi, erinnern wir uns: Der Strand der Bretagne war bedeckt mit Tang. Er stank salzig und organisch. Im Sand eingesunkenes Treibgut, Flaschen und anderer Müll, ragte im Mondlicht auf wie archaische Stadtruinen. Ich fror in dem böigen Wind, der aus der Weite des Meeres herangestürmt kam, und vergrub die Hände in den Taschen meiner Lederjacke. Ich musste Dir folgen, ohne zu wissen, wo es hinging. Ich erwartete eine künstlerisch-szenige Underground-Party, womöglich in Verbindung mit einer Kunstausstellung oder – ganz klischeehaft – einer Live-Performance. Es sah Dir ähnlich, dass Du mich mit so einem Zeug beeindrucken wolltest. Dazu passte der halb versandete Nazibunker, dessen Wände voll Graffiti waren.

Im Bunker ging es sofort los. Ich wollte eine selbstsichere Begrüßung in die Runde werfen, aber Du legtest mir Deinen Finger auf die Lippen und wandtest Dich ab, um schweigend auf einer Computertastatur zu tippen. Beleidigt sah ich mich um, aber kein anderer Mensch hatte meine Herabsetzung mitbekommen.

Im niedrigen Raum war niemand außer Dir und mir.

Es waren Scheinwerfer aufgestellt, Kameras und ein Ring von Bildschirmen. Also doch eine Kunstperformance. Ich richtete mich auf einen öden Abend ein.

„Stell dich in den Kreis aus Bildschirmen.“ Na schön. Ich tat Dir den Gefallen. Dann gingen sie alle gleichzeitig an. Auf jedem sah ich einen anderen Menschen. Sie waren an den unterschiedlichsten Orten der Welt, hoch in Wolkenkratzern und in hinterwäldlerischen Bergdörfern. Ein dürrer

Greis kauerte sogar auf dem stählernen Deck eines Containerfrachters mitten im Ozean. Ein Kind stand in einer wilden Wiese, die durchsetzt war mit blutrotem Klatschmohn. Es waren die unterschiedlichsten Menschen, alle Hautfarben, junge und alte, arme und reiche, Männer und Frauen.

Eine Internet-Live-Kunstperformance ist erfahrungsgemäß die langweiligste Untergattung der Kunstperformance. Besonders tückisch ist daran, dass die Dinger interaktiv sind. Man muss mitmachen, was bedeutet: Man darf weder aufs Handy gucken noch wegdösen.

Die Leute sahen mich durch die Kameras hindurch an. Ich erkannte an den Gesichtern auf den Bildschirmen, dass ihre Augen mich gleichfalls sahen. Ich stand hier im Bunker auf einer globalen Bühne.

Sie sangen und sprachen ein Aufnahmeritual. Am Anfang verstand ich noch einen Teil der Worte, es war Englisch. Dann wurde die Litanei des Aufnahmerituals komplexer und altmodischer. Es ging durch die Menschheitsgeschichte zurück. Schon bald waren die Sätze so authentisch mittelalterlich, wie sie sich kein Mensch unserer Epoche ausgedacht haben konnte. Dann war es Latein. Und später waren es noch älter klingende Sprachen, die für mich völlig sinnfrei waren, reine Melodie.

Eine okkultistische Internet-Live-Kunstperformance? Gut, dass ich wenigstens die coole schwarze Lederjacke angezogen hatte und nicht den Plastikregenmantel – der wärmer gewesen wäre, aber die Lederjacke sah für Dich besser aus.

Nachdem das archaische Aufnahmeritual vollzogen war, begannen die Leute auf den Bildschirmen ein sehr persönliches Gespräch mit mir. Sie wussten viel zu viel über mich. Nicht einer von ihnen – sie alle. Und ich merkte, dass das hier keine normale Live-Kunstperformance sein konnte.

Es sprach immer nur einer. Sobald er geendet hatte, knüpfte der nächste nahtlos an die Worte des Vorredners an. Als hätten sie ein gemeinsames Bewusstsein, das abwechselnd durch ihre Gesichter und Münder sprach. Das war unheimlich, weil sie sonst ja so unterschiedlich waren. Sie erzählten mir vieles in diesen Nachtstunden. Sie sagten, dass es ihre Gemeinschaft seit Jahrhunderten gebe. Im Lauf der Menschheitsgeschichte hatte ihr Bund die verschiedensten Namen getragen. Sie hatten Byzanz erst unterstützt und dann fallen lassen, sie waren erst unter dem Namen eines Papstes aufgetreten und dann unter dem Namen des Gegenpapstes. Dauerhaften Bestand hatte nur das geheime Zeichen ihres Bundes, das ich seitdem immer wieder in der Welt entdeckt habe. Man sieht es auf Luftaufnahmen von Städten, wie es in die Straßenzüge eingearbeitet ist, und man kann es auch auf Geldscheinen mächtiger Nationen finden. Es ist in berühmten Bildern eingearbeitet und auch in weltbekannten Markenzeichen.

Mir war längst klar, dass das hier keine reine Show sein konnte.

Sie hatten den Sozialismus ebenso erfunden und verbreitet wie den Kapitalismus, behaupteten sie mit arroganter Selbstverständlichkeit. Eine von ihnen, die wie eine dickliche Tante aussah, leierte matt: „Ein ideologischer Kampf bringt das Blut doch ganz anders zum Kochen, als der Kampf um schnöden Besitz. Jeder ideologische Kampf weckt beim Kämpfenden die Hoffnung, das Paradies auf Erden zu realisieren, wenn der ideologische Gegner erst einmal ausgelöscht ist. Dabei zeigt die Geschichte …“ Die Frau stand auf und schritt aus dem Bild, aber ein Waldarbeiter auf einem Feldweg, den man auf einem anderen Monitor sah, nahm den Faden mit seiner Bassstimme auf: „… dass dann die nächste ideologische Spaltung losgeht. Ja, ideologischer Kampf schützt vor Einsamkeit und Sinnlosigkeit. Er schützt sogar noch besser als die Jagd nach Ruhm. Wer erkannt hat, dass der blinde Beifall des Publikums ihn nicht vor Einsamkeit schützen kann, mag solchen Schutz noch immer im Auge des Feindes, im intimen Messen mit einem ideologischen Feind suchen." Auf allen Bildschirmen nickten sie mir zu. Gleichzeitig. Und ich verstand, dass es konsequent war, dass ihre Gemeinschaft nicht durch äußerliche Merkmale verbunden wurde, sondern dass sie unterschiedlich aussahen. Denn sie kreierten die äußerlichen Identitäten.

Sie kreierten etwas, womit sie Menschen lenkten. Das nannten sie „Wahn". Ich musste wiederholt nachfragen, bis ich teilweise verstand, was sie mit „Wahn" meinten, aber sie lächelten geduldig. „Wahn" – das war ein zentrales Konzept, ihr gängigstes Machtwerkzeug. Wahn nannten sie den Glauben an eine drängende Realität, die den Menschen unter Druck setzte, weil er nicht erkannte, dass diese Realität nur seine eigene Einbildung war. „Wahn" – das war ein innerer Zwang, der als äußerer Zwang empfunden wurde. So zum Beispiel der Glaube, dass man etwas Bestimmtes brauchte – eine Zigarette oder einen Ehrentitel – oder dass man in Gefahr war, etwas Einmaliges zu verpassen. Und sie erzählten mir in dieser Nacht auch den verlässlichsten Weg, wie man die Menschen in einen Wahn stürzte: Man erzeugte Wahn, indem man die Fantasie des Menschen anregte mit einem Idealbild, das der Mensch nacherleben wollte. Oder man regte die Fantasie des Menschen an mit einem Schreckensbild aus Wahn, vor dem er fliehen würde.

Der Mensch sehnte sich – wie sie mir sagten – von tiefstem Herzen, bekannte Gefühle nachzuerleben. Er wollte sein Inneres in der Außenwelt wiederentdecken. Er litt darunter, dass die Wirklichkeit unvertraut war, trügerisch, uneinheitlich.

Ich hielt es für das Sicherste, keinen Zweifel zu zeigen. Aber ich fragte mich: Konnte an dieser unglaublichen Geschichte ein Körnchen Wahrheit sein? Konnten sie die Menschen tatsächlich so manipulieren? Die dickliche Tante las mir die Frage von den Augen ab. Sie nickte und übernahm wieder das Wort: „Ja. Die wahre Wirklichkeit ist unrein. Sie ist immer wieder neu und unberechenbar. Das wollen die Menschen nicht. Sie wollen Bekanntes nacherleben. Sie wollen wissen, was sie von den Dingen zu halten haben. Sie wollen eine Welt, die zu ihren Gefühlen passt. Jeder Werbespot zeigt das. Die Werbung macht nichts anderes, als den Leuten Idealbilder zum Nachleben vorzusetzen. Genauso wie es politische Propaganda macht." „Aber wenn alles eine Lüge sein soll, die ganze Zivilisation – was ist dann dahinter? Was ist wahr? Sagt es mir!" Da schwiegen sie. Auf allen Bildschirmen sah ich geschlossene lächelnde Münder, blitzende Augenpaare. Und dann sagte die dickliche Tante zu Dir, Andi:

„Los. Sag es ihr!"

Du sahst mich seufzend an, wie ein Chirurg einen Patienten vor einer Operation ansieht. Und dann erklärtest Du mir, dass unsere ganze Zivilisation nur ein Schatten der eigentlichen Realität war. So, wie ein Höhlenbewohner an der Höhlenwand nur die Schatten der Außenwelt sah, wenn etwas Licht durch den Höhleneingang hineinfiel und er diese Schatten für die ganze Welt hielt, sahen wir nur einen Abklatsch der wahren Welt.

Ich lachte Dich aus. „Und was ist dann bitte schön Deine eigentliche Realität?"

Da hast Du wieder geseufzt. Du sagtest, dass die Welt in Wahrheit eine grenzenlose Wildnis sei. Es gebe nur eine einzige trichterförmige Stadt. Die Bewohner dieser Stadt würden von einem Zentralcomputer nach dem Gutdünken des geheimen Rats mit immer neuen Aufgaben umhergeschickt. Der Computer lenke sie, indem er sie teilweise in Traumwelten aus Illusionen gefangen hielte. Teilweise würden sie aber durchaus die Wirklichkeit um sich herum wahrnehmen. Ihnen sei also nur teilweise bewusst, dass sie in dieser Trichterstadt namens Waylhaghiri lebten. In den restlichen Teilen ihres Lebens würden sie von dem Zentralcomputer betäubt und in Illusionen gefangen gehalten wie zum Beispiel – unserer Wirklichkeit.

Ich lachte Dich schallend aus.

„Das ist unmöglich. All die Menschen auf der Erde würden in Wahrheit niemals in eine einzige Stadt passen."

„Der größte Teil der Weltbevölkerung ist reine Illusion. Aufgeblähte Fantasiezahlen. Es gibt in Wahrheit nicht mehr als ein paar zehntausend Menschen auf der Welt, vielleicht hunderttausend. Lass es zweihunderttausend sein, allerhöchstens. Größer war die Weltbevölkerung in der Menschheitsgeschichte noch nie."

Ich schüttelte heftig den Kopf hin und her und lachte, so laut ich konnte.

Du nahmst es achselzuckend hin. „Wenn du genau hinschaust, findest du immer wieder Unstimmigkeiten in unserer Wirklichkeit. Mach die Augen auf und du entdeckst viele kleine Beweise dafür, dass unsere Zivilisation nicht das ist, was sie scheint. Konzentriere dich auf die Fragmente, die du hinter den Kulissen erahnen kannst, und mit der Zeit werden deine Sinne sich daran gewöhnen, die Wirklichkeit immer besser wahrzunehmen. Es wird dich einige Anstrengung kosten. Aber mit Übung gelingt es dir, hinter die Fassade zu sehen."

Ich erfuhr vieles in dieser Nacht. Aber es war gleichzeitig klar, dass die Leute auf den Monitoren über ein noch tieferes Geheimwissen verfügten, das mir verschlossen blieb. Ich verlangte zu wissen: „Wenn ihr tatsächlich alle Menschen manipuliert – wie schafft ihr das? Wie haltet ihr die Illusion unserer Zivilisation aufrecht – wenn es tatsächlich nur eine Illusion ist? Und warum könnt ihr die Wirklichkeit jenseits dieser Illusion sehen? Was ist euer Platz in dieser angeblichen Trichterstadt namens Waylhaghiri? Wie lebt ihr dort? Seid ihr die Herren dieser Stadt?“ Sie antworteten nicht.

Später verrietst Du mir, dass die Antworten auf diese Fragen nur diejenigen erfuhren, die voll und ganz in ihr Geheimnis eingeweiht wurden. Ich hingegen war nur eine Halb-Eingeweihte und würde diesen Status auch für die kommenden Jahre und Jahrzehnte erst einmal behalten. Man musste sich lange, lange Zeit bewähren, bevor man – vielleicht – die innersten Geheimnisse erfuhr.

Sie ließen mich beim Abschied auf mein Leben schwören, dass ich niemals einen von der coolen Clique oder sonst ein Mitglied der Geheimgesellschaft offen auf diese geheimen Dinge ansprechen würde. Das war ein absolutes Tabu. Ich wurde zwar eingeweiht, durfte aber keinem Menschen gegenüber – außer Dir, Andi – jemals zeigen, dass ich die Wahrheit kannte.

Dann wurde ich zurück nach draußen geschickt, in die rötliche Morgendämmerung. Meine halbe Einweihung war abgeschlossen. Dabei hätte ich noch so viele Fragen gehabt. Ich wartete fröstelnd und wie in Trance auf Dich, Andi. Als Du kamst, gingen wir ohne ein einziges Wort den Weg zurück, den wir gekommen waren.

Oberhalb der Flutgrenze fand ich gelegentlich noch meine eigenen Fußspuren vom Hinweg. Aber in diesen wenigen Stunden war ich ein anderer Mensch geworden.

Ich habe Dich in den folgenden Monaten und Jahren immer wieder angebettelt, mir die ganze Wahrheit zu verraten. Ich habe mit allen weiblichen Tricks versucht, mehr aus Dir herauszuholen. Ich wollte um jeden Preis erfahren, wie ich selbst in Waylhaghiri lebte. Was war meine eigentliche Existenz dort? Wer war ich? Aber Du bliebst standhaft. Obwohl selbst das streng verboten war, hast Du mir gelegentlich kleine Bruchstücke des geheimsten Wissens preisgegeben, das den vollwertigen Mitgliedern der Geheimgesellschaft vorbehalten blieb. Aber die kleinen Häppchen der Wahrheit, die ich von Dir erfuhr, konnten mich nicht satt machen. Und selbst dieser bruchstückhafte Zugang zu Teilen der Wahrheit ist bei Deinem Tod im Flusswasser untergegangen. So, dass ich für immer eine Außenseiterin bleiben werde. Völlig getrennt von den normalen Menschen, weil ich zu wissend bin. Und völlig getrennt von den insgeheim Wissenden, weil ich zwar eine gute Zwecklügnerin bin, dabei aber selbst immer wieder auf Zwecklügen reinfalle. Ich weiß, dass alles Manipulation ist, und kann manipulieren, bleibe aber selbst anfällig für Manipulation. Ich weiß, dass die Schätze unserer Zivilisation nur Illusion sind, aber ich kann nicht aufhören, sie zu begehren.

So einsam, außenstehend zwischen beiden Lagern, hast Du mich, Andi, durch Deinen Tod zurückgelassen.

Auf ihrem Weg entdeckten Zazamael und seine Krieger und Kriegerinnen weitere Dinge, die definitiv nicht in die unberührte Natur gehörten. Zuerst gab es da im Gras eine Reihe von Schaufensterpuppen, mit billiger Sommermode bekleidet. Die Schaufensterpuppen standen nebeneinander wie in einem unsichtbaren Schaufenster. Das Pferd Zazamaels scheute, als er dicht an die Schaufensterpuppen herantritt. Roch oder spürte das Tier etwas Außergewöhnliches? Der Prinz stieg ab, betastete eine Puppe, befühlte den trockenen Stoff ihres Jeansrocks – ein Preisschild hing auch daran – und stellte fest, dass die Kleidung so gut wie neu war, nicht vom Wetter angegriffen, als stünden die Puppen erst seit Kurzem unter freiem Himmel. Oder als stünden sie in Wahrheit im Inneren eines Ladens, wo sie schließlich hingehörten.

„Gibt es außer unserem Waylhaghiri noch eine zweite Stadt auf der Welt?“ Furian fragte das. Und er setzte hinzu: „Falls ja – was für eine Stadt mag es sein?“

Seit Menschengedenken hatte kein Bürger Waylhaghiris etwas von einem anderen zivilisierten Ort auf der Welt gehört, wenn man die verstreuten Behausungen der Bewohner des Sumerlands nicht mitzählte.

Dann – wenige Kilometer weiter – war da dieses Kinderzimmer auf der Waldlichtung.

Sie durchquerten einen Tannenwald, als sie auf einer moosigen Lichtung ein Kinderzimmer entdeckten. Das Bett, der Schreibtisch und der Kleiderschrank waren aus Fichtenholz und passten zusammen wie ein Komplettpaket von Ikea. Auch der Nachttisch mit der Lampe gehörte dazu. Aber der Stecker der Nachttischlampe schlängelte sich sinnlos über den moosigen Waldboden, denn die Wand mit der Steckdose fehlte ja. Es lagen auch Spielsachen auf dem Boden. Zazamael bemerkte aus den Augenwinkeln einen Roboter, ein Plüschpferd und einen Haufen Plastikpüppchen.

Selbst die hartgesottene Dis zog eine unbehagliche Grimasse.

Die Krieger sahen zu, dass sie weiterkamen.

Als Nächstes folgten römische Statuen, die ihre nackten Marmorglieder in Richtung des wolkigen Himmels räkelten.

„Falls das hier der Beginn einer zweiten Stadt ist, scheint es in ihr Architektur aus den verschiedensten kulturellen Epochen zu geben. Genau wie in unserer Heimat. Aber bei uns sind die Epochen vertikal geordnet. Hier hingegen scheint alles durcheinanderzugehen. Aber, Hoheit, haltet ihr das für denkbar? Kann es eine zweite Stadt auf der Welt geben?“

Das war für die Töchter und Söhne Waylhaghiris schier unvorstellbar.

In der Mittagshitze fanden sie in der hügeligen Landschaft Parkbänke, Straßenlaternen und einen Betonbrunnen wie in einer Fußgängerzone.

Selaim Seth durchwühlte mit seiner Schwertspitze vorsichtig den Papierkorb aus grünem Blech, der in einem Meer aus scharf duftenden Brennnesseln stand. Er runzelte die Stirn. Im Papierkorb waren Papiertüten und eine Coladose, als wäre er eben noch in alltäglicher Benutzung gewesen. Sein Schwert spießte eine Papiertüte auf und beförderte sie über den Rand. Dort ergriff sie der Wind und wirbelte sie fort.

Achselzuckend ritten sie weiter in Richtung ihres geheimnisvollen Ziels. Sie waren auf alles gefasst.

Dann fanden sie eine Reihe von ärmlichen Steinhütten. Das Holz der Fensterrahmen war knallbunt angestrichen und auf den Türschwellen standen Blumentöpfe mit Rosmarin und Minze. Die Hütten erinnerten an ein südländisches Fischerdorf.

Die Stadtfragmente tauchten jetzt immer häufiger in der Natur auf und verdrängten sie an manchen Stellen sogar weitgehend. Eine Wegstunde weiter befanden sie sich zwischen den Bruchstücken eines unsichtbaren Supermarkts. Es gab Regalreihen, die mit frischen Waren gefüllt waren, und eine Kühltruhe davor. Der Prinz hielt die Hand an die

Kühltruhe und stellte fest, dass sie Kälte ausstrahlte. Und die Gefrierkost war hart und mit Raureif überzogen. Der Prinz überlegte, ob er sich aus einem der Regale eine Packung mit Keksen nehmen und sie essen sollte, um dadurch seinen Leuten die Beklemmung zu nehmen. Aber konnten diese Lebensmittel ungenießbar sein wie eine Substanz von einem fremden Planeten, wie Antimaterie? Hinter den Regalen entdeckten sie Registrierkassen – da war wohl der Ausgang des Supermarkts. Dort lagen auch Kassenbons und Werbezettel im hohen Gras wie achtlos weggeworfen. Der Prinz betrachtete staunend, wie ein Schmetterling zwischen den Registrierkassen gaukelte.

Wieder etwas weiter: Eine Reihe Marmorsäulen säumte einen kleinen Bachlauf, der sich zwischen den Hügeln hindurchschlängelte. Auf ihrem Weg ins Zentrum der fragmentarischen Stadt orientierten sie sich immer mehr an den einzelnen Bruchstücken, die sie im Kopf zu einem imaginären Stadtplan zusammensetzten. Es sprach viel dafür, dass sie sich derzeit noch in einer Vorstadtsiedlung befanden. „Wir müssen da lang, da ist eine Einfallstraße, die ins Stadtzentrum führen muss.“ „Nein, wir müssen nach da drüben, nach links. Unter dem Triumphbogen durch. Da werden die Häuser höher und dichter.“ Sie wurden sich nicht einig über die Richtung. Jeder Krieger und jede Kriegerin sah ein anderes Bild der unsichtbaren Stadt vor sich und hatte deshalb eine andere Vorstellung, wo es in Richtung Zentrum ging. Waren es also mehrere Städte, die einander überlagerten? Streit lag in der Luft, aber Zazamael führte sie mit einem schroffen Befehl in die Richtung, die ihm seine Karte vorgab.

Und gleichzeitig stand über ihnen der blaue Sommerhimmel – mit weißen Wolken und Vögeln. Als wäre nichts Besonderes los.

Nach einer Viertelstunde befanden sie sich mitten auf einer breiten Asphaltstraße. Dort gab es Straßenlampen, eine Leitplanke, Seitenpfosten und Asphalt, der abgenutzt schien von unzähligen Reifen, die tagtäglich mit hoher Geschwindigkeit darüberdonnerten. Der Prinz ritt in der Mitte der Fahrbahn, als er meinte, ein Motorengeräusch zu hören. Er fühlte sich äußerst unwohl und gab seinem Pferd die Sporen, um sich in Sicherheit vor dem heranrasenden Auto zu bringen. Aber das angebliche Motorengeräusch war nur eine fette Hummel, die an seinem Ohr vorbeibrummte.

Die Eingeweihten der Geheimgesellschaft haben mir in der Nacht an der Atlantikküste die Illusionen genommen, für die wir Menschen uns abplagen und an der wir uns festhalten. Ich weiß seitdem, dass Status und Eigentum nichts als reine Beschäftigungstherapie sind. Schlimmer noch: Die Werte, die politischen Ideale und Visionen, an die wir glauben, sind auch bloße Erfindung. Die Eingeweihten haben mir gezeigt, dass unsere Gesellschaft nur aus Kulissen besteht. Hinter diesen Kulissen erstreckt sich die Weite des Sumerlands. Hinter diesen Kulissen ragt der stolze Turm von Waylhaghiri in den Sommerhimmel. Das weiß ich. Ich kann Bilder, Gerüche, Geräusche der echten Welt immer wieder durchschimmern sehen durch den Schleier unserer Zivilisation. Wenn ich mich konzentriere, habe ich einen Einblick in die Realität. Aber wie man voll und ganz in der Wirklichkeit lebt – dieses Geheimnis bleibt mir verschlossen. Ich weiß ja nicht einmal, was für ein Leben ich in Waylhaghiri führe, wer ich dort in Wahrheit bin. Ich bleibe im Trug unserer Gesellschaft gefangen.

Ich verstehe jetzt allerdings die tiefere Ursache für all das Leid und die Ungerechtigkeit auf unserer Welt: Weil die Geheimgesellschaft seit Jahrhunderten wie ein Parasit im Wirtskörper unserer Zivilisation verwurzelt ist und das Blut unser aller Gutgläubigkeit saugt, gibt es jenseits jeder offiziellen Wirklichkeit eine geheime Agenda berechnender Manipulation. Deshalb sind Gute wie Böse untrennbar miteinander verwoben. Die Geheimgesellschaft haftet wie ein Fluch an uns armen Menschen. Seit es diesen Fluch gibt, sind Liebe und Machtausübung untrennbar miteinander verwoben. Schönheit und Täuschung sind untrennbar miteinander verwoben. Es gibt kein Versprechen ohne Verrat. Kein Geschäft wird ohne einen – wenigstens kleinen – Betrug gemacht. Was sich gut anfühlt, ist ungesund und macht süchtig. Und Du, Andi, hast diesen Fluch in mein Leben gebracht. Das war Dein Geschenk.

Seit ich weiß, dass alles um uns herum frei erfunden ist, kann ich immerhin andere Menschen hervorragend manipulieren. Weil ich weiß, dass all die Zwecklügen eben nur Lügen sind, kann ich sie anderen Leuten prima in den Kopf setzen. Deshalb bin ich so gut in meinem Job als Marketingfachfrau. Und deshalb kann ich Männer beliebig dazu bringen, sich in mich zu verlieben. Ich kann sie in den Wahn versetzen, dass ich schön bin, weil ich weiß, dass es keine wahre Schönheit gibt. Ich kann immer wieder eine neue Mode erfinden, kann ein neues ästhetisches Gebäude bauen.

Aber wenn es fast fertig ist, fast perfekt, kracht es zusammen. Etwas geht schief, immer wieder. Wie bei der großen Fusion in Waylhaghiri.

So war es auch bei meinem letzten Job und bei meiner

Beziehung mit Rainer. Ich war eigentlich schon am Ziel – ich hatte alles um mich herum perfektioniert – und dann ist wieder einmal alles gescheitert. Mein Feind – wo bist Du, warum bist Du so grausam, warum verfolgst Du mich auf Schritt und Tritt?

Mein Feind. Andi. Du hast mir Rainer genommen – der eigentlich ein Traummann war. Ich verstehe jetzt nicht mehr, wie ich so blöd sein konnte, mit ihm Schluss zu machen. Und Du hast mir meinen kostbaren Job genommen, und zwar gerade, als ich an der Schwelle zum Erfolg stand.

Wie konnte ich so blöd sein, zu kündigen? Jetzt erkenne ich: Du hast mich beherrscht, mein Intimfeind.

Du bist nicht zu packen. Du entschlüpfst meinem Zugriff in die Dunkelheit außerhalb meines Bewusstseins. Aber ich spüre, dass Du an meiner Seite bleibst.

Ich will Dich los sein. Ich will endlich die miese Vergangenheit zurücklassen, als hätte es sie nie gegeben.

Ich fühle mich noch immer schmutzig, trotz des Händewaschens. Jetzt dusche ich lange, denn ich sehne mich nach noch mehr Meeresweite. Das donnernde Wasser schlägt auf meine Haut und füllt meine Ohren und erschlägt alle Gedanken. Es ist heiß. Es weicht mich auf. Der Wasserdampf schlägt an den Wänden der Dusche nieder und macht sie rutschig. Ich muss aufpassen, dass ich nicht ausrutsche. Wenn ich mir hier ein Bein breche, gibt es niemanden, der den Notarzt ruft.

Das Duschen hat meine Stimmung gehoben. Ich will nicht zurücksinken in die miese Untätigkeit und fange damit an, die Wohnung zu putzen. Ein vorgezogener Frühjahrsputz, warum nicht?

Andi: Und wenn Du behauptest, dass meine Angst vor der Strömung damals überhaupt nicht der Grund war, dass ich Dir nicht geholfen habe, lügst Du.

Ich putze alle Fenster so sauber, dass sie makellos klar sind. Mit viel Druck rubble ich die Schlieren fort, bis es quietscht.

Ich putze das Bad. Der scharfe Essiggeruch des Putzmittels brennt in meiner Nase.

Ich sauge und der Staubsaugerlärm füllt meine Ohren und tötet alle Gedanken ab. Ich erkenne darin die Motoren der waylhaghirischen Hubschrauber. Ich sauge auch an den Orten, wo der Staub und die Zigarettenasche sich ansammeln. Typische Verstecke von Asche und Staub sind unter dem Sofa. Aber es bleibt immer ein Versteck übrig, an das man nicht gedacht hat. Die heisenbergsche Unschärferelation der Ästhetik gilt auch beim Putzen: Wer eine hundertprozentig saubere Wohnung will, entdeckt während des Putzens immer mehr neuen Dreck. Die Maßstäbe für Sauberkeit verschärfen sich proportional zum Putzfortschritt und damit rückt das Ziel der absoluten Sauberkeit in eine Ferne, die immer eine Fingerlänge außer Reichweite bleiben wird.

Sei endlich still.

Du bist tot. Aber lass mich leben.

Allmählich breitete sich das Rosa und Orange des Sonnenuntergangs über dem Horizont aus, während die Farben der Welt verblassten.

Die Krieger aus Waylhaghiri schlugen das wohl letzte Nachtlager vor dem Ziel ihrer Reise auf. Es gab wegen der Stadtfragmente zu viele Stolperfallen und Löcher, um im abendlichen Zwielicht das letzte Wegstück zu bewältigen. Sie entdeckten einen Keller, eine Doppelgarage, die halb in eine Hügelflanke eingelassen war. Das breite Garagentor war hochgeklappt. An der Außenwand der Garage lehnten ein Fahrrad und zwei Autoreifen. Dieser Ort war nach allen Seiten geschützt, deshalb objektiv gut zum Übernachten geeignet. Dis, Furian und Azazael sprachen sich dafür aus, die Nacht hierzubleiben. Aber Selaim Seth und Xionbarg Seth waren fassungslos: „Keller bedeuten Tod. Habt ihr das noch immer nicht begriffen?“ Azazael schüttelte den Kopf. „Xionshargh ist nicht in einem Keller gestorben, sondern in einem Teich. Dieser Keller ist ein Ort, den wir gut verteidigen können. Wir müssen uns auf unsere Kampffähigkeiten und unseren Verstand verlassen. Wenn wir uns vom Aberglauben lenken lassen, sind wir verloren.“ Selaim Seth lachte bitter. „Schlaue Worte, alter Säufer. Nenn mich ruhig abergläubisch. Aber du kannst es nicht leugnen: Jedes Mal, wenn wir in einem Keller übernachtet haben, ist einer von uns gestorben. Komm, erzähl mir, dass das Zufall war. Wenn du unbesorgt bist, wirst du schon deine Gründe haben, Azazael, aber ich will lebend nach Waylhaghiri zurückkommen.“ „Was willst du damit sagen, Xionbarg Seth?“ „Du verstehst mich.“ Azazael erhob sich langsam. „Willst du behaupten, dass ich der Verräter bin? Willst du das behaupten?“ Azazael trat vor und packte Xionbarg Seth am Hals. Der griff nach seiner Waffe. Zazamael schritt ein: „Hört auf! Ich habe entschieden, dass wir heute Nacht in dieser Garage schlafen.“ Schweigend kauten sie ihr Abendbrot. Dann rollten sie ihre Schlafsäcke auf dem Zementboden aus.

In dem Garagenkeller registrierte Zazamaels Nase einen leichten Geruch von Autoabgasen. Nein, es war keine Einbildung.

Die erste Hälfte der Nacht passierte nichts. Zazamael

warf sich im Halbschlaf hin und her, er träumte von einem Palast. Er schritt Treppenstufen hinauf, bis er zu einem Kuppelsaal kam. Dort wartete Prinzessin Serisada auf ihn. Sie lächelte. In beiden Händen hielt sie einen Kelch. Da riss ihn ein Scheppern aus dem Schlaf. Es kam von draußen – nah!

Hastig wühlten die Krieger sich aus ihren Schlafsäcken und griffen nach ihren Klingen. Selaim Seth und Xionbarg Seth stürmten ins Freie. Nur wenige Sekunden, dann hörte Zazamael die langsamen Schritte der Brüder zurückkehren. „Das Fahrrad ist umgefallen." Selaim Seth sagte das lakonisch, als wäre er nicht mehr bereit, sich aufzuregen. Er zuckte die Achseln und schaltete seine Taschenlampe an. „Der Feind ist wieder nah an uns herangekommen." Garimirals grüne Augen weiteten sich, als sie die Bedeutung des umgefallenen Fahrrads erkannte: „Wir waren alle hier drinnen. Es ist also keiner von uns – es gibt keinen Verräter in unserer Mitte."

Ihre Worte begannen langsam auf die Gruppe zu wirken. Die Körperhaltung der Krieger und Kriegerinnen löste sich, als wäre eine Last von ihren Schultern genommen. Furian lachte dröhnend auf und schlug Azazael seine Pranke zwischen die Schulterblätter.

Die Todesgefahr an sich war für die Krieger leicht zu ertragen, das eigentlich Schlimme war das Misstrauen gewesen. Zazamael spähte nach draußen, wo Zweige im Nachtwind schwankten. Dort lauerte also der Mörder. War es ein Mensch? Oder was sonst? Am Himmel funkelten Sterne. Es war kalt. Bis zum Morgengrauen war es noch hin. Hatte Zazamael unter schwankenden Zweigen ein Paar blass leuchtender Luchsaugen gesehen? Nein – es war nur Einbildung gewesen. Der Prinz murmelte: „Da draußen wartet er. Ich bin sicher, er hat sich nicht weit entfernt. Sobald wir uns hinlegen, schlägt er zu." Alle lauschten – nichts war zu hören. Dis flüsterte: „Ich gehe raus und suche den Mörder." „Das ist zu gefährlich, wir müssen zusammenbleiben." Aber Dis blieb stur. „Er muss in der Nähe sein. So eine Chance, ihn zu fassen, bekommen wir nie wieder. Wenn wir ihn ergriffen haben, sind wir wieder in Sicherheit." Die Aussicht war unwiderstehlich. Sie beschlossen, sich in zwei Gruppen aufzuteilen. Prinz Zazamael musste als das eigentliche Ziel des Attentäters im sicheren Keller bleiben. Furian und Azazael hielten gemeinsam vor dem einzigen Eingang Wache. Die vier Übrigen – Dis, Garimiral, Xionbarg Seth und Selaim Seth – durchkämmten die Umgebung nach Spuren des Mörders.

Allein im Keller hörte Zazamael, wie Azazael draußen einen Schluck aus seiner Whiskyflasche nahm und sie freundlich lachend Furian anbot. Der lehnte mit einem einsilbigen Brummen ab. Dann war längere Zeit nichts zu hören. Prinz Zazamael war noch immer schläfrig, er versank in Träumereien an den Palast, an den Kuppelsaal, wo die lächelnde Serisada auf ihn wartete. Wo sie ihm einen Kelch entgegenhielt.

Abrupt brach ein vielstimmiger Tumult los. Furian brüllte in allernächster Nähe wie ein wilder Stier. Die Stimmen der anderen riefen in der Ferne, Garimiral schrie etwas Unverständliches, Dis gab mit trockener Stimme Kommandos, ihre Stimmen kamen rasch näher. Was war los? Waren das Kampfgeräusche? Es war Zazamael zu gefährlich, nach draußen zu gehen. Die Klinge hielt er fest umklammert, seine Knöchel schmerzten. Endlich waren die Stimmen der anderen direkt vor der Garagentür. Zazamael trat zu ihnen. Alle standen sie um den toten Azazael und schrien sich an, debattierten wild.

Aber davon wurde er auch nicht wieder lebendig.

Der tiefe Schnitt durch seine Kehle würde auf diese Weise nicht heilen.

Sein Blut versickerte unaufhaltsam im Erdboden. Der goldene Rest in seiner Whiskyflasche würde für immer ungetrunken bleiben.

„Wo ist der Mörder – ist er entkommen? –, wie konnte das passieren?" Doch Furian vergrub das Gesicht in beiden Händen. Er weinte wie ein Kind. „Ich weiß es nicht. Ich weiß es nicht. Ich habe nichts gesehen." Er ließ die Hände hilflos herabsinken. Seine fassungslosen Augen sprangen zwischen den übrigen Kriegern hin und her wie ein gehetztes Tier: „Ich habe mich umgedreht zu ihm. Da war er bereits tot. Er ist völlig lautlos gestorben." Dis sagte ruhig und hart. „Das ist unmöglich." Alle senkten ihren Blick vor ihre Schuhspitzen, auf das tote Gesicht von Azazael. Es war verzerrt, aber es war zu erkennen, dass er von einer Sekunde zur nächsten gestorben sein musste. Fast, ohne es selbst zu merken. Definitiv ohne jeden Kampf. Aber so lautlos, dass sein Kamerad ein paar Meter weiter überhaupt nichts davon mitbekam?

Alle sahen Furian an. Niemand sagte etwas.

Furian atmete tief ein und aus, steigerte sich allmählich in einen unglaublichen Zorn. Er würgte und haspelte, suchte nach Worten, dann brüllte er jäh Dis an: „Willst du sagen, dass ich lüge? Willst du sagen, ich bin der Mörder? Dass ich? Der Mörder? Bin? Dis?" Aber Dis scharrte mit ihrer Stiefelspitze im Staub und wiederholte trocken: „Es ist unmöglich, was du sagst. So lautlos stirbt kein Mensch. Es ist unmöglich. Dass du danebensitzt und nichts mitbekommst." Mit einem überschnappenden Gurgeln stürzte Furian sich auf Dis und drosch mit beiden Fäusten wieder und wieder auf sie ein. Zazamael war einen Augenblick lang schlicht verblüfft über die kaum noch menschlichen Geräusche, die Furian von sich gab. Selaim Seth und Xionbarg Seth sprangen hinzu, rissen Furian von Dis los und drehten ihm die Arme auf den Rücken. Er wand sich in ihrem Griff und fluchte, dann weinte er leise. Auf einmal fiel ihm etwas ein. Jäh auflachend rief er aus: „Schaut euch doch meine Klinge an. Die ist sauber. Kein Blut." Selaim Seth zog ihm die Waffe aus der Scheide am Gürtel und inspizierte sie stirnrunzelnd. Tatsächlich – da war keine einzige Spur von Blut zu sehen. Aber da bückte Selaim Seth sich und schlug den Mantel des Toten zurück. Alle sahen sie die dunkelroten Streifen – hier hatte der Mörder seine Klinge sauber gewischt.

Selaim Seth sagte schicksalsschwer: „Er war es also, die ganze Zeit. Er hat alle umgebracht. Er ist der Verräter." „Nein! Nein! Ich war es nicht. Ich schwöre!" „Furian – warum hast du das getan? Was ist mit dir geschehen?" „Lasst mich! Ich schwöre. Ich bin es nicht gewesen!" Schluchzend brach Furian zusammen, die Knie sackten ihm weg, er gab jeden Widerstand auf. Seine weinende Stimme murmelte leise. Sinnlose Wortbrocken, Beteuerungen seiner Unschuld, die die anderen nicht interessierten. Selaim Seth fragte in die Runde: „Wie konnte er es tun? Er hat doch auch geschworen. Das Feuer auf dem Altar hat sich in seinen Augen gespiegelt und die biomechanische Transformation hat sein Mark durchdrungen. Er hat auf seine persönliche Tugend geschworen, den sportlichen Ehrgeiz." Garimiral wischte sich Tränen aus dem Gesicht und zuckte müde die Achseln. „Egal. Wir werden es nicht verstehen. Vielleicht ist mit der Tugend des sportlichen Ehrgeizes etwas faul. Immerhin ist es eine Tugend, bei der es darum geht, andere zu übertrumpfen. Das ist eine Tugend, die Unfrieden schafft. Sie hat sich möglicherweise wie ein Virus im Wertesystem unserer Zivilisation eingenistet. Wie auch immer. Hauptsache, wir haben ihn." „Und jetzt? Was machen wir mit ihm?"

Keiner sprach ein Wort. Aber Selaim Seth holte ein Seil aus seinem Rucksack und knüpfte eine Galgenschlinge. Sorgfältig, ohne sichtbare Emotionen, prüfte er seine Handarbeit. Dann schritt er hinüber zu einer Straßenlaterne vor der Garage – ein weiteres Stadtfragment – und brachte den Galgen gewissenhaft an. Niemand rührte sich, niemand erhob Einwände. Auch nicht, als Selaim Seth geradlinig auf den zusammengekrümmten Furian zuschritt und ihn emporriss, am Kragen zu dem Galgen schleifte. Furian wehrte sich nicht. Sie waren sich nicht sicher, ob er begriff, was geschah.

Zazamael schwankte kurz, ob er einschreiten sollte, aber dann entschied er, die Dinge ihren Gang gehen zu lassen. Vielleicht war es am besten so. Wenn Furian tot war, würde sich der Rest wieder sicher fühlen. Die übrigen Krieger und Kriegerinnen standen wie betäubt umeinander herum und schienen abzuwarten, dass die Hinrichtung vorbeiging.

Doch da sagte Dis in ihrer ruhigen Art: „Stopp. Er war es nicht. Ich weiß es."

Selaim Seth erstarrte und glotzte sie an. „Du hast ihn doch beschuldigt." „Ich habe nur festgestellt, dass es unmöglich ist, dass er von Azazaels Tod nichts mitbekommen hat. Das ist es auch. Ich habe keine Erklärung dafür. Hier geht etwas Übernatürliches vor. Furian jedenfalls war es nicht. Ich weiß es." „Woher willst du das wissen?" „Ganz einfach – ich habe ihn gesehen, wie er den Toten entdeckt hat. Er war entsetzt. Und überrascht. Er hat gebrüllt wie ein kleines Kind. Ich habe ihn gesehen, lange bevor er mich bemerkt hat. Ihr wisst ja, dass ich in Richtung Keller zurückgegangen bin, noch bevor Furian angefangen hat zu brüllen." Zazamael war erstaunt: „Was – du bist allein zurückgegangen in Richtung Keller?" Garimiral nickte. Man hörte an ihrer

Stimme, dass sie eben noch geweint hatte: „Ja – Dis meinte, sie hätte ein schlechtes Gefühl. Sie wollte zurück zu euch, Hoheit, nach dem Rechten sehen." Die übrigen Krieger bestätigten das. Und die anderen Opfer des Mörders waren ja auch mitten in ihrer Gruppe ermordet worden, ohne dass jemand etwas gemerkt hatte. Reglos standen die Krieger umeinander herum. Furian stand wortlos auf und klopfte sich den Staub von der Kleidung. Er trat geistesabwesend auf die Seite, ohne die Übrigen anzusehen.

Selaim Seth murmelte einen verlegenen Fluch, durchkämmte unschlüssig mit der Hand seinen Vollbart und entfernte dann umständlich die Galgenschlinge wieder von der Straßenlaterne. Dis meinte sachlich: „Mach dir keine Vorwürfe, Selaim Seth. Du konntest nicht wissen, dass Furian es nicht war." Sie schwieg kurz und überlegte. Dann sagte sie noch laut, sodass es der abseits stehende Furian hören musste: „Wir müssen jetzt trotz allem zusammenhalten. Die größte Gefahr für uns ist die Angst. Und der Zorn. Und die Zwietracht. Das Misstrauen, das sich zwischen uns breitmacht. Wir müssen zusammenhalten, denn nur so können wir unser Ziel erreichen." „Falls wir da überhaupt hinwollen ..." meinte Garimiral düster. Sie gingen gemeinsam zurück in den Keller bis auf Furian, der sein Schlaflager wortlos nach draußen verlegte.

Ich habe den Entschluss gefasst, wie es mit mir weitergeht: Ich gründe eine eigene Firma.

Warum bin ich nicht schon früher auf diese Idee gekommen? Der Schritt in die Selbstständigkeit ist für jemanden wie mich der einzig sinnvolle Weg.

Das wirkt nach außen hin als Aufstieg und nicht als Abstieg gegenüber meinem früheren Job. Mit meiner Firma mache ich das Gleiche wie bisher: Zwecklügen glorifizieren, Gefühle herbeireden, Moden aufbauen. Ich kann ja mal die Zigarettenfirmen und sonstigen Kunden meines alten Arbeitgebers anschreiben. Ein paar wenigstens müsste ich auf meine neue Firma rüberziehen können.

Weil ich am Anfang jeden Cent sparen muss, richte ich mein Büro hier in meinem Apartment ein, auch wenn die Ästhetik der Inneneinrichtung verunreinigt wird durch die Aktenordner und den Drucker auf dem Fußboden.

Eben hat mein Handy geklingelt, zum ersten Mal seit Wochen. Ich bin zusammengezuckt und es hat gedauert, bis ich es unter einem Papierstapel gefunden habe. Es war aber nur Sigrid. Sie fragt mich, ob ich in den Schulferien auf Susanne aufpassen kann, wo ich doch jetzt den ganzen Tag lang zu Hause bin und Zeit habe –von wegen!. Im Klartext: Sie fragt, ob Susanne für mindestens einen Monat bei mir wohnen kann. Natürlich ist mir das nicht unbedingt recht. Ich habe Angst, dass dieses Mädchen merkt, wie instabil ich in Wahrheit bin. Diese Susanne ist mir unheimlich.

Andererseits ist es schön, nicht mehr allein mit Dir zu sein, Andi. Es ist schön, wenigstens für ein paar Wochen eine andere Gesellschaft zu haben außer Deiner stummen Anwesenheit.

Schon übermorgen wird dieses Mädchen mit seinem Koffer hier vor der Tür stehen. Vielleicht ist es doch keine gute Idee. Dieses Mädchen ist sonderbar. Aber ich kann es Sigrid nicht abschlagen.

Ich rufe Susanne an, um die Einzelheiten mit ihr zu besprechen. Dabei kann sie mir auch ihre Geschichte weitererzählen.

Wenn man auf sie achtet, zerfällt die Stille im Klassenzimmer zu vielfältigen Geräuschen. Ein Blatt Papier wird im Zeitlupentempo und doch irrsinnig laut zerrissen. Stifte kratzen hektisch.

Susanne hörte den Geräuschen an, dass sie keine Zeit damit verschwenden durfte, ihnen zuzuhören. Die Klassenarbeit dauerte fünfundvierzig Minuten. Das waren dreieinhalb Zentimeter auf dem Zifferblatt ihrer Armbanduhr. Dann musste sie das Blatt abgeben.

Susanne versuchte erfolglos, den Blick ihrer Freundin Christine einzufangen. Die malte verbissen Zahlen aufs Papier, als gelte es ihr Leben. Christine stellte sich bloß an. Sie war besser in Mathe und nicht in Gefahr, durchzufallen.

Das war die dritte der vier Klassenarbeiten im Schuljahr. Zwei Fünfen hatte Susanne schon kassiert. Bei der ersten Fünf hatte ihre Mutter bloß geschimpft. Bei der zweiten Fünf wirkte sie hilflos und erklärte in komplizierten Worten, was „durchfallen“ bedeutete. Susanne hatte verstanden, dass sie durch eine Falltür in eine tiefer gelegene Parallelwelt stürzen würde. Sie wusste rein gar nichts über diese andere Welt, aber Susanne stellte sie sich gröber und dunkler vor. Es war eine Höhlenwelt mit weniger Farben und Bewegungen, weniger Licht. Sie wollte hier oben bleiben. Dafür musste sie die Aufgaben auf dem Blatt vor ihr lösen. Der Minutenzeiger ihrer Armbanduhr war weiter vorgerückt. Und die restliche Welt mit ihm. Allein Susanne saß still da und fand den Einstieg nicht.

Susanne hatte den Verdacht, dass die Aufgaben in Wahrheit keine Lösung hatten. Die Klassenarbeit war ein versteckter Angriff ihres Feindes, des Spielwarenhändlers. Sie hatte in Österreich herausgefunden, wie sie ohne seine Spielsachen spielen konnte. Jetzt wollte er sie in Abhängigkeit halten, indem er sie in Sachzwänge verstrickte, die sie nicht ignorieren konnte, ohne dass ihr dabei ein dauerhafter Schaden entstand.

Er drohte ihr mit der Zukunft.

Aber Susanne war stärker.

Sie legte demonstrativ den Stift weg, lehnte sich zurück und verschränkte die Arme. Erst einmal wollte sie verstehen, was bei dieser Klassenarbeit vor sich ging. Dann würde sie schon noch rechtzeitig das Richtige tun.

Angeblich waren Klassenarbeiten etwas Sachliches und Notwendiges. Aber es gab dahinter eine versteckte Agenda der Machtausübung. Genauso wie die Schulsachen nur scheinbar Nutzgegenstände waren, in Wahrheit aber Spielsachen, war auch die Klassenarbeit in Wahrheit ein Spiel.

Und das waren die Regeln: Es gab pro Schuljahr vier Stück davon. Zusammen machten sie einen wesentlichen Teil der Zeugnisnote aus. Der Termin für die Klassenarbeit wurde ungefähr einen Monat vorher festgelegt. Dann hatte man erst einmal zwei Wochen lang ein dumpfes Gefühl der Unruhe. Anschließend lernte man zwei Wochen lang mehr oder weniger jeden Tag. Manche versuchten es auch mit einem gewaltigen Kraftakt am letzten Tag vor der Arbeit. Aber wenn der Tag der Klassenarbeit gekommen war, fühlte man sich in jedem Fall schlecht vorbereitet. Die Lehrerin teilte das Schreibpapier aus und die Zettel mit den Aufgaben, die erst noch umgedreht vor einem liegen blieben. Dann durften alle Kinder gleichzeitig umdrehen und es ging los. Danach dauerte es ungefähr vier Wochen, bis die Arbeiten korrigiert waren und man das Ergebnis den Eltern sagte.

Wer hatte sich diese Regeln ausgedacht? Es konnte nur der Spielwarenhändler gewesen sein. Die Lehrerin war bloß eine seiner Helfershelfer. Deshalb war sie fies zu Susanne gewesen, als sie das Spiel mit der Pferdeherde in der Klasse eingeführt hatte. Und deshalb fixierte die Lehrerin Susanne jetzt, als wolle sie sie zwingen, die Arme nicht länger verschränkt zu halten.

Was also war zu tun?

Die Klassenarbeit bestand nur aus zwei Aufgaben. Susanne sah gleich, dass die erste Aufgabe rätselhaft war. Susanne kämpfte die aufsteigende Panik nieder. Sie hatte Zeit verloren, deshalb war es vernünftig, die erste Aufgabe zu übergehen und mit der zweiten anzufangen. Die war nun wiederum so einfach, kaum der Rede wert. Die wahre Herausforderung war diese verdammte erste Aufgabe. Sie ließ Susanne keine Ruhe. Die erste Aufgabe musste sie erst einmal schaffen, um es ihrem Feind, dem Spielwarenhändler, zu beweisen. Danach würde sie noch rasch die zweite Aufgabe erledigen.

Susanne griff sich mit großer Geste ihren Stift. Die Lehrerin und alle anderen sollten sehen, dass sie anfing.

Susanne versuchte es mit dem Herbeidenken. „Wenn ich daran glaube, dass ich die Lösung für diese erste Aufgabe finde, wird das stimmen." Wenn sie sich einen eigenständigen Lösungsweg erfand, würde er sie zum richtigen Ergebnis führen. Denn die Aufgabe war eine Erfindung des Spielwarenhändlers. Auf eine Erfindung reagierte man am besten mit einer Gegenerfindung. „Entscheidend ist, dass ich nicht an mir zweifele. Und dass meine Handschrift ordentlich und sauber ist.“ So machte sie es. Sie meißelte die Zahlen aufs Papier in gestochen klarer Handschrift. Allerdings brauchte sie auf diese Weise für die erste Aufgabe so lange, dass sie nicht mehr richtig zu der zweiten Aufgabe kam.

„Wo müssen wir lang?“ Zazamael starrte auf seine Karte. „Schwer zu sagen. Die Orientierung wird dadurch erschwert, dass die Zahl der Stadtfragmente zunimmt. Sie verdrängen die Natur.“ Nur ausnahmsweise sahen sie noch einen grünen Hügel oder eine Tannengruppe. Die Stadtfragmente waren wie ein Labyrinth aus Mauern und Straßen der unterschiedlichsten Epochen und Baustile. Sie mussten bei jedem Schritt aufpassen, denn es gab Ziehbrunnen, offene Gully-Löcher und Fragmente von U-Bahn-Schächten im Boden. Furians Pferd war bei Tagesanbruch über eine tönerne Amphora gestolpert, die im hohen Gras verborgen lag. Es hatte sich den Knöchel gebrochen. Sie hatten es zurücklassen müssen. Aber sie waren ja ohnehin fast am Ziel angelangt.

Dis bat wieder um ein vertrauliches Gespräch mit dem Prinzen. „Bis zum Ziel wird der Mörder keine neue Gelegenheit zum Zuschlagen mehr finden. Aber danach liegt noch der Rückweg vor uns. Wir müssen ihn zu fassen bekommen. Sonst sieht keiner von uns Waylhaghiri lebend wieder.“ Zazamael glaubte nicht, dass es nach Erreichen des Ziels noch einen Rückweg geben würde. Aber das durfte er nicht aussprechen, nicht einmal gegenüber der furchtlosen

Dis. „Um ihn zu fassen, müssen wir ihn erwischen, wenn er das nächste Mal zuschlägt.“ Dis zögerte, fragte dann: „Wer also wird das nächste Opfer sein?“ Zazamael ging alle Übriggebliebenen im Geiste durch: Da war Garimiral, ihre Tugend war Genussfreude. Sie schien die Schwächste zu sein und der Prinz beschloss, besonders auf sie aufzupassen. Dann war da Xionbarg Seth. Seine Tugend war das gesunde Selbstbewusstsein. Die Tugend seines Bruders Selaim Seth war die Coolness. Diese beiden erfahrenen Kämpen waren jedenfalls nicht die Schwächsten. Dis war auch kein Opfer. Ihre Tugend war der Kampfeseifer. Und Furian, mit dem sportlichen Ehrgeiz als Tugend, konnte sich ebenfalls wehren.

Letztlich konnte es der Mörder aber nur auf den Prinzen selbst abgesehen haben.

Nach der Klassenarbeit verglichen die Kinder ihre Ergebnisse. Susanne hatte bei der ersten Aufgabe eine andere Lösung als die anderen. Sie hielt das geheim und meinte laut, dass die Arbeit viel zu einfach gewesen wäre. Die anderen Kinder protestierten beleidigt. Susanne blickte arrogant drein. Sie dachte mit aller Macht eine Drei plus herbei. Das war die richtige Note. Mit einer Drei plus konnte sie sich in der letzten Klassenarbeit sogar wieder eine Fünf leisten.

Als es die korrigierte Arbeit zurückgab, fand Susanne es unglaublich, dass sie jetzt tatsächlich dasselbe Blatt Papier zurückerhielt, das sie vor Wochen abgegeben hatte. Auf welchen verschlungenen Wegen hatte dieser federleichte Zettel das Schulgebäude und dahinterliegende unbekannte Zonen der Welt durchreist?

Die Lehrerin rief sie auf. Susanne sah schon von Weitem, dass ihr Blatt überdeckt war mit roten Korrekturen, die aussahen wie wilde Würmer oder wie ein wucherndes Krebsgeschwür.

Da öffnete sich eine Falltür im Boden der Welt und Susanne stürzte hinab in eine Parallelwelt, die gröber und farbloser und insgesamt schlechter war.

Sie schlug auf dem harten Boden der Welt der Verliererinnen auf.

Hoffnungslos äugte sie nach der Note. Eine Vier minus! Fast schon wieder eine Fünf! Das war für sie ein Schlag, denn sie hatte sich fest auf die herbeigedachte Drei plus eingerichtet. Jetzt konnte sie sich in der letzten Klassenarbeit keinen Ausrutscher mehr leisten. Sie würde den ganzen Sommer über Angst vor dem Durchfallen haben.

Ihre tobenden Gefühle hinderten sie daran, die Korrekturen sachlich zu analysieren. Es entging ihr deshalb, dass sie zwar die erste Aufgabe komplett falsch hatte, aber bei der zweiten Aufgabe nur deswegen nicht die volle Punktzahl erhalten hatte, weil Susanne sie wegen der fehlenden Zeit nur stichwortartig gelöst hatte. Ihr fiel auch nicht auf, dass sie sich ja immerhin schon von einer Fünf auf eine Vier verbessert hatte.

Susanne steckte die Klassenarbeit tief in ihre Schultasche, in ein eigenes Fach, damit die wuchernde Krankheit der wilden Würmer nicht die Bücher und Hefte von Englisch und Deutsch infizierte, wo sie – noch – ziemlich gut war. In der Pause erzählte sie allen anderen Kindern mit beiläufiger Großspurigkeit, dass sie eine Drei minus bekommen habe. Sie beschränkte ihre Lüge auf eine Drei minus. Denn wenn sie die erhoffte Drei plus herbeigelogen hätte, hätte sie sich erbärmlich gefühlt. Ihre Freundin Christine hatte nur eine Vier plus. Sie jammerte endlos und war etwas neidisch auf ihre Freundin. Susanne reagierte auf diesen Neid mit unverhohlener Arroganz. „Jammer nicht. Durchfallen wirst du sowieso nicht, also ist es doch egal, was für eine Note du hast." „Tu nicht so superschlau. Du hast ja gut reden mit deiner Drei. Meine Eltern werden schimpfen. Sie werden sagen, dass ich dumm und eine Versagerin bin, weil ich nur eine Vier habe." Susanne schnappte grob zurück. „Lass mich in Ruhe mit deinen Pseudoproblemen und mit deinem Pseudoquatsch." „Ach, halt dein Maul. Du bist nicht mehr meine beste Freundin." „Du umgekehrt auch nicht. Du bist blöd. Kein Wunder, dass du keine bessere Note schaffst."

Die beiden Mädchen gingen nach der Schule getrennt nach Hause – auch gut.

Susanne spielte sowieso lieber allein.

Am nächsten Morgen bog Susanne vom Schulweg ab und erkundete einen neuen und einsamen Weg. Sie schwänzte zum ersten Mal die Schule. Sie hatte ein schlechtes Gewissen. Aber sie spürte auch einsamen Stolz und die Genugtuung, dass sie es nun allen in der Schule zeigte. Alle würden sich fragen, ob sie krank war oder einen Unfall gehabt hatte.

Susanne kickte eine Plastikflasche vor ihren Füßen her. Sie trieb sich in einem verwilderten Park herum. Der Park war dunkel und verdreckt, er gehörte zur Höhlenwelt der Verliererinnen unterhalb der Falltür. Susanne fragte sich, ob sie nun ihr restliches Leben in dieser rauen und farblosen Parallelwelt bleiben würde. Ihre Gedanken kreisten unaufhörlich um die Schule und die Noten. Das war eine schlechtere Art von Alleinsein als im Urlaub in Österreich, wo sie frei im Kopf gewesen war.

Susanne saß auf einer versteckten Parkbank, von der aus

man eine moosbewachsene Steinstatue unter einer Kastanie im Blick hatte. Sie sah ständig auf ihre Armbanduhr – in der Schule würde in achteinhalb Minuten die Pause beginnen. Die Armbanduhr zeigte die Zeit in der Schule an, denn dort passierte etwas. Hier bei Susanne passierte nichts und es war keine besondere Zeit.

Aber sie würde es allen zeigen. Sie würde alle anderen Kinder dazu bringen, bei ihrem selbst erfundenen Spiel mitzuspielen.

Sie sah sich als Anführerin aller Kinder. Sie würde an der Spitze eines Triumphzuges reiten, auf ihrem Pferd Altaris. Wenigstens dieses Pferd hielt auch jetzt zu ihr.

Etwas riss sie aus ihren Tagträumen. Ganz in ihrer Nähe spürte sie glühende Augen, die sie abtasteten.

In dem verlassenen Park lauerte ein Feind.

„Es wird Nacht. Wir sind immer noch nicht am Ziel. Wie kann das sein?“ Zazamael zuckte die Achseln. „Wir müssen im Kreis gelaufen sein.“ „Im Dunkeln können wir nicht weiter. Es gibt zu viele Löcher im Boden und unberechenbare Stadtfragmente.“ Niemand antwortete. Die Aussicht auf ein weiteres Nachtlager gefiel keinem.

Um sie herum ragten Hochhäuser auf, an denen die Außenwände teilweise fehlten, sodass man die Möbel in den Zimmern sah. Die hellen Fassaden leuchteten im Schein des aufgehenden Mondes. Eine Treppe führte hinunter in eine U-Bahn-Station. „Geht ruhig da runter, wenn ihr wollt. Ich jedenfalls schlafe sehr gern unter dem Sternenhimmel." Selaim Seth sagte das cool, wie es seine Art war. Niemand widersprach. „Wir schlafen draußen. Aber erst einmal suchen wir die Umgebung gründlich ab." Sie bildeten zwei Gruppen. Dis und Furian durchkämmten die linke Seite, Garimiral und Xionbarg Seth die Gegend rechts. Selaim Seth bewachte unterdessen den Prinzen.

Furian und Dis redeten bei ihrer Suche kaum ein Wort miteinander. Dis tippte mit ihrer Waffenspitze gegen einen knorrigen Baum, der unter einem parkenden Auto emporwuchs und ein Vorderrad in die Luft stemmte wie ein Wagenheber. Seine Blätter rauschten im Nachtwind. Dis gefielen diese Spuren der Natur zwischen den Stadtfragmenten nicht. Sie ließ alle Sinne umherschweifen, aber sie spürte keine Anzeichen eines Fremden. Dis murmelte nachdenklich: „Auch in Waylhaghiri verschmelzen die verschiedensten Baustile und Zivilisationsepochen auf engstem Raum miteinander. Könnte es sein, dass diese …" Da packte Furian grob ihren Arm: „Dis! Hast du das gehört?" Sie machte sich mit einem Ruck frei. Blieb unbeeindruckt. Lauschte kurz und scharf. „Da war kein Geräusch." „Natürlich. Schritte. Ganz klar Schritte. Du kannst sie nicht überhört haben. In Richtung unseres Lagers." Dis konzentrierte sich noch einmal, schüttelte lächelnd den Kopf. „Du bist nervös. Da bildet man sich Dinge ein und meint …" „Quatsch nicht rum. Da ist jemand beim Lager." Dis ließ so nicht mit sich reden: „Hör mal, ich war Senior Elimination Manager bei der Informationsreinhaltungspolizei. Dafür braucht man funktionierende Sinne, glaub mir das, Junge." „Es ist mir verdammt noch mal egal, was du früher einmal für einen tollen Posten gehabt hast …" Furian zögerte eine halbe Sekunde, gab sich dann einen Ruck: „… du Meuchelmörderin. Ich sehe nach." Und er war fort. Dis zuckte die Achseln.

Sie starrte ins Leere.

Dann schien ihr etwas einzufallen, denn sie drehte sich auf den Absätzen um und eilte Furian hinterher.

Furian und Dis kamen fast gleichzeitig beim Lager an. Sie fanden dort Selaim Seth. Das Blut aus seiner durchgeschnittenen Kehle durchtränkte seinen schwarzen Vollbart. Seine aufgerissenen Augen ließen erkennen, dass ihn der Tod nicht plötzlich überrascht hatte. In seiner letzten Sekunde musste er etwas Spektakuläres gesehen haben, denn die Verblüffung war in seine Gesichtszüge eingegraben. Aber zum Schreien war er nicht mehr gekommen, auch nicht ansatzweise zu einem Kampf.

Seine Tugend, die Coolness, hatte ihn nicht vor dem Mörder geschützt.

Zazamael hatte sich in den Eingang der U-Bahn-Station zurückgezogen. Bleich, aber ruhig erzählte der Prinz, wie er das Todesröcheln von Selaim Seth gehört hatte und sich bereit gemacht hatte, sein eigenes Leben zu verteidigen. Aber zum Glück hatte der Angreifer die näher kommenden Schritte von Dis und Furian gehört und sich aus dem Staub gemacht. Es war für den Prinzen also noch einmal gut gegangen, um Haaresbreite.

Jetzt waren sie nur noch zu fünft. Garimiral stand mit einem Ruck auf und schulterte ihr Gepäck. „Lebt wohl, alle miteinander, ich gehe zurück nach Waylhaghiri. Das hier ist doch reiner Wahnsinn – keiner von uns wird überleben. Das wisst ihr doch!“ Sie hatte sich ein paar Schritte von der Gruppe entfernt, da rief Dis sie zurück. „Bleib bei uns, Mädchen. Der Weg ist zu gefährlich für dich allein.“ Garimiral drehte sich halb um, als hoffe sie darauf, dass Dis ihr sagen würde, was sie zu tun habe. Ihre Augen glitzerten im schwachen Licht der Nacht. Dis sagte begütigend: „Garimiral, denk daran: Es ist nicht sicher, dass all die Häuser, an denen wir auf dem Hinweg vorbeigekommen sind, auf deinem Rückweg noch immer menschenleer sein werden. Geh nicht allein zurück. Bleib bei uns." Garimiral schleuderte ihren Rucksack zu Boden und schluchzte wie ein Kind. Dis nahm sie in den Arm: „Komm. Hab keine Angst. Wir schaffen das. Gemeinsam. Wir sind die besten Krieger der Stadt. Wir verkörpern ihre Tugenden. Waylhaghiri wird stärker sein. Wir sind fast am Ziel." Und Garimiral weinte, nickte, erst zaghaft, dann fest und entschlossen. Zazamael nutzte den positiven Schwung des Augenblicks und klatschte in die Hände: „Auf, Mannen! Das ist die Prüfung. Wenn wir sie bestehen, entreißen wir dem Sumerland sein Geheimnis. Wir gehen jetzt weiter bis ans Ziel, zur Not die ganze Nacht hindurch. Weit kann es nicht mehr sein."

Sie tasteten sich durch die Dunkelheit. Zazamael behielt Xionbarg Seth im Auge, denn der gefiel ihm überhaupt nicht. Seit dem Tod seines Bruders hatte er kein Wort gesprochen, kaum eine wahrnehmbare Reaktion gezeigt, aber er murmelte beständig vor sich hin. Und er tastete dabei immer wieder nach dem Griff seiner Waffe. Er träumte vermutlich davon, Blutrache zu nehmen an dem Mörder seines Bruders.

Zazamael fragte sich, weshalb der wilde Wein in dieser städtischen Umgebung zu finden sein sollte. Er hatte sich das innerste Herz des Sumerlands als eine Feenlichtung oder so vorgestellt und nicht als eine fragmentarische Stadt.

Susanne wagte keine Bewegung. Der verborgene Feind griff sie jedoch nicht an, obwohl weit und breit kein Mensch im Park waren. Susanne stand lautlos auf und zog sich Schritt für Schritt zurück, bis sie das Ende des Parks erreicht hatte. Dann erst drehte sie sich um und rannte weg.

Am nächsten Tag erwartete sie nichts Gutes in der Schule. Die Chaoswürmer der roten Korrekturen tobten und wanden sich und infizierten Susannes Gedanken, die nun ständig um gute und schlechte Noten kreisten. Deshalb konnte sie sich nicht konzentrieren und verstand immer weniger von dem, was die Lehrerin sagte. Die Abhängigkeit von den Noten beherrschte sie schlimmer, als es die Gier nach Spielsachen je getan hatte.

Sie schwänzte deshalb wieder die Schule. Trotz des unheimlichen Feinds zog es sie zurück in den verwilderten Park. Dort – das spürte sie – war dieses böse Wesen ganz nah. Aber das war besser als überhaupt keine Gesellschaft. Der Feind tat ihr – noch – nichts. Er wartete auf etwas. Vielleicht konnte sie mit ihm Kontakt aufnehmen und ihn überreden, der Lehrerin etwas Böses anzutun als Rache für die Ungerechtigkeit.

Was war aus ihr geworden? Sie stampfte mit dem Turnschuh auf und befahl sich: „Stopp!“ Es gab garantiert einen einfachen Weg, um bessere Noten zu bekommen. Um diesen Weg zu finden, musste sie zuerst wieder Herrin ihrer Gefühle werden, anstatt sich von der Angst vor dem Durchfallen beherrschen zu lassen. In der Klassenarbeit hatte sie sich von der Angst vor der ersten Aufgabe beherrschen lassen. Deshalb hatte sie die zweite Aufgabe nicht in Ruhe gelöst.

Sie brauchte jemand auf ihrer Seite. Jemand, der sie daran erinnerte, was sie eigentlich war: eine Prinzessin. Sie rief ihr Pferd Altaris herbei und legte ihren Kopf gegen seinen Hals. Sie flüsterte ihm ins spitze Ohr: „Wir beide schaffen das.“

In Gedanken verwandelte sie das Ikea-Pult in ihrem Kinderzimmer in einen Schreibtisch aus Gold und Glas. Den Schreibtischstuhl verwandelte sie in einen Thron. So fühlte sie sich schon besser. Damit war klar, dass sie mächtiger war als die Lehrerin. Dann ließ sie sich von Altaris Nachhilfe in Mathe geben. Vor ihrem Pferd musste es ihr nicht peinlich sein, wenn sie einen Fehler machte. Und Altaris würde ihr nur gerechte Beurteilungen geben. So fiel ihr das Lernen leichter. Altaris war nur dann mit ihr zufrieden, wenn sie tatsächlich gelernt und alles verstanden hatte. Man muss die Spielregeln der Dinge, die man herbeidenkt, einhalten.

Das war die oberste Regel des Herbeidenkens.

Susanne lernte gern. Sie saß stundenlang an ihrem goldenen Schreibtisch. Ihr Pferd nahm sich die Zeit, um den Stoff für die nächste Klassenarbeit so lange mit ihr durchzusprechen, bis diesmal wirklich alles klar war. Wer sollte Susanne hindern, alles von Grund auf zu verstehen? Der Spielwarenhändler bestimmt nicht. Den hatte sie schon einmal ausgetrickst. „Und selbst wenn ich am Ende doch durchfalle, selbst im allerschlimmsten Fall wird sich früher oder später eine Lösung finden. Denn ich bin wieder Herrin meiner selbst." Ja, es stimmte. Susanne sah sich um: Die Welt war nicht mehr schäbig-grau, sondern bunt. Sie war durch die Falltür wieder nach oben geklettert. Sie spürte, dass es über ihr keine bessere Welt gab. Es gab über ihr nichts als den freien Himmel. Sie lachte Christine an, mit der sie sich wieder versöhnt hatte. „Chrissie! Man kann es schaffen – jeder kann es schaffen." Christine verstand nicht. Das machte nichts. Susanne würde es ihr bald erklären. Und allen anderen Kindern würde sie es auch erklären.

11

Die dunkle Jahreszeit ist vorbei, Andi. Und Du wirst sehen: In diesem Frühling befreie ich mich endgültig von Dir.

Warmer Regen rinnt in zögerlichen Tropfen an meinen Fensterscheiben hinab. Dahinter sieht man hellgrüne Blätter an den Bäumen. Sie sind noch klein und zerknittert. Auch an jedem dieser Blätter hängen Wassertropfen. Sie glitzern im Sonnenlicht.

Obwohl ich den Winter über kein grünes Blatt gesehen habe, ist mir dieser Anblick, die Wiederkehr der Lebendigkeit, tief vertraut. So, als würde ich die Wiederkehr des Lebens nicht nur seit der frühsten Kindheit kennen, sondern schon viel länger. Vielleicht gibt es keinen Tod und wir sind alle unsterblich.

Inzwischen sind die Dinge in Bewegung geraten. Meine Firma kommt in Gang. Ich habe einige kleinere Kunden meines alten Arbeitgebers rüberziehen können. Und wenn das gelingt, was ich aktuell plane, dann kommt demnächst eine große und besondere Firma dazu.

Ich spüre: Mein unbekanntes wahres Ich hat sich im Trichterturm von Waylhaghiri mindestens drei Etagen nach oben gearbeitet.

Ich weiß von früher, wie genervt der Entscheider bei der großen und besonderen Firma von den bürokratischen und praxisfernen Compliance-Regeln meines alten Arbeitgebers war. Meine kleine Firma ist da flexibler. Der Entscheider heißt Siggi. Er hat auffallend zurechtgezupfte Augenbrauen.

Gegen die Fensterscheiben pocht zaghaft der leichte, warme Regen, den ich so gern mag. Frühlingswind rüttelt und ich reiße beide Fensterflügel weit auf. Frische Luft dringt herein, der Duft von frischem Regen, Sauberkeit, Fruchtbarkeit, Ungebundenheit. Friedlicher Sex. Vorbei ist die lastende Stille. Nun gibt es überall die unterschiedlichsten Geräusche – Vögel, Autos, Schritte. Stimmengemurmel.

Und ein Geräusch ist dabei, das so allgegenwärtig ist, dass man es zwischen den anderen leicht überhört: das Rauschen des Frühlingswinds. Das Schönste am Frühling ist, dass sich die Luft ständig bewegt.

Der Frühlingswind weht die Papierstapel auf meinem Schreibtisch durcheinander. Ich schließe die Fensterflügel wieder.

Ich sehe nach, was Serisada so treibt. Schließlich wollen wir auch sie nicht aus den Augen verlieren.

Serisada durchwanderte eine Randzone des Basars der tausend und abertausend Güter. Mit kontrollierter Beherrschtheit schlenderte sie in eine Richtung, die – so hatte der sumerländische Geheimdienst sie vor ihrem Aufbruch aus dem Palast instruiert – heraus aus dem Basar führen sollte. Die Randzone des Basars war weit wie eine Wüste. Sie wirkte schäbig und war verlassen. Die wenigen Leute, die wie vorbeiziehende Segelschiffe ab und zu in der Ferne auftauchten, machten von der Körperhaltung her einen müden und abgehetzten Eindruck wie in einem Supermarkt kurz vor Ladenschluss. Nur ein oder zweimal lief jemand so dicht an ihr vorbei, dass sie seine Gesichtszüge erkennen konnte. Serisada vermied es aber auch bei diesen seltenen Begegnungen, in fremde Gesichter zu blicken. Sie hielt ihr königliches Haupt stets gesenkt, da der Basar mit Kameras überwacht wurde. Auch das hatte ihr der sumerländische Geheimdienst vor ihrem Aufbruch eingeschärft.

Weil Serisadas Blick auf den Boden gerichtet war, übersah sie fast die Tür.

Da war eine Eisentür in einer hypergewaltigen Fototapete, die einen tropischen Strand in der verblichenen Farbenpracht des Technicolor-Spektrums zeigte. Das war der Ausgang.

Serisada warf einen prüfenden Blick zurück – sie war fast hundertprozentig sicher, mögliche Verfolger abgehängt zu haben. Keine Menschenseele war in Sichtweite. Sie stemmte mit aller Kraft die schwere, kalte Eisentür ein Stück weit auf und schlüpfte hindurch.

Die Tür fiel dröhnend hinter ihr zu. Die Luft war auf einmal kühl. Es war dunkel, aber nicht stockdunkel. Sie befand sich nun in einer kahlen Halle, eine Tiefgarage. Decken und Wände waren aus nacktem Beton.

Vor ihren Füßen lag ein Papierfetzen, auf dem ein grinsendes Gesicht aufgedruckt war. Serisada machte einen Schritt über das Papier hinweg und ging auf die einzige Lichtquelle zu, die es hier gab. Der Boden war rau und kalt unter ihren nackten Füßen.

Das Licht kam aus den Fenstern eines Kleinbusses, der in weiter Ferne parkte. Auch die Tiefgarage war schier endlos wie eine Wüste oder ein Ozean. Serisada durchschritt diese

Weite sicher und ruhig, als wäre sie ein Ozeandampfer oder eine Karawane. Der Kleinbus war gar nicht mal so klein, eigentlich sogar groß, aber trotzdem ein lächerliches und wackliges Gefährt. In diesem Bus sollte der sumerländische Kontaktmann auf Serisada warten, um sie mit einer neuen Identität auszustatten, mit der sie sich frei in Waylhaghiri bewegen konnte.

Sie hörte aus dem Inneren Musikfetzen herüberwehen wie aus einem Radio mit schlecht eingestelltem Sender.

Andi, wir beide sind – zum Glück – kaum noch allein miteinander. Meine Abende verbringe ich nicht mehr in meinem Apartment. Das ist inzwischen eher ein Büro als eine Wohnung. Und außerdem wohnt Susanne nun bei mir. Ihr durchdringender Blick folgt mir auf Schritt und Tritt. Nach all den Jahren Einsamkeit als Single irritiert es mich, dass ich in meinen Privaträumen beobachtet werde. Erst recht von diesen jahrhundertealten Kinderaugen. Nach meinen langen Arbeitstagen will ich raus, um Spaß zu haben. Und ich weiß inzwischen auch, wohin ich gehen kann.

Ich habe den Ort rein zufällig entdeckt. Obwohl er nur ein paar Hundert Meter vor meiner Haustür liegt.

Und das war so: Eines Abends fiel mir eine Tür in einer fensterlosen Mauerwand auf. Diese Tür war dunkelrot lackiert. Es gab kein Schild und keine Aufschrift. Ich dachte, das sei der Eingang zu einer Spielhölle oder einem Bordell oder so. Aber dann sah ich eine Geschäftsfrau hindurchgehen. Sie sah aus, als wäre sie aus meiner Branche, und ich war mir sicher, ich kannte sie. Ich wusste aber nicht, woher. Neugierig geworden, folgte ich ihr. Dann lag am Fuß einer steilen Treppe ein märchenhaft cooler Club. Dieser Ort hatte keinen Namen. Er lebte nur von Mund-zu-Mund-Propaganda.

Alles in diesem Club ist dunkel und feuerrot. Wir Menschen finden feuerrotes Licht in der Dunkelheit glamourös und sexy, weil das unser Unterbewusstsein an die Bordellkathedrale erinnert, die in der echten Welt – Waylhaghiri – schief über den Abgrund des Innensees hängt, als würde sie jeden Augenblick hinabstürzen.

Ein Mann hinten an der Bar bildet sich ein, dass ich ihn beachte. Damit er mich in Ruhe lässt, starre ich geistesabwesend und unnahbar durch ihn hindurch.

Manche Gesichter hier unten kommen mir ZU bekannt vor. Sind hier unten alte Bekannte aus der Clique in der goldenen Zeit? Schwer zu sagen. Es sind viele Jahre vergangen. Diese Jahre haben unsere Gesichter verändert. Aber ich werde die Angst nicht los, dass jemand plötzlich an mich herantritt und mich fragt, was genau damals mit Dir passiert ist, Andi.

Und so genau kann ich es keinem Menschen sagen und so genau will ich es selbst nicht wissen.

Lasst mich doch alle in Ruhe!

Lass mich in Ruhe, Andi. Warum quälst Du mich weiter. Obwohl Du selbst nichts mehr davon hast.

Denn Du bist ja tot.

Ich will aus meinem Herzen keine Mördergrube machen und will nicht, dass der böse alte Gedanke immer wieder hochkommt. Du bist tot. Und alles, was mit Dir und unserer Liebe zu tun hatte, wurde von mir konsequent abgetötet. Mein neues Ich, mein neues Leben, das ist Action rund um die Uhr, Arbeiten bis zum Umfallen für meine Firma, Geld und Glamour.

Ich komme niemals zur Ruhe, das will ich auch gar nicht, und es bleibt keine Zeit mehr für diesen bösen alten Gedanken. Es wird in meinem Leben nie wieder einen Moment geben, in dem ich mich zurücklehne und die Gedanken treiben lasse, denn ich weiß genau, wer da angetrieben kommt, und ich will Dein Gesicht nicht sehen.

Ich kann mir selbst nach wie vor nicht hundertprozentig vertrauen.

Soll ich zurück in mein Apartment? Lieber noch nicht. Susannes uralte Augen warten dort auf mich. Ich warte besser, bis sie schläft. Weißt Du, Andi, ich habe entdeckt, dass die Spiele dieser Susanne auffällig ähnlich sind mit der geheimen Wirklichkeit hinter unserer Realität, Sumerland. Ihre Spiele handeln von einer turmartigen Stadt und auch von einem wilden Land und vom Krieg zwischen diesen beiden Reichen. Ihre Spiele handeln möglicherweise sogar von einer Prinzessin, ähnlich wie Serisada, und einem Prinzen, ähnlich wie Zazamael. Gehört Susanne zu den Eingeweihten? Ich habe den Eindruck, dass sie mehr weiß als ich. Sie behauptet, dass sie unser gemeinsames Geheimnis erfunden hat, aber wir wissen beide, dass das unmöglich ist, Andi. Die sonderbare Geschichte, die sie mir erzählt, ergibt keinen Sinn und hat vor allem nichts mit mir und meinem Leben zu tun. Deshalb interessiert sie mich nicht wirklich. Ich lasse sie trotzdem reden, weil ich ihre Stimme gern höre.

Gleichzeitig ist Susanne ein gewöhnliches Kind. Sie geht wie ein gewöhnliches Kind früh schlafen. Ich habe ihr den kleinen Raum neben der Küche als provisorisches Kinderzimmer eingerichtet. Die Ärzte sagen, dass es noch dauern kann, bis Sigrid das Krankenhaus verlassen kann und Susanne abholt.

Mit einem Mal spüre ich jetzt einen Blick auf mir lasten wie ein Gewicht. Jemand im Hintergrund beobachtet mich. Er steht jenseits der gleißenden Scheinwerfer neben der Tanzfläche. Deshalb kann er mich besser sehen als ich ihn. Das Wichtigste ist, reglos zu bleiben, damit er nicht merkt, dass ich ihn bemerkt habe.

Ja, mein ewiges Problem mit den Männern. Was mich an mir stört, ist, dass ich zu dick bin. Weißt Du, Andi, ich mag meinen Körper nicht. Ich fühle mich darin nicht wohl. In der goldenen Zeit war mein Körper noch etwas Besonderes. Seitdem geht es stetig und unaufhaltsam abwärts mit ihm. Ich pendle zwischen meinen beiden Lastern, dem Rauchen und den Süßigkeiten. Rauchen ist glamourös und erinnert mich an die goldene Zeit, aber langfristig gesehen ist es tödlich. Süßigkeiten heilen meine Seele. Süßigkeiten habe ich schon als Kind geliebt, aber sie machen mich dick und unattraktiv. Beides hebt sich – hoffentlich – gegenseitig auf.

Jetzt kommt er über die Tanzfläche auf mich zu. Gott – was ist, wenn er Dein Gesicht hat?

Er latscht vorbei Richtung Ausgang, ohne mich zu beachten.

Es war einfach nur ein nichtssagendes Gesicht.

Ich bin allein hier.

Beinah schade eigentlich.

Obwohl mein Herz noch immer laut und schnell schlägt. So habe ich mich erschrocken.

Der Kleinbus verströmte den Geruch von Frittierfett und von exotischen Gewürzen. Eine Seitenwand war durch ein Blechrouleau ersetzt, das halb hochgezogen war. Durch die Öffnung sah man eine schmuddelige Theke mit drei Barhockern. Hinter der Theke räumte der Wirt mit müden Bewegungen klirrende Flaschen und scheppterndes Metallgeschirr beiseite. War dieser fahlgesichtige Mann Serisadas Verbündeter? Sein abgespanntes Gesicht wirkte wie eine Wand.

Die Prinzessin schlüpfte unter dem Metallrouleau hindurch. Sie kletterte auf einen der – hohen – Barhocker und machte mit beiden Händen das Erkennungszeichen des sumerländischen Geheimdienstes. Der Wirt zeigte keine Reaktion. Er drehte genervt am Radio, das gerade in diesem Moment wirre Störgeräusche produzierte. Dann aber verneigte er sich gemessen mit altmodischer Höflichkeit. Er blieb stumm. Er geleitete die Prinzessin des Sumerlands zur Motorhaube des Wagens, wo seine Frau dabei war, mit Pinsel und Ölfarben die Außenbemalung der Fahrerkabine auszubessern.

Die Fahrerkabine mit Wohnzelle und die Motorhaube waren über und über mit Blumen und Landschaften bemalt und wirkten von Nahem besehen so geräumig wie die Kajüte eines Segelboots.

Mit matter Stimme erklärte der Garküchenwirt seiner Frau, wer Serisada war und was jetzt zu tun war. Die Frau nahm ebenso lethargisch seine Anweisungen entgegen. Serisada war peinlich berührt. Sie hatte den Eindruck, dass ihre Anwesenheit für dieses Paar nur eine lästige Zusatzarbeit am Ende eines aufreibenden Arbeitstags war. Diese Eheleute schienen keine Gefühle mehr füreinander zu hegen. Sie wirkten wie eine Zweckgemeinschaft zur Bewältigung des Alltags.

Serisada fragte sich, ob das bei ihren eigenen Eltern auch so gewesen war. Aber sie konnte sich nicht an sie erinnern. Falls es ihre Eltern überhaupt jemals gegeben hatte, waren sie schon seit vielen Jahrhunderten verschwunden. Seit die Prinzessin sich erinnern konnte, lebte sie allein auf der königlichen Insel, im grenzenlosen Palast …

Die Frau winkte sie in die Wohnzelle hinter der Fahrerkabine. Als Serisada hineinkletterte, registrierte sie überrascht einen Duft von Parfümen und Sandelholz. Im Inneren war die Wohnzelle aufwändig eingerichtet, mit kostbaren Teppichen und einem Klapptisch aus Ebenholz, der mit Elfenbein-Intarsien und Silberbeschlägen verziert war. Die Frau taxierte die Prinzessin unter ihren wirren kohlschwarzen Haaren hervor. Sie stand in der Enge so dicht vor ihr, dass sie ihren Atem laut hörte. Die Frau untersuchte die Prinzessin murmelnd von oben bis unten. Sie betastete mit ihren harten Händen ihre kindlichen Finger und Handflächen, die Sehnen an ihrem Hals, ihr Gebiss, ihre Augen. Sie prüfte sogar, ob das Haar der Prinzessin echt war und nicht nur eine Perücke. Befriedigt startete die Frau dann einen schmuddeligen Computer und machte sich daran, Serisadas neue falsche Identität in der zentralen Datenbank von Waylhaghiri freizuschalten. Die Tastatur klapperte laut.

Serisada spürte aufgeregt, wie ihre Existenz symbiotisch mit dem Geldfluss und Kommunikationsfluss Waylhaghiris verdrahtet wurde. Der Energieschub dieser Kontaktaufnahme tat im ersten Moment fast weh und schmeckte danach wie Trunkenheit von elektrischem Licht. Serisada war ab jetzt voll mit dabei bei jedem Geschehen in der Stadt. Sie war nun eine anerkannte Bürgerin der Zivilisation, mit einem coolen Gesicht wie eine Barbiepuppe. Sie war nicht mehr nur irgendein Stück arglose Natur, das wirkungslos lebte und anschließend auf natürliche Weise verging. Sie war nicht nur irgendeine unbedarfte Feenprinzessin, mit der keiner etwas anzufangen wusste.

Prinzessin Serisada bekam in dieser Stunde einen neuen Namen verpasst, ein komplettes neues Leben. Damit hatte sie mit einem Schlag einen mehr oder weniger guten Ruf, Beziehungen zu anderen Menschen, Freunden und Feinden. Sie hatte einen beruflichen Lebenslauf, der selbst in Stichworten kaum auf zwei Seiten passte. Sie hatte ihre hehren Karriereziele. Sie hatte eine lange Liste mit Lieblingssongs und eine noch längere Liste von Freunden in sozialen Netzwerken. Und sie hatte Kindheitserinnerungen, sie hatte ein eigenes Körpergefühl und kulinarische Vorlieben, die Marketingfachleute kontinuierlich ausspionierten. Sie hatte ihren individuellen Desktop-Hintergrund am Computer. Und sie hatte natürlich auch ihre einzigartige Art, sich zu kleiden – mit anderen Mädchen konnte sie auf Partys „sehen und gesehen werden“ spielen.

Von dieser Stunde an hatte sie eine „Bilanz des Lebens“ in der Datenbank von Waylhaghiri. Hier konnte sie jederzeit nachsehen, was sie bis jetzt im Leben erreicht hatte und wen sie beeindruckt hatte und auch, welche Chancen sie verpasst hatte. Sie sah sämtliche freigeschalteten Achievements und auch die Zugriffszahlen stets in Echtzeit. Denn die Bilanz ihres Lebens war öffentlich einsehbar. Logisch. Nur so konnte sie den nötigen Neid und die nötige Bewunderung erregen. Das höchste Ziel im Leben eines jeden waylhaghirischen Bürgers war es, in irgendeiner Kategorie der Bilanz seines Lebens einen stadtweiten Spitzenplatz zu belegen und dauerhaft zu verteidigen. Also beispielsweise derjenige zu sein, der am meisten Geld verdiente oder der die meisten Schulden machte oder der in seinem Leben insgesamt das meiste Salz aß oder der die meisten Kalorien beim Gestikulieren und Grimassieren verbrauchte. In welcher Kategorie man seinen persönlichen Rekord aufstellte, war egal. Ein Spitzenfußballer war ebenso viel wert wie ein Spitzenglücksspieler oder ein Spitzenanwalt. Diejenigen, die so einen Spitzenplatz eroberten und verteidigten, trafen sich auf exklusiven Partys, wo es bunt zuging. Der härteste Polizist schüttelte dort dem härtesten Gangster die Hand. Die verruchteste Kurtisane lachte zusammen mit dem weisesten Philosophen. Und alle hatten nur eins gemein: Sie waren auf irgendeine Weise Spitze, deshalb schwer austauschbar. Man nannte das „Irgendwieexzellenz".

Aber in dem Moment, in dem ihre neue Identität von den harten Händen der Frau mit klappernden Tastenschlägen ins System gehackt wurde, begann auch schon die Informationsreinhaltungspolizei von Waylhaghiri mit der kontinuierlichen Suche nach Unstimmigkeiten in ihrer Existenz. Jeder Bürger wurde rund um die Uhr überwacht. Er wurde evaluiert. Früher oder später würden sie ihr auf die Schliche kommen, wenn sie den kleinsten Fehler machte. Und welcher Mensch hält es dauerhaft aus, hundertprozentig fehlerfrei bleiben zu müssen? Serisada musste ab jetzt in steter Bewegung bleiben, damit ihre Lebenslüge nicht aufflog. Nur durch stete Bewegung konnte sie die Differenz zwischen dem Soll und dem Ist überdecken. Die Differenz zwischen dem Sein und dem Schein konnte sie nur überbrücken, indem sie stets halb in der Zukunft blieb. Sie konnte ihre Versprechen von gestern nur halten, indem sie doppelt so große Schuldscheine auf morgen und übermorgen unterzeichnete. Hochstapler dürfen niemals rasten.

Serisada hörte hinter ihrem Rücken, wie der Mann das rasselnde Rouleau des Garküchenwagens herunterließ. Die Frau deutete mit dem Kinn stumm auf eine Liege. Serisada folgte diesem Wink gern. Sie streckte sich aus. Sie war müde. Die Fußsohlen pulsierten schmerzend von dem langen Weg.

Der Garküchenbus rollte tuckernd los, ganz langsam. Es ging lange geradeaus, wohl hinaus aus der endlosen Tiefgarage. Serisada konnte nicht sehen, wohin die Reise führte. Denn das einzige Fenster der Wohnzelle befand sich schräg hinter ihr, sodass sie sich arg verrenken musste, wenn sie einen Blick nach draußen erhaschen wollte.

„Wohin fahren wir?“

Die Frau lächelte unter dem wirren schwarzen Haar hervor und legte einen Finger auf ihre Lippen. „Ssschh! Keine Sorge, Kleines, aber wir müssen weg von diesem Ort. Zu unsicher, wenn man länger an einem Fleck bleibt. Wir ziehen immer umher. Jetzt fahren wir lange Zeit, lange Zeit, lange Zeit. Das ist besser für uns und auch für dich – sicherer.“

Serisada entspannte sich. Sie bettete ihren Kopf auf ein Brokatkissen. Die Frau beugte sich über sie und breitete eine weiche Kaschmirdecke über ihr aus. Das tat gut. Serisada erinnerte es einen Traum, den sie ein einziges Mal vor vielen Jahrhunderten gehabt und seitdem nie vergessen hatte. In dem Traum waren ihre Eltern bei ihr im Palast gewesen.

Unruhig schreckte sie gleich wieder hoch und verrenkte sich den Hals, um durch das Fenster zu spähen. Die Stadt war einfach zu aufregend, um gerade jetzt zu ruhen. Der Bus rumpelte im Schritttempo durch eine finstere Gasse. Eine Rotte Straßenköter schnüffelte den angenehmen Düften der Garküche hinterher.

„Erzähl mir mehr über den Ort, an den wir fahren. Damit ich mich vorbereiten kann.“ Die Frau nickte anerkennend. „Richtig. Du musst möglichst viel wissen. Denn deine erste Aufgabe dort wird nicht einfach.“ „Was für eine Aufgabe?“ „Du musst Geld verdienen, Geschäft heranschaffen, Mädchen!“ Serisada überlegte, fragte dann zögernd: „Bin ich dafür nicht noch zu jung?“ Die Frau schüttelte kichernd ihre Mähne. „Hier in Waylhaghiri macht man keinen Unterschied zwischen Kindern und Erwachsenen. Oder man macht zumindest nicht denselben Unterschied wie da, wo du herkommst." Die Frau rückte hinüber und klappte einen Sitz hoch, unter dem ein eiserner Miniaturherd verborgen war. Serisada sah gleich, dass die Frau Übung darin hatte, während des Geschaukels der Fahrt Essen zuzubereiten. Und während sie Serisada mehr über das Reiseziel erzählte, bereitete sie ihr eine stärkende Suppe mit Eigelb, Kräutern, Räucherfleisch und einem Schuss goldenem Whisky zu. „Wir fahren zu einem Rummelplatz. Er liegt in einer öden Gegend, einer Art Vorstadt, wenn du so willst." „Öde Gegend? Gibt es so etwas hier bei euch in Waylhaghiri überhaupt?" Die Frau zuckte die Achseln. „Bei uns – du gehörst ab jetzt mit dazu. Vergiss das niemals. Und öde: Wie man es nimmt. Jedenfalls sind die, die dort wohnen, begierig nach jeder Art von Unterhaltung. Sie wollen immer mehr Unterhaltung. Sie können den Hals nicht voll bekommen. Deshalb veranstalten sie regelmäßig einen Rummel. Mit Bier und Schnaps, Glücksspiel, Schießbuden. Und klar doch – ein Riesenrad gibt es auch. Sie haben das Geld locker in den Taschen sitzen. Deshalb kommen wir regelmäßig dazu. Gutes Geschäft für uns beide, für meinen Mann und mich. Sehr gutes Geschäft."

Serisada spähte wieder nach draußen. Mittlerweile rumpelte der Bus eine enge Straße direkt an der inneren Trichterwand entlang. Gegenüber auf der anderen Trichterseite drängten sich zinnsoldatenkleine Menschen in einer Art Einkaufspassage. Den Spiegelsee tief unter ihr konnte sie durch die enge Fensteröffnung nicht sehen. Die Straße führte steil aufwärts und der Motor des Busses drohte jeden Moment heiß zu laufen. Sie fuhren allerhöchstens langsames Schritttempo. „Auf diesem Rummel wird auch gehandelt. Und deine Aufgabe wird es sein, gute Geschäfte zu machen." Die Frau sagte das mit einer dunklen Gier in der Stimme. Serisada nahm begierig die heiße Suppenschale entgegen und löffelte sie leer. Sie hatte immer noch gewaltigen Hunger. „Gute Geschäfte? Davon verstehe ich leider nicht viel. Prinzessinnen können nicht besonders gut mit Geld umgehen, fürchte ich. Womit soll ich denn handeln?“ Die Frau lachte leise, als singe sie ein Lied, anerkennend. „Dann musst du jetzt ganz schnell lernen. Mädchen. Du bekommst nämlich nur diese eine Chance. Du wirst mit Superhelden handeln.“ „Mit Superhelden?“ „Ja, mit Lizenzen. Schau her –“ Die Frau holte aus einem Wandfach einen Stapel Spielkarten. Auf jeder von ihnen war ein Superheld in billigem Zweifarbdruck abgebildet, aber es waren keine Zahlenwerte darunter wie bei Sammelkartenspielen. „Schau – das ist Sonicman, der schneller als der Schall fliegt und seine Feinde mit dröhnend lauter Musik bekämpft. Gläser und Fensterscheiben zerspringen überall, wo er auftaucht. Sonicman ist gut, aber nicht der Beste. Und das hier ist Psychedelic Man. Seine Pupillen sind Spiralen. Er versetzt seine Feinde in einen Drogenrausch.“ „Ist das denn in Ordnung bei einem Superhelden für Kinder und Jugendliche?“ Die Frau lachte wieder, leise. „Eigentlich nicht. Aber mit dem Jugendschutz nimmt es hier keiner so genau. Kinder und Erwachsene sind hier in Waylhaghiri gleichgestellt. Gleiche Rechte, gleiche Pflichten. Unbegrenzte Freiheit, unbegrenzte Verantwortung. Und hier ist noch ein besonders starker Held, Pi-Man, der Primzahlheld. Der haut alle anderen weg.“ „Woran sieht man das? Da sind gar keine Eigenschaftswerte auf den Karten aufgedruckt.“ „Ach, solche Zahlen braucht niemand in der Vorstadt. Das Pantheon dieser Superhelden ist dort seit Generationen allgemein bekannt. Jeder kennt ihre Eigenschaften. Nur ganz selten gibt es Streit darüber. Und wenn doch, gehört dieser Streit mit zum Spiel.“ Die Frau des Wirts nutzte die Stunden der Fahrt, um Serisada alle Regeln und auch die geheimen

Tricks beizubringen, die sie brauchte, um in ihrem neuen Beruf zu bestehen.

Die Fahrt verlief unruhig. Einmal schob sich der Bus mühselig durch eine aufgebrachte Menschenmenge, Fußballfans oder Demonstranten, die erzürnt gegen das Blech der Außenwand schlugen und traten. Serisada war es recht, dass sie nur selten durch das kleine Fenster sehen konnte. So wurde sie nicht von der Außenwelt abgelenkt und konnte sich aufs Lernen konzentrieren.

Schließlich kamen sie an ihrem Ziel an. Der Bus parkte ein. Das Motortuckern erstarb röchelnd.

Ich bin beinahe neidisch. Serisadas neuer Job als Lizenzhändlerin wäre das Richtige für mich. Ich kann mich wegen meiner besonderen Fähigkeiten auf meinen Geschäftssinn verlassen, wenn es um Medienprodukte geht. Der Beweis: Ich sitze heute Abend wieder in meinem feuerroten Club – ich habe einen großen Geldeingang zu feiern.

Es ist so viel Geld, dass ich es mir leisten kann, ein Büro zu mieten. So ist mein Apartment kein Arbeitsplatz mehr, sondern wieder eine gemütliche Wohnung für mich und dieses Mädchen Susanne.

Diese Veränderung war nötig. Ich brauche stete Veränderung. Sonst werde ich auf meiner Jagd nach der Irgendwieexzellenz von der Informationsreinhaltungspolizei eingeholt und meine Lebenslügen fliegen auf.

Die Vorauszahlung kommt von meinem besonderen zukünftigen Kunden. Obwohl wir noch keinen unterschriebenen Vertrag haben. Siggi hat noch keine Arbeitsprobe von mir gesehen. Eigentlich weiß er kaum etwas von mir. Er hat mir noch nicht einmal gesagt, was sie von mir wollen.

Die wollen gerade mit mir zusammenarbeiten.

Ich trinke heute Abend Bloody Mary. Ein cooler Drink. Er passt zu mir. Mein Glas ist leer bis auf einen Rest Tomatensaft zwischen den Eiswürfeln. Ich muss sagen, er sieht im rötlichen Schummerlicht aus wie eine Blutspur, die zurückführt an einen Ort, wo ich nie mehr hinwill.

Das nächtliche Schlachtfeld.

Ich stehe auf und gehe nach Hause. Das Apartment ist überraschenderweise hell erleuchtet. Susanne schläft noch nicht. Ich frage sie, ob sie mir ihre Geschichte weitererzählen will – quasi als Gutenachtgeschichte, nur umgekehrt: Sie erzählt, ich höre zu.

Draußen vor ihrem Kinderzimmerfenster regnete es. Die Tropfen sammelten sich zögerlich und glitten dann – sobald sie schwer genug waren – rasch die Fensterscheibe hinab. Sie bildeten Bahnen, die bei langer und aufmerksamer Beobachtung als Blumenstängel zu erkennen waren. So ähnlich wie Eisblumen gab es also auch Regenblumen.

Draußen im nassen Garten hingen die Wassertropfen auf ihrem Weg hinab zur Erde zitternd an den Blüten, die stilltraurig und gleichzeitig zufrieden aussahen. Alle Farben der nassen Welt sahen aus, als wären sie auf einen schweren und satten Untergrund gemalt. Die Straße hinter dem Gartenzaun lag einsam da. Es gab nur einen Vogel, der unbeeindruckt vom Regen sein eintöniges Lied sang.

Leider war Christine dieses Wochenende weg, weil sie einen Familienausflug mitmachen musste. Der Streit zwischen den beiden Freundinnen war längst vergessen. Dass Susanne außer Christine noch keine anderen Freundinnen hatte, lag nur daran, dass es schwer war, anderen Mädchen zu erklären, wie das Spiel des Herbeidenkens funktionierte. Die anderen Kinder glaubten an die Echtheit der Spielsachen. Noch. Aber es wurde langsam mal Zeit, dass sie von Susanne die Wahrheit erfuhren. „Ich hätte Lust, mit diesem behinderten Mädchen anzufangen. Sobald der Regen aufhört, gehe ich auf die Straße. Dann treffe ich sie vielleicht zufällig. Sie soll ja in der Nähe wohnen. Aber nein – sie geht ja niemals raus."

Am Horizont zeichneten sich allmählich die Sommerferien ab wie ein Ozean aus unverplanter Zeit, auf den man auf der geradlinigen Autobahn der Schultage zufährt. Alle Klassenarbeiten waren längst geschrieben. Susanne hatte keine Angst vor dem Zeugnis am letzten Schultag. Vom Durchfallen war sie einen breiten Sicherheitsabstand weit entfernt. Seit sie zusammen mit ihrem Pferd Altaris lernte, war Susanne egal, was die Lehrerin von ihr dachte. Deshalb hatte Susanne keine Angst mehr vor Ungerechtigkeit. Bemerkenswerterweise war die Lehrerin daraufhin netter geworden. Die Hefte waren frei von den wilden Würmern. Das Lernen machte Spaß. Na ja, so einigermaßen.

Langsam, aber gewaltig nahm die Veränderung ihren Lauf.

Die Frau des Garküchenwirts gab Serisada noch einen Ratschlag mit auf den Weg: „Der Lizenzmarkt ist in einem Zelt hinter dem Riesenrad. Du musst zwischen den Wohnwagen durchgehen. Dann kannst du das Zelt nicht verfehlen. Aber pass auf den Hund auf. Noch etwas: Hier hast du ein Opernglas. Lass es niemals fallen. Es ist zerbrechlich." „Was soll ich damit?" „Meine Güte – man merkt, dass du eine Landpomeranze bist. Das dient zur Fernkommunikation." „Fernkommunikation?" „Natürlich. Damit kannst du Worte von den Lippen ablesen, wenn jemand auf der anderen Trichterseite zu dir spricht. Der sumerländische Geheimdienst wird dir so ab und zu Tipps geben können. Aber pass bitte schön auf, dass du das Fernglas auf die richtige Person richtest. Und hier ist dein Geld – wir können dir leider nicht mehr geben." Serisada befühlte das magere Bündel Geldscheine. „Schau nicht so zweifelnd drein. Weißt du, Mädchen, es ist gefährlich, Geld an der Informationsreinhaltungspolizei vorbeizuschleusen." Serisada schwieg und überlegte, ob sie nun raus auf den spannenden Rummelplatz gehen durfte. Die Frau missverstand ihr Schweigen und rückte seufzend noch ein paar Geldscheine raus. „Also gut, hier. Und hier. Aber das ist jetzt wirklich alles, was wir entbehren können. Das wertvolle Opernglas bekommst du obendrein. Damit haben wir unsere Schuldigkeit gegenüber dem Sumerland längst übererfüllt. Hüte das Geld wie deinen Augapfel und mach das Beste draus. Es liegt allein an dir. Du musst es rasch vermehren. Dazu darfst du keinesfalls ..." Serisada nickte mechanisch. Sie hatte genug von den Belehrungen. Sie wollte endlich den Rummelplatz sehen. Von außerhalb des Wagens hörte sie jähe und raue Rufe, Gläserklirren und Musik. „Soll ich anschließend wieder zu euch zurückkommen? Wie geht es weiter mit mir?" Die Frau schüttelte langsam den Kopf und erklärte Serisada, dass sie sich nie wiedersehen würden. Das sei zu gefährlich. Serisada würde ab jetzt unter ihrer neuen falschen Identität leben. Sie würde heute Nacht von der zentralen Datenbank Waylhaghiris einen adäquaten Schlafplatz zugewiesen bekommen – adäquat zu ihrem Status und ihrer Leistung. Und ab morgen bekäme sie dann tagtäglich neue Aufgaben. Sie müsste sich nach oben arbeiten, immer weiter nach oben. Das war die richtige Richtung. Wenn sie sich als Lizenzhändlerin heute Abend bewährte, würde das morgen früh jedermann in der öffentlichen Bilanz ihres Lebens sehen. Das war dann ein guter erster Schritt in Richtung der Irgendwieexzellenz – sie müsse einfach nur die allerbeste Lizenzhändlerin von allen werden.

Serisada sagte ungeduldig Lebwohl und Danke. Dann kletterte sie hinaus in die Dunkelheit, die nach Bier und Friteusenfett roch und von dem bunten Licht der Attraktionen ungleichmäßig durchbrochen wurde.

Beim Aussteigen rutschte sie aus. Beinahe wäre sie hingefallen und hätte dabei das Geldscheinbündel losgelassen, das sie noch in der Hand hielt. Wieder dieser abschüssige Boden unter ihren Füßen.

Der Garküchenbus parkte am Rand eines weitläufigen Parkplatzes. Der dunkle Asphalt war mit Müll und Glasscherben übersät, um die die barfüßige Prinzessin einen weiten Bogen machte. Jenseits des Parkplatzes dräute der Abgrund des Stadttrichters. Der Nachtwind wehte Papierfetzen und Plastikbecher über den Rand in die Tiefe.

Sie waren jetzt deutlich weiter oben als der Basar, und Serisada war überrascht, wie viel man vom Nachthimmel im Trichterrund über ihr sehen konnte. Sie suchte mit dem Opernglas auf der anderen Trichterseite nach einem Kontaktmann des sumerländischen Geheimdienstes, um von seinen Lippen eine hilfreiche Botschaft abzulesen. Aber da war niemand.

Andere Autos parkten auch hier, meist Trucks. Serisada fiel auf, dass einige davon herausgeputzt waren, mit verchromten Auspuffrohren und Airbrush-Bemalungen. „Die werden den Schaustellern gehören“, dachte sie. Außerdem parkten hier haufenweise Motorräder. Serisada fühlte sich an diesem menschenleeren Ort nicht unbedingt wohl.

Die Prinzessin mischte sich lieber unter die Menge, die sich zwischen den Ständen drängte. Aber ob die Gesichter der Leute im Halbschatten verschwanden oder grell angeleuchtet wurden – etwas an ihrem Ausdruck irritierte sie. Sie kam vorerst nicht darauf, was es war.

Der Rummel war klein. Es gab eine Achterbahn, einen Autoskooter und eine Geisterbahn mit einer Tarantula-Spinne über dem Eingang, die ihre borstigen Klauen um eine halb nackte Frau schloss, die unbeeindruckt und melancholisch mit starrblauen Puppenaugen in die Ferne blickte. Schon im Basar war Serisada aufgefallen, dass in Waylhaghiri allerorts Plakate und andere Werbebotschaften hingen mit Versprechungen von Abenteuer, Sex und Kunst. Aber diese Versprechungen blieben stets blass und ohne Bezug zur Gegenwart. Doch da entdeckte Serisada etwas Interessantes: An einer Imbissbude standen Kinder in ihrem Alter und tranken Bier aus Plastikbechern. Eines von ihnen rauchte eine Zigarette. Serisada hatte bereits von der Frau gehört, dass in Waylhaghiri keine Grenze zwischen Kindern und Erwachsenen gezogen wurde und dass hier sogar Erwachsene mit Spielsachen spielten. Sie war angezogen und abgestoßen zugleich. Die Kinder waren vollwertig und frei – das war gut –, aber waren die Zigaretten nicht schädlich für sie? Eins der Kinder merkte, dass Serisada herüberstarrte. Es gab seinem Nachbarn einen Rippenstoß und richtete sich halb auf. Die ganze Kindergruppe erwiderte aggressiv Serisadas Blick. Die Prinzessin errötete und eilte davon.

Sie entdeckte, dass der Rummelplatz auf der Seite der Trichterwand an einen sonderbaren Teil der Stadt angrenzte: Da war ein Labyrinth aus neuen schneeweißen Betonwänden und -zellen wie ein rechtwinkliger Bienenstock ohne Dach. Manche dieser Zellen waren wie Zimmer eingerichtet, andere wirkten wie kleine Innenhöfe oder Plätze. Alles schien erst vor Kurzem gebaut worden zu sein.

Serisada kaufte sich an einem bunt bemalten Büdchen eine Zuckerwatte. Das war nicht nur ihr erstes Geschäft mit der Währung von Waylhaghiri, sondern das erste Mal in ihrem jahrhundertelangen Leben überhaupt, dass sie Geld ausgab. Als Prinzessin hatte sie nur ganz ausnahmsweise solche Süßigkeiten bekommen. Ab jetzt würde sie sich jeden Tag so etwas Gutes kaufen können. Die Zuckerwatte zerfiel in ihrem Mund zu Flüssigkeit, während ihr Hirn darüber an der Aufgabe laborierte, die ihr bevorstand. Eigentlich stand für sie schon fest, dass sie eine Menge Geld beim Lizenzhandel verdienen würde. Immerhin war sie die Prinzessin des Sumerlands. Die Rolle eines normalen Lizenzhändlers würde sie mit Leichtigkeit ausfüllen können. Normale Menschen hatten nun einmal begrenzte Fähigkeiten. Wenn die erste Probe bestanden war, würde sie eigene Erfahrungen haben, Selbstbewusstsein und Tiefe gewonnen haben, fester in dieser Stadt verwurzelt sein. Und jeder würde den Erfolg in der Bilanz ihres Lebens bestaunen. So würde sie rasch Freunde finden.

Da riss sie eine schreiende Stimme aus den Gedanken: „Jedes Los gewinnt! Ein Superlos gewinnt das Hunderttausendfache seines Einsatzes – hunderttausendmal so viel! Meine Damen und Herren, liebe Kinder – ein besseres Geschäft kann es nicht geben, als eins unserer Superlose zu kaufen. Sie sind billig. Ja, der Preis ist günstig, äußerst günstig für so ein Superlos. Es sind nur noch wenige Superlose da – greifen sie rasch zu, denn jedes Superlos gewinnt. Greifen sie zu! Meine Damen. Meine Herren. Liebe Kinder." Serisada musterte beeindruckt den Lotterielosverkäufer mit seinem schwarzen Anzug. Sie entdeckte, dass sein muskulöser Hals tätowiert war, aber man konnte das Bild leider nicht erkennen, weil die Tätowierung im engen Kragen seines weißen Hemdes verschwand. Sie erinnerte sich, dass die Frau ihr geraten hatte, ihr Geld zusammenzuhalten. Aber wenn tatsächlich jedes Los gewann, musste sie nicht bis spätabends auf der Lizenzbörse handeln. Dann konnte sie früher schlafen gehen. Sie war müde nach den Abenteuern, der Kletterei und der Lernerei während der Fahrt. Der Lotteriegewinn war der bequemere Weg. Also los – Prinzessinnen hatten immer Glück.

Ein großer Schein ging für das Los drauf und es gab kein Wechselgeld zurück.

Andererseits erhielt sie ein Los aus goldenem Löschpapier, das auch tatsächlich gewann. Es war sogar ein rosa Plüschelefant. Er war so sperrig, dass sie ihn kaum mit beiden Armen tragen konnte, obwohl er auffällig leicht war. Wie viel war er wert? Sollte sie ihn verkaufen? Ständig rempelten Leute dagegen. Mit dem riesigen Ding in den Armen konnte sie sich kaum einen Weg durch die ruppige Menge bahnen. Jetzt musste sie zur Lizenzbörse. Dort konnte sie dieses unhandliche Ding hoffentlich an der Garderobe abstellen. Bestimmt wurde sie als Händlerin ernster genommen, wenn sie mit so einer Trophäe dort auftauchte. Sie war also von Beginn an erfolgreich und hatte bereits einen schönen Eintrag in der Bilanz ihres Lebens.

Aber wo war noch einmal das Zelt? Serisada merkte mit jähem Erschrecken, dass sie nicht zugehört hatte, als die Frau ihr den Weg erklärt hatte.

Was jetzt? Es gab nur eine Chance: Zurück zum Garküchenbus und die Frau noch einmal fragen. Aber was, wenn der Bus schon losgefahren war? Serisada kämpfte sich durch die Menge in Richtung Parkplatz. Aber mit dem riesigen Stofftier, das ihr auch noch die Sicht versperrte, kam sie kaum voran. Und sie war ständig in Gefahr, auf dem abschüssigen Boden das Gleichgewicht zu verlieren. Da war der Parkplatz, aber der Garküchenbus war weg!

Verzweifelt trat sie an den Trichterabgrund, klemmte den Stoffelefant zwischen beide Knie und kramte das Opernglas hervor. Sie suchte die andere Trichterseite nach einem Kontaktmann des sumerländischen Geheimdienstes ab, der ihr sagte, was jetzt zu tun war. Tatsächlich, da war ein bleich geschminkter Mann in erbsengrünem Frack und Zylinder, der überdeutlich die Zähne fletschte und mit verzerrtem Mund unsichtbare Worte formulierte. Aber war er der Richtige? Sie las auf seinen Lippen: „SE-RI-SA-DA." Also war er es. „WIRF DAS MIST-DING WEG." Serisada tat, wie geheißen. Der Stoffelefant wurde vom Wind in den Abgrund getrieben. Aber das war doch nicht der einzige Tipp? „DU MUSST SO-FORT LOS. DIE LI-ZENZ-BÖR-SE IST DEI-NE EIN-ZI-GE CHANCE. SIE IST HALB VOR-BEI." Das war Serisada klar, aber wie sollte sie den Weg finden? Der grün gekleidete Mann hatte kein Fernglas, er konnte nicht von ihren Lippen lesen. Die Kommunikation klappte nur in eine Richtung. Aber er sagte noch etwas. „HIN-TER DEN WA-GEN." Serisada wollte schon loslaufen, da sah sie, dass der Mann hinzufügte: „PASS AUF DEN HUND AUF."

Serisada fand hinter den Wohnwagen ein Zelt aus Plastikplanen wie ein Armeezelt oder Araberzelt. Es war keine Spur von einem Hund zu entdecken. Im Inneren des Zelts saßen Männer sehr unterschiedlichen Alters und Aussehens im Schneidersitz im Kreis und handelten mit Lizenzen.

Frauen waren nicht dabei. Serisada huschte geduckt hinein, damit ihr Zuspätkommen nicht auffiel, und drängte sich zwischen zwei Männer, die widerwillig einen Tick beiseite rückten. Jetzt musste sie zeigen, was sie konnte.

Susanne lag auf ihrem Bett. Sie wartete darauf, dass der Regen aufhörte. Die harte Holzkante drückte gegen ihr Kinn. Sie musterte den Teppichboden ihres Kinderzimmers. Dort lagen ihre Spielsachen verstreut.

Jedes einzelne Ding war längst langweilig geworden, aber als verwirrend bunte Gesamtheit sahen alle Spielsachen aus den Augenwinkeln gesehen gut aus. Man musste beide Augen zu Schlitzen zusammenkneifen und den Blick umhersausen lassen. Wie in Filmen und Videospielen – da musste auch alles in steter Bewegung bleiben, damit es seinen Zauber nicht verlor. Der Held musste ständig weiterreisen, von einem Ort zum anderen. Wenn es Stillstand gab, musste man den Dingen ins Gesicht sehen. Dann zeigt sich ihre Banalität.

Das Umhersausenlassen der Blicke verlor an Wirkung. Deshalb hielt Susanne zusätzlich die Luft an. Je drängender ihre Atemnot wurde, desto nebensächlicher erschienen die Spielsachen auf ihrem Fußboden. Und je nebensächlicher sie erschienen, desto besser sahen sie aus.

Die Erwachsenen nannten diesen Reiz von nebensächlichen Dingen, die man nur aus den Augenwinkeln sah, „Flair“.

Ihre Brust begann schmerzhaft zu pochen. Aber Susanne schluckte trocken und hielt weiter die Luft an.

Auch ihre Mutter legte Wert auf „Flair“: Sie legte stets frisches Obst in die Schale im Wohnzimmer, obwohl kaum je Besuch dort auftauchte.

Susanne musste dringend atmen. Aber sie kniff sich die Nase zu und presste die Lippen zusammen.

Die Menschen tun vieles von dem, was sie eben tun, um unsichtbare Fremde, deren beobachtenden Blick sie spüren, zu beeindrucken. Was sind das für Fremde, deren Meinung so wichtig ist? Sind es normale Menschen?

Susanne atmete tief durch. Ohne Atemluft ging es nicht. Man musste es sich eingestehen, wenn man etwas brauchte. Noch einmal würde sie nicht denselben Fehler machen wie in Österreich und wie bei der Klassenarbeit.

Susanne war noch übel vom langen Luftanhalten und dem Umhersausen ihrer Blicke. Sie schloss die Augen.

Jetzt war es stockdunkel um sie.

Alle Spielsachen waren weg.

Und die übrige Welt war auch weg.

Niemand konnte sagen, was sie sehen würde, wenn sie die Augen wieder öffnete. War ihr Kinderzimmer noch um sie herum? Oder war sie an einem anderen Ort?

Die beiden Männer, zwischen denen Serisada eingequetscht saß, machten sich breiter als nötig. So machten es Männer im Geschäftsleben. Serisada machte es genauso. Sie saß im Schneidersitz, denn es schien ihr angebracht, die gleiche Haltung einzunehmen wie die Übrigen. Ihre Knie stießen andauernd links oder rechts bei ihren Nachbarn an. Der Mann links trug einen weißen Anzug. Er war dick und schnaufte. Der junge Mann rechts hingegen war hager. Er rauchte stinkende Zigaretten und schnippte die Asche in Richtung der Prinzessin.

Die Lizenzhändler saßen in einem Kreis um eine Plastikplane, auf der Superheldenkarten in einer Anordnung lagen, die so komplex war, dass sie auf den ersten Blick wie reines Chaos wirkte. Der Wert einer Karte hing davon ab, welche anderen Karten in ihrer Nähe lagen. Serisada hatte gelernt, dass eine Karte oben auf einem Stapel oder inmitten von vier anderen Karten besonders viel wert war und die umliegenden Karten verstärkte. Und dass eine isolierte Karte weniger wert war und deshalb in Gefahr, verloren zu gehen. Die einzige Ausnahme war Virusman, der die feindlichen Superhelden infizierte, wenn er mitten zwischen ihnen lag.

Serisada fand sich wegen ihrer Verspätung nicht richtig in das Spiel ein. Ihre beiden Nachbarn kauften von dem Croupier mehr und immer mehr Superheldenkarten und gaben dafür Unsummen echtes Geld aus. Deshalb hielt es Serisada für richtig, all ihr restliches Geld ebenfalls in die Verstärkung ihrer Kräfte zu investieren. Sie musste sich eingestehen, dass die anderen Lizenzhändler nicht nur einen stundenlangen Vorsprung hatten, sondern auch ein langjähriges Erfahrungswissen über die Superhelden, ihre Hintergrundgeschichte und ihre jeweiligen Stärken und Schwächen. Der dicke Mann links lachte und machte eine Bemerkung, von der Serisada nur verstand, dass es eine Anspielung für Insider war. Sein Nachbar antwortete, dass man Feuer nicht mit Benzin löschen sollte und dass er deshalb seinen Retroman weit weg halten würde. „Wovon redeten die beiden?

Alle außer mir haben schon als Kinder mit diesen Karten gespielt.“ Serisada hatte bei ihrem Crashkurs während der Fahrt Checklisten und Grundregeln auswendig gelernt, die sie nun sklavisch abhakte, ohne wirklich zu begreifen, was der eigentliche Sinn ihres Tuns war. Sie wusste über das Spiel so wenig wie jemand, der ein paar grundlegende Benimmregeln auswendig lernt, um sich in einer fremden Kultur zu bewegen.

Aber Serisada blieb keine Zeit, um zu verzweifeln. Mit einem Mal hatten sich auffällig viele Karten in ihrer Nähe angesammelt. Das war eine Bedrohung, aber auch eine Chance. Sie musste jetzt die giftgrüne Karte, die ihre stärkste war, ins Zentrum bringen und alle anderen Karten drum herum gruppieren als Absicherung. Wenn sie dadurch weitere Karten dazugewann, konnte sie vielleicht aufholen, was sie in der verpassten Zeit versäumt hatte.

Nach außen hin gab sie sich ruhig und gleichgültig.

Sie versuchte von den Pokergesichtern ihrer Mitspieler abzulesen, was sie im Schilde führten. Die waren Vollprofis und gaben nichts preis, aber: Sie erkannte auf den Gesichtern der Händler einen Ausdruck, der sie an die Gesichter der Menschenmenge draußen auf dem Rummelplatz erinnerte. Was war das? Alle Leute unterdrückten etwas, das in ihnen gärte. „Ihre Gesichter wirken deshalb maskenhaft. Ihre Worte und Gesten wirken deshalb wie ein Ritual – unwirklich. Aber was für ein Gefühl verbergen sie? Was ist hier wirklich los?“

Serisada hatte nicht aufgepasst. Erschrocken starrte sie auf die Karten, aber es war zu spät. Ihre Kartenformation wurde von zwei Gegenspielern in die Zange genommen. Sie hätte dringend weitere Karten als Verstärkung dazukaufen müssen. Der Moment war gekommen, um alles in die Schlacht zu werfen, was sie besaß. Aber nun fehlte ihr genau der eine Geldschein, den sie in das Lotterielos investiert hatte.

Serisada starrte auf die Karten vor ihr und versuchte zu erkennen, welchen ihrer Superhelden sie einsetzen musste. Etwa Pi-Man? „Die Frau hat gesagt, dass Pi-Man alle anderen weghaut …“, murmelte sie. Der fette Mann neben ihr schnaufte fragend, weil er dachte, sie hätte mit ihm gesprochen. Serisada ignorierte ihn. Sie versuchte hilflos, eine tiefere Bedeutung aus den billigen Superheldenbildchen auf ihren Karten herauszulesen. Sie hatte nichts als ihr oberflächliches Checklistenwissen. Erstaunlicherweise war sie damit aber erfolgreich und sammelte eine große Zahl von Karten ein. Sie erkannte, dass sich die anderen Händler mit ihrem tieferen Wissen über die Superhelden und ihre Vorgeschichte selbst im Weg standen, denn dieses Hintergrundwissen hinderte sie daran, sachliche Entscheidungen zu treffen.

Der dicke Händler schnaufte erschrocken, weil er mit einem Schlag einen ganzen Stapel Karten verloren hatte. Der kettenrauchende Händler auf ihrer rechten Seite wollte sie in ein Gespräch über die Superhelden verwickeln. Aber Serisada gab sich einsilbig, damit ihr fehlendes Wissen nicht aufflog. Der Händler hielt das für hochprofessionelle Geheimniskrämerei und bot der Prinzessin mit einer anerkennenden Geste eine Zigarette aus seinem silbernen Etui an. Serisada lehnte mechanisch ab. Das bereute sie aber sofort – wäre es nicht cool gewesen, sich am Spieltisch eine anzustecken wie ein Profizocker bei einer Glückssträhne?

Aber die nächste Gelegenheit würde in dieser Stadt bestimmt kommen. Hier durfte sie rauchen. Hier durfte sie tun und lassen, was sie wollte. Serisada gefiel es besser als je zuvor in Waylhaghiri. Da gab es eine plötzliche Leerverkaufsattacke gegen ihre Karten. Mehrere andere Händler mussten sich heimlich verbündet haben. Von allen Seiten wurde sie unter Druck gesetzt, getäuscht, manipuliert. Sie wurde in Fallen aus Angst und Gier gelockt. Unfair! Sie hatte gar keine richtige Chance! Zornig biss sie sich auf die Unterlippe.

Und da durchzuckte ein Blitz der Erkenntnis Prinzessin Serisada. Jetzt wusste sie, was für ein Gefühl hinter den glatten Gesichtsfassaden der anderen Händler gärte: Zorn! Und genau dieser Zorn war es auch, den sie auf den Gesichtern der Rummelplatzmenge bemerkt hatte. Alle Bürger Waylhaghiris arbeiteten also ständig daran, eine verzehrende Wut zu bändigen, die in ihrem Inneren gärte. Woher kam dieser Zorn? Kam er daher, dass jedermann in dieser Stadt vierundzwanzig Stunden am Tag manipuliert, unter Druck gesetzt und mit immer neuen falschen Versprechungen weiter und weiter getrieben wurde?

Wie auch immer – Serisada konnte die Leerverkaufsattacke abwehren. Für diesen Abend hatte sie es geschafft. Die Lizenzbörse war vorbei. Die Spieler standen auf und vertraten sich die eingeschlafenen Beine. Und Serisada hatte tatsächlich gewonnen. Sie hatte ihren Auftraggebern Geld eingebracht. Sie hatte gezeigt, was in ihr steckte. Für heute Abend. Ein fremder Mann trat aus dem Nichts zu ihr – er trug eine fantasievolle Uniform und einen Metallhelm mit einem Federbusch darauf. Der Mann gab sich als offizieller Unterbote von oben zu erkennen, schüttelte ihr die Hand und geleitete sie zu dem Luxushotel, wo ihr Bett bereitstand. Sie hätte ihn gern gefragt, was ein „Unterbote von oben" war, aber sie durfte ihre Unwissenheit nicht zeigen.

Als Serisada auf ihren prickelnden Beinen in Richtung Hotel wankte, stürzte sich vor dem Zelt ein gewaltiger Wachhund auf sie. Er sabberte, kläffte und knurrte, aber Serisada sah durch ihn hindurch, als wäre er Luft. Sie gab sich unbeeindruckt. Da beruhigte sich der Hund und machte sich davon.

Selbstverständlichkeit und Sicherheit vorzutäuschen, war eine gute Überlebensstrategie in dieser Stadt.

Schwärze umgab Susanne.

Aber die Bettkante drückte noch immer gegen ihre Wange.

Also war die Welt nicht weg.

Susanne öffnete die Augen, vorsichtig. Da war er noch immer – der Teppichboden. Die Spielsachen darauf waren auch noch da.

Und jetzt?

Weil ihr noch übel war vom Luftanhalten und Umhersausenlassen der Blicke, machte sie es jetzt umgekehrt. Sie starrte ihre Spielsachen so fest an, wie sie konnte. Die Spielsachen starrten zurück, still und unbeeindruckt. Sie schienen weiterhin banal und leblos. Susanne wusste allerdings: In Wahrheit waren sie lebendig. Aber ihr Leben war leise. Es war dezent. Weil die Menschen Angst vor Banalität hatten, sahen sie nicht hin. Deshalb fiel die Lebendigkeit der Spielsachen normalerweise nicht auf.

„Spielwarenhändler, du beobachtest mich bestimmt. Wir beide wissen es: Dass alles lebt und bemerkenswert ist, wenn man hinschaut. Die meisten Leute sehen normale Dinge nicht an. Sie lassen den Blick über Normales hinwegsausen, weil sie Angst vor Banalität haben. Sie wollen nur besondere Dinge um sich haben, mit Gag und Knalleffekt.

Denn sie wollen selbst besonders sein, damit man sie nicht übersieht. Davor haben sie Angst. Und wir beide wissen, wie du diese Angst ausnutzt."

„Aber wir beide wissen, Spielwarenhändler: Nichts und niemand auf dieser Welt ist banal."

Schweigen war die einzige Antwort.

„Unsere Spiele sind das Einzige, was uns im Herzen bewegt. Nicht deine Spielsachen. Die sind nicht mehr als leere Schneckenhäuser. Sogar noch weniger: Deine Spielsachen sind nicht mehr als die Schleimspuren, die Schnecken beim Kriechen zurücklassen."

Susanne überlegte einen Moment. Sie lauschte auf die Stille. Draußen rauschte leise der Regen. Es war ein banales Geräusch.

„Und dennoch sind deine Spielsachen nicht leblos. Denn sie sind aus realen Dingen geformt. Und die Realität ist niemals leblos. Das ist deine Schwachstelle. Und so habe ich den entscheidenden Trick herausgefunden."

„Wenn man die Dinge in Ruhe lässt, wenn man nicht mehr aus ihnen macht, als sie von Natur aus sind, zeigt sich ihr Leben. Es zeigt sich ganz von allein."

Die Stille ließ sich noch immer nicht beeindrucken.

Der japanische Kampfroboter neben dem Bett – eigentlich kein Mädchenspielzeug – war so nah, dass er einen Großteil ihres Blickfelds ausfüllte. Wenn Susanne ein Auge zukniff, sodass sie nicht mehr räumlich sehen konnte, sah er wahrhaft turmhoch aus.

„Hey, Du Stück Plastikschrott. Sag doch mal was! Oder kannst du bloß blinken und Laserschussgeräusche machen? Ich weiß, was du jetzt sagst. Du sagst, dass du neue Batterien brauchst. Für diese Gegenleistung versprichst du mir, lebendiger zu sein als eine normale Puppe. Und auch etwas elektrisch. Wie es ein Roboter ja sein soll."

Susanne lachte den Roboter aus.

„Du Stück Plastikschrott. Wenn man dich aufrecht hinstellt und auf den Knopf auf deinem Rücken drückt, fährst du auf den Rädern unter deinen Fußsohlen durch das Zimmer. Auf dem Teppichboden kippst du um. Es wickeln sich Fusseln um die Radachsen. Die kann selbst Mutter mit ihrer Pinzette kaum wieder entfernen. Du suchst einen Feind, was sonst. Du bist also lebendig. Zumindest im Ansatz."

Der Roboter ertrug reglos den Hohn, den sie über ihn ausschüttete.

„Aber dein Hirn ist kleiner als ein Spatzenhirn. Wenn du an der Zimmerwand ankommst, kehrst du nicht um. Du stellst dich mit dem Gesicht dagegen. Schämst du dich? Oder bist du zu blöd, um zu kapieren, dass es da nicht weitergeht? Ein Roboter vor einer geblümten Kinderzimmertapete wirkt unvorteilhaft."

Kein Spielzeug widersprach.

„Was bleibt schon übrig von einem Kampfroboter, wenn er nicht mit Gefährlichkeit beeindrucken kann? Na? Rein gar nichts! Ein Krieger ohne Feind ist bloß ein Arbeitsloser."

Die Bratz Doll, die auf der Ecke des Teppichs lag, kam nicht als Feind für den Roboter infrage. Eher war es ihre Aufgabe, ihn zu beschützen. Auch wenn sie offensichtlich sehr weiblich war, war klar, dass sie mehr Biss und Witz hatte als er. Der Roboter war auf männliche Weise sprachlos und verletzlich in seiner martialischen Ernsthaftigkeit.

Susanne hatte ihr Geld nach langem Hin und Her für die Bratz Doll und nicht für die Barbiepuppe verbraten.

„Na Bratz Doll? Habe ich bei dir für mein Geld etwas mehr Hirn gekauft? Du siehst aus, als wirst du eine schlagfertige Bemerkung machen. Du siehst aus, als wirst du gleich einen Verehrer abwimmeln, der auf deinem silbernen Plastikhandy anruft. Aber leider, mein Püppchen: Der flotte Spruch kommt niemals über deine Lippen. Er hängt eingefroren als ein uneingelöstes Versprechen immer eine Sekunde entfernt in einer Zukunft, die niemals die Gegenwart erreicht.“

Die Puppe schluckte die Beleidigungen mit ihrem makellosen Gesicht. Keine perfekte Schönheit hält es aus, lange betrachtet zu werden, ohne dass sie ihren Reiz verliert. Da macht sich Langeweile breit. Susanne wandte den Blick ab von der Puppe, die das viele Geld – zwanzig Euro! – mal wieder nicht wert gewesen war.

Die Puppe starrte blind und spöttisch auf den Kleiderschrank. Oder vielleicht starrte sie auch eher unter den Schrank, wo Susanne das lila Pferdchen mit kämmbarer Mähne entdeckte. Dieses Pferd hatte riesige Augen wie Tauteiche mit langen rosa Wimpern. Und dazu auch noch tausend kleine Blümchen auf dem samtigen Plastikfell. Und es hatte auch seinen besonderen Gag – es duftete nach Jasmin. Oder jedenfalls duftete es nach Jasminkaugummi. Es war kein Zufall, dass die Bratz Doll genau dieses Spielzeug so spöttisch ansah. In ihr steckte heimliches Leben – also doch.

Susanne hörte ein Scharren aus der Richtung der Playmobil-Kiste. Die Playmobil-Männchen und -Frauen lagen hingeworfen da. Achtung – die ersten von ihnen richteten die Oberkörper auf. Sie stützten sich beim Aufstehen mit beiden Armen auf dem Teppichboden ab, griffen sich die nächstbesten Playmobil-Gegenstände. Und sie kamen auf Susanne zugewackelt.

Der Federbusch auf dem Metallhelm wippte, als der Unterbote von oben sich mit einem schwungvollen Diener verabschiedete. Serisadas Hotel lag hinter dem Rummelplatz in der Randzone des Labyrinths aus weißen Betonwaben. Es war genauer gesagt gar kein richtiges Hotel, sondern bloß eine Ansammlung der weißen Betonzellen mit Gängen und Innenhöfen dazwischen. Sporadisch gab es einzelnes Hotelinventar. Vor den schneeweißen Wänden wirkten die vereinzelten Möbel wie Theaterrequisiten auf einer kahlen Bühne. Von dem minimalistischen Setting unbeeindruckt wuselten die Hotelangestellten umher und verrichteten mit irritierender Selbstverständlichkeit ihre Arbeit.

Serisada konnte endlich die Tür hinter sich abschließen. Sie schleuderte ihre Kleidung quer über das riesige Bett, um das fremde Zimmer in Besitz zu nehmen. Die Prinzessin duschte lange und heiß. In der dampfnassen Duschkabine entdeckte sie ein Fach mit Badeölen und Seifen. Stirnrunzelnd studierte sie die Etiketten. Algen aus den Tiefen der Polarmeere. Feinster Sand aus dem Herzen der wildesten Wüste. Nektar von Alpenblumen und Urwald-Orchideen. Künstliches Aroma Typ „wilder Wein“.

Aber die Prinzessin benutzte keins dieser Kosmetika. Der sumerländische Geheimdienst hatte sie gewarnt: Diese Dinge mussten nach den komplexen Regeln der waylhaghirischen Vergnügensdisziplin passend verwendet werden. Dabei konnte Serisada einen verräterischen Fehler machen. „Die Stadtbürger haben eine Vorliebe für Konsumgüter mit esoterischen Heilkräften. Kommt das von der Wut, die in ihnen gärt?“ Ach egal, ganz egal, einfach nur duschen – mit klarem Wasser. Wie wohl tat es, den Staub abzuwaschen. Zufrieden dachte die Prinzessin an die dreistellige Zahl von Höhenmetern, die sie erklommen hatte. Damit war sie schon mal wer geworden in der sozialen Hierarchie der Stadt. Wenn sich dieser Trend linear fortschreiben ließ, würde sie schon in wenigen Jahren ganz oben ankommen.

Sie steckte sich mit Feierlichkeit ihre erste Zigarette aus der Packung in der Minibar an.

Der Rauch betäubte sie. Sie kippte fast um.

Der Geschmack an sich war nicht gut. Aber darum ging es nicht. Es ging um die Möglichkeit, Rauch aus Nase und Mund auszublasen. Sie würde sich schon noch an den Geschmack gewöhnen.

Und was jetzt? Eigentlich wollte sie schlafen. Aber zuvor musste ihr Sieg gefeiert werden. Deshalb setzte sie sich vor das Computerterminal und ergötzte sich an ihrem Datensatz in der zentralen Datenbank, der Bilanz ihres Lebens. Die war mit einer schwungvollen Kurve nach oben gestartet. Alle in der Stadt würden es sehen.

Die Bilanz ihres Lebens war komplex. Sie enthielt Hunderte von Werten. Es gab Werte für Liebe und Sex, für alle Arten von beruflichem Erfolg, für Sportlichkeit und geistige Fitness, für die Zahl der Freunde und Bekannten, deren Bekanntheit und soziales Prestige, für die Hobbys, die Art, wie man seine Gefühle erfolgreich verwaltete.

Naturgemäß war es unmöglich, all diese Werte stets im grünen Bereich zu halten. Jeder Bürger Waylhaghiris schleppte mit seinem Ich, wie es in der zentralen Datenbank einsehbar war, eine steinschwere Last Zeit seines Lebens mit sich herum. Die Aufgabe der freien Selbstverwirklichung wog schwerer als ein Mühlstein.

Die Frau des Garküchenwirts hatte Serisada davor gewarnt, dass es gefährlich sein konnte, wenn man sich zu intensiv mit den Zugriffszahlen auf die eigene Bilanz des Lebens befasste. Das konnte zu einer Sucht werden, die einen davon abhielt, noch etwas anderes zu tun, als diese Zugriffszahlen kurzfristig zu steigern. Paradoxerweise führte diese

Sucht dazu, dass man sich im Leben um nichts anderes mehr kümmerte als um sich selbst, deshalb nichts Bemerkenswertes unternahm und folglich das hohe Ziel der Irgendwieexzellenz verfehlte. Diese Sucht war in Waylhaghiri weitverbreitet. Man nannte sie die Feedbackstarre.

Serisada konnte sich trotz der Warnung der Garküchenfrau nicht von der Bilanz ihres Lebens losreißen. Sie stellte fest, dass sie über nicht weniger als drei spektakuläre Hochbegabungen verfügte. Die mussten entwickelt werden. Sonst würden sie ungenutzt verkommen, was eine schwere Sünde war.

Sie war mittendrin im Analysieren der Zugriffszahlen, als das Fernsehbild ohne Vorwarnung durch eine Videobotschaft unterbrochen wurde. Ihr direkter Vorgesetzter – ein Mann mit dem sonderbaren Namen Azethot, dessen Gesicht im Halbschatten seines breitkrempigen Schlapphuts verborgen blieb – breitete sich über den Bildschirm aus, um ihr zu ihrem Erfolg auf der Lizenzbörse zu gratulieren. Das war eine Ehre, obwohl Azethot seine eigene Funktion als eher als unwichtig darstellte: „Ich bin nur der bescheidene Bote des geheimen Rats der Wirtschaftsweisen, Kleine." „Ein Bote des Rats? Und was ist mit dem Prinzen Zazamael?" „Kleine, um gleich die Wahrheit zu sagen: Die Aufgaben unseres Prinzen beschränken sich auf die Entwicklung von Visionen und auf die Repräsentation. Monarchen sind eher unpraktisch denkende Menschen. Wenn du wüsstest, was für einen Schwachsinn er sich gerade wieder in den Kopf gesetzt hat. Ich habe alle Hände voll damit zu tun, ihn von seiner irren Bahn abzubringen. Jedenfalls: Das ökonomische Tagesgeschäft erledigt der Rat, der allein durch meinen Mund spricht. Aber solltest du – so unwahrscheinlich das auch ist – den Prinzen jemals zu Gesicht bekommen, sag ihm nicht, dass ich dir das verraten habe, okay?"

Als Azethot sich in Richtung der Kamera vorbeugte, verschattete der Schlapphut sein Gesicht nicht länger. Er sah mit seinem geckenhaften Spitzbart und dem zurückgegelten Haar anders aus, als sie es von ihrem Chef erwartet hatte. Er war auch jünger.

Serisada musste geschickt hochstapeln, als sie Rapport von ihrem Erfolg auf der Lizenzbörse erstattete: In Wahrheit beruhte Serisadas Sieg ja auf ihrer gefälschten Identität und dem hieraus resultierenden fehlenden Hintergrundwissen über das Pantheon der Superhelden. Sie hatte gewonnen, weil sie sich allein an den trockenen Checklisten aus ihrem Crashkurs im Garküchenwagen entlanggehangelt hatte. Das konnte sie natürlich ihrem Chef nicht sagen. Sie bemühte sich deshalb, dramatische Geschichten vom Kampf zu erfinden. Hoffentlich fiel ihr genug ein, um ihn zu unterhalten und zu amüsieren, seine Fantasie anzuregen, sodass er etwas Interessantes in ihr sah. In Wahrheit war sie ja nur eine natürlich-schlichte Prinzessin, die nicht witzig war, die keine Tricks draufhatte. Sie war banal wie ein Grashalm.

Obwohl das an sich nicht ihre Stärke war, verkaufte sie sich ziemlich gut. Jedenfalls dauerte das Videotelefonat über eine halbe Stunde. Azethot ließ sich die Geschichte von ihrem Sieg in allen Details immer wieder von vorn erzählen. Er lachte lange und dröhnend über die kleinsten Dinge, so zum Beispiel über das erschreckte Schnaufen ihres dicken Nachbarn, als er so viele Karten auf einmal verlor. Gut so – Serisadas Marktwert und damit ihr Überleben hing noch mehr vom Sich-Verkaufen ab als von ihrer eigentlichen Leistung. Das hatte ihr die Frau im Garküchenwagen eingeschärft. Azethots Stimme vibrierte achtungsvoll: „Du hast das ordentlich gemacht. Doch ... wir werden sehen, ob du dich in andere Themen ebenso gut einarbeiten kannst. Morgen früh um halb neun treffen wir uns an der Eisenstatue.

Die steht am Rand des Labyrinths aus weißen Betonwänden. Du wirst sie leicht finden. Das ist der höchste Punkt des Labyrinths. Aber der Weg dorthin verläuft nicht geradlinig – frag dich durch. Und komm nicht zu spät, sonst bin ich weg. Ich kann keine Minute auf dich warten."

Damit wurde der Bildschirm schwarz. Azethots übergroßes Gesicht war weg. Serisada atmete durch, schaltete das Licht aus und erwartete, einzuschlafen. Aber trotz ihrer Erschöpfung klappte es nicht. Es war zu viel passiert, was ihr im Kopf herumging. Gedanken, Klänge und Bilder, die sie vor ihrem Auge immer wieder abspulte, um sie zu verarbeiten. Aber sie musste doch schlafen. Morgen musste sie fit sein für neue Aufgaben!

Sie rauchte noch drei weitere Zigaretten, aber auch das half nichts. Es machte sie nur wacher.

Von außerhalb ihrer Apartment-Wabe hörte sie Geräusche, laute und leise, Rummelplatzmusik, Schritte und Stimmen. Lichter und Schatten wanderten an den schneeweißen Betonwänden entlang.

Ihr fiel mit einem Schlag auf, dass ihr Zimmer keine Decke hatte. Die Betonwabe war nach oben offen, deshalb war es auch so laut. Serisada wurde den Verdacht nicht los, dass Schlaf in dieser Stadt ein knappes Gut war.

Susanne war nicht überrascht, als sie die Playmobil-Männchen herannahen sah. Sie wusste: Nichts auf der Welt war bei genauem Hinsehen leblos und banal. Prima. Aber die

Frage stellte sich: Sahen die Playmobil-Männchen aus wie eine Zombiehorde? Na ja, mehr oder weniger: In ihren Händen trugen sie durchaus offensiv Playmobil-Werkzeuge wie Rechen, Spaten, umgedrehte Bierflaschen, Wildwest-Revolver und Hellebarden. Immerhin lächelten ihre Gesichter, wie immer.

Sie bauten sich vor Susannes Bett auf und forderten: „Bring uns raus. Wir wollen in die richtige Welt." Susanne sah sich hastig um, um abzuschätzen, ob die Playmobil-Leute sie hier oben auf ihrem Bett erreichen konnten. Sie schüttelte den Kopf. „Ihr seid doch Spielsachen. Ihr gehört ins Kinderzimmer." Die Playmobil-Figuren drehten ihre Köpfe hin und her und antworten vielstimmig: „Uns ist langweilig. Wir wollen raus in die richtige Welt. Sofort."

„Na gut. Wir sehen uns also mal die richtige Welt an." Susanne sprang vom Bett auf und winkte: „Kommt mit, Leute!"

Susanne führte ihre Truppe hinaus auf die Gartenterrasse. Dort sahen die Playmobil-Männchen den Himmel über sich – der nach wie vor regnerisch war. Sie sahen das brusthohe Gras und die Blumen. Sie hörten über sich das Laub der Bäume rauschen.

Die Playmobil-Männchen waren sprachlos. Susanne lachte. „Die Menschen leben genauso in einer Kunstwelt, wie ihr es in eurem Kinderzimmer getan habt. Sie werden betrogen um die Wirklichkeit, die jenseits der vordefinierten Zwecke auf sie wartet. Sie erinnern sich nur manchmal im Traum an sie oder wenn sie benommen oder sonst wie unkonzentriert sind. Aber im tiefsten Inneren spüren sie jederzeit die Wahrheit."

„Alles hier draußen ist mein Reich. Ich bin seine Prinzessin." Susanne stampfte mit ihrem Turnschuh auf. Es gab keinen Widerspruch. Fast enttäuscht befahl Susanne den

Playmobil-Männchen, wieder einen auf stumm und tot zu machen, wie es sich für Plastikspielsachen gehörte. Sie trug sie zurück in ihre Kiste. „Ihr seht: Ich bin das reichste Kind überhaupt, umgeben von Spielsachen. Die ganze Welt ist mein Spielzeug."

Susanne erinnerte sich, dass die Playmobil-Männchen als Gruppe bedrohlich-machtvoll gewesen waren. „Eine Gemeinschaft ist stark. Ich brauche Freundinnen und Freunde. Chrissie allein reicht nicht auf Dauer."

Susanne war auf den Geschmack gekommen.

Serisada konnte nicht einschlafen. Sie ließ sich durch die Menge auf dem nächtlichen Rummelplatz treiben. Das war besser, als sich schlaflos im Bett hin und her zu werfen. Sie sah wieder den Zorn auf den verschatteten Gesichtern. Jemand biss sich auf die Lippen. Ein anderer fletschte die Zähne und kniff die Augen zu Schlitzen zusammen.

Die Stadt war in Wahrheit eine tickende zornige Bombe. Würde man sie beim ersten falschen Wort umbringen? Oder würde die aufgestaute Aggression ihr helfen, die Revolution zu entfesseln? Das war ja ihre eigentliche Aufgabe – obwohl Serisada keine Lust verspürte, dieser großartigen Stadt in irgendeiner Weise zu schaden. Und woher kam die Wut? Sie versuchte die Antwort von den Gesichtern der nächtlichen Rummelplatzbesucher abzulesen. Doch die Gesichter waren starr wie Masken im harten Kunstlicht. Sie gaben ihr Geheimnis nicht preis.

Vorhin im Zelt hatte Serisada vermutet, dass der Zorn durch den Leistungsdruck und Konkurrenzkampf ausgelöst wurde. „Aber hier auf dem Rummel vergnügen sich die Leute nur. Sie besaufen sich. Sie kaufen Lotterielose und fahren mit der Geisterbahn. Sie stehen nicht unter Druck. Aber sie bersten vor Zorn. Kommt die Wut von der Abhängigkeit von Begierden?“ Diese Stadt versprach den Leuten andauernd etwas, dem sie hinterherjagten. Und sobald sie es hatten, ging die nächste Jagd los. Machte diese Gier, diese Manipulation, diese Abhängigkeit die Leute zornig?

Serisada kam an der Imbissbude vorbei, wo sie vorhin die rauchenden und Bier trinkenden Kinder gesehen hatte. Jetzt war der Ort verödet. Sie ging hinein, setzte sich an den Platz, wo die Kinder gestanden hatten, und bestellte selbst ein Bier. Jetzt wurde sie schlagartig – todmüde.

Als ihr Kopf in Richtung der Theke kippte, sah sie die billige Holzfurnierung auf sich zustürzen.

Sie fing sich noch ab.

Sie durfte nicht einschlafen. Sonst würde sie ihr Treffen mit dem Chef namens – wie hieß der Typ noch mal? – Azethot verpassen. Das wäre das jähe Ende ihrer Karriere. Nicht auszudenken, wenn so etwas in der öffentlichen Bilanz ihres Lebens einsehbar wäre.

Serisada rappelte sich hoch. Sie machte sich auf den mühsamen Weg zurück in ihr Hotelzimmer.

Dort angekommen schlief sie augenblicklich in ihren Kleidern ein, wie es Kindern passieren kann.

Als Christine vom Ausflug mit ihren Eltern zurück war, gingen die beiden Freundinnen in den Park, wo ihre Klassenkameradinnen gelangweilt einen Volleyball hin und her droschen.

Eine neue Spielidee war willkommen.

Susanne schlug vor, dass sie das Königskinder-Pferde-Spiel aus der Pause damals in der Schule fortsetzen sollten. Aber die anderen wollten nicht nur Pferde im Spiel haben. Die waren ihnen zu brav und zu aristokratisch. „Jede spielt ein Tier, das sie sich aussuchen kann. Zusammen sind wir eine wilde Welt voll Tiere, wie im Dschungelbuch." Als Vorstadtkinder sahen sie nicht oft Tiere in freier Wildbahn. Die waren deshalb etwas Besonderes.

„Aber ich will mein weißes Pferd behalten." „Okay – Susanne. Pferde dürfen in unserem Spiel auch vorkommen. Aber es kann auch Affen, Elefanten, Löwen, Schlangen, Zebras und Giraffen geben." „Und Wildschweine." „Und Fledermäuse." „Fledermäuse sind wenigstens gruselig, also okay. Aber Wildschweine sind bloß schmuddelig und strunzdumm." „Quatsch."

Ständig gab es etwas zu lachen oder auch einen kurzen Streit, weil die Tiere so unterschiedlich waren. Jedes Kind brachte seine Vorstellungen mit ein.

Das Spiel war so fesselnd, dass sie nicht aufhörten, als es gegen Abend erneut zu regnen begann. Sie tobten über das nasse Gras, bis es stockdunkel war. Es war ein warmer Sommerregen – sie erkälteten sich nicht. Ihre Schreie und Tierrufe hallten durch den verlassenen Park.

„Ich bin die Anführerin des Spiels. Wie damals in der Schule. Eine muss den Überblick behalten, was passiert. Sonst wechselt ihr euer Tier je nach Laune. Oder ihr macht etwas rückgängig, wenn es euch nicht mehr gefällt. Schau mal, Chrissie, es gibt andauernd Streit, was in der Spielwelt wahr ist und was nicht. Ohne Verbindlichkeit wird das Spiel auf Dauer nicht spannend bleiben." „Na gut, aber warum sollst gerade du schon wieder die Anführerin sein? Du warst schon mal dran." „Ach, Chrissie! Komm! Ich bin nun mal am besten geeignet. Ich bin jemand Besonderes. Ich kenne mich mit den Regeln des Herbeidenkens aus. Das Spiel war meine Erfindung." „Wir können den Anführer auch jeden Tag wechseln. Das ist gerecht." „Quatsch. Chrissie, weißt du, Anführerin zu sein, ist nichts Tolles. Das bedeutete nicht, dass ich ab jetzt alles mache, was ich will. Ganz im Gegenteil. Da muss man den anderen ständig zuhören. Man muss sich alles merken, was sie spielen."

Christine und die anderen Kinder sahen das aber nicht ein.

Schließlich kam Susanne darauf: Ihr Fehler war gewesen, dass sie sich als „Anführerin" bezeichnet hatte. Deshalb nannte Susanne ihre zukünftige Rolle nicht mehr „Anführerin", sondern „Chronologin" – nun durfte sie es sein. Alle waren einverstanden.

Susanne entschied ab jetzt also, wie die Spielrealität aussah, wenn es Streit gab.

Es sprach sich in der Siedlung rum, wie spannend dieses neue Spiel war. So kamen immer mehr und mehr Kinder dazu. Nach dem Spielen gingen sie alle wie berauscht nach Hause. Ihnen schwirrte der Kopf.

Im Vergleich dazu waren alle gekauften Spielsachen langweilig.

12

Andi, komm, sieh Dir das an: Durch die halb geöffnete Kinderzimmertür können wir Susanne beim Spielen beobachten. Sie baut aus zusammengeknüllten Pullovern einen trichterartigen Turm mit einem runden Schacht – einer Küchenkrepprolle – in der Mitte. Das ist der Stadtturm von Waylhaghiri. Andi, woher kennt sie unser Geheimnis? Normalerweise bin ich ja froh, dass Du wenigstens stumm bleibst. Diesmal würde ich ausnahmsweise wissen wollen, ob Du eine Erklärung hast.

Bei ihrem Spiel hat sie meinen teuersten Pullover als Teil des Stadttrichters zweckentfremdet. Ach, ich weiß als Halb-Eingeweihte, weshalb wir Markenkleidung begehren, obwohl sie von billiger Kleidung objektiv kaum zu unterscheiden ist. Unser Rückenmark erinnert sich, dass die wunderbaren Mähnenhaare der sumerländischen Wildpferde in die Kleidung mancher teurer Marken eingewebt sind. Wenn man darauf achtet, entdeckt man: Viele Konsumprodukte beziehen ihre Attraktivität aus unterbewussten Assoziationen mit märchenhaften Dingen aus dem Sumerland.

Als ich ihr den Pullover wegnahm, wagte ich es, sie zu fragen: „Wie kommst du dazu, so einen Turm zu bauen? Woher hast du die Idee?“ Sie sah mich schräg an und sang:

„Das ist alles nur mein Spiel. Alles, alles ist nur mein Spiel." Ich wandte mich ab und huschte zur Tür hinaus.

Gehört dieses Mädchen zur Geheimgesellschaft? Kennt sie das innerste Geheimnis, das mir selbst verschlossen bleibt?

Tatsache ist, dass Susanne diesen Blick hat, den ich nicht mag. So, als sehen ihre uralten Augen mein wahres Ich, das mir selbst unbekannt ist. Weiß dieses Kind, unter welcher Identität ich durch die Etagen des Stadttrichters irre?

Hier noch kurz der aktuelle Stand bei meiner Firma: Es geht so weit gut voran. Ich arbeite rund um die Uhr und gewinne immer mehr Aufträge von kleineren Firmen. Letztlich warte ich aber nur darauf, dass sich mein Großkunde endlich meldet. Dieses Warten ist eine Qual, aber ich muss den Schwebezustand erdulden. Ich darf die große und besondere Firma nicht drängen.

Ich darf Siggi nicht drängen. Ich muss mit gespielter Gleichgültigkeit abwarten. Bis die endlich auf mich zukommen. Große Dinge scheitern erfahrungsgemäß nicht daran, dass man zu wenig Energie für sie aufwendet, sondern daran, dass man zu viel investiert. Man kommt im Leben nur langsamen Schritts voran. Wie die Menschenmenge auf dem abschüssigen Boden Waylhaghiris langsam voranschlurft, auf ihrem endlosen Weg nach oben.

Es passiert in letzter Zeit so vieles gleichzeitig – ich habe deshalb versäumt, Dich über die Entwicklungen in Waylhaghiri auf dem Laufenden zu halten. Das werde ich nun nachholen. Die neusten Entwicklungen in der Trichterstadt beweisen, dass ich die Parallelen zwischen dort und meinem Leben hier immer besser durchschaue. Der Erfolg von Serisada als Creative Designerin unmittelbar vor ihrem Tod entspricht meinem Erfolg mit der neuen Firma. Serisada ist ja nun gestorben – was bedeutet das für mich?

Ich denke mal, das bedeutet etwas Gutes. Serisada war so wie ich in meinen schwächsten Momenten. Sie war schlicht, sie war einsam. Sie blieb eine Fremde, die nicht wirklich verstand, was um sie herum vorging – auch wenn sie das im Alltag gut verbarg. Da bin ich doch lieber wie Zazamael – cool und professionell. Der Mann ist ein Kämpfer. Er ist zwar ein ewig junges Kind, aber wild und stark – ich liebe ihn. Zazamael ist ein echter Kerl. Ich wette meinen Kopf, er wird sein Ziel erreichen. Er wird den wilden Wein finden. Und die große Fusion wird gelingen. Traum und Wirklichkeit werden in Waylhaghiri zu einer Emulsion verschmelzen. Und auch in meinem eigenen Leben werden sie verschmelzen.

Du willst also wissen, wie Serisada gestorben ist?

Dezent, melodiös und doch nachdrücklich – so klingt das Wecksignal in einem besseren Hotel Waylhaghiris. Für Serisada zählte im ersten Moment nur, dass sie aus dem Schlaf gerissen wurde. Im zweiten Moment sah sie sich überrascht um – wo war sie?

Ein luxuriöses Zimmer. Urbaner, funktionaler Luxus, anders als in ihrem Palast. Weshalb hatte dieses Zimmer keine Decke?

Warum trug sie noch ihre Kleider?

Im dritten Moment des neuen Tages fiel Serisada ein, was gestern passiert war. Die Fahrt im Garküchenwagen. Der Rummelplatz. Die Lizenzbörse. Ihr neuer Chef – unsympathischer Typ –, wie hieß er noch gleich? Azethot.

Und erst im vierten Moment wurde ihr klar: Heute lagen Abenteuer vor ihr.

Sie war nun eine vollwertige Bürgerin Waylhaghiris.

Sie verstand selbst nicht, warum sie es tat – sie nahm ihr Libellenschmuckstück ab. Serisada fuhr noch einmal mit dem Finger über die zarten Flügel, dann verbarg sie es in der Ritze hinter dem Nachttisch. Dort würde es für immer ruhen.

Dann ließ sie die Zimmertür hinter sich ins Schloss fallen und ging in den Frühstückssaal.

Die Prinzessin stopfte hastig zwei Spiegeleier in sich hinein, dazu gebratenen Speck mit Ketchup, einen Rollmops, ein Nutellabrötchen, ein Brötchen mit Krabbensalat und eine mittelkleine Schüssel Pfirsichjoghurt. Sie platzte fast. Konnte man von zu viel gutem Essen krank werden? In dieser Stadt schrien ständig zahllose übergute Dingen nach Beachtung. Zahllose Wohlklänge übertönten sich gegenseitig zu einem infernalischen Lärm. Trotzdem nahm sie noch ein Vanilletörtchen. Sie tröstete ihr Gewissen: Niemand konnte wissen, wann es das nächste Mal etwas zu Essen geben würde.

Als sie das Hotel verließ, fand sie das Betonlabyrinth voll Lärm und Gewimmel. Menschen gingen vor dem kulissenhaften Hintergrund ihren Arbeiten nach. Selbst wenn Serisada sie ansprach, sahen sie kaum auf. Ob sie überhaupt merkten, dass ihre Umgebung bis auf ein paar requisitenartige Möbel und Alltagsgegenstände aus weißen Betonwaben bestand? Für solche Fragen blieb der Prinzessin keine Zeit. Sie musste rechtzeitig die Eisenstatue finden, an der Azethot auf sie wartete. Sie korrigierte ihre Gedanken: Azethot wartete eben gerade nicht auf sie.

Sie suchte sich ihren Weg zwischen den verschachtelten Betonwänden hindurch. Auf dem abschüssigen Boden versuchte sie dabei, immer weiter nach oben zu kommen. Das war aber nicht einfach, denn das Labyrinth war verwinkelt.

Immer wieder blieb ihr nichts anderes übrig, als doch wieder eine Treppe oder einen Hang hinunterzuklettern und sich dadurch von ihrem Ziel zu entfernen. Es war wie in einem Albtraum. So ähnlich wie gestern Nacht auf dem Rummelplatz – irrte man in dieser Stadt ständig unter Zeitdruck allein umher? Azethot hatte ihr geraten, sie solle sich durchfragen. Also tippte Serisada verlegen auf die krumme Schulter eines Greises, der mit einem Reisigbesen wie besessen den Boden fegte. Der Greis reagierte nicht, machte nur eine abwehrende Geste mit seiner fahrigen Hand und fegte verbissen weiter, obwohl der Boden blitzblank schien – da war kein Staubkorn, kein Müll, gar nichts. Sie packte seine knochige Schulter und schüttelte ihn. Der Greis wich zurück, als sei die Prinzessin von einer Seuche befallen. Ihn schreckte die körperliche Nähe einer Unbeschäftigten und offensichtlich Orientierungslosen wie ihr. Hastig blickte er sich um, ob jemand ihn zusammen mit diesem Mädchen sah. Da hörte Serisada eine gelangweilte Kinderstimme in ihrem Rücken: „Es hat keinen Sinn. Für diese Leute ist das Wichtigste im Leben, dass sie sich nicht aus der Bahn werfen lassen. Geschehe, was wolle. Sie blenden alles Unbekannte aus, bevor es sie verunsichert. Das höchste Ziel im Leben ist für sie, sich nur mit Bekanntem, Sicherem zu umgeben. Das ist ihre Religion, der Coolizismus." Serisada drehte sich um. Dort lehnte lässig ein Mädchen, etwa in ihrem Alter, das ausgeblichene Jeans trug. Ihre Fäuste bohrte sie in die Taschen ihrer abgewetzten Kunstlederjacke. Ihrer Kleidung nach musste sie zu den Schaustellern gehören. Das Mädchen kam auf Serisada zu. „Der Rummel ist vorbei. Meine Leute ziehen weiter. Ich muss los." Sie ging an Serisada vorbei und war verschwunden.

Serisada versuchte noch ein- oder zweimal, Leute anzusprechen. Aber sie merkte, dass die Bewohner dieses Teils der Stadt mit sich selbst beschäftigt und nicht erreichbar waren. Das Schaustellermädchen hatte die Wahrheit gesagt. In blinder Hast verrichteten die Leute geduckt ihre Arbeiten. Keiner von ihnen fand Zeit, um der schüchternen Prinzessin zuzuhören. Serisada wurde langsam panisch. „Dieser Azethot hat gesagt, er wird nicht auf mich warten. Er meint das ernst."

Von einer Aussichtsplattform aus sah sie unter sich den Rummel, der abgebaut wurde. Die Schausteller zogen tatsächlich weiter. Serisada bog um eine weiße Betonecke und sah vor sich endlich einen Menschen, der es nicht eilig zu haben schien.

Eine alte Frau in einem grauen Gewand kauerte gekrümmt in der Mitte eines Platzes, auf dem zahlreiche Wege zusammenkamen. Ihr Gesicht war abgewandt. Sie sah reglos ein paar Spatzen zu, die im Staub pickten. Serisada rannte auf sie zu und tippte ihr auf die Schulter, um ihre Aufmerksamkeit auf sich zu lenken. Aber die Schulter war hart und kalt, denn die Frau war nicht lebendig, sondern eine Statue.

Im gleichen Moment hörte Serisada das Lachen Azethots, wie es gestern Nacht aus dem Hotelfernseher gedröhnt hatte. „Sehr gut – du hast die Statue rechtzeitig gefunden. Ich wusste ja, dass du Köpfchen hast. Du bist auf Zack. Nicht schlecht, scheinbar. Aber wir werden sehen. Komm mit." Azethot war trotz seiner geckenhaften Aufmachung recht sportlich. Obwohl er unpraktisch gekleidet war – Stulpenstiefel und ein schwerer Radmantel, dazu ein Schlapphut mit Hahnenfeder –, musste Serisada sich anstrengen, um mit ihm Schritt zu halten. Das lag auch an ihrem übervollen Magen.

„Wo gehen wir hin?" „Hm?" „Ich fragte: Wo gehen wir hin?" Serisada und Azethot eilten einen Tunnel hinab, der sich durch das Gemäuer der Stadt wand. Obwohl gelbliche Neonröhren ihn matt ausleuchteten, wirkte er eher mittelalterlich als modern. War das ein Zeichen dafür, dass er zu einem mittelalterlichen Ort führte? Jedenfalls ging es abwärts, also zurück in der Entwicklungsgeschichte von Waylhaghiri. „Dein Talent wird gleich von Anfang an für eine besondere Aufgabe eingesetzt, Kleine. Diese Aufgabe ist von Wichtigkeit für die große Fusion. Eigentlich darf man einer Anfängerin wie dir so etwas Großes nicht anvertrauen. Aber ich habe mich beim Rat der Wirtschaftsweisen dafür eingesetzt, dass wir dieses Mal eine Ausnahme machen. Offen gesagt: Ich hoffe sehr, dass ich mich nicht in dir täusche. Andernfalls habe ich den Rat verärgert. Aber lass uns lieber von etwas Positivem sprechen: Du wirst überrascht sein, wie reizvoll die dir zugewiesene Aufgabe sein wird. Du hast absolute Handlungsfreiheit. Du hast unbegrenzte Ressourcen zur Verfügung. Du wirst einen Ort nach deinen Vorstellungen neu gestalten. Du wirst dort herrschen. Wie eine Gräfin oder wie eine Geschäftsführerin in einem großen Unternehmen." „Sind Gräfinnen und Geschäftsführerinnen dasselbe?" „In etwa – solange das Ergebnis stimmt."

Tausend weitere Fragen stellten sich Serisada, aber sie hielt den Mund, um nicht durch Unwissenheit aufzufallen. Dieser Azethot durfte nicht ahnen, wer sie wirklich war. „So eine Chance bekommen nur die Besten jemals in ihrem Leben. Du bist die Erste und Einzige, die sie gleich zu Anfang ihrer Karriere bekommt. Also streng dich an. Wenn du deine Sache gut machst, kannst du die Wirtschaftsweisen höchstselbst auf dich aufmerksam machen." „Und was passiert, wenn ich meine Sache weniger gut mache?" Azethot lachte sein dröhnendes Lachen, das im Tunnelgewölbe besonders schrecklich hallte. „Dann werden sie garantiert auf dich aufmerksam." Beide schwiegen viele Schritte lang. Der Tunnelboden bestand streckenweise aus einer aufgesprungenen Asphaltdecke, streckenweise aus groben Zementstufen. An Wänden und Decke hingen Spinnweben und Wasser tropfte herab, ganz klar: Es ging abwärts in eine schmutzig-mittelalterliche Welt. Serisada hoffte auf eine ländliche Idylle, wie zu Hause. Vielleicht gab es ja ein kleines Schloss oder wenigstens eine gemütliche Burg für sie zum Wohnen. Mit einem Turmzimmer, das idealerweise auch einen Balkon haben sollte. Sie war zuversichtlich, dass sie ihre Sache auch weiterhin gut machen würde: Als Prinzessin war sie das Herrschen gewohnt. Es lag ihr im Blut. Andererseits gefiel es ihr nicht, dass es wieder abwärts ging, nachdem sie sich so mühevoll an der Wand des Stadttrichters emporgearbeitet hatte.

Und sie fand es beunruhigend, dass dieser Tunnel verlassen war, dass überhaupt kein anderer Mensch in der Nähe zu sein schien …

Andi, Du musst noch etwas Geduld haben, was das bedauerliche Ende unserer Prinzessin Serisada angeht. Das ist nun einmal eine längere Geschichte. Die näheren Umstände von Serisadas tragischem Tod sind nicht mit wenigen Worten erzählt.

Übrigens solltest Du Dir nicht ständig Gedanken über diese dahergelaufene Prinzessin machen. Fall nicht auf die rein. Deren scheinbare Natürlichkeit ist nur ein billiger Trick, um alle Aufmerksamkeit auf sich zu ziehen. Es wäre besser, wenn Du Dich etwas mehr um mich kümmern würdest. Bei mir spielen sich nämlich richtige Dramen ab.

Ich entdecke immer mehr Parallelen zwischen dem Sumerland und meinem Leben: Es gibt allem Anschein nach eine Parallele zwischen Serisadas neuem Job und meiner neuen Firma. Azethot bezeichnet Serisada sogar wortwörtlich als „Geschäftsführerin“. Und sie hat eine kreative Gestaltungsaufgabe, wie ich sie bei meinem zukünftigen Großkunden, der großen und besonderen Firma, bestimmt auch haben werde. Hoffentlich – unterschrieben ist ja noch nichts. Aber sie haben mir schon die Vorauszahlung überwiesen. Von daher kann kaum noch etwas schiefgehen.

Früher einmal in der goldenen Zeit war ich auch so schlicht und frei wie die Prinzessin des Sumerlands. Ich begehrte damals nichts und war von nichts abhängig. Die Gegenwart war ständig neu und faszinierend, sodass ich keine Zeit hatte, um mir Begierden nach fernen Dingen in den Kopf zu setzen. Als ich älter wurde, brachte mir die Gesellschaft bei, zahllose Dinge gleichzeitig zu begehren. Ich wurde konditioniert, mich nach ihnen zu verzehren. Und ich wurde konditioniert, dabei das zu übersehen, was von Natur aus bereitliegt. Ich lernte Gier und ich lernte Gleichgültigkeit. Azethot bringt genau diese Gier und diese Gleichgültigkeit nun Serisada bei. Er verlockt sie mit Glamour, mit Führungsaufgaben und mit dem Versprechen, dass sie einen Teil von Waylhaghiri nach Gutdünken gestalten darf. Nur Geduld, Andi, Du wirst gleich sehen, wie Azethot das anstellt.

Azethots Herrscher, Prinz Zazamael, ist so ähnlich wie Du, Andi. Beide seid Ihr körperlich attraktiv. Auch Du hast mich damals in der goldenen Zeit gelockt und gleichzeitig klein gehalten mit dem Versprechen von Glamour, von geheimer, elitärer Macht. Und obwohl Du längst tot bist, lockst Du mich noch immer. Du willst mich in Dein Reich locken, runterziehen.

Na dann los, mein Prinz. Los, Andi, lass uns sehen, wie es weitergeht im Sumerland.

Der Tunnel machte einen Knick. Dahinter erschien eine jähe Wand aus schmerzhaft gleißendem Tageslicht. Serisada kniff die tränenden Augen zusammen und verlor auf dem abschüssigen Boden beinahe das Gleichgewicht – wieder einmal. Anders Azethot, der begeistert drei schwungvolle Schritte vorstiefelte. Serisada sah ihn als schwarze, knorrig wirkende Silhouette vor einem grellweißen Hintergrund, ein Schattenriss aus dem Märchenbuch, der mit einer weit ausholenden Bewegung den Schlapphut schwenkte. Stolz präsentierte er das Ziel ihres Fußmarschs. Serisada hörte Vogelschreie. Sie spürte Sommerwind auf der Haut. Sie waren in der Außenwand des Stadttrichters. Als Serisadas Augen sich an das Licht gewöhnten, sah sie den grundlos blauen Zenit, darunter die Landschaft des Sumerlands, hügelige Wiesen und Wälder bis zum Horizont.

Ihr übermenschlich feiner Geruchssinn begann hier – auf der Außenseite der Stadtmauer – wieder zu funktionieren. Sie roch wachsende Gräser, Blumen und Bäume, aber sie roch auch, dass der Krieg noch immer andauerte. Blut und Tod. Die Okkupationsarmee drang weiter vor.

Die Siedlung unter ihnen erstreckte sich in einer Art Talgrube im Mauerwerk, einer Scharte in der Außenseite des Stadtrings. „Schau – dort unten ist dein Reich, alles dein!", flüsterte Azethot ihr fiebrig ins Ohr. Seine körperliche Nähe war ihr unangenehm. Und der erste Anblick war entgegen seinen Worten enttäuschend: Die Siedlung da unten wirkte öde und armselig. Sie bestand aus grauen Mietskasernen. Wie ein kotbeflecktes Vogelnest klammerte sich der heruntergekommene Häuserhaufen an die Vorsprünge und Mauersteinterrassen der Scharte.

Als sie hinunterkraxelten, tat sich die barfüßige Prinzessin leichter als ihr Begleiter in seinen Stulpenstiefeln. Je näher sie der Siedlung kamen, desto mehr bestätigte sich der erste schlechte Eindruck. Viele Gebäude standen schon seit Langem leer, ihre Türen und Fenster waren zugenagelt. Die asphaltierten Innenhöfe waren ohne Grün. Es gab dort nur nützliche Dinge wie Wäscheleinen und Aschetonnen. Sogar die steinerne Kirche war verfallen, ihre Fenster mit Balken verrammelt. Auf den Straßen waren kaum Leute zu sehen. Und wenn doch, waren sie ärmlich und langweilig gekleidet. Ihre Gesichter sahen verhärmt aus.

„Ehrlich gesagt sieht das nicht besonders toll aus." Azethot schnalzte missbilligend mit der Zunge. „Also wirklich – verwöhnt wie ein Prinzesschen ist unsere Kleine. Da gewähren die Herren der Stadt dir die historisch einmalige Ehre, über eine ganze Siedlung zu herrschen. Und was sagst du dazu?" Azethot imitierte ihre Stimme: „Ehrlich gesagt sieht das nicht besonders toll aus – sagt die Kleine. Aber genau das wird deine Aufgabe sein. Diesen Ort wieder toll aussehen zu lassen. Ihn aufzumotzen." Serisada sah im ins Gesicht. „Erklär mir genau, was ich hier zu tun habe." Azethot zwirbelte nachdenklich seinen Spitzbart. „Hm, wo fange ich an? Also – der Rat hat beschlossen, einen erneuten Anlauf für die große Fusion zu unternehmen. Diesmal soll es klappen, diesmal muss es klappen, und zwar – hier!" Sein Daumen wies senkrecht zu Boden. „Diese Siedlung wird schon bald der historische Ort sein, an dem unsere stolze

Stadt erstmalig einen selbst tragenden Aufschwung aus dem Nichts realisiert hat. An dem sie unbegrenzten Wohlstand und Glamour durch ein selbst tragendes Ritual erzeugt hat. Ein Perpetuum mobile. Die gestalterischen Vorarbeiten dazu liegen in deiner Hand. Du wirst diesen Ort aufhübschen, ihn interessant machen, die Wirtschaft und Kultur ankurbeln. Du wirst dafür sorgen, dass hier endlich etwas los ist. Verändere alles einfach so, wie du es am liebsten haben möchtest." „Aber was soll denn hier los sein, warum nehmen Sie keinen besseren Ort für die große Fusion als ausgerechnet dieses triste Kaff." „Der Rat wird schon wissen, was er tut. Meinst du nicht auch, Kleine? Du bist doch kreativ? Du bist eine Macherin, keine Bedenkenträgerin?" Azethot blinzelte sie durchdringend an. „Ja, ja ... Ist ja gut – mir wird schon was einfallen. Keine Sorge." Aber Azethot wandte seinen durchdringenden Blick nicht ab. „Vielleicht ist es sicherer für dich, wenn ich dich diese Aufgabe nicht allein verantworten lasse. Ich setzte außer dir noch ein paar weitere begabte junge Leute an das Projekt. Ihr macht das zusammen. Keine Konkurrenz zwischen euch, keine Bange. Ihr werdet ein Team sein. Weißt du, die Sache ist einfach zu wichtig. Schlechthin alles hängt von der großen Fusion ab." „Aber dann kann ich ja nicht mehr frei gestalten, wie ich will!", protestierte Serisada. Azethot legte ihr aufmunternd die Hand über die widerspenstig erstarrenden Schultern. „Keine Sorge, ich denke mal, ich mache dich zum „Lead Creative Designer" und die anderen werden nur „Creative Designer". Mal sehen." Wie zum Trost packte er ihre Hand. „Komm mit – wir bummeln jetzt durch alle Straßen deiner neuen Wirkungsstätte. Und ich habe noch zwei Überraschungen für dich."

Als sie eine Gasse entlanggingen, stürzte aus dem Nichts ein zerlumpter Mann auf Serisada zu, die erschrocken zurücktrat und mit einer ihrer nackten Fersen in einer lauwarmen Spülwasserpfütze landete. „Herrin! Hört mich an! Ich habe eine großartige Geschäftsidee. Damit könnt Ihr ohne Arbeit und Risiko Millionen in kurzer Zeit machen. Und Ihr müsst nichts investieren, ich will kein Geld oder sonst eine Vorleistung von Euch. Bitte glaubt nicht, dass ich ein Betrüger bin, nur weil mein Vorschlag so wunderbar klingt. Ich habe hundert Millionen auf einem Treuhandkonto gefunden – sie gehörten früher einem entfernten Erblasser, egal. Jedenfalls muss ich das Geld aus steuerlichen Gründen außer Landes schaffen. Wenn Ihr Euer Konto für die Transaktion zur Verfügung stellt, erhaltet Ihr eine Provision von zehn Prozent. Zehn Prozent für Euch, Ihr habt recht gehört! Ohne jede Mühe, ohne jedes Risiko! Es ist überhaupt gar kein Haken dabei." Der zerlumpte Mann fiel vor Serisada auf die Knie. Aber Azethot packte ihn am Kragen und riss ihn so heftig zurück, dass er der Länge nach zu Boden schlug. Er flehte weiter: „Herrin! Kein Haken!" Da gab Azethot ihm mit dem Stulpenstiefel einen wohlgezielten Tritt in den Unterbauch, woraufhin der Zerlumpte wimmernd davonkroch. „Halt, Azethot, warum tust du ihm weh? Wir könnten ihm einen Job geben. Oder etwas Startkapital. Er kann uns helfen, diesen Ort wieder aufblühen zu lassen." Aber Azethot lachte grimmig sein dröhnendes Lachen. „Er ist ZU genau das, was wir brauchen, um wahr zu sein. Solche wie er sind Spamleute." „Spamleute?" Serisada konnte sich darunter nichts vorstellen. „Die meisten Leute hier unten sind Spamleute. Sie sind das eigentliche Problem. Sie kämpfen um deine Aufmerksamkeit, versprechen dir alles Mögliche, haben scheinbar großartige Visionen und Pläne, aber in Wahrheit passiert bei ihnen überhaupt nichts. Sie kommen niemals voran im Leben. Sie stehlen nur deine Zeit. Alles nur leeres Gerede. Tagediebe. Hängen rum. Lenken dich ab. Komm weiter." „Wieso leben Leute hier dauerhaft? Ich dachte, alle Bürger Waylhaghiris werden auf immer neuen Missionen umhergeschickt und haben kein festes Zuhause?" „Das stimmt auch. Die Siedlungsbewohner sind nur Statisten, ihre Untätigkeit ist ihre aktuelle Mission. Ihre Vergangenheit bekommen sie von der zentralen Datenbank vorgefertigt geliefert wie eine Tiefkühlpizza. Genauso auch ihre Familie, ihr Haus und alle anderen Requisiten. Jetzt komm endlich."

Der Mentor führte die Prinzessin zum windigen Abgrund, wo es Hunderte Meter tief hinunterging bis in die menschenleere Weite des Sumerlands. Dort stand ein knallrotes Flugmotorrad mit verchromter Heckdüse. Es sah aus wie einem japanischen Manga oder einem Computerspiel entsprungen. Die futuristische Technologie wirkte deplatziert an dem öden Ort, aber Serisada war es inzwischen gewohnt, dass in dieser Stadt verschiedene Entwicklungsepochen aufeinanderprallten. Azethot tätschelte stolz den schwarzen Ledersattel des Fluggefährts. „Hier, das ist für dich. Meine erste Überraschung. So ein Spielzeug bekommen nur unsere Allerbesten." Serisada befühlte vorsichtig den verchromten Lenker, sie drehte probeweise am Gas. Wow! „Damit darfst du über das Sumerland fliegen und dir Dinge zusammensuchen, die wir in die Siedlung hier einbauen. Um sie aufzuhübschen." „Dinge zusammensuchen?" „Genau: Dinge. Steine. Bäume. Tiere. Pflanzen. Tiermenschen, falls du welche findest. Was immer dir im Sumerland gefällt. Du suchst es mit diesem hübschen Spielzeug zusammen, zeigst es uns, und wir schaffen es mit unseren Hubschraubern nach oben in die Siedlung und verbauen es nach deinen Vorstellungen." „Na gut ..." Azethot schüttelte in milder Fassungslosigkeit den Kopf: „Na gut – sagt die Kleine. Da bekommt sie so eine Chance, so einen schicken Raketenflieger, das Schnellste und Teuerste, was wir überhaupt haben, und alles, was sie sagt, ist – na gut! Pass bloß auf, dass du keinen Euphoriekrampf bekommst, wenn dein Feuerstuhl mal nicht anspringt." „Was ist das?" „Ein Euphoriekrampf ist in Waylhaghiri eine weitverbreitete Krankheit. Der Euphoriekrampf äußert sich in einem Gefühl von Wut, Stress, Hilflosigkeit. Dieses Gefühl tritt auf, wenn eine unserer Errungenschaften einem schier übermenschliche Möglichkeiten verleiht. Aber dann hakt es im Detail. Etwas Nebensächliches ist nicht ganz genau so, wie es sein sollte. Dann wird man wütend wie ein hilfloses Kind. Wie wenn man mit einem schnellen Auto im Stau steht. Oder wenn der Webbrowser hängt. Manche sagen auch Euphoriekater dazu. Aber komm mit, ich habe ja noch die zweite Überraschung. Vielleicht ziehst du dann ein zufriedenes Gesicht." Sie gingen zurück durch die grauen Straßen der Siedlung bis zu einem Haus, das abseits und erhöht auf einem Vorsprung aus Mauerwerk stand wie auf einer Felszinne. Wie alle Häuser der Siedlung sah auch dieses Haus düster und heruntergekommen aus, wenn man einmal von den schönen alten Nussbäumen absah, die es beschatteten. Aber als Azethot die Eingangstür aufschloss, fiel Serisada auf, dass sie aus blutrotem Buchenholz war und mit Schnitzereien übersät.

Diese Tür musste wertvoll sein.

„Siehst du, wie erhaben und geheimnisvoll diese Tür wirkt? Sie selbst und alles, was dahinter liegt, ist von nun an dein Eigentum." „Ich habe ehrlich gesagt mit Eigentum noch nie viel anfangen können. Ich sehe Dinge, wenn ich an ihnen vorbeigehe. Ich benutze sie, wenn es sich ergibt. Aber ich will sie nicht festhalten. Ich bin hier nur Gast auf der Durchreise. Und sogar auf meiner Insel ..." Serisada war drauf und dran, sich zu verplappern. Sie biss sich erschrocken auf die Lippe. Aber Azethot achtete nicht darauf, denn er war außer sich: „Dann wird es verdammt noch mal Zeit, dass du lernst, Eigentum wertzuschätzen. Sieh dir diese Tür an, sie erzählt eine Geschichte von Ruhe und von Zeit, von Abgeschiedenheit, die hinter ihr liegt. Das Eigentum an dieser Villa wird dir ermöglichen, diese Ruhe zu erleben, selbst wenn du körperlich woanders bist, an einem stressigen Ort. Durch Eigentum erlebst du Dinge auch dann, wenn du körperlich entfernt von ihnen bist. Dazu ist es da."

Sie traten ein.

Der Kontrast zwischen drinnen und draußen hätte größer nicht sein können. Drinnen war es ein hochmodernes Designer-Apartment mit Ledersofas vor dem Marmorkamin im Wohnzimmer, drei Badezimmern, Sauna und Fitnessraum im Keller. Das Arbeitszimmer hatte ein Panoramafenster mit Blick über die Landschaft des Sumerlands. Sogar ein Funkgerät stand neben dem Schreibtisch – das war in Waylhaghiri etwas Besonderes. Aus rituellen Gründen wurde die Kommunikation in der Stadt fast ausschließlich per menschlichen Unterboten überbracht, Ferngespräche waren verpönt und deshalb die Ausnahme. Und es gab in der Villa auch einen Innenhof mit einem japanischen Garten. „Hier wirst du wohnen. Du brauchst ein positives Umfeld, damit du kreativ sein kannst. Und einen Ort, wo du dich mit den anderen Creative Designern treffen kannst. Ihr werdet in engem Kontakt bleiben, um euch gegenseitig zu inspirieren. Begeistert euch gegenseitig mit euren Visionen, steckt euch mit eurer Dynamik gegenseitig an. Junge Leute mit Talent sind dem Rat wertvoll. Er tut viel, um solche wie dich zu fördern. Du bekommst ab morgen Einzelunterricht bei mir."

Azethot schnippte eine tote Fliege vom Fensterbrett.

„Aber lass die einfachen Leute draußen niemals sehen, in welchem Luxus du lebst. Das würde sie verwirren. Sie ahnen nicht, dass die Siedlung – ihre Heimat – bald von Grund auf verändert wird. Das ist auch besser so. Sonst würden die Immobilienpreise hier mit einem Schlag anziehen. Falls du noch etwas brauchst, funk mich an und sag Bescheid. Das Einzige, was knapp ist, ist Zeit. Die Uhr der großen Fusion hat zu ticken begonnen." Mit diesen bedeutungsschwangeren Worten ließ Azethot seine Schülerin allein in ihrem neuen Zuhause zurück.

Serisada hörte erleichtert, wie die Tritte seiner Stulpenstiefel verklangen.

Siggi hat mir eine Mail geschickt – kommende Woche gibt es eine Telefonkonferenz. Und zwar mit der gesamten Geschäftsführung der großen und besonderen Firma. Sie müssen weitreichende Pläne mit mir haben.

Ich arbeite rund um die Uhr. Und auch, wenn ich einmal Freizeit habe, hole ich das Maximum raus aus meiner Zeit. Ich mache Sport. Oder ich gehe in meinen feuerroten Club. Oder in Kunstausstellungen – da bin ich gerade. Ich sitze in der Mitte eines weiten Saals. Die Wände sind voller Bilder. Ich weiß leider nur wenig über die Bilder in Kunstausstellungen. Zum Beispiel ist da an der Wand ein rätselhaftes Bild. Ich sehe nur, dass es mit sicherer Hand gemalt wurde. Der Maler wusste ganz klar, was er tat. Also ist da ein Sinn verborgen.

Ich sollte mir von meinem neu verdienten Geld ein paar echte Kunstwerke kaufen. Wenn man ein Bild besitzt und an die Wand hängt, muss man mit der Zeit ein tieferes Verständnis für es entwickeln.

Was man auch tut – es ist zu wenig Zeit da im Leben. Wie ein Jongleur schaffe ich es gerade eben, alles am Laufen zu halten, ohne dass etwas schiefgeht. Ich reproduziere Erlebnisse, die sich andere Leute ausgedacht haben. Wie ein Kind, das mit gekauften Spielsachen spielt. Wenn ich Sport mache. Oder in Kunstausstellungen gehe.

Um meinen Intimfeind nicht wieder hochkommen zu lassen, halte ich mein Leben in kontrollierten Bahnen. Ich weiß jede Sekunde des Tages, was ich zu tun habe. Ich weiß auch, was ich dabei zu fühlen habe. Das enge Korsett meines Tagesprogramms ermöglicht es mir, aus meiner Zeit das Maximale herauszuholen, und hindert mich daran, auf destruktive Abwege zu geraten.

Wenigstens ist durch diese Schönheitsoperation mein altes Gesicht, das zugesehen hat, wie Du ertrunken bist, für immer weg. Vielleicht war es das, was passieren musste, damit ich einen richtigen Mann kennenlerne.

Denn eins will ich in diesem Leben noch um jeden Preis schaffen: Ich will den richtigen Mann finden. Die eine große Liebe. Das muss ich doch durch stete Selbstbeobachtung und Selbstoptimierung erreichen können. Mit dieser Strategie kann ich ja auch sonst alles erreichen. Zum Beispiel bin ich längst nicht mehr fett. Zugegeben, mich begeisterte mein dünnes, knallhartes Gesicht im Spiegel nicht. Aber auch dagegen konnte ich etwas unternehmen. Das war die Schönheitsoperation. Durch die habe ich die Traumwelt der Werbung unwiderruflich in mein Gesicht schneiden lassen. Jetzt bin ich nur noch wie Zazamael. Sonst nichts.

Andi – widersprich mir nicht –, lass mich endlich in Ruhe. Zum abertausendsten Mal: Es ist lebensgefährlich, wenn man einen Ertrinkenden rettet. Er kann den Retter mit in die Tiefe ziehen.

Ich nehme allen Mut zusammen und frage Susanne noch

einmal: „Wie kommst du dazu, einen Stadttrichter zu bauen? Kennst du Waylhaghiri?“ Sie nickt lächelnd. „Das habe ich erfunden. Ich bin doch schon die ganze Zeit dabei, es dir zu erzählen. Es ist nun einmal eine lange Geschichte. Hör mir weiter zu. Dann wirst du verstehen.“

Susanne und ihre Bande spielten das Spiel sogar zwischen den Schulstunden. Und nach der Schule blieben sie einfach alle da und spielten auf dem verlassenen Pausenhof weiter.

Da kamen fünf oder sechs ältere Jungs und Mädchen – fast schon Jugendliche – herangeschlendert. Weil sie nichts zu tun hatten, sahen sie dem Spiel zu. Susannes Leute wurden unter ihren Blicken fahrig. Christine wollte ihr unsichtbares Pferd herbeirufen, aber sie verhaspelte sich. Susanne stampfte wütend mit ihrem Turnschuh. „Chrissie! Stell dich nicht an!“ Susanne wusste: Wie das Spiel wirkte, hing einzig und allein davon ab, wie viel Selbstsicherheit und Spaß ihre Leute ausstrahlten.

Sie musste einschreiten.

Susanne trat langsamen Schritts auf die Gruppe der Großen zu und grüßte sie. Dann verschränkte sie die Arme und wippte auf den Fersen. Dadurch wirkte sie größer, fast so groß wie der Anführer der anderen. Außerdem war sie ja ein Königskind.

„Bist du die Anführerin von diesem komischen Haufen?“

„Ja“, antwortete Susanne schlicht, als käme es darauf

nicht an. Man hätte die berühmte Stecknadel zu Boden fallen hören. Der Anführer schien nicht unbeeindruckt von ihr.

„Was macht ihr da – seid ihr übergeschnappt?"

Susanne wartete drei ruhige Atemzüge lang, bevor sie antwortete. „Wir haben ein Geheimnis ..." Geheimnisse waren immer attraktiv, da wollte man dabei sein. „... wir haben keine Lust mehr, uns von dem Spielwarenhändler für blöd verkaufen zu lassen. Deshalb machen wir unsere eigenen Spielsachen. Wir denken sie herbei. Wenn man das Selbstvertrauen hat, um daran zu glauben, dass sie real sind, dann ist es so. Jetzt haben wir den ganzen Tag Spaß und sind von nichts abhängig, wir warten auf nichts, nicht auf Weihnachten oder den Geburtstag."

Die großen Kinder blickten skeptisch, aber nicht unbeeindruckt. Schließlich fragte der Anführer zögernd: „Willst du damit sagen, wenn wir euer Spiel mitspielen, können wir alles haben, was wir wollen?" Susanne starrte ihn mit lachenden Augen an: „Ja. Komm – ich mache dir ein unsichtbares Geschenk. Hier ist es. Es ist genau das, was du dir Zeit deines Lebens gewünscht hast ..." Sie hielt ihm ihre leere Hand entgegen. „... genau das, was du insgeheim willst. Hier. Nimm es schon." Der Anführer wusste nicht, wohin er schauen sollte. Er wirkte blamiert, dabei voll schlecht verborgener Gier. Susanne fiel erst jetzt auf, dass das eine Auge des Anführers unter seinen dunklen Haarlocken leicht schief hing. Er schielte etwas. Das merkte man erst auf den zweiten Blick. Bei oberflächlicher Betrachtung hatte man bloß den Eindruck, dass er einem nicht direkt in die Augen sah.

„Also du sagst mir, du weißt, was ich insgeheim will. Du sagst mir, ihr wärt eine coole Gruppe und ihr haltet die anderen Kinder, die mit gekauften Spielsachen spielen, für doof. Ihr wollt, dass wir bei eurem Spiel nach euren Regeln mitmachen. In Wahrheit habt ihr doch bloß Angst, dass ihr die

Spielsachen nicht zu Weihnachten bekommt, die ihr unbedingt haben wollt. Deshalb lügt ihr euch feige vor, dass ihr gar nichts braucht. Das ist natürlich der bequemere Weg."

Susanne spürte, dass die Chance, die eben noch in der Luft gelegen hatte, vorbei war. Es sieht ja leider so uncool aus, wenn man mit unsichtbaren Dingen spielt. Die Markenartikel-Statussymbole im Spielwarenladen schienen handfester. Der Anführer sagte zu einem Jungen mit rotem Haar und hellen Augen: „Enzio, hau der Kleinen doch einfach eine rein. Dann hält sie die Klappe." Und als der Angesprochene zögerte: „Mach schon. Sofort." Enzio trat einen Schritt auf Susanne zu und gab ihr eine schallende Ohrfeige. „Hier. Du Besserwisserin. Ist das real oder nicht?" Auch die anderen großen Jungs wollten ihrem Anführer gefallen. Sie stürzten sich auf Susannes Kinder und jagten sie in die Flucht. Jedes von ihnen rannte für sich allein fort.

Serisada brauste auf ihrem Flugmotorrad durch die warme Sommerluft wie ein futuristisches Insekt. Die Düse der Flugmaschine war nahezu lautlos, vibrierte aber stark. Serisada wurde ordentlich durchgeschüttelt. Sie hielt den Lenker mit beiden Händen fest umklammert. Aber sie merkte schon, dass sie sich an dieses Fortbewegungsmittel gewöhnen konnte. Sie jagte dicht über die wogenden Baumwipfel, zog einen meilenweiten Kreis um den Stadtkegel.

Da sah sie ein Pinienwäldchen. Ihre Augen erspähten ein Vogelnest in einem Baumwipfel. Zwei Eier lagen darin. Wie wäre es damit? Konnte sie die Eier brauchen? Oder sollte sie den Vogeleltern ihren Nachwuchs lassen? Serisada flog erst einmal weiter, merkte sich aber die Stelle für später. Dann erregte ein glitzernder Bach ihre Aufmerksamkeit. Sie bremste die Flugmaschine in einer steilen Landekurve, setzte auf dem Grasboden ihres angestammten Reiches – dem Sumerland – auf und klappte den Ständer aus. Sie stieg ab.

Es war wohltuend, wieder ebene Erde unter den nackten Füßen zu spüren, einen Boden, der nicht abschüssig war, sondern grenzenlos weit nach allen Himmelsrichtungen. Wohltuend, aber auch irgendwie enttäuschend, so langweilig, so wenig fordernd ... so banal.

Die Stille der Natur war auffällig nach dem lückenlosen Lärmteppich der Stadt. Nur der Bach gluckste, Laub rauschte, Vögel schrien und trällerten. Serisadas übersinnlich feine Nase nahm hier in ihrem Königreich eine Flut Gerüche von nah und fern wahr. Es roch nach Sommer, nach Blüten und nach Wald, aber es roch noch immer nach dem Krieg. Die Okkupationsarmee von Waylhaghiri schlug sich ihre blutige Bresche durch das Land.

Serisada kniff beide Augen zusammen und sah hinüber zum entfernten Stadtkegel, der von hier aus eher wie eine Gebirgszinne wirkte als wie ein Stück Zivilisation. Dann ging sie zum Bach und stellte fest, dass er breit und flach war. Die Strömung war stark. Sie hielt einen Zeh ins Wasser – es war überraschend kalt. Serisada suchte einen Haufen bemerkenswerter Bachkieselsteine zusammen und markierte die Stelle anschließend mit einer Leuchtstange, damit ein Hubschrauber ihre Beute in die Stadt schaffen könnte. Sie musste nicht alles eigenhändig auf dem Flugmotorrad transportieren, zum Glück. Dann fand sie noch einen verwitterten Baumstumpf. Das ausgetrocknete verdrehte Holz sah aus wie kunstvolle Drechslerarbeit. Außerdem erschnupperte ihre Nase aromatische Wachholderblüten und einen moderat giftigen Pilz im Schatten einer Birke. Sie hatte die Intuition, dass sich aus diesen Zutaten möglicherweise ein halluzinogener Trank brauen ließ, der den ausgelaugten Bewohnern ihrer Siedlung etwas Glut in die Adern hauchen würde. Am einfachsten war es, wenn man den Trank dem Leitungswasser beimischte. Und dazu noch ein Löffel wilder Honig, denn da befand sich ein summender Bienenstock am Ast einer alten Eiche. Das würde den Geschmack des Tranks verbessern. Einen jungen Regenwurm konnte sie auch noch hineintun.

Sie ließ sich bei der Auswahl der Zutaten allein von ihrem Unterbewusstsein leiten. Genau so sollte sie es machen, hatte Azethot gesagt. Er hatte gemeint, dass er einen Schuss Genialität in ihr zu erkennen glaubte, der sie hoffentlich zu der sagenhaften Essenz führen würde, die als Kraftstoff für die große Fusion allem Anschein nach leider unverzichtbar war. Serisada hatte keine Ahnung, was das für ein bemerkenswerter Kraftstoff sein konnte, aber es ehrte sie, dass Azethot ihr solche Kreativleistungen zutraute. Sie mixte deshalb bereitwillig etwas Nettes zusammen und hatte auch keine Bedenken, die Naturschätze des Sumerlands dafür zu plündern. Es gab ja mehr als genug, schier unendlich viel, in allen vier Himmelsrichtungen.

Manchmal schien es Serisada, als habe sie früher einmal das Rezept gekannt, nach dem Azethot so fieberhaft suchte. Da waren Bruchstücke von Erinnerungen, wie ein halb vergessener Traum. Wenn Serisada dieses Geheimnis tatsächlich früher einmal gekannt hatte, dann war es einst gewesen, als sie noch in dem Palast auf der Insel gelebt hatte. Doch alle Erinnerung war blass geworden, seit sie eine Bürgerin der Trichterstadt geworden war.

Das Funkgerät im Armaturenbrett des Flugmotorrads begann zu knistern und zu rauschen. Mit äußerst geringer Begeisterung erkannte die Prinzessin Azethots blechern verzerrte Stimme: „Wo bleibst du, Kleine? Weißt du, ich werde ungeduldig, weil du noch immer nichts verändert hast in der Siedlung. Totaler Stillstand, nach wie vor. Also leg los. Mit aller Kraft. Bloß keine halben Sachen. Mach, was du willst – aber es muss kraftvoll und rasch gehen. Wir geben dir alles, was wir haben, nur das Beste vom Besten, aber mehr Zeit können wir dir nicht geben. Die Uhr der großen Fusion tickt und tickt ... Und bitte versprich mir eins, Kleine!“ „Ja – was denn?“ Serisada war genervt von seiner Gängelei. „Bitte versprich mir, dass du nicht halbherzig bist. Keine Bedenkenkrämerei! Keine Angst, ein paar Blumen auszureißen oder auch ein paar Vogelfedern, Kleine, okay?“ „Ja, ja, okay ...“

Serisada entschied, dass sie auf dem Rückweg die Vogeleier aus dem Nest nehmen würde. Die würden ihren Trank dickflüssiger machen.

Als sie beim Rückflug die Siedlung in ihrer Gemäuerscharte größer werden sah, schien sie – fand Serisada – einem südländischen Fischerdorf ähnlich, auf steilen Felsklippen an einer Meeresküste. Der Ozean war das Sumerland und die Prinzessin auf ihrem Flugmotorrad war ein Boot mit Kurs auf den Hafen. Dieses Bild war ein Ansatz, um etwas Neues und Besseres aus der Siedlung zu machen. Sie würde alles auf ländlich und südländisch trimmen. „Das wird Touristen aus den anderen Stadtteilen Waylhaghiris an diesen abgelegenen Ort locken. Das wird die Wirtschaft ankurbeln.“

Ja, genau so würde sie es machen.

Sie parkte ihr Flugmotorrad dicht am Abgrund und suchte dann die grauen Straßen nach Siedlungsbewohnern ab, um sie für Hilfsarbeiten beim Umbau ihrer Heimat zu rekrutieren. Sie musste ihren Leuten erklären, wie sie die Straßen mit den Kieselsteinen aus dem Sumerland pflastern sollten und wie genau der Trank zu brauen war, der ins Trinkwasser gemixt werden sollte. Und die Leute sollten den grauen Verputz ihrer Mietskasernen mit Holzbalken aus dem Sumerland verschalen – dann sahen die Häuser gleich freundlicher aus.

Dafür brauchte man eine Menge Holz. Da würde man ein ganzes Wäldchen abholzen müssen. Gut geeignet war das Pinienwäldchen, das sie vorhin gesehen hatte. Die vielen Baumstümpfe würden hässlich aussehen. Aber Bedenkenkrämerei war nicht angebracht, hatte Azethot gesagt.

Es gelang ihr aber nicht, auch nur einen einzigen Siedlungsbewohner in ein Gespräch zu verwickeln. Sie hasteten stumm und ängstlich vorbei. Serisada verlor schließlich die Geduld – Azethot hatte ihr ja eingeschärft, keine Halbherzigkeiten zu machen – und packte eine ältliche Frau an der Schürze, die – völlig sinnlos – einen tristen Hinterhof blitzsauber fegte. „Hör mir zu! Ich habe Arbeit für dich!“ Die Frau wand sich in ihrem Griff, riss sich los und fegte sofort weiter, als hinge ihr Leben davon ab. „Lassen Sie mich! Ich habe keine Zeit! Ich habe zu tun! Wichtige Dinge!“ „Wichtige Dinge? Das ist doch totaler Quatsch, was du da machst. Komm, ich sage dir, was du Sinnvolles tun kannst.“ „Lassen Sie mich! Bitte! Ich muss fegen! Ich nehme meine Arbeit ernst! Ich bin beschäftigt, bin keiner von diesen …“ Und sie spie das Wort verächtlich aus. „… diesen Spamleuten. Die Tagediebe, die nichts mit sich anzufangen wissen. Die nutzlos sind.“

Serisada erklärte ihr sanft und vorsichtig, dass sie natürlich wusste, dass die Frau nicht zu den Spamleuten gehörte, sondern eine ehrbare Bürgerin war. Und dass sie eine wichtigere Aufgabe für sie hatte, eine Aufgabe mit einer echten Perspektive. Eine Arbeit, durch die sie die Siedlung verbessern würde, verschönern. Die Frau war so begeistert, dass Tränen über ihre grauen Falten flossen.

Da hörte Serisada eine ruhige Stimme hinter sich.

„Da hast du sie aber glücklich gemacht. Jetzt erklär ihr bloß haarklein, was sie zu tun hat. Sie hat nicht den leisesten Schimmer vom Sumerland und den Pflanzen und Tieren dort, vergiss das nicht."

Sie fuhr herum.

Auf einer Treppenstufe saß ein rothaariger Junge, ungefähr im gleichen Alter wie sie, vielleicht etwas älter, und sah sie direkt mit seinen hellen Augen an. Sie begrüßten sich zurückhaltend. Er hieß Seribald Seth. Die Prinzessin tat sich allmählich schwer damit, alle diese waylhaghirischen Namen auseinanderzuhalten. Er war – wie er sagte – ebenfalls Creative Designer, genau wie sie, und sie würden gemeinsam die Neugestaltung dieser Siedlung in Angriff nehmen. Sie schüttelte lachend den Kopf: „Azethot hat gesagt, dass ich ‚Lead Creative Designer' bin." Der Junge nickte und lachte ebenfalls: „Er verspricht manchmal mehr, als er hält. Das wirst du sehen, wenn du ihn besser kennenlernst. Er hat weniger Einfluss bei den Wirtschaftsweisen, als er vorspielt. Jedenfalls – wir alle sollen die Neugestaltung gemeinsam im Team machen, auf gleicher Hierarchiestufe. Die Wirtschaftsweisen meinen – völlig zu Recht –, dass es viel zu riskant wäre, wenn der Erfolg der großen Fusion von einer einzigen Person abhängig wäre. Das macht aber nichts. Wir werden schon gut zusammenarbeiten." Er stand auf und hielt ihr seine Hand hin. Nach kurzem Zögern schlug Serisada ein. Was sollte sie sonst auch tun? Seribald Seth stellte ihr dann die anderen Creative Designer vor. Sie waren insgesamt nicht mehr als eine Handvoll Jungen und Mädchen. Alle waren sie ungefähr im gleichen Alter.

Damit begann die aufregendste Zeit in Serisadas bisherigem Leben überhaupt. Gemeinsam saßen sie bis spätnachts in Serisadas Villa und schmiedeten am Kaminfeuer aus duftenden Pinienscheiten kreative Konzepte für den Wiederaufbau der Siedlung. Tagsüber rasten die Creative Designer mit ihren Flugmotorrädern über das Sumerland und blieben dabei ständig in Funkkontakt, zeigten sich schöne Dinge, die alsbald in die Siedlung eingebaut wurden.

Serisada mühte sich redlich ab, das geheimnisvolle Rezept zu finden. Aber etwas in ihr funktionierte nicht so, wie sie wollte und wie Azethot gehofft hatte.

Die Creative Designer fingen und töteten die Wildkatzen des Sumerlands und rührten aus ihrem heißen Blut eine leuchtende Farbe an, mit der die Siedlungsbewohner ihre Türen und Fensterrahmen neu anstrichen. Serisada und ihre Kollegen jagten alle Vögel vom Himmel und bereiteten daraus eine Pastete: die neue regionale Spezialität der Siedlung, die Feinschmecker aus allen Teilen der Stadt anlockte. Die Prinzessin wollte mit ganzer Kraft mithelfen, ihre neue Heimat, ihre Stadt Waylhaghiri voranzubringen. Die Bilanz ihres Lebens in der zentralen Datenbank würde zu schwindelerregenden Höhen ansteigen. Keinesfalls würde sie eine Revolution entfachen oder die Stadt sonst wie beschädigen, wie das ursprünglich geplant gewesen war.

Warum nur war ihre Erinnerung an das Rezept wie ausgelöscht? Oder hatte sie dieses Rezept niemals gekannt und der gelegentliche Schatten einer Erinnerung war reine Einbildung?

Das Spiel mit den herbeigedachten Dingen machte keinen Spaß mehr. Einige Bandenmitglieder blieben seit dem Angriff der großen Kinder den gemeinsamen Treffen fern. Niemand sprach darüber. Aber jeder zählte heimlich die Köpfe der Übriggebliebenen.

Sie trafen sich im geheimen Kellerhauptquartier, um zu beratschlagen, was zu tun war. Susanne saß auf ihrem Thron, einem Ölfass mit einem prächtigen Oma-Pelzmantel drüber. Die anderen Kinder nahmen auf dem angenehm kühlen Betonboden Platz.

„Sie werden uns jeden Tag in der Schule das Leben schwer machen. Und auch sonst überall. Susanne – was machen wir?“ Susanne wusste, dass niemand dauerhaft zum Verliererlager gehören wollte. „Leute, ich garantiere euch, dass sich das Blatt wieder wendet. Wir werden die Gewinner sein. Bald.“ Sie forschte in den Gesichtern, ob sie ihr glaubten. Aber im halbdunklen Kellerraum war sie sich nicht sicher.

Gut möglich, dass ihre Leute schon bald ihr Spiel für Blödsinn erklären würden. Aber wenigstens ihr weißes Pferd Altaris würde Susanne immer als Gesellschaft bleiben. Auch Christine würde vermutlich weiterhin – wenigstens ab und zu heimlich – mit ihr spielen, denn sie war doch ihre beste Freundin. Selbst wenn sich sonst niemand mehr mit ihr zu spielen traute. Denn Susanne würde ihr Spiel mit den herbeigedachten Dingen niemals aufgeben oder auch nur so tun, als ob.

„Wenn uns die Großen verprügeln, müssen wir es den Lehrern sagen. Die werden uns helfen.“ Ganz glücklich waren die Kinder mit dieser Lösung nicht. „Das ist Petzen. Und außerdem ist es ein Zeichen von Schwäche, wenn wir die Erwachsenen zu Hilfe holen.“ Aber was sollten sie sonst machen – die Großen waren nun einmal stärker.

Das demonstrierten sie auch: Sie schlugen einem Jungen, Martin hieß er, die Brille von der Nase. Und Angelika nahmen sie ihren bestickte Geldbeutel weg, mit zehn Euro darin.

„Chrissie, hilf mir mal. Ich muss als Anführerin einen Plan ausdenken. Aber außer Petzen fällt mir nichts ein." „Mir auch nicht. Und nenn mich nicht immer Chrissie! Ich heiße Christine. Ich bin kein kleines Kind mehr." „Ach, halt die Klappe."

Leider brachte das Petzen im Ergebnis überhaupt gar nichts. Die Lehrerin sah die großen Jungs und Mädchen nicht als echtes Problem an: „Wenn ihr mit unsichtbaren Dingen sprecht, zieht ihr nun einmal Spott auf euch. Ihr müsst weniger versponnen sein." Außer diesem besserwisserischen Ratschlag gab es keine Unterstützung. Steckten die Lehrerin und die Bande der Großen unter einer Decke? Waren sie Helfershelfer des Spielwarenhändlers?

Susanne blieb nicht mehr viel Zeit. Beim nächsten Treffen der Kinder stellte sie sich auf das Ölfass, damit alle sie gut sehen konnten, und kündigte an: „Ruhe – auch du da hinten. Ihr müsst keine Angst vor der anderen Bande haben. Die sind nur ein Teil von unserem Spiel. Die großen Jungs und Mädchen sind nichts anderes als die Okkupationsarmee aus Waylhaghiri. Wir Tiermenschen werden sie gemeinsam besiegen. Kommt, lasst uns alle schwören, dass wir zusammenhalten."

Sie stellten sich in einen Kreis und legten die geballten Fäuste übereinander.

Es beruhigte die Kinder, dass die großen Jungs und Mädchen zum Spiel dazugehörten. Denn das bewies, dass ihr Spiel echt war und nicht bloß eine Spinnerei. Davor hatten sie insgeheim am meisten Angst gehabt. Mehrere Kinder machten Vorschläge, wie man den Feind angreifen konnte. „Wir kippen ihnen nachts Farbe in den Briefkasten." „Quatsch – das schadet doch nur ihren Eltern, nicht ihnen selbst. Wir sammeln alle unsere großen Brüder für einen Gegenangriff." „So viele große Brüder haben wir aber nicht." „Wir rufen die Polizei." „Wenn uns die Lehrer nicht helfen, hilft uns die Polizei erst recht nicht." Aber immerhin merkten sie, dass es mehr Möglichkeiten gab, als sie geglaubt hatten. Außerdem kam der Vorschlag, dass Susanne ab jetzt nicht mehr „Chronologin" heißen sollte, sondern „Anführerin". Damit waren alle einverstanden.

Und da kam Susanne eine Idee, wie sie ihren Leuten neuen Mut geben konnte. Es war eine ungewöhnliche Idee, aber vielleicht würde es funktionieren. Zu verlieren hatte sie nichts, also warum sollte sie es nicht ausprobieren?

„Komm, Altaris. Auf. Ein Zeichen muss gesetzt werden." Altaris schnaubte zustimmend und zuckte mit den Ohren. Dann galoppierte er los und trug Susanne ihrem Ziel entgegen.

Serisada schwenkte das Glas in ihrer Hand. Sie ließ den Wein aus sumerländischen Granatäpfeln kreisen. Ein Hauch von Stechapfel war als Nachgeschmack wahrnehmbar. Serisada kicherte etwas zu lange und zu laut bei dem Gedanken, dass die Form der Stadt eigentlich nichts anderes war als ein gigantisches Weinglas mit dem Silbersee als edlem Tropfen in der Mitte.

Sie sah im kreisenden Weinglas die Spiegelbilder der anderen Creative Designer tanzen. Sie saßen in Serisadas

Villa um das abendliche Kaminfeuer versammelt und dachten sich die nächsten Schritte beim Relaunch der Siedlung aus. Serisada hob den Blick zum Fenster. Draußen brannten nur noch wenige Lichter. Die Bewohner der Siedlung gingen früh schlafen – typische Hinterwäldler eben. Die tiefere Schicht ihrer Gewohnheiten ließ sich nicht so rasch umformen wie die Oberfläche. Alle Äußerlichkeiten der Siedlung waren eigentlich so weit fertig. Der Ort sah todschick aus, wie ein südländisches Fischerdorf. „Jetzt müssen wir das Selbstverständnis der Bewohner verändern. Wir müssen sie dazu bewegen, etwas aus sich zu machen. Stolzer zu sein, das Leben mehr zu genießen, gleichzeitig auch mehr zu arbeiten." „Sie müssen sich endlich dem Fortschritt öffnen." „Fortschritt – nein, als Technologiestandort taugt die Siedlung nicht. Aber wir könnten eine besondere Art von kunsthandwerklichen Webern ansiedeln? Die Materialien und Farben für den Stoff bekommen die Weber aus dem Sumerland." „Ich sehe es vor mir: Natürliche Materialien und Farben, wie es sie in der Stadt sonst nirgends gibt. Esoterisches Kunsthandwerk, das Ruhe und Zeitlosigkeit ausstrahlt – in esoterischen Kram sind alle vernarrt." „Ja. Das ist es. Als ersten Schritt müssen wir einen Sinn für Mode in ihren Köpfen verankern. Alle laufen ja noch grau in grau durch die Gassen." „Wie ändern wir das?" „Wie immer – indem wir ihren Ehrgeiz ansprechen. Und ihre Habgier. Wir suchen uns eine mutige junge Frau, die als Erste in selbst gefärbten bunten Kleidern durch die Stadt läuft. Und dann läuft es wie immer. Die anderen werden sie zuerst schief ansehen. Aber dann wird sie reich und berühmt, der Stolz der Siedlung. Und alle werden ihr nacheifern."

Serisada fielen von einer Sekunde zur nächsten die Augen zu. Der Wein. War zu viel Stechapfel drin? Die anderen Creative Designer fragten besorgt, ob sie nach Hause gehen sollten. Aber Serisada schüttelte unter Aufbietung all ihrer verbliebenen Kräfte heftig den Kopf. „Bleibt noch. Wir sind gerade so gut in Fahrt. Kommt, lasst uns noch ein bisschen an der Zukunft basteln." „Na gut. Also: Wir brauchen hier mehr Kultur, mehr Beschäftigung, mehr soziale Rituale. Die Leute hängen zu viel rum." „Wir werden sie zivilisieren. Ich will, dass die Frauen in den offenen Fenstern ihrer Häuser singen, wenn die Abendsonne über dem Sumerland untergeht." „Ach komm, hör mir auf mit deinem Caprifischer-Kitsch." „Kitsch ist das, was die Leute wollen. Nur mit Kitsch werden wir diese Siedlung reich und lebendig machen. Und die Männer sitzen abends am Strand auf einfachen Holzstühlen, singen Lieder und flicken ihre Netze."

Serisada sank zurück auf die Couch und sah unter halb geschlossenen Lidern hinaus. Der Ausblick auf das dämmrige Sumerland war inzwischen nicht mehr ganz so beeindruckend. Das Pinienwäldchen war längst abgeholzt. Ein Stück weiter klaffte eine Kiesgrube. Dort hatten sie den weißen Kies für den künstlichen Strand besorgt, den die Siedlungsbewohner am Abgrund angelegt hatten. „Was für ein Raubbau …", murmelte sie, aber wo gehobelt wird, da fallen Späne. Serisada sah weg vom Fenster und auf die fröhlich prasselnde sumerländische Birke im Kamin. Sie schenkte sich von dem Wein nach und – hoppla – warf dabei beinahe die Flasche um.

Sie schrak hoch, scheinbar allein – waren die anderen gegangen? Sie war auf dem Sofa eingeschlafen. Schon wieder. Das war ihr in letzter Zeit mehrmals passiert. Dabei war es gefährlich, im Beisein von Fremden einzuschlafen. Das Kaminfeuer war verglommen, Zeit war vergangen.

Serisadas Beine fühlten sich taub an. Ihr Nacken war steif. Ihr Mund war trocken wie Stroh und Kopfschmerz pochte in ihren Schläfen.

Zu viel Stechapfel war im Granatapfelwein. Dieser Wein erinnerte sie an etwas Halbvergessenes, vielleicht war es ein Traum oder eine jahrhundertealte Erinnerung. Deshalb mochte sie diesen Wein so gern.

Etwas hatte sie geweckt.

Richtig, das Funkgerät auf ihrem Schreibtisch hatte sich eingeschaltet. Die Leuchtdioden der Skala glühten ampelgrün und zinnoberrot. Es knisterte und es rauschte. Pfeiftöne wanderten von Hoch nach Tief und zurück wie Planeten auf ihrer Umlaufbahn. Darin erkannte Serisada die vertraute Stimme Azethots, erstmalig mit einem gehetzten und beunruhigten Unterton:

„Kleine, hörst du mich? Das ist jetzt wichtig: Geh heute Abend keinesfalls raus auf die Straße. Verhalte dich ruhig. Mach kein Licht an. okay?“ „Nein, nicht okay. Was soll das? Was ist draußen los?“ „Ach nichts, Kleine. Stell ausgerechnet jetzt keine blöden Fragen. Bitte keine künstliche Aufregung. Weißt du, eure Umbaumaßnahmen an der Gesellschaft der Siedlung, an ihrem Wertesystem, haben einen instabilen Zustand verursacht. Es gibt Neid und gefühlte Ungerechtigkeit. Ein paar Siedlungsbewohner rebellieren.“

Genau in dieser Sekunde vernahm Serisada, wie Fäuste an die Tür ihrer Villa hämmerten. Da war wieder dieser Zorn, der in den Stadtbewohnern gärte, um hervorzubrechen, wenn man es am wenigsten erwartete. Aber das Hämmern bedeutete, dass die anderen Creative Designer beim Fortgehen die Haustür hinter sich zugezogen hatten. Gut so. Azethot hörte es auch durch das Funkgerät und lachte dröhnend. „Bleib einfach mucksmäuschenstill, Kleine, und es geht vorbei. Sie haben jetzt ja Arbeit und eine Perspektive. Das wird sie ruhigstellen. Nur heute Nacht ist es draußen feindlich.“ „Azethot – was genau ist draußen los? Diese Siedlung ist doch friedlich, so idyllisch, ein Urlaubsort.“

„Wie gesagt – rein gar nichts. Es tobt bloß eine Art kleiner Bürgerkrieg zwischen oberflächlichen Feindbildern, zwischen Libertären und Regulierern, Pragmatikern und Ideologen, was weiß ich denn, wie die Lager diesmal heißen. Oberflächlichkeit ist immer brutal, da gehen eben mal ein paar Fensterscheiben zu Bruch. Aber nicht deine, Kleine. Keine Sorge. Dein guter Azethot hat in weiser Voraussicht Fensterläden in der Villa eingebaut, die sich nicht von Hand öffnen lassen. Ich kann die Automatik für das Öffnen und Schließen von hier aus bedienen und ich habe dich längst hermetisch abgeschottet von allen Gefahren." Serisada fuhr herum zum Fenster – und tatsächlich, massive Stahlrouleaus versperrten den Blick nach draußen.

„Schwere Fensterläden", hatte Azethot gesagt – das war untertrieben.

Wieder sein dröhnendes Lachen. Serisada wollte ihn los sein. „Gut, dann gehe ich eben schlafen." „Nicht so hastig, Kleine. Da ist noch etwas, weshalb ich dich angefunkt habe. Die Informationsreinhaltungspolizei hat mich um Hilfe gebeten. Sie sind sich nicht hundertprozentig sicher. Aber so, wie es aussieht, ist ein gefährlicher Spion aus dem Sumerland in unsere Stadt eingedrungen. Er soll hier in der Siedlung sein, am Schauplatz der großen Fusion, möglicherweise mit einem Sabotageauftrag." Serisada wurde stocksteif. „Kleine, diesmal darf nichts schiefgehen. Unser aller Wohl und Wehe hängt daran. Deshalb: Halte auch du die Augen offen. Hast du etwas Verdächtiges gesehen? Und sag mal – was hältst du von diesem Seribald Seth, du weißt schon, dein Kollege mit den roten Haaren? Er ist begabt. Vielleicht sogar zu begabt, he?" „Ich bin sicher, dass Seribald Seth kein Spion sein kann", sagte Serisada trocken. „Kleine: Die Informationsreinhaltungspolizei weiß, dass der Agent am liebsten Erdbeermarmeladebrote zum Frühstück isst und ziemlich viele Zigaretten raucht. Viel Stechapfelwein trinken soll er auch. Mehr haben sie noch nicht über den Spion rausgefunden. Aber wenn unsere Informationsreinhaltungspolizei einmal eine Spur aufgenommen hat, lässt sie wie ein Bluthund niemals locker. Dann ist der Rest nur noch eine Frage der Zeit." Serisada nickte mechanisch, obwohl Azethot sie nicht sehen konnte. Ihre Gedanken rasten: Sie musste rasch ein paar liebe Gewohnheiten ablegen. Nur so konnte sie verhindern, dass sich das Netz der Informationsreinhaltungspolizei enger um sie zog. Die Zigaretten würde sie vermissen. Den Stechapfelwein erst recht. Die Erdbeermarmelade würde sie beibehalten, damit keine auffällige Verhaltensänderung bei ihr registriert werden konnte. Und es tat ihr weh, dass sie als gefährliche Spionin gesucht wurde, obwohl ihr Herz doch ehrliche Loyalität für Waylhaghiri empfand.

Sie wechselte das Thema: „Wie geht es voran mit der großen Fusion, Azethot?" „Nun, allen Anzeichen nach nach Plan. Jedenfalls sind keine Störungen erkennbar. Bald werden wir sehen, ob du deine Arbeit gut gemacht hast. Wenn alles klappt, bilden die ökonomischen und kulturellen Austauschbeziehungen in dieser Siedlung ein sich selbst tragendes Perpetuum mobile, ein in sich geschlossenes, sich selbst verstärkendes System von Ritualen, das Wohlstand und Glamour aus dem Nichts generiert. Und es wird doch klappen, Kleine? Du wirst den Rat nicht enttäuschen? Du wirst mich nicht enttäuschen?" „Ach, Azethot, ehrlich gesagt – garantieren kann ich nichts, ich habe ja nicht die alleinige Kontrolle über den Umbau der Siedlung. Draußen im Sumerland sieht man die Spuren unserer Eingriffe. Die Landschaft ist hässlicher geworden. Das ist kein gutes Zeichen. Und die gewalttätigen Unruhen in der Siedlung sind auch kein gutes Zeichen. Azethot – meinst du, dass diese

Gewalt daher kommt, dass die Leute sich gegen unsere Manipulation auflehnen?" „Kleine, jetzt machst du mich richtig ärgerlich. Hast du vergessen, was ich dir eingeschärft habe? Keine Bedenkenkrämerei! Wir haben Zeitdruck, die große Fusion ist längst unumkehrbar. Und wir haben mehr als genug Probleme. Kleine, wenn du wüsstest, was ich alles am Hals habe. Unser hochwohlgeborener Prinz hat sich verselbstständigt. Er ist abgehauen ins Sumerland und jagt einer irren Laune hinterher. Wenn wir ihn nicht rechtzeitig einfangen, kommt er ins Herz des Sumerlands und sieht dort, was er nicht sehen darf. Diese Königskinder leisten sich den Luxus eines naiven Idealismus und sind schwerer zu hüten als ein Sack Flöhe ..." Azethots Stimme klang ungewohnt erschöpft, fast jammernd. Serisada spürte Mitleid. Sie fragte vorsichtig: „Warum darf denn der Prinz nicht ins Herz des Sumerlands gelangen?" „Warum? Warum? Ach, was weißt du schon, Kleine. Weißt du, was passiert, wenn man die beiden Pole einer Batterie miteinander verbindet? Dann gibt es einen Kurzschluss. Und die Maschine steht still. Aber die Maschine muss weiterlaufen. Sie generiert Profit in stets neuen Aufbrüchen und Zusammenbrüchen. Druckaufbau und Druckentladung. Wie der Zylinder einer Dampfmaschine. Und deshalb muss die Spannung zwischen beiden Polen aufrechterhalten werden. Sie dürfen sich niemals finden."

Azethot riss sich hörbar schnaufend zusammen, seine Stimme dröhnte nun wieder. „Aber davon verstehst du nichts. Überhaupt. Rede nicht verächtlich von unserem geliebten Herrscher, Kleine. Und erlaub dir bitte schön nicht den leisesten Zweifel daran, dass die große Fusion bald gelingt. Wenn wir endlich ein sich selbst tragendes dauerhaftes Wachstum sichergestellt haben, wird alles für immer gut sein. Wir werden im Wachstum unseren Frieden finden.

Im Wachstum des Wachstums. Das immer schneller weiterwachsen wird. Also streng dich verdammt noch mal an, Kleine. Du darfst diesmal nicht versagen!" Serisada wurde von der Dringlichkeit in seinen Worten mitgerissen. „Ich gebe mein Bestes. Ehrlich. Ich will ja alles tun für die Stadt, für euch alle hier, sogar für dich. Ich liebe Waylhaghiri. Von ganzem Herzen. Aber – weißt du – ich allein habe nicht die Kontrolle. Wir Creative Designer sind gleichwertig, jeder bringt sich mit ein. Wenn ich die Lead Creative Designerin wäre, wie wir beide ursprünglich besprochen hatten, und wenn ich die totale Kontrolle hätte, könnte ich garantieren, dass alles klappt, denn ich bin etwas Besonderes ..." In ihrem trunkenen, sentimentalen Zustand war Serisada drauf und dran, Azethot das Geheimnis ihrer wahren Identität zu offenbaren. Wenn er wüsste, dass sie die Prinzessin des Sumerlands war, würde ihm das bestimmt bei der großen Fusion helfen. Aber Azethot unterbrach sie mit seinem hämischen Lachen. „Ja. Das denkt ihr Kreativen alle von euch selbst. Dass ihr etwas Besonderes seid. Aber ihr seid doch austauschbar wie jeder Bürger dieser Stadt. Die Arbeit deiner Kollegen ist nicht besser und nicht schlechter als deine und ich sehe überhaupt keinen Grund, ausgerechnet dich zur Chefin zu machen. Spiel nicht das Prinzesschen." Und er brach abrupt die Funkverbindung ab.

Aber gleich am nächsten Morgen riss Azethot Serisada mit einem neuen – rauschenden und pfeifenden – Funkruf aus dem verkaterten Schlaf. Seine dröhnende Stimme intensivierte ihren Kopfschmerz. „Kleine. Ich habe eine schlaflose Nacht lang darüber nachgedacht, was du gestern zu mir gesagt hast. Du hast gesagt, dass du dir nicht sicher sein kannst, ob du die Siedlung optimal für die große Fusion vorbereitet hast. Doch. Das hast du gesagt. Das gefällt mir nicht. In dir steckt echtes Potenzial. Aber du musst mehr aus dir machen. In der Nacht habe ich mir einen Trick ausgedacht, wie du im Wettbewerb mit den anderen Creative Designern deinen entscheidenden Punkt machen kannst. Damit die da oben endlich mal auf dich aufmerksam werden. Und nicht immer nur auf Seribald Seth." Serisada unterbrach ihn voll Freude. „Was – du gibst mir doch die volle Kontrolle über die Neugestaltung?" „Quatsch. Natürlich nicht. Machen wir uns nichts vor: Im Moment ist nun einmal Seribald Seth der Favorit der Wirtschaftsweisen. Er ist ja auch wirklich nicht schlecht. Ich kann die da oben schon verstehen. Aber keine Bange. Wir beide kriegen das schon hingebogen. Aber du musst endlich mal loslegen und zeigen, was du wirklich draufhast. Viel Zeit bleibt dir nicht mehr. Mach mal ein paar markante Verbesserungen." „Was verstehst du denn davon, Azethot, ich habe schon alles aufgehübscht. Da steckt jede Menge Zeit und Herzblut drin." „Ach, Kleine, man kann immer noch etwas verbessern. Selbstzufriedenheit bringt dich nicht nach oben. Was sagst du dazu: Lass ein Netz von Kanälen in der Siedlung bauen und ich leite das Wasser aus dem Silbersee hinein – oder was immer das für eine Flüssigkeit ist. Was meinst du, wie das glitzert! Und trag die Idee ruhig als deine eigene ein in die Bilanz deines Lebens, damit alle Welt ihr „Gefällt mir"-Häkchen dahinter machen kann. Ich habe nichts dagegen, dass du dir die Lorbeeren aufsetzt."

Beleidigt hatte Serisada sich einverstanden erklärt, um ihre Ruhe zu haben. Und die Idee mit den Kanälen war binnen weniger Tage durch Azethots Helfershelfer umgesetzt worden. Ein fein verzweigtes Netz von Kanälen und Rinnsalen durchzog nun die Siedlung.

Heute Abend sollte es feierlich in Betrieb genommen werden. Alle Straßen und Häuser waren zu diesem Anlass mit frischen Blütenzweigen aus den Wäldern des Sumerlands geschmückt. Die abendliche Siedlung war erleuchtet mit 1111 Fackeln aus dem Talg sumerländischer Hirsche. Ein Kamerateam berichtete live vor Ort. Ganz Waylhaghiri sah zu und feierte mit. Serisada stand gelangweilt am Rand.

Schon ging der eigentliche Festakt los: Azethot hatte als Koordinator der Umbauaktion die Ehre, den Hebel umzulegen. Für alle gut sichtbar stand er oben auf der grell angeleuchteten Bühne und drückte mit einer übertrieben flügelmännischen Geste – fast lächerlich sah er dabei aus, fand Serisada – den Hebel um, als würde er tausend Kilo wiegen. Sein Radmantel wogte. 99 Feuerwerkskörper explodierten gleichzeitig am Nachthimmel. Und die quecksilberartige Flüssigkeit aus dem Spiegelsee im Stadtinneren floss empor und füllte das Kanalnetz. Sie war nun überall in der Siedlung präsent.

Das Kanalnetz beruhte auf Plänen von Azethot, es war ein Teil der Maschinerie für die große Fusion und nutzte die natürliche Tendenz der quecksilberartigen Flüssigkeit, entgegen der Schwerkraft nach oben zu fließen. Serisada musste zugeben, dass es tatsächlich ein großartiges Schauspiel war. Es erinnerte sie an ihren Palast auf der Insel, wo auch überall glitzerndes Wasser war. Einige Zuschauer weinten echte Tränen der Rührung beim Anblick der 1111 Fackeln, die sich in den silbrigen Kanälen spiegelten.

Es gab mindestens 999 „Aahs!“ und „Oohs!“ aus den Mündern der Siedlungsbewohner, als sie entdeckten, wie zauberhaft, wie wohlhabend das Spiegelbild ihrer Siedlung auf der Oberfläche der silbrigen Kanäle aussah. Besser als in echt. Deshalb filmte die Kamera des Fernsehteams auch fast nur das Spiegelbild, und zwar so, dass es danach aussah, als sei es die Siedlung selbst.

Die alte Frau, die früher einmal grau in grau einen Hinterhof gefegt hatte, hatte längst eine bessere Tätigkeit. Inzwischen sang sie bei Sonnenuntergang im offenen Fenster ihres Hauses. Ihr Geld verdiente sie nun mit der Auswertung der Lizenzrechte an den Gesangsaufnahmen. Das Kamerateam befragte sie nach dem Geheimnis ihres Erfolgs. Heute Abend entdeckte die alte Frau überrascht ihr eigenes Spiegelbild auf dem silbrigen Kanal vor ihrem Haus. War das wirklich sie selbst? Das Spiegelbild war jünger, hatte keine Figurprobleme und trug obendrein schweren goldenen Schmuck. Unwillkürlich griff die Frau, die ja in Armut aufgewachsen war, nach dem Schmuck. Ihr Atem stockte, als sie entdeckte, dass sie diese Schätze vom Silberspiegel pflücken konnte. Das Wunder der großen Fusion hatte begonnen, die allerhöchste Kunst Waylhaghiris. Die übergangslose Vermischung von Realität und Traum zu einem überirdischen Ganzen. Die Produktion einer Lüge, die echter sein würde als die Wahrheit selbst und sie ablösen würde, wenn sie erst einmal von allen geglaubt wurde.

Und selbst der unglückselige Spammann, der noch immer die schmerzhafte Erinnerung an Azethots Fußtritt mit sich herumtrug, hatte einmal Glück: Er pflückte sich eine kleine Summe Geld von der Oberfläche der silbernen Kanäle. Damit eilte er befriedigt nach Hause. Das Fernsehteam filmte ihn nur von Weitem, zoomte aber kurz sein strahlendes Gesicht in die Großaufnahme. Nun hatte er die Sicherheit, dass er die nächsten Tage keine Sorge ums Essen haben musste. Das war genug für ihn.

Azethot hatte sich in der alten Kirche der Siedlung ein Kontrollzentrum eingerichtet. Von außen sah man dem verfallenen Gebäude seine neue Funktion nicht an. Azethot hatte die bunt verglasten Kirchenfenster mit schweren Balken zunageln lassen, sodass kein Lichtschein nach außen drang, obwohl drinnen rund um die Uhr Neonröhren gleißten. Azethot ließ von hier aus kontrollieren, wie es mit der großen Fusion voranging. Es liefen ständig neue Zahlen über die Bildschirme der Messgeräte. „Bis jetzt ist nicht die allerkleinste Störung zu erkennen, Meister." „Und wenn schon. Das kann nur heißen, dass ihr euren Job nicht sorgfältig macht. Also was habt ihr übersehen? Ich will parallele Kontrollmessungen."

Aber die Kontrollwerte bestätigten die ersten Messungen. Das konnte nur bedeuten, dass man den wilden Wein gar nicht als tragenden Schlussstein im Torbogen der großen Fusion benötigte. Alles fand auch so zusammen zu einem widerspruchsfreien Ganzen. „Großartig! Wir brauchen nichts weiter für die große Fusion als uns selbst. Unser Herrscher wird begeistert sein, wenn er das erfährt. Dann wird er endlich seine sinnlose Suche abbrechen. Du da – bring ihm die Botschaft ins Sumerland. Was zögerst du? Mach dich auf!" Azethot wies auf die Kirchentür, aber der neu ernannte Unterbote fuhr sich zögerlich durch die wirren grauen Haarbüschel und rückte seine Brille zurecht: „Meister, unser prinzlicher Herrscher beliebte, in den tiefsten Tiefen der Wildnis zu entschwinden. Unsere Hubschrauberflotte konnte ihn nicht aufspüren. Ich kann deshalb nicht prognostizieren, wie lange ich brauchen werde, um ihn zu finden. Darauf muss ich hinweisen." „Egal. Los. Raus."

Und der Wissenschaftler, der zum Unterboten ernannt worden war, hängte seinen weißen Kittel an den Garderobehaken und machte sich auf die weite Reise.

Azethot wandte sich brüsk von der zufallenden Kirchentür ab und stiefelte in den vorderen Bereich der Kirche, wo die Bildschirme und Messgeräte um den alten Altar herumstanden. „Was ist, gibt es doch Schwierigkeiten? Wenigstens ein kleines Problem müsst ihr ja haben?" „Nein, Meister, nichts. Alles läuft nach Plan. Exakt nach Plan. Viel glatter, als wir es je für möglich gehalten hätten." Azethot lachte laut und verächtlich. „Dann lasst mich doch einfach alle in Ruhe." „Aber Meister, eine Kleinigkeit gibt es doch, die ihr wissen solltet. Soeben erreichen uns Informationen, wonach der eingedrungene Spion ein junges Mädchen sein muss. Sie muss hier in der Siedlung sein. Sonderbarerweise tut sie bislang nichts, um die große Fusion zu sabotieren. Nichts. Überhaupt gar nichts." Azethot schien einen Moment lang in sich hineinzulauschen und sprach dann grabesschwer: „Ist das so? Sie ist ganz in unserer Nähe? Dann sind die glatten Messwerte bei der Fusion ein absolut bedrohliches Zeichen. Wenn so ein mächtiger Feind mitten unter uns ist, müssten wir wenigstens eine kleine Störung registrieren. Dass wir das nicht tun, kann nur heißen: Die Sumerländer bereiten einen vernichtenden Schlag aus dem Hinterhalt vor. Oder unsere Messverfahren funktionieren nicht mehr. Womöglich haben die Sumerländer als Allererstes unsere Messinstrumente sabotiert."

„Wie ich schon sagte, Meister: Unsere Messinstrumente arbeiten einwandfrei. Meister, was befehlt ihr?" „Seid ihr euch wirklich sicher, dass es ein junges Mädchen ist? Ich hatte diesen rothaarigen Jungen – wie heißt er noch gleich? – im Verdacht." „Wir sind uns sicher." „Warum könnt ihr sie dann nicht aufspüren? Unsere Messgeräte sollten problemlos imstande sein, eine eingedrungene Agentin aus der Masse der Bürger herauszufiltern. Durch einen kleinen Fehler muss sie sich doch verraten. Sie muss aus der Rolle fallen, wenigstens für ein paar Sekunden an einem ganzen langen Tag. Etwas Angstschweiß. Albträume in der Nacht. Ein Name, den sie falsch auswendig gelernt hat. Kindheitserinnerungen, die ihr fehlen. Oder vielleicht nur ein unglaubwürdiges Verhaltensmuster beim Shoppen, das kein normaler Konsument aufweisen würde." „Unsere Mustererkennung ist erstklassig. Wir können jeden identifizieren, der einen

Angriff vorbereitet oder sonst wie Hintergedanken gegen Waylhaghiri hegt." „Habt ihr die kleine Creative Designerin überprüft? Ich kann mir zwar nicht vorstellen, dass sie es sein kann. Sie ist viel zu naiv und zu begeisterungsfähig. Aber wir müssen sichergehen." „Ja, Meister, sie war sogar anfänglich unsere Hauptverdächtige. Ihre Verhaltensmuster zeigen aber eindeutig, dass sie Waylhaghiri unkritisch bewundert und liebt. Ihre Hirnströme sind rein von jeglichen Hintergedanken. Das ist naturwissenschaftlich erwiesen." „Ach, dann lasst mich doch einfach alle in Ruhe. Alle miteinander. Ich weiß auch nicht, wer es sein kann. Ist mir aber auch egal. Sucht weiter und tötet sicherheitshalber jeden, den ihr im Verdacht habt. Es muss diesmal klappen mit der großen Fusion. Wir sind nur noch einen Schritt vom Ziel entfernt. Wenn wir es erreicht haben, können uns alle sumerländischen Agentinnen mal gernhaben. Zazamael wird staunen, wenn er von seiner spleenigen Expedition zurückkommt und feststellt, dass wir das Ziel erreicht haben. Ohne ihn. Ohne seinen wilden Wein." Azethot lachte dröhnend.

Azethots Wissenschaftler filterten die Datenbanken der Lebensbilanzen aller Bürger der Siedlung nach auffälligen Mustern, um die Agentin aufzuspüren. Und sie wurden rasch fündig: „Der Spammann hat nicht mehr Geld genommen, als er unbedingt brauchte. Das ist verdächtig. Jeder andere hätte die Chance genutzt und sich reichlich bedient. Also ist der Agent doch kein Mädchen." Ein anderer Wissenschaftler erhob Einspruch: „Unfug, der Spammann war wegen seiner Not so bescheiden. Es war für ihn so großartig, endlich einmal genug zu essen zu haben, dass er nicht an mehr dachte." Azethot entschied rasch: „Bringt ihn her, er soll mir Rede und Antwort stehen." Er lehnte sich zurück und wartete mit verschränkten Armen darauf, dass der Verdächtige angeschleppt wurde. Aber dann rissen zwei kräftige Schergen die Kirchentür auf und kamen ohne den Spammann zurück: „Meister, er ist nicht zu Hause. Und auch auf den Straßen war er nirgendwo zu finden. Niemand hat ihn gesehen." „Blödsinn. Er muss irgendwo sein – los, los, sucht alles ab." Azethot lauschte in sich hinein, dann nickte er langsam. „Und alarmiert die Informationsreinhaltungspolizei." Die Suchaktion begann. Schließlich fanden sie den Spammann auf dem Dachboden seiner ärmlichen Hütte, in einem Zustand, in dem er ihnen nichts mehr nutzte: Er hatte sich erhängt. Azethot zwirbelte nachdenklich seinen Spitzbart: „Warum hat er sich umgebracht? Gerade jetzt, wo er zum ersten Mal in seinem Leben etwas Geld in der Tasche hatte? Sein Selbstmord scheint mir zu zeigen, dass unser Verdacht berechtigt war – er stand im Sold des Sumerlands. Hm. Vielleicht hat er auch ganz vernünftig gehandelt, sonst hätten ihn die Jungs von der Informationsreinhaltungspolizei schön langsam zu Tode gefoltert."

Wenn der Spammann der Agent gewesen war, hatte sich ihr Problem von selbst gelöst. Die Messapparate schienen das zu bestätigen, denn sie füllten das Kirchenschiff weiterhin mit einem absolut gleichmäßigen Summen. Nicht die kleinste Abweichung von den Planwerten? Azethot kam der Verdacht, dass der Spammann nicht der eigentliche Spion gewesen sein konnte. Er war vom Typ her eher ein Helfershelfer, nicht der Hintermann. „Der Spammann ist tot. Schön. Jetzt brauchen wir diesen rothaarigen Creative Designer, wie heißt er noch gleich?" „Seribald Seth, Meister." „Richtig. Ich habe schon die ganze Zeit so ein dumpfes Gefühl, dass er der Spion in unseren Reihen ist. Er hat dieses fremdländische Aussehen. Die roten Haare und hellen Augen. Schön, schafft ihn mir mal her." Azethot atmete wütend durch. Aber die beiden kräftigen Schergen kehrten schon bald mit leeren Händen zurück: „Seribald Seth ist tot, Meister. Er wollte fliehen und hat sich dabei in den Abgrund gestürzt, hinab ins Sumerland." Azethot machte eine wegwerfende Handbewegung. „Ein Problem weniger. Das zeigt, dass er es war. Besser so für ihn, denn sonst hätte ihn die Informationsreinhaltungspolizei zu fassen bekommen. Und wie läuft die Fusion?"

Azethot verfolgte auf den Bildschirmen das Fest, das weiterhin in der Siedlung tobte. Die Siedlungsbewohner tauschten mittlerweile Dinge, die einen immensen wirtschaftlichen Wert hatten. Eine Spekulationsblase hatte sich gebildet. Jedes selbst gefärbte bunte Kleidungsstück mit Netzmuster wurde zu einem irren Preis gehandelt, dessen Rechtfertigung allein in der Wiederverkaufsmöglichkeit bestand. Wenn die Bürger der Siedlung nicht mehr an die Wertsteigerungsperspektive glaubten, würde alles mit einem Schlag zusammenbrechen.

Die Bürger der Siedlung arbeiteten sich von morgens bis abends ab, um dem Leitbild der großen Fusion hinterherzuhecheln. Azethot und seine Gefolgsleute beobachteten nägelkauend auf ihren Bildschirmen, wie die Siedlungsbewohner wertlosen Kram für teuer Geld kauften und verkauften. Das klappte nur, weil alle dachten, dass alle anderen diese Dinge auch als wertvoll ansahen. Azethot und seine Leute sahen auf ihren Bildschirmen die früher einmal graue, jetzt bunte Kehrfrau, die sich als Erste den goldenen Schmuck vom Silberspiegel gepflückt hatte. Sie zeigte einer Freundin die Ohrringe, die diamantenbesetzte Halskette. Aber ihre Freundin zeigte weder Begeisterung noch Neid, sondern verhielt sich so, als seien diese Kleinode in Wahrheit nichts als Luft. Die Kehrfrau wartete ab, was die Freundin denn nun wirklich sagen würde. Und die Freundin zeigte ihrerseits keine Reaktion, sondern wartete ebenfalls ab.

In der Kirche hielten alle den Atem an.

Als die Kehrfrau und ihre Freundin beide sahen, dass die jeweils andere regungslos blieb, verloren sie das Interesse an dem Schmuck.

Und der Schmuck verlor seine reale Gestalt, er verwandelte sich zurück zu spiegelnden Quecksilbertropfen, die auf dem Boden umherrollten, dann auf die Füße der Kehrfrau und ihrer Freundin zusteuerten, diese bedeckten, an den Beinen der entsetzt schreienden Frauen emporkletterten, sie mit einem silbrigen Film überzogen. Das Silber verzehrte die schreienden und sich windenden Körper, bis nichts von den beiden Frauen übrig blieb als flüssiges Silber. Es vermehrte sich, breitete sich weiter aus, wanderte teilweise aber auch durch das Netz der Kanäle zurück, hinab in den Silbersee tief unten.

Und so kam es wieder einmal: Die quecksilberartige Substanz breitete sich in der Siedlung aus und brachte allen den Tod. Das Fest fand sein Ende. Die Musik wurde von Entsetzensschreien übertönt. Leute wurden niedergetrampelt. Fackeln wurden umgestoßen, setzten Tischtücher und Zeltplanen in Brand. Das Feuer breitete sich aus, aber das war ein nebensächliches Problem. Die Jazzband, betäubt von der Lautstärke ihrer eigenen Musik, merkte als Letzte, was los war, und spielte bis kurz vor Schluss, als kaum noch jemand am Leben war. Von Panik ergriffene Menschen stürzten sich auf der Flucht vor dem rollenden Silber den Abgrund hinunter, in die Tiefen des Sumerlands, auf der Suche nach einem angenehmeren Tod.

Die Informationsreinhaltungspolizei überstrahlte die Fernsehbilder von der Katastrophe mit einem quietschbunten Zeichentrickfilm, damit außerhalb der Siedlung niemand etwas von der Katastrophe mitbekam.

Azethot stapfte derweil mit seinen Stulpenstiefeln in Richtung des Ausgangstunnels. „Schließt die Schleusen, sobald ich durch bin! Wir müssen die Siedlung aufgeben!" „Ja, aber Meister, was ist mit den Creative Designern? Sie sind unsere Elite, in fünf Minuten müssten sie den Ausgang erreichen. Allerhöchstens in sieben Minuten." „Für den nächsten Fusionsversuch stellen wir ein neues Team zusammen. Ich bin durch! Schließt die Schleusen!" „Meister – was ist mit diesem Mädchen? Ihr meintet immer, sie sei begabt. Wollt ihr sie auch zurücklassen?" Azethot hatte das dumpfe Gefühl, dass seine Creative Designerin etwas Besonderes war. Aber in diesem Augenblick zählten nur harte Fakten. „Habt ihr nicht gehört? Schließt die Schleusen! Wir können nicht länger warten."

Und die schweren Stahltüren schlossen sich zischend für immer und ewig und trennten den Tod und die Zerstörung in der Siedlung vom lebendigen Rest Waylhaghiris ab.

Es war für Serisada nichts als eine lästige berufliche Pflicht, gemeinsam mit Azethot bei der Feier zugegen zu sein. Immerhin war es positiv, dass gerade sie dafür ausgewählt worden war und nicht ein anderer Creative Designer wie zum Beispiel dieser streberhafte Seribald Seth. Sie lächelte also nett in alle Richtungen und überließ Azethot das Reden. Aber sie fühlte sich nicht wohl in ihrem Kleid im Fischernetz-Look. Sobald es ging, stahl sie sich davon und verzog sich in die Stille ihrer Villa, wo sie sich im Dunkeln auf das Wohnzimmersofa ausstreckte. Sie betrachtete das Sumerland mit den Erdlöchern und gefällten Bäumen, das sich hinter dem Panoramafenster im silbrigen Mondlicht ausbreitete. Ein deprimierender Anblick, der ihr gleichzeitig auch das Gefühl von Macht gab. Sie selbst hatte ja diese Zerstörung verursacht. War das so in Ordnung? Aber wenn die große Fusion dadurch gelang und Traum und Realität dauerhaft miteinander verband, musste das wohl so in Ordnung sein. Wo gehobelt wird, da fallen nun einmal

Späne … Das würde schon alles wieder nachwachsen da draußen …

Da wurde sie jäh aus ihren Gedanken gerissen. Sie hörte aus der Ferne Schreie und Tumult. Etwas Übles geschah. Die Kapelle hörte mitten im Lied auf zu spielen – außerhalb der schweren Tore ihrer Villa war nicht mehr die Zivilisation, sondern nachtschwarzes Chaos. Das spürte sie.

Regungslos lag sie auf ihrem Sofa, eine kaum zu messende Zeitspanne lang, vielleicht Minuten, vielleicht Stunden. Dann sah Serisada, wie ein winziger Tropfen flüssiges Silber durch das Schlüsselloch der Haustür ins Innere sickerte, sich dort ausbreitete. Sie sah angespannt zu, wie der Tropfen zuerst eine kleine Kugel bildete, die kreisend wie ein Planet auf seiner Umlaufbahn umherrollte und dann größer wurde. Weitere Silberkügelchen kamen durchs Schlüsselloch geschlüpft und bildeten ein wild rotierendes Planetensystem. Und die Kugeln rollten nicht nur auf dem Boden, sondern auch die Wände hinauf und hinunter. In Bahnen, die nicht von dieser Welt waren. Serisada schrie gellend auf, aber niemand hörte sie. Sie warf ein Sofakissen nach dem bedrohlichen Silber. Das Kissen traf sein Ziel und wurde erst überzogen, dann absorbiert. Serisada sprang auf und raste die Treppe empor, auf die Dachterrasse.

Unter sich in der Villa hörte sie die Geräusche umfallenden Mobiliars, als das Silber nach und nach alles verzehrte, was in ihrem gemütlichen Wohnzimmer stand, um sich dann gemächlich den Weg nach oben zu bahnen.

Serisada kletterte aufs Dachgestänge. Sie durfte jetzt nicht hinabstürzen. Vielleicht konnte sie von hier oben aus noch einen Fluchtweg finden. Sie sah, dass in der Siedlung nur noch wenige Lichter brannten. Selbst diese wenigen Lichter flackerten, gingen eins nach dem anderen aus. Der Tod war bereits in den meisten Häusern eingekehrt. In den restlichen

Häusern würde er bald ebenfalls zu Hause sein, als letzter Bewohner.

Ihre einzige Chance bestand darin, zum Abgrund zu gelangen, zu ihrem Flugmotorrad. Die Schleusen waren bestimmt längst zu. Sie war sicher, dass dieser miese Azethot nicht seine eigene Haut riskieren würde, um ihre zu retten.

Also sprang die tapfere Prinzessin vom Dachgestänge aus auf einen nahen Nussbaum und ließ sich am Stamm hinabrutschen, wobei sie sich die Hände und die Knie aufschürfte. Im Dauerlauf stürmte sie die Treppen und Gassen hinunter durch die Siedlung in Richtung Abgrund, wo ihr Flugmotorrad parkte.

Da versperrte ihr ein Fluss wandernden Silbers den Weg. Sie kletterte nach links, eine raue Gartenmauer empor, die sich beim ersten Versuch als zu steil für sie erwies. Sie schaffte es einfach nicht hinauf. Aber dann entdeckte sie eine efeubewachsene Stelle. Dort gelang es ihr. Sie hörte ihren eigenen Atem laut in den Ohren.

Jetzt waren es nur noch wenige Meter bis zu dem Flugmotorrad. Sie war schon am Rand des künstlichen Strands, den sie mit dem Kies des Sumerlands am Abgrund aufgeschüttete hatten, um ein südländisches Meer anzudeuten. Es war ein hoffnungsvolles Gefühl, den Kies ihrer wahren Heimat unter den nackten Fußsohlen zu spüren. Gleich war es geschafft!

Aber nein: Vor ihr leckte eine flüssige Silberzunge, die den Weg versperrte. Sie wich scharf nach links aus, aber schon nach wenigen Schritten musste sie abrupt abbremsen. Auch hier glänzte vor ihr im Mondlicht die tödliche Substanz und kam auf sie zu. Wenn sie beim Abbremsen nicht beide Arme ausgestreckt hätte, wäre sie gestürzt. Dann hätte das Silber ihren Körper bedeckt.

Sie machte auf dem Absatz kehrt und rannte in die entgegengesetzte Richtung. Dort wartete auch schon das Silber. Sie war von drei Seiten umzingelt. Der einzige Ausweg war zurück – die Richtung, aus der sie gekommen war. Wie ein Tier, das auf der Jagd in die Enge getrieben wird, schnellte die Prinzessin mit voller Kraft in Richtung des rettenden Auswegs. Aber zu spät. Das Silber schloss sie ein.

Serisada versuchte einen gewaltigen Sprung über das Silber hinweg, glitt jedoch beim Aufprall auf dem schrägen Boden aus und schlug der Länge nach hin. Ihr Kopf donnerte gegen einen hübschen Felsen, den sie höchstselbst aus dem Sumerland herbeigeschafft hatte.

Es wurde nachtschwarz vor ihren Augen.

Beim nächsten Treffen ihrer Bande erschien Susanne mit einer Plastiktüte in jeder Hand. Außerdem hatte sie einen Rucksack auf dem Rücken. Darin waren fast alle Spielsachen, die sie besaß. Bis auf ganz wenige Ausnahmen verschenkte sie alles. Jeder und jede bekam ein Stück ab. Und zu jedem und jeder sagte sie die gleichen beiden Sätze wie eine Zauberformel, als sie ihm oder ihr das Geschenk in die Hand drückte: „Ich schenke dir das hier, obwohl ich weiß, dass du es nicht brauchst. Ich brauche es selbst nicht mehr, also bedank dich nicht." Die Kinder fühlten sich durch diese Aktion bestärkt und befreit. Das Entscheidende war nicht, dass sie Spielsachen geschenkt bekamen, sondern die Tatsache, dass ihre Anführerin ihr gemeinsames Spiel so ernst nahm, dass sie auf ihre Sachen verzichtete. Das war ein Zeichen dafür, dass die herbeigedachten Dinge wohl doch ernst zu nehmen waren.

Als Susanne nach dieser Aktion wieder zurück in ihrem Kinderzimmer war, legte sie sich aufs ungemachte Bett und ließ den Blick mit Befriedigung über den nun leeren Fußboden schweifen.

Der Roboter war weg und die Bratz Doll auch und das Kitschpferd ebenfalls und sogar die Playmobil-Männchen.

Das gab ihr ein Gefühl von Freiheit. Ihre Mutter würde natürlich schimpfen, weil die teuren Spielsachen alle weg waren, aber das musste sie eben über sich ergehen lassen.

Susanne stellte in den nächsten Tagen erfreut fest, dass ihr Beispiel Schule machte. Viele Kinder ihrer Bande schenkten ebenso wie sie ihre Spielsachen weg. Diese Mode breitete sich aus. Eltern und Lehrer schimpften vergeblich. Je mehr Kinder dem Beispiel folgten, desto stärker wurden die Zweifel der anderen Kinder daran, ob die Spielsachen wirklich etwas so Tolles waren, das man unbedingt haben musste, und ob es nicht befreiend wäre, sie wegzugeben.

Außerdem fragten sich viele Kinder, ob diese unsichtbaren Dinge, mit denen Susannes Bande spielte, nicht etwas Großartiges sein mussten, wenn man dadurch das Interesse an Spielsachen verlor. Es kamen einige neue Bandenmitglieder hinzu. Dadurch besserte sich die Stimmung bei Susannes Leuten weiter.

Trotzdem mussten sie weiterhin der großen Bande ausweichen, um nicht verprügelt zu werden. Dieses reale Problem war noch ungelöst.

Aber auch dafür hatte Susanne eine Lösung parat.

SHERLOCK HOLMES

NEUE FÄLLE FÜR DEN MEISTERDETEKTIV

Sherlock Holmes–Romane ganz im Stil des Urvaters Arthur Conan Doyle!

SHERLOCK HOLMES:
Der Atem Gottes
ISBN 978-3-8332-2872-8
AUCH ALS E-BOOK ERHÄLTLICH

SHERLOCK HOLMES:
Die Armee des Dr. Moreau
ISBN 978-3-8332-2873-5
AUCH ALS E-BOOK ERHÄLTLICH

„Überzeugt in jeder Hinsicht, sowohl als spannende Detektiv-Geschichte aber auch als geistreiche Unterhaltung voller respektlosem Humor.“
– *Financial Times*

PANINI BOOKS
www.paninicomics.de

NEU!
DAS MAGAZIN FÜR ALLE
SCIENCE-FICTION-FANS
100 SEITEN
Geek!
COMICVERFILMUNGEN
Jetzt auch als
eMagazine
erhältlich (App für
Android und iOS)!
ALLE ZWEI MONATE
NEU IM HANDEL!
PANINI
WWW.GEEK-MAG.DE
WWW.PANINICOMICS.DE